영웅의 도시 **1**

이원호 대표장편소설

英雄의 都市

제 1 권
고려리아

스토리뱅크

저자의 말

　대한민국은 4강(强)에 둘러싸인 분단국가입니다. 그들의 이해에 따라 국가의 안위가 위협받을 수 있는 상황입니다.

　그래서 나는 새로운 땅, 시베리아의 광대한 땅에 한민족의 새로운 영토를 건설하기로 마음을 먹었습니다. 바로 '고려리아'.
　러시아의 고려인, 중국의 조선족, 일본의 조선인에다 남북한의 이주민을 대량으로 받아들인 '고려리아'는 한민족의 자긍심과 능력을 한껏 충족시켜줄 새로운 조국이 될 것입니다.
　『영웅의 도시』는 새로운 '대한민국'의 개척사이며 '개척소설'입니다.
　'대야망'을 품은 '기업가'와 청년 김상철의 '고려리아 개척사'는 독자 여러분께 야망과 긍지를 심어드릴 것이라고 감히 자부합니다.

『영웅의 도시』는 15년 전인 1986년에 10권으로 출간되었던 것을 이번에 개작하여 재출간합니다.

그것은 아직도 '고려리아'의 가능성이 남아 있다고 믿기 때문입니다. 우리는 '고려리아'를 건설할 능력이 있는 민족입니다.

'고려리아'는 언제나 여러분을 기다리고 있는 것입니다.

2011년 4월 이원호

목 차

저자의 말 | 4

버림받은 사내 | 9

시련과 도전 | 41

대륙으로 | 70

웅대한 꿈 | 99

빙하 속의 사투 | 129

유혹 | 161

기지 탈출 | 191

폭발하는 대지 | 222

탐욕자 | 258

하바롭스크의 밤 | 290

전화위복 | 320

야망의 함정 | 349

두 여인 | 380

격동하는 대지 | 406

버림받은 사내

10월 중순의 어느 날.

비스듬한 오후의 햇살을 받은 잔디밭 한쪽은 이미 그늘이 졌고 교정 안은 정적에 덮여가는 시간이다.

도서관 앞에 우두커니 서있던 김상철이 문득 시계를 내려다보았다. 이윽고 어깨를 편 그는 큰 걸음으로 성큼성큼 계단을 내려와 정문을 향해 발을 옮겼다. 바람에 흩어지던 낙엽이 맨땅을 스치고 지나면서 메마른 소리를 냈다. 그가 학교 정문 맞은편의 미도 카페에 들어선 것은 6시 5분 전이었다.

이미 환하게 불을 밝힌 카페 안은 손님이 가득 차 있었으므로 카운터 앞에 멈춰선 김상철은 주위를 둘러보았다. 곧 벽 쪽에 앉아 있는 한지은의 옆모습이 보였는데 진청색 정장 투피스 차림으로 불빛을 받은 귀걸이가 반짝거렸다.

다가간 김상철이 앞자리에 앉자 한지은이 머리를 들었다.

생각에서 깨어난 듯 멍한 표정이었다.

"뭘 그렇게 생각하고 있어?"

김상철이 묻자 한지은은 잠자코 앞에 놓인 커피 잔을 쥐었다. 한지은은 국제여대 4학년으로 같은 졸업반이었지만 김상철의 군복무 기간만큼 어린 스물둘이다. 종업원이 다가왔으므로 김상철은 커피를 시켰다.

"난 영어보다 일어가 떨어져."

테이블 위에 팔을 기댄 김상철이 한지은을 바라보았다.

"특히 회화보다 문법이 말이야."

이제 취업시험은 두 달 밖에 남지 않았다. 그때 한지은이 손에 들고 있던 커피 잔을 내려놓았다.

"오빠, 왜 아버지 이야기를 하지 않았어?"

퍼뜩 머리를 든 김상철이 한지은을 보았다. 외면한 채 한지은이 말을 이었다.

"어젯밤 내가 얼마나 놀란 줄 알아? 나뿐만이 아냐, 엄마는 지금도 누워 계셔."

"……"

"너무해, 나한테까지 비밀로 하다니……"

"드디어 탄로가 났군."

김상철이 입술만 비틀며 웃었다.

"가능하다면 끝까지 감추고 싶었는데. 그래서 그것 따지려고 만나자고 한 거야?"

"우리 집안이 어떤 상황이 되어 있는지는 잘 알 거야."

한지은의 얼굴은 하얗게 굳어져 있다.

"지난달에 우리 집에 왔을 때 오빠는 거짓말을 했어. 아버지가 시골에 계신다고."

"대전은 서울보다 시골이거든."

김상철의 아버지 김영환은 지금 대전 교도소에서 복역 중이다. 작년 가을, 나라를 떠들썩하게 만들었던 세무 공무원 비리 사건의 공범으로 징역 5년형을 선고 받은 것이다.

한지은은 시선을 내린 채 한동안 입을 열지 않았다. 긴 속눈썹 밑으로 곧게 콧날이 뻗은 서구형의 미인이다. 김상철은 찻잔을 들어 식은 커피를 한 모금 마셨다. 한지은을 만난 지는 2년이 채 안 되었지만 그동안이 김상철의 삶에서 가장 행복한 시간이 될 것이다. 요즘은 한지은을 만나는 것만이 유일한 즐거움이다.

김상철이 찻잔을 내려놓고 한지은을 보았다.

"미안하다, 널 속여서. 그리고 네 부모님한테도."

"……."

"그래, 언제 탄로 날지 항상 불안했지만 말할 수는 없었어."

"내가 이해하지 못하리라고 생각했어?"

"무엇을 이해한단 말이야?"

김상철이 쓴웃음을 지었다.

"넌 신문도 안 봤냐? 그때 사람들의 이야기도 못 들었어? 나는 전철 안이나 식당에서 이런 놈들은 총살시켜야 한다고 말하는 것을 들으면서 살아 왔어. 이해 할 사람은 아무도 없을 거야."

"……."

"감추는 수밖에 없었어. 아버지가 저지른 일이니까 자식은 상관없다는 이해나 동정은 받고 싶지도 않아."

"……."

"난 그런 돈으로 학비를 내고 용돈을 썼으니까 모른다고 할 처지도 못 돼."

"……."

"가능한 한 숨기는 수밖에 없어, 살아가려면. 하지만 언젠가는 들통이 나겠지, 지금처럼."

잠자코 있던 한지은이 입을 열었다.

"아버지는 오빠가 정직하지 못하다고만 하셨어."

"유감이라고 말씀 드려."

김상철이 자리에서 일어섰다.

"나 먼저 갈게."

시선이 마주치자 김상철이 이제는 정색하고 머리를 끄덕였다.

"잘 지내."

한 시간 후, 김상철은 영등포의 떠들썩한 음식점 안에서 안인석과 마주앉아 있다. 안인석은 김상철과 고등학교 동창으로 전공은 다르지만 같은 대학이다. 얼굴선이 곱고 해사한 안인석은 김상철과 성격도 대조적이었지만 둘은 고등학교 시절부터 단짝이다.

안인석이 찌푸린 얼굴로 김상철을 바라보았다.

"야, 너 왜 이렇게 마셔? 무슨 일 있어?"

소주 한 병을 혼자 금방 비운 김상철이 두 병째를 따르고 있다.

"무슨 일은, 뻔한 일이지."

김상철이 머리를 돌려 옆쪽 테이블을 쏘아보았다. 사내 네 명이 술을 마시고 있었는데 떠들썩한 소음을 일으켰다. 말끝마다 욕설이 따랐고 목청껏 소리를 질러 댔는데 주위의 손님들은 이맛살을 찡그리면서도 나서는 사람이 없다.

김상철이 안인석에게로 머리를 돌렸다.

"지은이가 아버지 일을 알게 되었어."

"지은이가 말이야?"

상체를 앞으로 숙인 안인석의 눈이 커졌다. 아마 김상철의 집안 사정을 제일 잘 아는 사람이 있다면 그것은 안인석일 것이다. 그는 김상철이 한지은에게도 아버지 사건을 감추고 있다는 것을 안다.

"그래, 뭐라고 그래?"

"지은이만 아는 게 아니고 그쪽 집안에서 모두 알게 되었단 말이다."

"……."

"날더러 정직하지 못하다고 했다는데, 지은이 아버지가…… 어머니는 자리를 펴고 누웠고."

"젠장, 잠자려고 누웠겠지, 정직하게 말했다면 상 주려고 했다더냐?"

안인석이 소주잔을 들어 반쯤 마시고 내려놓았다.

"그래, 지은이는 어때?"

"어쩌긴, 헤어졌지."

"헤어진 건 알아, 네가 지금 혼자 있는걸 보면."

말은 가볍게 받았지만 안인석의 표정이 긴장되어 갔다.

"상철아, 너, 설마."

"앞으로 만나지 않을 거다."

"……."

"언젠가는 끝날 일이었어. 아버지의 사건이 일어났을 때부터."

"아마 그랬겠지. 날 만나자고 했던 걸 보면, 이해하고 자시고 할 상황이 아니니까."

"……."

"내 형편에 지은이는 과분했어."

"이 자식 아, 쓸데없는 소리 마."

그러자 술잔을 내려놓은 김상철이 얼굴에 웃음을 띠었다.

"네 놈이 어떻게 안단 말이냐? 내 미래를."

"그래, 하긴 그렇다."

머리를 끄덕인 안인석이 주머니에서 봉투를 꺼내 그의 앞에 내려놓았다.

"이달분 미리 가져왔다."

"고맙다."

봉투를 집어넣은 김상철이 술잔을 들었다. 아버지가 구속된 후로 안인석은 김상철에게 매달 150만 원의 생활비를 건네주고 있었다. 김상철의 어머니는 그것이 고등학생 두 팀의 가정교사를 해서 벌어오는 돈으로 안다. 10억이 넘는 세금을 횡령했다고 발표된 김영환 씨가 항소심에서 추징금 4억에 징역 5년을 언도받은 바람에 집안은 거덜이 난 것이다.

안인석의 부친 안문세 박사는 강남 영동대로에 있는 문세병원의 원장이다. 안 박사는 안인석의 씀씀이가 헤퍼진 것을 알았지만 공사가 다망하여 미처 캐묻지 못하고 있다.

옆자리의 사내들이 다시 왁자하게 소리치며 웃었고 그 위압적인 분위기에 음식점 안이 조용해졌다. 김상철 비슷한 나이로 보였지만 모두 짧은 머리에 체격이 컸고 가끔씩 주위를 훑는 시선들이 매서웠다. 건달일 것이다. 아마도 근처의 나이트클럽이나 오락장을 무대로 노는 주먹들로 보였다.

"하지만 난 지지 않을 거다."

단숨에 술잔을 비운 김상철이 손등으로 입술을 훔치고는 안인석을 바라보며 싱긋 웃었다. 그리고는 머리를 돌려 옆자리의 사내들을 바라보았다.

"야, 이 시발 놈들아, 좀 조용히 못해?"

다음 순간 음식점 안은 순식간에 조용해졌다. 사람들은 숨을 죽인 채 김상철을 바라보았는데 네 사내도 예외가 아니다. 자리에서 일어난 김상철이 사내들의 식탁 앞에 가 섰다. 그러고는 한 마디씩 자근자근 말했다.

"일어나는 놈 있으면 죽인다. 먼저 말을 하는 놈이 있으면 그놈부터 죽인다."

그러자 안쪽에 앉아 있던 눈이 가늘게 찢어진 사내가 벌컥 의자를 제치며 일어났다.

그 순간 김상철의 몸이 튕겨지듯 공중으로 떠오르더니 발이 날아가 사내의 턱을 차올렸다. 그리고는 떨어져 내리면서 옆에서 몸을 세우는 사내의 뒤통수를 주먹으로 내려쳤다. 한손으로 탁자를 짚은 김상철의 몸이 다시 제자리에 바로 섰을 때 턱을 채인 사내는 의자와 함께 땅바닥에 누워 있었고 뒤통수를 찍힌 사내는 식탁 위에 코를 박고 엎어져서 움직이지 않았다.

"움직이면 죽어."

남은 두 사내를 손가락 끝으로 가리키며 김상철이 낮게 말했다. 음식점 안은 기침소리도 들리지 않았다. 김상철이 안인석에게로 눈만을 돌렸다.

"계산해라, 가자."

그리고는 다시 두 사내를 바라보았다.

"너 이 새끼들, 내가 누군지 알아?"

누군지 알 리가 없는 두 사내가 얼이 빠진 얼굴로 그를 바라보았다.

"너 이 새끼들, 작년에 신문도 안 봤어? TV도 안 봤느냔 말이다."

그러자 안인석이 그의 팔을 끌었다.

"그만 가자."

"이 새끼들, 대한민국이 떠들썩했는데도 나를 몰라본단 말이야?"

그는 안인석에게 끌려 음식점을 나왔다. 밖은 화려하고 혼잡한 영등포의 번화가였다. 서두르며 김상철을 끌고 인파를 헤쳐 나가던 안인석이 뒤를 힐끔거리더니 이윽고 걸음을 늦추었다.

"나 참, 기가 막혀서."

그가 김상철을 흘겨보았다.

"치려면 그냥 치지, 왜 그 따위 공갈을 치는 거야?"

"무슨 공갈?"

술이 깬 얼굴로 김상철이 그의 시선을 받았다.

"왜, 내가 틀린 말 했냐?"

다음 날 아침, 가방에 도시락을 넣던 어머니가 갑자기 손을 멈추더니 눈을 감았다. 작은 체격에 몸도 약해서 근래에 들어 자주 일을 쉬었으면서도 병원에는 한사코 가지 않으려고 한다. 옷을 입던 김상철이 어머니에게로 다가갔다.

"어머니, 또 아파?"

어머니가 눈을 떴다.

"아니다. 조금 피곤해서."

"병원에 가자니까 그러네. 정말 왜 이러는 거야?"

"아픈 데가 있어야 갈 거 아니냐? 본래 몸이 약해서 그래."

"그러니까 병원에 가야 돼. 오늘 나하고 같이 가."

"오늘은 일 때문에 안 돼."

어머니가 김상철에게 가방을 건네주었다.

쉰둘이면 아직 팔팔한 나이지만 어머니의 피부는 거칠었고 주름살이 깊어서 환갑이 지난 노인처럼 보인다. 어머니도 나갈 채비를 했다. 작년부터 파출부 일을 하고 있는 것이다.

"어머니, 이번 아버지 면회는 제가 갈 테니까 어머니는 쉬어."

김상철의 말에 어머니가 눈을 둥그렇게 떴다.

"애 좀 봐, 난 가만 있으면 가슴이 떨리고 어지러워, 움직여야 돼."
"글쎄, 그러니까 집에서 쉬란 말이야."
"안 돼."
머리를 저은 어머니가 단호하게 말했다.
"늬 아버지는 내가 봐야 돼."
마치 주일날 교회에 가는 사람처럼 어머니는 빠짐없이 교도소에 면회를 갔고 그것이 다음 면회일까지의 정신적인 양식이 되어 온 것 같다. 입맛을 다신 김상철은 가방에 책을 담아 넣고는 일어섰다. 심성이 여린 어머니여서 하루가 다르게 몸과 마음이 소진되어 가는 것 같다. 그들의 전셋집은 방 두 칸에 주방과 화장실이 나란히 붙은 15평형의 연립주택이었다. 아직 박스를 풀지 않은 세간이 이쪽저쪽에 가득 쌓여져 있는 사이를 지나 김상철은 현관으로 나왔다. 봉천동의 달동네이기는 하지만 재산 모두를 처분하여 추징금을 내고 전세금이 남은 것만 해도 다행이었다. 어머니가 뒤따라 왔다.
"아버지는 죄가 없어, 모두 과장하고 조서기가 해먹은 거야."
"누가 그걸 몰라?"
신발을 신으면서 김상철이 이맛살을 찌푸렸다.
"그 새끼들이 조금씩 떼어준 돈을 영문도 모르게 받았다고 해도 공범이 된다니까, 어머니는 참."
"그래도 억울해. 조서기 그놈은 추징금을 내고도 빌딩 한 채가 남았다는데."
아침 7시 30분이어서 여동생 민희는 아직 자고 있는지 방에서는 기척이 없다. 어머니를 닮아 내성적인 성격인데다가 아버지의 사건이 터지고 학교까지 휴학하게 되자 좀처럼 바깥출입을 하지 않는다. 밖으로 나왔을 때 찬 아침 공기가 피부에 닿았다. 찻길이 멀어서인지 매연이 덜 섞인 시린 공기가 폐에 스며들었으므로 김상철은 어깨를 펴고 숨을 들이마셨다.

김상철이 체육관 앞의 나무 벤치로 다가갔을 때 한지은이 머리를 들었다. 짙은색 바바리코트 차림의 한지은은 두 손을 주머니에 찔러 넣고 어깨를 움츠린 모습이다.
"오랜만이구나."
옆쪽에 앉은 김상철이 한지은을 보았다. 학교 앞에서 그렇게 헤어진 지 보름만이다. 그동안 서로 전화 한 통 주고받지 않았다.
"운동하고 있다고 해서. 도서관에 갔더니……."
조금 핼쑥해진 얼굴로 한지은이 말했다.
"우리 나가, 밖으로."
"아니, 난 한 시간쯤 더 있어야 돼. 시범경기가 있거든."
김상철이 머리를 저으며 말을 잇는다.
"시험공부 때문에 몇 달간 운동은 안 했는데도 몸이 잘 풀려. 스트레스가 싹 풀리는 기분이야."
그는 어렸을 때부터 아버지에게 끌려 합기도를 배웠는데 지금은 공인 5단이다. 그러나 단수를 높이기로 마음만 먹었다면 7단도 거뜬하게 딸 실력이었다. 대학 2학년 때 중량급 한국 챔피언을 따내었고 군에 들어가서는 해병대에서 무술교관을 지냈다. 그러나 복학 후에는 가끔 체육관이나 도장에 나가 몸을 풀었을 뿐이다. 아버지의 말대로 운동은 정신과 몸의 균형을 맞추기 위한 것이었고 미래를 위해서는 취업 준비가 당면과제였던 것이다. 김상철이 시계를 내려다보았다. 바쁘다는 시늉이어서 건성이다.
"그래. 무슨 일이야? 여기까지 찾아온 건……."
"꼭 말해야 될 것 같아서."

김상철을 올려다보던 한지은이 고개를 떨어뜨렸다.
"나, 중절수술 했어 사흘 전에."
"아, 그랬었지."
기억이 난다는 듯 김상철이 머리를 끄덕였다. 생리가 한 달 동안 끊겼다고 한 것이 20일쯤 전이었으니 태아는 3개월쯤 되어 있었을 것이다.
"미안하다, 내가 같이 가주는 건데."
"……."
"관계를 끊자니 이것저것 정리할 것이 많았구먼. 그래, 몸은 괜찮아?"
구두 끝을 내려다본 채 입을 열지 않는 한지은의 어깨를 그가 가볍게 쳤다.
"궁상떨지 말고 돌아가, 이제."
"꼭 그런 식으로 말해야 돼?"
그러자 김상철이 쓴웃음을 지었다.
"그럼, 잘못했다고 빌기라도 할까? 아니면 기회를 달라고 매달려?"
"……."
"혼자서도 잘 정리하면서 나한테 바라는 것이 뭐야? 네 마음이 개운해지기 위해서는 어떻게 해야 되지?"
"난 그저……."
"넌 영리한 애야. 타산이 빠르고, 그래서 손해를 보지 않는 여자지."
"알았어."
자리에서 일어선 한지은이 이제는 김상철을 내려다보았다. 그리고는 주머니에서 흰 봉투 하나를 꺼내 김상철의 무릎 위에 내려놓았다.
"아버지가 오신다는 걸 내가 대신 온 거야. 아버지는 사람을 시켜서 오빠 집안을 알아보셨어. 그래서 이걸……."
"이게 뭔데?"

얇은 봉투를 손에 쥔 김상철이 한지은을 바라보았다.

"뭐야? 이거?"

"돈이야. 2천만 원이 들었어."

"……"

"생활에 보태 쓰라고."

머리를 끄덕인 김상철이 봉투를 한지은의 코트 주머니에 쑤셔 넣었다.

"돈을 보니까 목구멍 안에서 손이 나올 것 같지만 안 받겠어."

"……"

"받을 이유도 없고, 네가 걱정하지 않아도 돼. 그러니 가지고 가."

"이건 호의야. 단지, 우리 집안의……"

얼굴을 붉힌 한지은이 김상철을 쏘아보았다.

"오빠가 이러리라 짐작했지만 아버지가 굳이……"

"돈은 안 받겠지만 그 호의는 충분히 이해한다고 전해. 그리고 염려하실 것 없다고도 전하고."

일어선 김상철이 한지은을 향해 웃었다.

"아버지가 돈 먹고 교도소에 계신데 자식이 대를 이어 돈을 먹을 수는 없지."

고려그룹은 계열사가 40여 개에 임직원의 숫자만 해도 10만 명이 넘었고 해외 지사와 현지 법인을 합하면 200개가 넘는다. 또한 외국에 세운 현지 공장도 수십 개여서 그룹 전체의 1년 매출액이 200조 원 가깝게 되는 한국의 최대 그룹이었다. 55년 전, 쌀 소매상으로 사회생활을 시작한 강우진 회장은 지금도 정력적으로 그룹을 이끌고 있었는데 물론 경영방식은 옛날과 달랐다. 그룹을 연계성이 있는 품목별 소그룹으로 나누어 소그룹 회장이 있고, 각 소그룹은 종합적인 전략에 따라 계열사를 지휘하는 것이다.

 자동차, 중공업, 전자, 건설, 상사, 유통의 6개 소그룹으로 나누어진 방대한 조직을 통괄하는 것은 물론 강 회장이다. 그는 지금도 한 달에 한 번 그룹장 회의를 주재하면서 그룹을 관리하고 있었다. 또한 한 달에 열흘은 해외의 사업체를 시찰하면서 맹렬한 활동을 한다.
 강 회장이 모스크바에서 돌아온 날 저녁이다. 모처럼 모인 가족들과 식사를 마친 강 회장은 4형제 중 장남인 강용식과 함께 서재로 들어섰다. 강용식은 중공업 그룹의 그룹장으로 조선의 회장도 겸임하고 있었다.
 "러시아는 시베리아 개발에 적극 찬성이야. 한·러 합작 자동차 공장의 계약만 끝낸다면 우리에게 개발권을 주겠다는 거다."
 소파에 앉은 강 회장이 서두르듯 말하자 강용식이 머리를 끄덕였다.
 "이 실장한테서 들었습니다, 아버님."
 "우리는 대한민국의 면적 보다 큰 땅을 가질 수가 있단 말이다."
 "예, 45만 평방킬로미터니까 남북한을 합한 면적보다 두 배도 넘습니다."
 "내일 청와대에 들어가야겠다."
 "아버님."
 자리를 고쳐 앉은 강용식이 헛기침을 했다. 50대 초반으로 이제 경영자로서의 관록이 붙은 강용식이었지만 강 회장 앞에서는 언제나 조심스럽다. 몇 년 전까지만 해도 뺨을 맞는 것이 예사라는 소문도 있었으나 지금은 강 회장에게 제일 신임을 받는 자식이다.
 "먼저 시베리아 지역을 살펴봐야 할 것 같습니다. 러시아 쪽에서 보여 준 슬라이드 사진만 가지고는 대뜸 계약하기가……."
 강용식이 말하자 강 회장이 이맛살을 찌푸렸다.
 "까짓 나무가 조금 적으면 어때? 그땐 땅을 갈아서 옥수수를 심지. 끝도 없는 옥수수 밭을 만든단 말이다."

"그러실 바에는 기후와 조건이 더 좋은 땅도 얼마든지 있습니다."

"하긴 그렇군."

"청와대에 들어가시는 건 조금 보류하시고 조사단을 파견해서 임차될 땅에 대한 정밀점검을 시켜야 합니다."

강 회장이 입맛을 다셨다.

"러시아 쪽은 서두르고 있는데 몇 달쯤 보류시켜야겠군."

"러시아 쪽에는 로비를 하겠습니다."

강 회장이 모스크바에 간 것은 시베리아의 땅을 임차하기 위해서였다. 광활한 시베리아 대륙은 아직도 인간의 손이 닿지 않은 미개척지로 남아 있었는데 풍부한 자연자원을 지닌 땅이었다. 그가 임차 후보지 중에서 고른 지역은 주그주르 산맥 옆쪽의 광활한 무인지대로 원목뿐만 아니라 갖가지 광물질이 풍부하다고 알려져 있는 곳이다.

"그렇다면 조사단을 구성해서 보내야겠다. 아니, 조사단으로는 약해. 지금도 호랑이가 나오고 산적들이 있다는 곳이야. 그렇지, 개척단이라고 해야 옳다."

강 회장의 얼굴에 웃음기가 떠올랐다. 그가 이런 기풍으로 고려그룹을 성장시켜 왔으므로 그의 심복들 중에는 산적 두목 같은 무리들이 많다. 강용식이 머리를 끄덕였다.

"그럼, 러시아 정부에 개척단을 파견한다는 통보를 하고 허락을 받겠습니다. 그리고 한국 정부에도."

"빌어먹을."

강 회장의 얼굴이 다시 찌푸려졌다. 받아들이는 러시아 정부보다 보내는 이쪽 정부가 더 까다로울 것이라는 사실이 새삼 떠올랐기 때문이다.

"그것도 청와대에 말해야겠군. 그 말 많은 놈들한테."

"허락이 날 겁니다, 아버님. 러시아 정부가 허락해 주면 말입니다."

"그렇지, 그게 순서지. 러시아의 신경을 거스를 배짱이 있는 놈은 없지, 이곳에."

강 회장이 만족한 듯 소파에 등을 기대고 앉았다. 시베리아의 땅을 50년 임차한다는 것은 그곳의 주인이 된다는 말과 다를 바 없다. 강 회장과 그 다음 세대, 그리고 손주의 세대까지 그 땅에서 살다가 뼈를 묻게 되어도 남을 기간인 것이다. 남북한을 합한 면적의 두 배가 넘는 땅이 강 씨 일문의 땅이 되는 것이다.

그곳에 도시를 짓고, 공장과 학교, 그리고 산적을 막는 군대도 키울 수가 있을 것이다. 강 회장은 길게 숨을 내쉬었다.

"그 영감의 로비는 당할 자가 없어. 멧돼지처럼 달려 들어가는 것 같았는데 정신을 차려 보면 어느 사이에 뱀이 되어서 상대방을 감고 있단 말이야."

조영규 실장이 테 없는 안경을 추켜올리며 말을 이었다.

"주그주르 산맥 지역은 원목뿐만이 아니라 광물질도 풍부하다고 소문이 났지만 정확한 근거가 없어, 정밀조사를 토대로 한 것이 아니란 말이야. 그런데 투자할 돈으로 전자단지를 몇 개 더 세우는 게 나아."

"강 회장은 꽤 집착하는 모양입니다."

앞에 앉은 최선호 전무가 말했다. 그는 비서실의 개발담당 팀장이었는데 직급은 전무이나 계열사로 내려가면 사장급이었다. 비서실장 조영규도 사장직급으로 대영그룹의 회장단 회의에 간사로 참석하고 있는 것이다.

조영규가 입을 열었다.

"우린 아직 시베리아 땅이라든가 유전 개발 같은 것에 신경을 쓸 여유가 없어, 다른 일이 산적해 있단 말이야."

조영규는 시계를 올려다보았다. 오전 10시 5분 전이었다. 10시 30분에 전자그룹 회장과 함께 미국의 파인사 회장을 만나기로 했으므로 회장에게 준비를 시켜야 했지만 5분쯤 더 기다리기로 했다. 아마 회장은 반도체 공장 증설에 관한 계획서를 검토하고 있을 것이다. 대영그룹이 전자 분야에서 세계의 초일류기업으로 성장한 것은 선대의 김상모 회장이 기반을 구축했지만 2대째인 김호경 회장의 집념이 결정적 역할을 한 것이라 할 수 있다. 그는 첨단 분야의 산업을 개발, 발전시키는 것만이 회사를 살아남게 하는 방법이라고 믿고 있었다.

"땅 넓이가 남북한 합친 면적의 두 배나 된다면서요?"

최선호는 강우진 회장의 시베리아 개척 프로젝트에 마음을 빼앗긴 모양이었다.

"임차기간이 50년이라면 영국이 홍콩을 빌린 것만은 못하지만 자기 땅이라고 해도 되겠는데요, 그렇지 않습니까?"

"그렇게 생각해도 되겠지."

"우리 회장님께서는 그걸 알고 계시겠지요?"

"내가 어제 간략하게 말씀드렸어. 그랬더니 아무 말씀 없으시더군."

잠자코 머리를 끄덕인 최선호가 자리에서 일어섰는데 실망하는 표정이었다. 50대 초반의 최선호는 적극적인 성격으로 반도체에 대한 자료나 정보를 수집하는 데 혁혁한 공을 세운 사내였다. 그가 거느리는 개발팀 안에는 CIA나 모사드 특공대에 못지않는 A반이 있었는데 평시에 그들은 회장의 경호를 맡기도 했다. 최선호의 뒷모습을 바라보던 조영규는 자리에게 일어섰다.

회장실로 들어서자 테이블 위에 두 팔을 얹고 앉아 있던 김호경 회장이 머리를 들었다. 무언가 깊은 생각에 잠겨 있었던 표정이었다.

"회장님, 파인사의 그렌트 회장과 10시 30분에 약속이 있으십니다."
"알고 있어요."
차갑게 보이는 인상이었지만 목소리는 부드럽다.
"그런데 조 실장, 어제 이야기한 고려의 시베리아 개발건 말인데요."
"네, 회장님."
긴장한 조영규가 그를 바라보았다. 건성으로 들은 줄 알았는데 기억하고 있었던 것이다. 회장이 말을 이었다.
"그 프로젝트를 알아보도록 하시오."
"알아보시라면, 저……."
"조사를 해요. 그곳이 가능성이 있는지."
"예, 가능성을 조사하겠습니다."
"물론 고려 쪽에는 비밀로 하고."
"물론입니다, 회장님."
"러시아와 한국 정부 양쪽의 입장도 알아보도록 하고, 계약조건도 함께."
"알겠습니다. 그러면 러시아가 내놓은 다른 임차지역도 함께 조사를 해도 좋겠습니까?"
그러자 한동안 조영규를 바라보던 회장이 희미한 웃음을 띠면서 머리를 저었다. 가슴이 덜컥 내려앉은 조영규는 머리를 숙였다. 회장의 의도를 안 것이다. 회장은 러시아의 땅 임차 같은 것은 처음부터 안중에 두지 않았다. 그가 우려하는 것은 고려그룹과 러시아와의 밀착인 것이다.

대전 교도소의 면회실에서 김상철은 아버지 김영환을 마주보고 앉아 있었다. 유리벽에 둥근 구멍이 총알자국처럼 뚫린 통화구로 다투듯 말하는 면회자와 수감자들은 모두 쫓기는 표정 이었다.

시멘트 벽에 부딪친 말소리들이 웅웅 떠다니면서 방 안은 울림소리로 가득 차 있었으므로 사람들은 제각기 목소리들을 높인다. 그러다가 양쪽에 서 있던 교도관의 주의를 받고 다시 말소리가 낮아지는 것이 반복되고 있다.

김상철이 입을 통화구에 가져다 댔다.

"아버지, 건강하셔야 돼요."

"오냐, 고맙다."

볼이 홀쭉하게 여윈 김영환 씨가 머리를 끄덕여 보였다. 흰머리가 반쯤 섞인 머리를 단정하게 빗어 넘겼고 깔끔하게 면도를 했지만 시선 끝은 무디어져 있었다.

"아버지, 책 가져왔어요."

"그래, 고맙다."

"아버지, 저, 고려그룹에 들어 갈 생각입니다."

이미 고려그룹에 지원서는 제출했고 입사시험은 20일 후인 12월 1일이다.

"아버지."

김상철이 아버지를 똑바로 바라보았다.

"저는 아버지를 존경합니다."

김영환 씨의 먼 허공을 향하던 시선에 초점이 잡혀졌다. 그러나 입을 열지는 않았다.

"그리고 아버지를 믿습니다."

"나는……."

김영환 씨가 헛기침을 했다.

"상철아, 나는 공금인 줄 알면서 받아썼어. 세금을 탕감해 준 것도 돌아올 돈을 기대했기 때문이야."

김영환 씨가 유리 벽에 바짝 얼굴을 댔다. 그는 두 눈을 부릅뜨고 있었다.

"검찰이나 법원에서는 몰랐다고 했지만 알고 받아쓴 거야. 난 내 자식 앞에서까지 거짓말을 하고 싶지는 않아."

전에 대여섯 번 면회를 왔었지만 아버지는 이런 말을 한 적이 없었다. 긴장한 김상철이 아버지를 바라보았다.

"너한테만은 꼭 말하고 싶었다."

아버지의 입술 끝이 희미하게 떨리고 있는 것이 보였다. 유리벽에 얼굴을 바짝 붙인 그가 말을 이었다.

"강한 자만이 사는 세상이야. 이 애비의 인생은 실패작이다. 하지만 너는 이겨야 한다. 성공해야 된다."

"아버지."

"절대로 좌절하지 마라. 이 애비의 전과가 네 장래에 지장이 될 것이다. 그때에는 단호하게 나를 부정해라. 나를 욕하고 매도하고 아예 지워 버려라."

"아버지."

김상철의 두 눈도 부릅떠져 있었다.

"그럴 수는 없습니다. 저는 아버지의 아들입니다. 세상 사람 모두가 욕한다면 그놈들을 상대로 싸우지요."

"이런 바보 같은 놈!"

아버지가 버럭 소리를 치자 교도관이 주의를 주었다.

"내말을 알아듣지 못했단 말이냐? 애비가 김영환이라는 걸 알게 하면 안 된단 말이다. 절대로."

"……"

"떳떳하게 말한다고 해서 받아들여 주지 않는다. 사회라는 것은."

"……."

"난 너를 어릴 적부터 강하게 키웠어. 하지만 너는 아직 타협을 모른다. 상철아, 이기려면 타협을 해라, 너무 곧으면 부러지는 법이야. 굽혔다가 나중에 기회를 보아라."

"알겠어요, 아버지."

거의 얼굴을 맞댄 김상철이 말했다.

"타협하지요, 굽히겠습니다. 이기기 위해서는 무슨 짓이라도 하겠습니다."

"네 엄마와 동생을 잘 부탁한다."

"기운을 내세요. 아버지."

면회시간이 끝났다는 벨이 울렸으나 그들은 얼굴을 마주댄 채 한동안 그대로 서 있었다.

어머니가 쓰러진 것은 김상철이 면회를 다녀온 나흘 후였다. 함께 방을 쓰는 민희가 아침이 되었는데도 일어나지 않는 어머니를 깨우다가 의식을 잃은 것을 발견한 것이다. 어머니를 업고 병원으로 달려가면서 김상철은 이를 악물었다. 겹쳐오는 시련에 대한 분노와 함께 견디어 내겠다는 투지가 끓어올랐기 때문이다.

어머니의 병명은 자궁암이었다. 의사는 이런 상태가 되도록 방치해둔 환자와 가족들의 무지에 기가 막힌다는 표정을 지었다.

중환자실에 입원한 어머니를 두 남매가 간병하는 생활이 시작되었다. 낮 시간은 민희가 맡고 밤에는 김상철이 병실을 지켰다.

일주일째 되는 날 아침이다. 교대하러 온 민희와 김상철이 병실 밖에서 마주보고 섰다.

"수술은 닷새 후로 잡혔어."

김상철이 낮은 목소리로 말했다.
"어머니 몸이 약해져서 의사가 걱정을 하더라. 하지만 잘 되겠지."
"뭐라고 했는데? 위험하대?"
민희가 목소리를 떨면서 묻자 김상철이 웃으며 머리를 저었다.
"의사들이나 변호사들은 원래 그래. 우선 어렵고 힘들다고 하는 거야. 그래야 책임도 덜고 생색도 나는 법이니까."
"오빠, 돈은? 수술비가……."
"걱정 마, 내가 모아둔 돈이 있어."
김상철이 민희의 어깨에 두 손을 올려놓았다.
"네가 그런 걱정을 할 필요는 없어. 넌 기운만 차리면 돼. 알았지?
민희의 어깨를 가볍게 두드려 준 김상철이 몸을 돌렸다.

한 시간쯤 후에 그는 천호동의 대로변에서 거대한 철골 구조물을 올리고 있는 빌딩 공사장 안으로 들어섰다. 작업 인부를 체크하고 있던 반장이 김상철을 바라보았다.
"저 친구, 이제 오는구먼."
안전모를 젖힌 반장이 손짓을 해서 그를 가까이 불렀다.
"이봐, 장 씨가 오늘 안 나왔어. 그래서 자네가 대신 올라가 줘야겠어."
"제가요?"
김상철이 붉은색 철근빔만이 얽혀져 있는 빌딩의 골격을 올려다보았다. 15층까지 어제 놓였으니 오늘은 16층을 쌓을 차례였다. 그러나 이제까지 잔일을 거들려고 아래위로 오르내렸을 뿐 위에서 작업을 한 적은 없는 것이다.
"자네는 이 씨 보조야. 이 씨가 시키는 대로만 하면 돼."
반장이 자르듯 말하자 김상철은 머리를 끄덕였다.

"하지요, 뭐."
"배짱만 있으면 돼. 그리고 허리에 로프를 매고."
"알았습니다."
반장이 만족한 듯 웃었다.
"일당이 2만 원이나 차이가 난단 말이야. 저 병신들은 죽어야 돼."
크레인으로 끌어올린 거대한 빔을 가로 세로로 맞추어 끼우는 작업이었는데 보기에는 간단한 것 같지만 까다로운 작업이었다. 크레인 기사와 호흡이 맞아야 했고 첫째로 폭이 50센티도 안 되는 빔 위를 걸어 다녀야 한다. 그것은 15층 높이에서 줄을 타는 것과 같은 상황이어서 초보자들은 아예 올라갈 엄두조차 내지 못했다.
입에 담배를 문 이 씨가 다가왔다. 40대 중반으로 철근조립 기술자여서 반장도 함부로 하지 못하는 사람이다.
"이봐, 김 군. 내가 자네를 데리고 일하겠다고 했어."
"저를 왜요?"
"자네 하체가 든든해서."
이 씨가 턱으로 김상철의 하반신을 가리켰다.
"척 보면 알지, 자넨 연장도 튼실할 거야."
"……."
"하체가 든든해야 돼, 위에서 일하려면."
그러자 반장이 이를 드러내며 맞장구를 쳤다.
"암만, 여자 위에서도 마찬가지여."

창으로 다가간 이유미가 커튼을 젖히자 눈부신 햇살이 방 안으로 쏟아져 들어왔다. 유리창을 배경으로 드러난 이유미의 나신도 빛살에 둘러싸여 있었으므로 안인석은 눈을 가늘게 떴다.

"벌써 아홉 시야, 일어 나."

이유미가 다가왔는데 걸음을 옮길 때마다 단단하게 솟은 젖가슴이 탄력으로 떨리듯 흔들렸다.

"어서 일어나, 아침 먹으러 가게."

강남의 조그만 호텔 방 안이다. 어젯밤 늦게까지 술을 마시고 나서 가까운 곳에 있던 이곳에 들어온 것이다. 이유미가 침대 위에 걸터앉더니 안인석을 내려다보았다.

"남자가 왜 이렇게 비실거려?"

"야, 30분만 더 있다가. 너무 일러."

이맛살을 찌푸린 안인석이 손을 뻗어 이유미의 젖가슴을 쥐었다.

"무슨 바쁜 일이 있다고 그래?"

"난 게으른 남자가 싫어."

안인석의 손을 털어낸 이유미가 일어나 팬티와 브래지어를 찾아 걸쳤다. 이유미는 윤곽이 서구형 미모에다 몸매도 미끈해서 문리대 안에서 모르는 남학생이 없다. 또한 이유미는 수많은 소문의 주인공이 되기도 했는데 담당교수와 호텔에 들어갔다든지, 방송국의 PD와 동거를 했다는 등 별것이 다 많지만 본인은 해명이나 변명 같은 것도 하려 하지 않았다.

이유미는 안인석의 애인으로 영문과 클래스메이트였다. 성격이 밝고 붙임성이 있어서 안인석의 부모는 이유미를 며느릿감으로 받아들이는 것에 모처럼의 의견일치를 보았던 터였다. 중소기업을 경영하는 이유미의 아버지도 물론 안인석을 사윗감으로 인정했기 때문에 둘의 외박은 이제 반쯤은 공공연하게 이루어진다. 예를 들면 이유미가 밤늦게 어머니한테 전화를 해서 '나, 지금 인석 씨하고 같이 있어' 하고서 외박하는 식이다. 그래서 양쪽 집안은 지난달에 어머니끼리 한번 인사를 나누었고 내년 중으로 결혼식을 올리자는 구두 약속까지 하게 되었다. 안인석이 침대 옆의 탁자에 놓인 전화기를 집어 들었다. 누운 채 다이얼을 누른 안인석이 한동안 귀에 대고 있던 전화기를 내려놓았다.

"이 자식, 시험이 내일 모렌데 어디 간 거야?"

혼잣소리로 투덜거리자 이유미가 침대에서 일어나 옆쪽의 의자에 앉았다.

"왜, 전화를 안 받아?"

"응, 아무래도 여동생이 거짓말을 하는 것 같아."

김상철은 도서관에도, 체육관에도 나타나지 않았다. 밤에 집으로 전화를 하면 여동생이 받는데 한결같이 모른다고만 하는 것이다. 이유미가 탁자 위에 놓인 담배를 집어 입에 물었다.

"어디 놀러 갔겠지, 뭐."

"팔자 좋은 소리 그만해."

이맛살을 찌푸린 안인석이 그녀를 노려보았다.

"그럴 형편이 아니야, 그놈은."

"난 그 사람이 싫어."

담배 연기를 길게 내뿜은 그녀가 말을 이었다.

"자기 친구지만 솔직히 말해서 그런 분위기의 남자는 질색이야."

"네가 뭘 안다고 그래? 걔에 대해서."

"분위기가 싫다고 그랬지, 내가 뭘 안다고 했어? 알 필요도 없는 사람이고."

"분위기가 어때서?"

"질겨. 그리고 어둡고, 때로는 섬뜩할 때가 있어. 그 눈빛이 무서워."

"……"

"상철 씨 애인은 그런 남자가 좋은지 모르지만 난 아냐."

안인석이 시트를 젖히고 일어섰다. 알몸이다. 바닥에 떨어진 팬티를 주어 입은 그가 이유미를 바라보았다.

"그 자식은 애인도 떨어졌어, 지금."

"아니, 왜?"

"글쎄, 네 말대로 그 여자도 그런 분위기가 질색이었는지 모르지."

한지은과도 서너 번 같이 만난 적이 있었던 이유미가 멍한 얼굴이 되었다.

벽에 걸린 시계는 오전 9시 30분을 가리키고 있었다.

오전 9시 5분.

유장석 이사는 비서실의 소파에서 일어섰다. 각진 턱에 눈매가 예리했고 키는 보통이었지만 어깨가 넓다. 그는 비서실장 이남호의 책상 앞으로 다가가 섰다.

"실장님, 시간되었는데 들어갈까요?"

"가만."

이남호가 서둘러 책상에서 일어섰다.

"내가 여쭤보고 올 테니 기다려."

회장실은 바로 옆방이다. 그가 회장실로 들어가자 유장석은 들고 있던 파일을 겨드랑이에 끼고는 넥타이의 매듭을 추켜올렸다. 고려건설에 입사하여 이사가 될 때까지 20년을 근무했지만 회장실로 들어가는 것도 처음이고 회장과 독대하는 것도 처음이다. 그는 날이 선 바지의 주름과 잘 닦여진 구두를 내려다보았다.

그러자 회장실의 문이 열리더니 이남호가 나왔다.

"유 이사, 들어 와."

유장석은 헛기침을 조그맣게 하고는 배에 힘을 주었다. 어제 오후 회장실로 출두하라는 지시를 받고 현재 자신이 책임지고 있는 세 곳의 공사장 현황을 꼼꼼히 점검해 보았었다. 진척률은 계획대로였고 사고가 한 건 있었지만 부상자는 경상인데다 노조 문제도 없었다. 그리고 자금 문제나 금전비리도 없는 것으로 확인 되었다.

강우진 회장은 서류를 보고 있었는데 이남호와 유장석이 테이블 앞에 다가가 섰는데도 머리를 들지 않았다.

회장실은 예상보다 좁았다. 회장 옆쪽 벽에 붙은 책장은 낡아서 옻칠이 벗겨졌고 반대편의 철제 캐비닛은 공사 현장에서도 쓰지 않을 정도로 녹이 슬어 있었다. 유장석은 침을 끌어모아 삼켰다. 영동의 공사 현장에 있는 자신의 현장소장 사무실보다도 옹색한 방이었다.

이윽고 강 회장이 머리를 들었다.

"어, 왔나. 거기 앉아라."

걸걸한 목청으로 말한 강 회장이 턱을 들어 옆쪽의 소파를 가리켰다. 그리고는 자신도 일어서서 소파로 다가와 앉는다.

"너, 나하고 사우디에서 만났지? 그게 어디더라, 담맘인가?"

강 회장이 말하자 앞에 앉은 유장석이 허리를 폈다.

"쥬베일입니다. 회장님."

"그렇지, 쥬베일이었다. 넌 그때 하역담당 졸자였지, 20년쯤 전이니까."

회장의 얼굴에 웃음이 떠올랐다.

그가 좋아하는 대화중의 하나는 옛날의 무용담이다. 회장이 손으로 그를 가리켰다.

"넌 물에 빠진 장비를 구한다고 물속으로 잠수해 들어갔어, 그렇지?"

잠자코 머리를 숙인 유장석을 향해 회장의 말이 이어졌다.

"너는 두 번이나 들어갔는데도 빈손으로 나왔어. 얼굴이 시퍼렇게 되어서 말이야."

"……."

"가만, 빠진 장비가 뭐였더라?"

"트럭 엔진 부속이었습니다. 회장님."

"세 번째 네가 들어가려는 것을 내가 말렸다, 그렇지?"

"예, 회장님."

"내가 목숨을 아끼라고 했을 것이다."

"……."

"그렇지 않나?"

"아닙니다, 회장님."

"그럼, 뭐라고 했는데?"

"네놈이 죽으면 돈이 더 든다고 하셨습니다."

그러자 회장이 커다랗게 머리를 끄덕였다.

"그랬을 것이다. 나는 내가 보고 있었기 때문에 네가 만용을 부리는 것으로 생각했었다. 그런 놈들이 대부분이지."

"……."

"그런데 너는 내가 떠난 후에 다시 물속으로 들어가 그것을 꺼냈더구먼."

"……."

"그래서 너를 기억한 것이다."

회장이 헛기침을 하고는 소파에서 허리를 뗐다. 어느새 표정이 굳어져 있다.

"나는 내 일생의 숙원사업으로 시베리아의 땅을 임차해서 개간할 생각이다. 자네는 모스크바 지사에서 근무한 적이 있지?"

"예, 회장님."

"러시아어는 잘하나?"

"좀 합니다."

머리를 끄덕인 강 회장이 다시 말을 이었다.

"그런데 아직 그놈의 땅을 사진만 보았지 답사해 보지 못했어. 이건 마치 100년 전에 미국으로 이민간 우리 조상이 사진만 보고 색시를 데려온 것과 비슷한 꼴이 될 것 같단 말이야."

"……"

"네가 이 일을 맡아라. 필요한 인원과 장비를 최대한 지원해 줄 테니 네가 끌고 시베리아로 가란 말이다, 알겠어?"

"알겠습니다."

그러자 얼굴에 웃음을 띤 강 회장이 이남호를 바라보았다. 그것보라는 표정이다.

"그곳은 위험한 곳이야. 산적이 있고 요즘은 군에서 이탈한 무리들이 무장 강도 집단을 이루고 있다고 들었다. 그리고 짐승도 많고, 호랑이 같은."

"알겠습니다, 회장님."

"그곳을 철저히 조사하는 거야. 지질, 광맥, 그리고 원목의 상태 등 모든 것을, 여러 분야의 전문가를 데려 가야 하는데 네가 총책임자다."

"예, 회장님."

"너는 개척단장으로 상무 승진을 시키겠다. 한 달 동안 여기 이 실장과 함께 개척단을 구성하도록 해. 출발은 12월 20일로 잡는다."

강 회장이 자리에서 일어났으므로 이남호와 유장석은 따라 일어섰다. 유장석에게로 손을 내민 강 회장이 얼굴에 웃음을 띠었다.

"아마 그곳에서 물속에 들어갈 일은 없을 게다. 강이 모두 얼었거든."

김상철이 나타난 것은 처음으로 서울에 물이 언 날로, 입사시험을 사흘 앞둔 11월 27일이었다. 전화를 받은 안인석이 한달음에 약속장소인 카페로 달려왔다. 저녁 무렵이어서 카페에는 손님이 많았다.

"이 새끼, 어떻게 된 거야? 너 어디 있었어?"

그러자 김상철이 수척해진 얼굴을 손바닥으로 쓸며 웃었다.

"서울에 있었지, 어디 갈 데가 있나?"

"이 새끼야, 그럼, 왜 연락을 안 해?"

"어머니가 입원해서 병원에 있었다. 네 놈 걱정시키기 싫어서 민희한테는 여행 떠났다고 하라고 시켰는데……."

놀라 눈을 치켜 뜬 안인석이 머리를 끄덕였다.

"어머니는 어디가 아프신 거냐? 이젠 괜찮으셔?"

"수술이 끝나서 조금 나아지셨어. 하지만……."

그리고는 김상철이 말머리를 돌렸다.

"그동안 공부를 못했어. 마무리를 했어야 되는데 야단났다."

"기본실력이 있으니 넌 염려 없어, 인마. 네가 떨어진다면 붙을 놈이 없다."

고려그룹의 1차 시험은 외국어와 상식이다. 거기에다 대학 4년의 성적을 참조하여 평가를 내리는 것이다. 다른 기업처럼 1차에서 서류전형으로 골라내고 2차에서 시험을 치는 방식이 아닌 것은 학점이 좋다고 쓸 만한 재목이 된다는 법은 없다는 강 회장의 주장 때문이었다. 덕분에 경쟁률은 30대 1이 넘어서 시험장만 해도 십여 개가 되었다.

"그런데 어머니 병원은 어디냐? 내가 문병을 가야겠는데."

안인석이 다시 말머리를 돌리자 김상철이 머리를 저었다.

"시험이나 끝나고. 지금은 안정을 해야 돼. 걱정해 줘서 고맙다."

"망할 자식, 날 친구로 생각했다면 진즉 이야기를 해주었어야지."

"번번이 신세만 지기 싫었어."

김상철이 얼굴에 웃음을 띠었다.

"공사판에 나가 수술비를 보탰지. 반달쯤 일했는데 수당까지 합쳐서 100만 원 가깝게 벌었다."

"너 설마 날 비꼬는 건 아니겠지?"

"그럴 리가 있나? 다른 놈이라면 몰라도 안인석이한테는 아]다."

안인석이 시계를 들여다보는 시늉을 했다.

"네 전화를 받고 유미도 이쪽으로 나오라고 했어. 걔도 네 걱정을 했다."

"난 지금 병원에 가봐야 돼. 잠깐 네 얼굴만 보려고 나온 참이야."

"시간이 다 됐어, 10분만 기다려."

"너희들끼리 있어, 난 갈 테니까."

김상철이 자리에서 일어섰다.

"다른 사람한테 다시 중언부언 말 늘어놓기 피곤해서 그런다."

"야 인마, 걔도 네 걱정했다니까."

"고맙다고 전해라."

그러면서 몸을 돌린 김상철의 눈에 카페 입구로 들어서는 이유미의 화사한 모습이 들어 왔다.

저녁이나 먹고 헤어지자면서 안인석이 끌고 간 곳은 근처의 경양식집이었는데 모두 저녁 생각이 없었으므로 그들은 술을 마셨다. 두 병째 양주를 반쯤 비웠을 때 잔에 술을 채우는 김상철을 향해 이유미가 물었다.

"상철 씨, 내가 친구 소개시켜 줄까요? 괜찮은 애가 있는데."

순간 안인석의 몸이 굳어졌지만 김상철은 얼굴에 웃음을 띠었다.

"저 자식이 또 입을 놀렸구먼. 내가 지은이하고 헤어졌다는 걸 들은 모양이군."

"말하면 어때요? 그게 무슨 비밀인가요?"

이유미가 테이블 위에 두 팔을 포개 얹고는 그를 바라보았다.

"어때요? 소개시켜 줄까요?"

"고맙지만 싫어. 여유도 없고."

"그럴수록 필요한 것 아녜요? 여자가."

"아니, 오히려 짐만 되는 것 같아서."

이유미가 힐끗 안인석을 바라보고는 입을 다물었다. 경양식 집이었지만 이곳저곳의 테이블은 술을 마시는 손님들로 차 있었다. 술병을 든 김상철이 이유미의 잔에 술을 채웠다

"인석이가 또 나에 대해서 뭐라고 합디까?"

안인석이 눈을 치켜떴다.

"야, 인마, 너 지금 무슨 말을 하는 거야? 쓸데없는 소리 말고 술이나 마셔."

"우리 아버지 이야기는 하지 않습디까?"

"야, 상철아."

김상철이 당황한 표정의 안인석을 바라보며 웃었다.

"인마, 그것까지 얘기해 줘야 여자 소개시켜 준다는 말이 안 나올 것 아냐?"

"그만해 둬, 인마."

이제는 안인석도 화가 난 표정이다.

"넌 피해망상이야, 신경과민이라고."

"내가 그랬다면 벌써 정신병원에 갔을 것이다."

술잔을 든 김상철이 한 모금에 술을 삼켰다.

"넌 유미 씨한테 내 이야기를 모두 해 주도록 해."

"무슨 이야긴데 그래요?"

이유미의 얼굴도 굳어져 있었다.

"내가 실수한 것 있어요?"

김상철이 머리를 저었다.

"아니, 아무것도."

"아버지 이야기는 뭐죠?"

"나중에 인석이한테 들어요."

가라앉은 분위기를 끌어올릴 화제도 없었고 모두 의욕도 나지 않았으므로 술좌석은 곧 끝이 났다.

경양식집을 나와 김상철과 헤어진 안인석과 이유미는 택시 정류장으로 다가갔다.

"재수 없어, 정말."

안인석의 팔을 낀 이유미가 입을 열었다.

"그런데 아버지 이야기는 뭐야? 말해 봐, 무슨 일인지."

시련과 도전

고려그룹의 비서실은 실장 밑에 십여 명의 남자직원과 대여섯 명의 여직원이 있을 뿐이어서 대영그룹의 방대한 비서실 조직과는 비교도 되지 않는다.

비서실장은 대영그룹처럼 회장단이나 사장단 회의에 참석하는 적도 드물고 그룹의 경영을 조정하거나 감시하는 권한도 없다. 따라서 비서실장 이남호는 고려그룹 사원들에게는 별로 알려지지 않은 사람이었다. 물론 비서실의 업무도 알려져 있는 것이 드물다. 그래서 고려그룹 직원들은 비서실 업무가 강 회장의 일정이나 조정하고 뒤치다꺼리를 하는 부서쯤으로 알고 있었다. 그러나 실상은 다르다. 겉으로 나타내지 않을 뿐이지 강 회장의 모든 지시는 비서실에서 다듬어져 나갔고 모아져서 보고되었으므로 중역들은 비서실의 눈치를 보았다. 이남호는 회장의 분신 같은 사내로 20년이 넘게 회장을 모시고 있었는데 회장의 심기를 누구보다도 잘 읽는 사람이어서 그룹장인 회장들도 그에게 회장의 근황을 물을 때가 있다.

회장실에서 나온 이남호가 자리로 돌아왔을 때 옆쪽의 소파에 앉아 있던 유장석이 일어섰다. 그는 이제 비서실에 만들어진 자리에서 일을 하고 있었다.

소파로 다가가 앉은 이남호가 입을 열었다.

"밀고 나가기로 했어, 다만 개척단은 우리 내부에서만 사용하는 명칭으로 하고. 유 상무의 공식 직함은 러시아 지사 특별자문역이야."

"특별자문역이요?"

멍한 표정으로 유장석이 되묻자 이남호가 둥근 얼굴을 더 넓게 펴며 웃었다.

"그래, 그 빌어먹을 놈들이 북한의 심기를 건드릴까봐 전전긍긍하고 있으니 할 수 없어."

러시아와는 이미 이야기가 되어 있는 주그주르 산맥 근처의 임차계약에 난데없는 방해꾼이 나타난 것은 일주일쯤 전이다. 그것은 북한당국이었는데 북한주재 러시아 대사를 불러 강력히 항의를 했을 뿐만 아니라 외교부장이 모스크바로 날아가 수상을 만나기까지 했다. 일차적인 이유는 임차 예정지역에서 200킬로미터쯤 아래쪽으로 북한의 벌목사업소가 있다는 것이었다. 그러나 당사자인 러시아 정부는 태도를 변치 않고 있었는데 오히려 이쪽의 한국 정부가 우려를 나타낸 것이다. 기업 활동이 국가의 외교정책에 영향을 끼치면 안 된다는 말이었으나 그것이 어떤 정책인지를 말해주지도 않았다.

그래서 강 회장은 편법을 만들어 개척단 전원을 모스크바 지사로 발령을 내고 그곳에서 시베리아로 보낼 작정 인 것이었다.

"정부가 도와주지는 못할망정 북한 벌목소가 무슨 문제라고, 개새끼들."

유장석이 투덜거렸다.

"쓸데없는 간섭만 안했다면 한국기업은 지금보다 두 배는 더 성장했을 겁니다."

"쓸데없는 소리 말고."

이남호가 탁자 위에 서류를 펼쳤다.

"지질, 임업, 자원, 영농 네 분야의 전문가는 모두 준비가 되었는데 축산은 아직 연락이 없나?"

"오늘 중으로 결정이 날 겁니다, 전무님. 제가 두 사람을 만나기로 했습니다."

"어설픈 사람을 고르면 안 돼. 신체도 강해야 하고, 괜히 며칠 있다가 돌아오게 되면 낭패니까."

"염려하지 마십시오. 두 달간 조사에 숙식을 제공하고 3천만 원씩이나 지급하는데 만약 공개모집을 한다면 줄을 설 겁니다."

"이젠 입조심을 해야 돼. 그 사람들을 개별 출국을 시켜서 모스크바에 집합시켜야 된단 말이야. 정부에서 알면 어떤 조처를 취할지도 모르니까."

"알고 있습니다."

"정말 짜증나는구먼."

이제는 이남호가 이맛살을 찌푸렸다.

"어쨌든 그 사람들에게 정부의 입장 따위를 말해줄 필요는 없어. 기업 비밀이니까 가족이나 주위 사람들에게 유럽으로 장기여행을 떠난다고 말하도록 해."

"알겠습니다."

"또…… 내부에서 선발할 인원이 남았는데."

서류를 덮은 이남호가 유장석을 바라보았다.

"전권을 자네에게 맡기겠어, 자네가 데려갈 사람들은 자네가 뽑아."

외국어는 말하기와 듣기에다 해석과 작문으로 두 시간에 걸쳐 시험을 보았고 상식은 완전 필기시험으로 한 시간이었다. 아침 9시에 시작된 시험은 오후 1시 가깝게 되어서야 끝났다.

이제 일주일 후에 1차 합격자 발표가 있을 것이고 그 다음에 면접이 있다. 1차 합격자는 750명 모집 정원에 1천 명 정도가 될 것이라니 면접 심사에서 약 25%가 다시 제외되는 것이다.

시험을 끝낸 김상철이 어머니의 병실에 들어선 것은 오후 3시 무렵이었다. 링거를 팔에 꽂은 어머니는 잠이 든 모양인지 움직이지 않았고 침대 옆에 서 있던 민희가 머리를 들었다.

"오빠, 시험 잘 봤어?"

어머니를 닮아 작은 체구에 목소리도 가늘다.

"그래, 그런데 어머니는 어떠셔?"

"계속 잠만 자."

"너 점심 먹었어?"

"배 안 고파."

"가서 먹고 와."

김상철이 점퍼 주머니에서 흰 봉투 하나를 꺼내 민희에게 내밀었다.

"생활비다. 3백만 원이야."

"오빠, 돈을 이렇게 많이……."

민희가 눈을 둥그렇게 떴다.

"인석이한테 빌렸어. 입원비가 모자랄 것 같아서."

안인석이 생활비를 대주고 있는 것을 민희는 모른다.

민희를 내보낸 김상철은 간이침대에 앉아 어머니를 바라보았다. 어머니의 잠든 얼굴은 평온해 보였다. 이제까지 한 번도 아버지를 거역하거나 말다툼조차 해본 적이 없는 어머니였다. 물론 아버지가 어머니의 속을 썩인 적도 김상철의 기억에는 거의 없다. 어머니는 아직도 아버지의 결백을 믿었고 설령 아버지가 사실을 털어놓는다고 하더라도 그것을 부끄럽게 생각하지 않을 것이었다.

김상철은 어머니의 앙상한 손을 쥐었다. 손에서 따뜻한 온기가 전해져 왔으므로 그는 두 손으로 감싸쥐었다. 그러자 어머니가 눈을 떴다.

"시험 잘 끝났니?"

가늘고 약한 목소리로 물으며 어머니는 얼굴에 웃음을 띠었다.

"잘 끝났어, 어머니."

"일주일 후가 발표라고?"

"응."

어머니는 가늘고 긴 숨을 내쉬었다.

"네 아버지한데 내가 병원에 있다는 이야기는 하지 않았지?"

"안했어. 어머니는 일 때문에 바쁘시다고, 이모하고 같이."

그러던 김상철은 말을 멈추었다. 어머니의 눈초리에서 흘러내린 눈물이 귀를 적시고 있었다.

"어서 나아서 면회를 가야 돼, 엄마."

김상철이 손끝으로 어머니의 눈물을 훔쳤다.

"내 불쌍한 새끼들."

천장을 바라보며 어머니가 말했다.

"네 아버지가 그렇게 된 것은 모두 내 탓이다. 나는 아버지가 돈을 들고 오면 좋아하기만 했어."

"엄마, 이제 그만."

"상철아."

어머니가 김상철의 손을 힘주어 쥐었다.

"의사가 뭐라고 했어? 낫는대?"

"그럼, 엄마. 수술도 잘 끝났는데, 엄마가 기운만 차리면 낫는대요."
"차릴 거야."

그러던 어머니가 지친 듯 눈을 감았다. 얼굴이 엷게 상기된 어머니는 가쁘게 숨을 쉬다가 이윽고 다시 잠이 들었다. 의사는 수술은 잘 끝났지만 허약한 체질이어서 합병증이 염려된다고 말했다. 회복가능성은 수술 전이나 후나 마찬가지로 반반이라고 했는데 그건 환자가 위험한 상태임을 나타내는 의사들 특유의 표현인 것 같다.

"더구나 어머니가 병원에 계셔서 생활이 말이 아닌가 봐."

커피 잔을 내려놓은 이유미가 한지은을 바라보았다. 강남대로 변에 있는 2층 카페는 언제나 손님이 들끓었는데 오늘도 예외가 아니다. 빈자리를 기다리려고 카운터 앞에도 십여 명의 손님이 서 있었다.

"오해하지 마, 지은 씨. 난 김상철 씨와 지은 씨 사이에는 관심이 없으니까. 다만 나는 김상철 씨를 앞으로도 어쩔 수 없이 만나야만 돼. 인석 씨가 그 사람하고 둘도 없는 친구니까 말이야."

"안 됐어. 어머니까지 그렇게 되셔서, 정말 견디기 힘들 거야."

한지은이 낮은 목소리로 말했다.

"하지만 이제 와서 내가 할 수 있는 일은 없어, 그저 잘 되기를 바라는 수밖에."

이유미가 잠자코 머리를 끄덕였다. 한지은과는 김상철과 넷이서 여러 번 어울린 적이 있었으나 이렇게 둘이 만난 것은 처음이다. 이유미가 불러내자 그녀는 순순히 나왔지만 경계하는 빛이 가득했는데 지금은 조금 풀려져 있다.

"하긴 나도 며칠 전에야 알았으니까, 김상철 씨 집안에 대해서."

담배를 꺼내 입에 물면서 이유미가 말했다.

"인석 씨도 철저히 입을 다물고 있었단 말이야, 난 배신당한 기분이 었어."

"난 말도 못해. 아버지가 우연히 그 일을 알게 되시고 나선 집안이 뒤집혔어."

"……."

"전에 집으로 인사 왔을 때, 오빠는 아버지가 시골에 계신다고 했어. 공무원이셨는데 쉬고 계신다고."

"……."

"그래서 어머니가 무슨 공무원이셨냐고 물으니까 세무공무원이라면서 웃었어. 난 그 얼굴이 지금도 눈에 선해."

"……."

"우리 부모님은 오빠를 좋아하셨어."

"교도소에 계신다고 말했으면 나아졌을까? 지금보다?"

한지은이 머리를 끄덕였다.

"결과는 알 수 없지만 이해하려고 노력은 했을 거야. 우리 부모님도 막힌 분들은 아냐."

"……."

"비뚤어졌어. 아버지의 말씀이 맞아. 난 이제 꿈에서 깨어난 기분이야."

"이제 알았어."

담배 연기를 내뿜은 이유미가 이를 드러내며 웃었다.

"둘이 헤어진 이유를 말이야."

"아버지가 생활에 보태 쓰라고 준 돈도 거절했어. 비뚤어져서 우리 호의까지 무시한 거야."

"자존심이 강한 사람이니까 그랬겠지."

그러자 한지은이 이맛살을 찌푸렸다.

"자존심은 무슨…… 아버지는 걱정하고 계셔."

"뭘 말이야?"

"혹시나 하고."

"상철 씨가 어떻게 나올까 봐?"

"그 사람은…… 어떨 때는 무서워."

이유미가 담배를 재떨이에 비벼 껐다.

"나도 그 사람이 싫었어. 분위기가 어둡고, 짐승처럼 사납고……. 하지만 이상하게도 지금은 아냐. 동정심 때문이 아니라 이해 할 수 있을 것도 같아."

"나하고는 입장이 다를 테니까, 아무도 내 입장이 되어서 생각 할 수 없어."

"솔직히 오늘 내가 지은 씨를 만난 것은 인석 씨가 부탁했기 때문이야. 그런데 지금 생각하니 잘 만났다는 생각이 들어."

"나도 그래. 무슨 문제가 생기면 상의 할 사람이 있어서."

"무슨 문제라니?"

"나 요즘 남자 생겼어. 친척 소개로."

"잘 됐네. 그런데 무슨 문제야?"

"귀찮게 될까 봐."

그러자 이유미가 얼굴에 웃음을 띠었다.

"꿈에서 깨어났다면서 아직도 꿈같은 소릴 하네. 그럴 일 없어. 왜냐하면 상철 씨는 지은 씨를 진정으로 사랑하지는 않았으니까."

"……."

"그건 내가 장담할 수 있어. 그 사람에 대해서 숱하게 들어왔으니까. 인석 씨한테서."

"……."

"그러니 걱정 마."

이유미가 밝은 표정으로 일어났으나 한지은은 움직이지 않았다.

"어때? 가겠나?"

유장석이 부드럽게 물었으나 앞에 앉은 이윤환 대리는 선뜻 입을 열지 않았다. 그는 유장석이 아끼는 부하로 지금 충주의 공사 현장에서 자재업무를 맡고 있다가 불려 올라온 것이었다. 이윽고 떡 벌어진 어깨를 펴며 이윤환이 유장석을 바라보았다.

"소장님, 그럼, 저희들은 모스크바가 아니라 시베리아로 가서 그곳에 계속 근무하게 되는 겁니까?"

"기반이 잡힐 때까지다."

유장석이 잘라 말했다. 성격이 사내다워서 거친 일꾼들도 그의 말은 고분고분 따랐고 업무처리 능력도 뛰어난 이윤환인지라 이번 일에 꼭 필요했던 것이다.

"물론 시베리아는 다른 곳과 다르다. 완전 미개척지 야. 그곳을 우리가 개발하는 것이지."

유장석이 이윤환을 찬찬히 바라보았다.

"그래, 갈 테냐 안 갈 테냐? 대답을 해."

이제 다그치듯 유장석이 묻자 이윤환이 몸을 굳혔다.

"소장님, 저는 한국을 떠날 형편이 못 됩니다. 처가 임신 중이고……."

유장석이 탁자 위에 놓인 담배를 꺼내 불을 붙였다. 이윤환이 다시 말을 이었다.

"한국은 어느 곳이라도 소장님을 따라가겠습니다만, 외국은……."

"알았다."

머리를 끄덕인 유장석이 손을 저었다.

"나가 봐."

"소장님, 죄송합니다."

이윤환이 나가자 이대각 부장이 방으로 들어섰다. 작달막한 몸매에 머리가 커서 이대가리라고도 불리는 사내였는데 유장석의 심복으로 이번 개척단의 부사령관이다. 물론 부사령관이란 직함은 제 스스로 지어서 저만 사용하고 있는 중이었다.

"간답니까?"

앞에 앉으며 그가 대뜸 물었다.

"눈치를 보니까 뺀 것 같은데, 어때요?"

"마누라가 임신 중이고 어쩌고 해서 못 간다는데, 외국은."

"개새끼 같은 새끼."

이대각이 눈을 치켜떴다.

"저 개새끼, 자재 맡으면서 상납 받을 것이 밀린 모양이오. 자릅시다, 상무님."

건설에서 잔뼈가 굵은 이대각이라 말투가 험하다. 유장석이 머리를 끄덕였다.

"이런 식으로 했다가는 정보만 새겠어. 안 간다는 놈들을 모두 자를 수는 없고 말이야. 병신 같은 놈들 같으니."

"외국은 못 간다니 저 놈은 소록도의 도로공사 현장으로 보내지요. 소록도 소장에게 철저하게 다루라고 해놓고 말입니다."

"앞으로 내 눈앞에 나타나지 않도록 해."

"아마 그렇게 될 겁니다."

이대각이 탁자 위에 서류를 펼쳤다.

"자재만 빼놓고는 책임자급 사원은 결정되었습니다. 이건 보조사원 후보자들의 인적사항입니다."

개척단의 인원은 외부에서 초빙한 전문가 8명과 그들의 장비를 수송하고 개척단 업무를 진행 할 고려그룹 사원 20명으로 구성될 계획이었다. 유장석은 대부분의 인원을 자신이 몸담고 있는 고려 건설 내부에서 선발하고 있었다.

후보자 명단을 바라보던 유장석이 머리를 들었다.

"이 일은 그룹 내에서도 비밀이야. 회장님과 비서실장, 그리고 중공업 회장 등 몇 명만이 알고 있는 일이야, 비밀을 지켜야 돼."

"염려 마십시오. 모두 믿을 만한 놈들이라 가족에게도 말하지 않을 겁니다. 물으면 모스크바 지사에 파견 나간다고만 하라고 했습니다."

"어제 이 실장이 그러는데 총리실에서 연락이 왔다는 거야. 남북관계에 지장이 있는 행동은 기업측에서 삼가해 달라고."

"웃기는 일입니다, 상무님."

"내일부터 연수원의 사무실에 모여서 준비를 하도록. 장비도 먼저 보내야 할 테니까, 보안도 유지할 겸 말이야."

"알겠습니다."

이대각이 활기 있게 일어섰다.

"서로 얼굴을 익히고 팀워크도 만들어 놓을 필요가 있습니다. 대부분 모르는 사이거든요."

"유장석은 이미 개척단의 조직을 끝내 놓았다고 보셔도 좋습니다. 전문가와 고려그룹 직원으로 구성된 대규모의 인원이 될 겁니다."

최선호가 말을 이었다.

"고려그룹 내부에서도 극비업무로 진행시키고 있어서 시베리아 프로젝트를 알고 있는 임원도 거의 없는 형편입니다, 실장님."

"그럴 수밖에. 정부에서 프로젝트를 보류하라고 공문까지 보낸 상황이야. 강 회장은 들은 척도 안하고 있지만 큰코다치게 될 걸?"

대영의 비서실장 조영규는 탁자 위에 펼쳐 놓은 지도로 시선을 내렸다.

"그나저나 엄청난 규모로군. 이만한 땅이면 나라를 세우고도 남겠다."

시베리아 지역의 지도였는데 고려그룹의 임차 예정지에 붉은 선이 그어져 있었다.

"북한이 기를 쓰고 반대를 할 만하군, 그래."

"북한의 벌목 사업소가 아래쪽에 있다고 합니다. 신경이 쓰이겠지요."

"그자들이 반대한다고 해도 러시아 정부는 들은 척도 하지 않을걸. 국토개발을 하는데 누가 간섭을 할 수 있어?"

지도에서 머리를 든 조영규가 최선호를 바라보았다.

"내 생각엔 아마 머지않아 강 회장이 러시아 정부를 움직여서 한국 정부에 압력을 넣을 거야. 그러면 결과는 뻔하겠지."

"솔직히 정부로서도 반대할 명분이 약합니다. 북한이 항의한다고 해서 기업 활동을 막는다면 여론이 들끓을 것이고, 또 시베리아 개발도 정부 돈을 빌려 하는 것도 아니지 않습니까?"

"아마 자기 자본에다 차관을 얻을걸."

"이게 우리 그룹과는 다른 강 회장의 고려그룹 스타일 아닙니까? 아마 강 회장은 그곳에 나라를 세울지도 모릅니다."

웃음 띤 얼굴로 최선호가 조영규를 바라보았다.

"사사건건 정부와 다투는 것에 싫증이 났는지도 모르지요, 그래서……."

"알아내야 돼. 그곳이 어떤 자원을 갖고 있는가를 말이야."

조영규가 손으로 붉은 선 안을 짚었다.

"그리고 강 회장이 이곳에서 무엇을 하려고 하는지도."

"실장님, 그렇다면……."

"이건 회장님의 지시야, 최 전무."

"우리 그룹의 기풍이 이런 개척사업과 어울리지 않는다고 자네가 말했지만 반드시 그런 건 아니야. 우린 가능성이 보이는 일에는 전력투구해왔어, 이 일도 예외가 아니야."

"실장님, 그렇다면."

"수단 방법을 가리지 말고 고려의 시베리아 프로젝트를 추적해. 모든 것을 자네가 책임지고 말이야."

김상철과 안인석이 1차 시험에 나란히 합격한 것은 놀라운 일이 아니었다. 그들의 대학성적은 최상위권이었고 외국어에도 뛰어나 있어서 주위 사람들은 합격을 당연하게 생각했던 것이다.

합격자 발표가 있은 지 사흘 후의 아침, 김상철은 고려그룹 빌딩 안의 면접장소로 들어섰다. 2인 1조로 면접을 치르는 관계로 그는 낯모르는 사내와 동행이었다. 시험관은 5명으로 나란히 앉아 그들을 바라보고 있었다. 모두 중역급들로 이곳에서 최종 당락이 결정되는 것이니만치 지원자들은 긴장이 된다.

"거기 390번, 고려그룹에 지원한 동기를 말해 봐요."

시험관 한 명이 대뜸 김상철을 향해 말했다. 금테 안경을 긴 날카로운 인상의 사내였다.

"예, 기업의 분위기가 다른 기업들보다 진취적이라고 생각했기 때문입니다."

짧게 대답을 마치자 질문이 옆의 지원자에게로 넘어갔.

주고받는 대화가 서너 차례 반복된 다음 한가운데에 앉아 있던 대머리의 사내가 김상철을 바라보았다.

"부친이 전직 공무원이라고 기록되어 있는데 무슨 공무원이었습니까?"

"세무 공무원이었습니다."

"퇴직하셨군."

"예."

"지금은 무얼 하고 계시지요?"

"대전 교도소에 계십니다."

시험관들은 물론 옆에 앉은 지원자까지 머리를 돌려 그를 바라보았다. 그러자 대머리가 커다랗게 머리를 끄덕였다.

"좋습니다. 나가들 보세요."

지원자들이 방을 나가자 대머리가 주위를 둘러보았다. 얼굴에 웃음기가 떠올라 있었다.

"어쩐지 이름이 낯이 익더라니, 김영환이면 작년에 나라를 떠들썩하게 만들었던 세금도둑이야."

"자식 하나는 잘 두었군요. 성적이 좋습니다."

옆에 앉은 사내가 기록을 살펴보면서 말했다.

"합격입니다. 나무랄 데 없습니다."

그러자 대머리가 머리를 저었다.

"아무래도 찜찜해, 작년에 저 친구 아버지와 관련되어서 우리 그룹 계열공장 세 곳이 세무조사를 받았어."

"……."

"우리 그룹과는 상관없는 일로 끝났는데 김영환의 아들이 입사했다는 사실이 알려져 봐, 세금 일과 관련이 있어서 그 보상으로 입사시켰다고 할지도 모른단 말이야."

"그렇군요. 탈락시키는 게 낫겠습니다."

반대쪽에 있는 사내가 머리를 끄덕였다.

"그럼, 다음으로 넘어가지요."

"잠깐만."

그때 끝 쪽에 앉아 있던 사내가 입을 열었다. 이제까지 한마디도 하지 않고 앉아만 있던 사내였으므로 모두 그를 바라봤다.

"무슨 일이오? 유 상무."

대머리가 묻자 유장석이 김상철의 서류를 빼내 옆쪽에 놓았다.

"저 놈은 제가 쓰지요."

대머리는 고려전자의 사장 이형근으로 오늘의 면접담당 중역의 대표이자 고려그룹의 사장단 내에서도 열 손가락 안에 드는 거물이었다. 한동안 유장석을 바라보던 이형근이 머리를 끄덕였다.

"그럼, 유 상무가 알아서 하시오."

"고맙습니다, 사장님."

"하지만 회장께 보고는 드려야겠소."

"그렇게 하십시오, 사장님."

누군가 벨을 눌러서 다음 순서의 지원자 두 명이 들어섰으나 방 안의 중역들은 아무도 먼저 입을 열려고 하지 않았다.

어머니가 돌아가신 것은 김상철이 최종 합격통보를 받은 다음 날 밤이었다.

며칠 동안 혼수상태에서 깨어나지 않던 어머니는 가쁜 숨을 멈추는 것으로 생을 마감했다. 유달리 눈물이 많았던 어머니였는데 숨을 멈추는 순간에도 두 줄기의 눈물이 볼을 타고 흘러내렸다. 어머니의 눈물을 손으로 닦아 주면서 김상철은 어머니가 고통에서 해방되었다고만 애서 생각했다.

어머니는 모든 것을 떨쳐버리고 떠나 이제 빈 육신만이 남은 것이다.

몸부림을 치며 우는 민희를 안고 김상철은 밤을 새웠다. 병원의 영안실에 빈소를 차려 놓고 이틀째 되던 날 밤이었다. 중년 사내 한 명이 빈소로 올라와 영정에 절을 마치고 김상철과 맞절을 했다.

"기운을 내게나, 김 군."

그의 목소리는 굵었으나 부드러웠다.

"자넨 할 일이 많다네, 앞으로."

"고맙습니다."

사내의 날카로운 눈매와 각진 턱을 바라보며 김상철이 인사를 했다.

"난 고려건설의 유 상무야. 자네를 면접 했었는데 기억이 나나?"

사내의 말에 김상철이 허리를 폈다.

"아아, 예."

"소식을 듣고 내가 직접 왔다네. 왜냐하면 자넨 내가 데리고 있을 사람이니까."

유장석이 주위를 둘러보았다.

늦은 밤이어서 화투에 열중해 있는 대여섯 명의 조문객이 떠들고 있을 뿐 빈소 앞쪽은 썰렁했다. 민희는 이모에게 끌려 쉬러 갔으므로 내일 아침에 돌아올 것이다. 유장석이 입을 열었다.

"닷새 후에 신입사원 소집이 있어. 모두 안양 연수원에 모일 테니 그때 만나서 자세한 이야기를 하지."

"예, 알겠습니다."

"이겨내야 돼, 이를 악물고 뚫고 나가야 된단 말이야. 세상 사람들에게 한번 보여 주게. 내가 기회를 줄 테니까."

김상철의 어깨를 가볍게 두드려준 유장석이 자리에서 일어섰다. 그가 빈소를 나가자 김상철의 옆으로 안인석이 다가왔다.

"누구야? 아버지 친구 되시냐?"

"아니, 그저."

"야, 밥 안 먹으려면 술이라도 한잔 할래?"

머리를 끄덕인 김상철이 아래쪽의 술상으로 다가가 앉았다

"그래, 한번 보여 주겠어."

소주잔을 쥔 김상철이 안인석을 바라보았다.

"남보다 몇 배 힘들겠지만 김영환의 아들 김상철이 이겨내는 것을 보여주겠단 말이다."

"그래라, 이 녀석아."

수염을 깎지 못해 덥수룩한 얼굴의 안인석이 얼굴에 웃음을 띠었다.

"그래, 어서 술이라도 처먹고 이겨내라, 인마."

장례식을 마친 이틀 후, 김상철은 교도소의 면회실에서 아버지와 마주 보고 앉아 있었다. 아버지는 언제나처럼 말끔하게 면도를 한 단정한 모습이었다.

그러나 김상철을 바라보는 시선이 흔들렸고 꼭 다문 입술이 가끔씩 풀어졌다. 한 달만의 면회였고 어머니가 면회를 안 온 지는 두 달이 넘은 것이다.

김상철이 입을 열었다.

"아버지, 저 내일부터 고려그룹의 사원이 되었어요. 입사시험에 합격했습니다."

"잘 됐구나."

아버지의 굳은 얼굴이 풀어졌다.

"솔직히 걱정이 되었다. 네가 고려그룹에 지원을 한다고 해서."

"……."

"고려그룹 계열사와 세금 문제가 있었어. 그 사람들도 작년에 고생 좀

했었지."

"……."

"잘 되었다. 실력이 있으면 문제 될 것이 없지. 축하한다, 상철아."

"아버지, 어머니가 돌아가셨습니다."

눈을 부릅뜬 김상철이 말하지 아버지가 멍해진 얼굴로 그를 바라보았다.

"급성 자궁암이었어요. 수술을 했지만 결국 그제 장례를 치렀습니다."

아버지가 뭐라고 입을 열었는지 들리지 않았다.

"아버지, 어머니는 아버지에게 아프다는 말씀도 드리지 말라고 하셨습니다. 하지만 저는 더 이상 거짓말을 못하겠습니다."

김상철이 소리치듯 말했다.

"저는 견디어 낼 겁니다, 아버지. 아버지도 견디어 내셔야 해요."

"……."

"민희를 생각해서라도…… 아버지, 저는 그 애가 걱정입니다."

"민희를 잘 부탁한다, 상철아."

희미했으나 김상철은 아버지의 입놀림을 보며 겨우 알아들었다.

"네가 내 대신 민희를 잘 돌봐다오."

"그건 염려마세요, 아버지."

김상철은 자리를 차고 일어나 유리벽에 바짝 얼굴을 댔다.

"이제 어머니 대신 민희가 면회를 올 겁니다, 아버지. 걔도 아버지를 만날 희망으로 살아갈 겁니다."

"……."

"아버지, 기운을 내세요."

그 순간 김상철은 아버지의 눈에서 흘러내리는 눈물을 보았다. 두 줄기의 눈물이 쉴 새 없이 흘러내리고 있었지만 아버지는 그것을 닦으려고 하지도 않았다.

　면회를 다녀온 날 밤, 김상철은 집 근처의 포장마차에서 민희와 나란히 앉아 술을 마셨다. 이렇게 남매간에 앉아 술을 마시는 것은 처음 있는 일이 어서 민희는 불안한 표정이었다.
　"아버지한테 어머니 돌아가셨다고 말씀드렸어."
　김상철이 입을 열었다.
　"어차피 알게 되실 것, 면회 갈 때마다 서로 속이고 속아주는 척 하는 것도 한계가 있는 거야."
　"아버지가 불쌍해."
　민희의 눈에 눈물이 맺혔다.
　"아버지는 네 걱정을 하셨어. 나한테 너를 부탁한다고 신신당부하셨다."
　"내 걱정은 말아, 오빠."
　햅쑥해진 얼굴을 든 민희가 김상철을 바라보았다
　"걱정 안 시킬 테니까."
　"올해에는 복학해. 내가 취직을 했으니 네 학비는 문제될 것 없어."
　"……."
　"내 말 알아들었어?"
　김상철이 민희의 어깨를 잡아 몸을 그에게로 돌려 앉혔다.
　"아버지한테 기운을 내시라고 하면서 나는 가슴이 터질 것 같았다. 왜냐하면 혹시나 아버지가 생을 포기하지나 않을까 해서. 그래서 민희가 아버지를 만날 희망으로 살 것이라고 했지. 아버지한테 의무감을 심어주어야만 했단 말이다."
　"……."

"이젠 너한테 말해야 되겠다. 네가 기운을 잃고 어떻게 되면 아버지는 살 희망을 잃으실 거다, 무슨 말인지 알아?"

"……."

"살아야 돼, 민희야. 이를 악물고."

김상철은 술잔을 들어 한 모금에 삼키고는 내려놓았다.

"시간이 해결해 준다, 참고 기다려 봐."

"노력 하고 있어, 하지만 너무 힘들어."

민희가 낮은 목소리로 말했다.

"알고 있어, 네가 감당하기 힘들다는 것도."

빈잔을 든 김상철이 앞쪽을 바라보았다. 손님이 없어서인지 주인은 어디론가 나가 있어서 포장마차엔 그들 둘뿐이었다.

"난 돈과 권력을 쥘 것이다. 두고 봐라, 민희야."

잔에 술을 채우며 김상철이 말했다.

"아버지는 이것도 저것도 아니었기 때문에 저렇게 되신 거야. 권력과 금력을 쥐고 아버지를 조종했던 자들은 모두 빠져나와 있단 말이다. 나는 절대로 아버지의 전철은 밟지 않는다."

술을 삼킨 그가 핏발 선 눈으로 민희를 바라보았다.

"난 꼭 빚을 갚을 테니까. 그러기 위해서는 돈과 권력을 쥘 테다. 그것이 지금 내가 사는 목적이야."

"오빠."

걱정스러운 듯이 민희가 부르자 그는 얼굴에 웃음을 띠었다.

"나는 요즈음 내 진면목을 보게 되었어. 난 좌절하지 않아. 누르면 누를수록 오기가 솟아오르는 내 자신을 보게 돼. 난 이뤄낼 자신이 있어."

김상철은 팔을 들어 민희의 어깨를 안았다.

"너만 기운을 내면 돼. 내가 도와줄 수 없는 것은 제발 네 힘으로 견디어 내. 아버지를 위해서라도."

"견디어 낼게."

민희가 머리를 끄덕였다.

"오빠를 위해서라도."

신입사원의 연수원 입소식이 거행되는 안양 연수원의 대회의장. 아직 식이 시작되기 전이어서 회의장을 가득 메운 신입사원들은 제각기 잡담을 나누며 느슨한 자세로 앉아 있었다. 단상에는 수십 개의 의자가 이쪽을 향해 나란히 놓였는데 아마도 중역들의 자리일 것이다. 오늘은 강우진 회장도 참석하여 격려를 해줄 예정이었으므로 연수원 관계자들이 연단 위를 바쁘게 오가고 있었다. 대회의장의 분위기는 밝다. 30대 1의 경쟁을 뚫고 합격한 정예들이어서 모두 자랑과 긍지에 찬 표정들이었다.

회의장 왼쪽의 지정석에 앉아 있던 김상철은 옆쪽의 통로를 걸어오는 사내에게로 시선을 주었다. 사원들은 번호순으로 앉아 있었는데 김상철의 연수번호는 125번이다. 사원들의 가슴에 번호표를 훑으며 올라오던 사내의 시선이 김상철의 가슴에서 멈추었다. 30대 초반쯤의 나이로 보이는 검은 피부의 사내였다.

"125번 잠깐만."

다가온 사내가 말하자 김상철이 자리에서 일어섰다. 그가 통로로 나가자 사내가 바짝 다가섰다.

"날 따라와."

"식이 시작될 텐데요."

"상관없어, 그까짓."

사내가 이맛살을 찌푸렸다.

"유 상무가 기다리고 계셔, 어서."

사내를 따라 김상철이 들어선 곳은 연수원 3층에 있는 사무실이었다. 사무실 안쪽의 소파에 앉아 있던 유장석이 그를 보자 얼굴에 웃음을 띠었다. 김상철은 유장석에게로 다가가 그의 앞자리에 앉았다. 사무실은 100평도 넘어 보이게 컸지만 책상이 한쪽에만 배열되어 있을 뿐이었고 직원도 대여섯밖에 보이지 않았다.

"여긴 임시로 쓰고 있어, 우리가."

유장석이 입을 열었다.

"우린 보름 후에는 시베리아로 떠나니까 말이야. 회장님의 특명을 받고 임차 예정지를 조사하러 가네."

그는 탁자 위에 펼쳐져 있는 지도 위를 손으로 짚었다. 붉은 선이 그어진 부분이었다.

"이곳이야, 길도 없고 숙박시설은 물론 마을도 없는 광활한 동토. 산적들의 은신처이고 짐승이 들끓는 이곳의 자원을 조사하러 가는 거라네."

"……."

"지질과 임업, 기상 등 자원을 조사할 전문가 여덟 명이 우리 인원 스무 명과 동행이야. 우리 임무는 그들을 보호하고 관리하는 것이지. 어렵고 힘든 임무야. 그래서 못 간다고 내 제의를 거절하는 직원들도 있었어."

유장석이 김상철을 똑바로 바라보았다

"신입사원 면접 때 자네를 보고 내 개척단에 합류시키기로 결정을 했어 자네는 운동으로 단련되었고 지지 않으려는 패기가 내 눈에 보였네, 어때, 나와 함께 그곳에 가겠는가? 기간은 반년이 될지 일 년이 될지 기약이 없어."

"가겠습니다."

김상철이 말하자 유장석이 빙그레 웃었다.

"그럴 줄 알았어, 신입사원은 세 명을 뽑았지만 최종 단계에서 나머지 두 명은 보류시켰어. 자네 한 명만 남은 거야."

"……"

"자넨 경영학과 출신으로 전자나 상사를 지망했더구면. 그쪽이 비전이 있는 사업이기는 하지. 하지만 직장인에게 중요한 것 중의 하나는 인맥이야. 무슨 말인지 이해가 가나?"

"예, 이해가 갑니다."

"우선 나에게 자네의 능력을 인정받도록 하게, 알겠나?"

"예, 알겠습니다."

옆쪽으로 머리가 큰 사내가 바쁜 걸음으로 다가오더니 김상철의 옆에 털썩 앉았다. 그리고는 김상철을 위아래로 훑어보았다.

"체격이 좋습니다, 상무님."

"간다고 했어, 이 부장."

그렇게 말한 유장석이 김상철을 바라보았다.

"인사해라. 이쪽은 이대각 부장으로 개척단의 실무 책임자다."

어느 사이에 반말이 되었으나 김상철은 자리에서 벌떡 일어나 허리를 굽혔다.

"김상철입니다. 잘 부탁합니다, 부장님."

박동원은 상반신이 크고 손이 길어서 별명이 원숭이였는데 앉아 있을 때는 표가 나지 않는다. 또한 앉은키가 커보였으므로 어딜 가나 우선 앉고 보는 것이 버릇이 되었다. 대구의 공사현장에서 불려나와 개척단에 합류한 그는 오늘 수원의 찻집에 앉아 있었다. 오후 3시 10분 전이다. 그가 허리를 펴고 다시 찻집의 입구 쪽을 바라보았을 때 훤칠한 키의 40대 사내가 들어서고 있었다.

자리에서 일어선 박동원은 다가오는 이윤제 박사를 바라보았다. 혈색이 좋은 얼굴에 금테 안경을 끼고 있는 그는 경도대학의 지질학 교수로 이번 조사단에 참가할 전문가중의 하나였다.

"기다리셨소?"

앞자리에 앉는 그에게서 향수 냄새가 풍겨 나왔다. 단정히 빗은 머리에서는 윤기가 났다.

"출발이 열흘 후라면 이제 서둘러야겠는데."

이윤제가 입을 열었다.

"내가 적어드린 장비는 준비가 되었습니까?"

"예. 박사님은 몸만 가시면 됩니다. 그런데……"

박동원이 이윤제를 바라보며 고개를 갸우뚱했다.

"박사님 조수는 같이 오지 않으셨습니까?"

"곧 올 거요."

시계를 내려다본 이윤제가 입구 쪽을 바라보는 시늉을 했다.

"시간을 지키는 사람이니까."

"출발은 각자 하시게 됩니다. 모스크바에 도착하시면 우리 지사원이 마중 나와 있을 겁니다."

"그런데 혹시 정부쪽에서 어떤 제재를 해오지 않을까? 우리가 시베리아에 다녀온 걸 알면 말이오."

"그럴 리는 없습니다. 만일 그런 일이 발생한다면 그룹에서 책임을 집니다."

이윤제가 얼굴에 웃음을 띠었다.

"글쎄, 하도 비밀을 지키라고 해서 점점 불안해진단 말이오. 더구나 정부가 고려그룹의 시베리아 개발에 반대 입장을 보이고 있는 상황이고."

그때 찻집 안으로 20대 여자 한 명이 들어섰다. 모직 코트 차림으로 큰 키에 윤곽이 뚜렷한 얼굴이었다. 이쪽으로 시선을 준 그녀는 곧장 큰 걸음으로 다가왔다.

"교수님, 빨리 오셨네요."

"응, 어서와."

이윤제가 손을 들어 박동원을 가리켰다.

"여긴 고려그룹의 박동원 대리시고 이쪽은 우리 학과 조교로 있는 서은영 씨."

서은영이 머리를 숙여 보이고 자리에 앉자 박동원이 눈을 크게 뜨고는 이윤제를 바라보았다

"아니, 이 박사님."

"왜, 여자라서 놀랐소?"

이윤제가 얼굴에 웃음을 띠었다.

"하지만 서은영 씨는 남자보다 나아. 나는 조수로 서은영 씨를 데려 갈 작정이오."

"시베리아의 미개척지라고 말해 주셨습니까?"

"물론이오."

"숙박할 곳도, 민가도 없는 곳에서 남자들끼리 지내야 합니다."

"무장 강도와 짐승이 들끓는 곳이라고도 말해주었소."

그러자 서은영이 입을 열었다.

"걱정하지 않으셔도 돼요. 작년에는 중국 오지도 들어 갔었으니까요."

"거긴 중국과도 다릅니다."

"어쨌든 댁들이 들어가시는 곳 아녜요?"

그러자 이윤제가 정색을 했다.

"난 서은영 씨와 3년을 같이 일했소. 박 대리, 다른 사람과는 같이 갈 수가 없습니다. 그리고 갈 사람도 없고."

"……"

"자, 출국 전에 준비할 사항이나 다시 검토해 봅시다. 시간이 촉박하단 말이오."

12월 30일 저녁 무렵, 서초동의 카페에 김상철이 들어서자 안쪽에 앉아 있던 안인석이 손을 저었다 그는 이유미와 함께였다.
"도대체 어떻게 된 거야?"
자리에 앉자 안인석이 대뜸 물었는데 연수원의 입소식장에서 한 번 얼굴을 보고는 20일 가깝게 서로 연락 한 번 못했던 것이다. 그 동안 안인석은 연수원에서 일주일간의 교육과 일주일간의 계열그룹 견학, 그리고 나서 닷새 동안의 적성검사를 거친 후에 어제 고려전자의 영업부로 발령을 받았다. 이제 고려전자의 사원이 된 것이다.
"어떻게 되긴, 나도 교육을 받았지. 이것 봐라."
김상철이 스웨터의 소매를 걷어 올려 보였다.
"체력단련 교육이었어. 로프에 쓸려서 생긴 상처다."
"아니, 이게."
안인석의 두 눈이 둥그레졌다.
"체력단련을 하다니, 나는 도무지……"
"군대에서 교관 노릇 한 것이 도움이 되었지. 여기서도 교관이 되었으니까."
"누구를 가르쳤는데요?"
이유미가 정색을 하고 그를 바라보았다
"신입사원들이었어요?"
"아니, 과장도 있었고 대리도 있었지요. 모두 러시아로 파견 나갈 사람들이었는데 나도 그중의 하나요."

"네가 러시아로?"

놀란 안인석이 바짝 다가앉았다.

"네가 왜? 너 같은 신입이 뭘 한다고?"

"신입이지만 체력이 좋고, 선택의 여지가 없는 놈이거든, 나는."

"……."

"난 이 일에 파견되기 위해서 합격된 것 같다. 면접 때 분위기가 이상해서 떨어진 줄 알았거든."

그들을 둘러보며 김상철이 웃었다.

"아버지와 고려그룹 계열사와의 세금 문제가 있었어. 계열사들은 세금을 탕감 받았지만 결국 흐지부지 되었지. 아버지만 교도소에 갔고."

"……."

"그런데 날 입사시켰다는 것이 알려지면 아버지와의 관계를 오해할 소지가 있었어, 그래서 난 거의 단념했었는데."

"러시아에 무엇 하러 가는 거야?"

안인석이 다그치듯 묻자 김상철이 머리를 저었다.

"말할 수 없어. 다만 조금 위험하다는 것밖에."

그는 호주머니에서 서류 뭉치를 꺼내 안인석 앞에 내려놓았다.

"회사에서 생명보험을 들어주었어, 직장인 보험도 함께, 나한테 무슨 일이 생기면 회사에서 보상금을 내주기로 계약도 되어 있다. 수취인은 민희 앞으로 했어."

"……."

"네가 갖고 있다가 처리해 줘."

"언제 떠나는데요?"

이유미가 가라앉은 목소리로 물었다.

"그리고 언제 귀국할 예정이에요?"

"출발은 내일 오후, 귀국은 미정이야."
"……."
"어제 아버지께 말씀도 드렸고 민희는 이모 집으로 옮기게 했어, 걘 매달 내 월급을 수령하게 될 거야. 이 서류를 써먹기 전까지는."
탁자 위에 놓인 서류를 손으로 두드리며 김상철이 빙그레 웃었다.
"그래서 오늘밤엔 술 마실 시간이 있어."

심란할 때는 시끄러운 곳이 낫다면서 안인석이 그들을 데려간 곳은 논현로에 있는 나이트클럽이었다. 그의 말대로 귀청이 떨어져 나갈 듯 울리는 음악과 어지러운 조명이 얼을 빼는 것 같았지만 시간이 지나자 이야기도 주고받을 수 있게 되었다. 청각이 무디어진 것이 아니라 더욱 예민해진 모양이었다. 오늘따라 안인석이 폭주를 했으므로 양주 두 병을 금방 비우고 세 병째가 놓였는데 그들은 플로어에도 나가지 않았다.

홀 안에 명멸하는 불빛을 무심히 바라보던 김상철이 머리를 돌리자 이쪽을 향한 이유미의 시선과 마주쳤다. 곧 시선을 비낀 김상철이 술잔을 들었고 이유미는 안인석에게 무언가를 말했지만 들리지 않았다. 술잔을 비운 김상철이 빈 잔에 술을 채우고 있을 때였다. 이유미가 상체를 그에게로 굽히더니 소리치듯 말했다.
"한지은이를 만났어요. 얼마 전에."
"……."
"걱정을 하고 있더군요. 혹시나 앞날을 방해하지나 않을까 하고."
"……."
"그래서 걱정하지 말라고 그랬어요. 김상철 씨는 당신을 사랑하고 있지 않았었다고."
그러자 김상철이 잠자코 술잔을 들었다. 이유미의 얼굴에 형형색색의 불빛이 스쳐 지나가고 있었다.

"당신은 누굴 사랑한다면 그렇게 쉽게 포기 할 남자가 아냐."

이유미가 말하자 이제 김상철이 이를 드러내며 웃었다.

"나에게 관심이 많군, 유미 씨는."

"당연하지. 언제나 당신 이야기를 듣고 지내왔는데."

그러자 김상철이 플로어를 바라보고 있는 안인석을 턱으로 가켰다.

"저 놈을 아껴줘야 돼. 나에게 남은 유일한 선이 있다면 저 놈과의 우정 이니까."

"나는 뭐야?"

이유미가 바짝 상체를 굽히면서 그를 바라보았다. 두 눈이 반짝이고 있었다.

"그 곁가지야?"

그러자 안인석이 이쪽으로 머리를 돌리고는 소리 쳤다.

"야, 나가자. 가만히 있었더니 술이 올라서 안 되겠다."

테이블에서 일어난 그들은 플로어의 인파 속으로 휩쓸려 들어갔다. 발 디딜 틈도 없게 들어차 있는 남녀들이 광란에 빠진 듯 뒤틀며 소리치고 있었다. 음악이 폭발음처럼 들렸고 조명의 빛발은 쏟아지는 포탄 같아서 플로어의 무리들은 마치 단말마의 순간을 맞아 고통으로 몸부림치는 것처럼 보였다. 무리 속에 끼어 있던 김상철은 곧 몸을 뺐다. 다시 테이블로 돌아온 그는 잔에 남아 있던 술을 단숨에 들이키고는 자리에서 일어섰다.

대륙으로

러시아 호텔은 크렘린 궁에서 동쪽으로 모스크바 강을 내려다보는 위치에 세워진 거대한 건물이다.

어젯밤에 도착한 이윤제 박사가 시차 때문에 뒤치락거리다가 늦게 잠이 든 바람에 깨어난 것은 모스크바 시간으로 아침 9시 40분. 놀란 그가 시둘러 옷을 주워 입고는 로비에 내려오자 서은영이 밝은 표정으로 그를 맞았다.

"잘 주무셨어요?"

"못 잤어. 시차 때문에."

이윤제가 시계를 들여다보았다.

"10시가 다 됐는데 이 자들이 왜 나타나지 않는 거야?"

"그 동안 커피나 드세요."

로비 라운지에 앉은 그들은 커피를 시켜 마셨다. 학술회의장으로 자주 쓰이는 호텔이어서 외국인 손님들이 그들 주위에 앉아 있었는데 영어와 독어, 불어가 이쪽저쪽에서 들려오고 있었다.

"다른 사람들도 이곳 어디엔가 있을 텐데."

이윤제가 라운지를 둘러보며 말했다.

"하바롭스크에서 합류시킬 모양인가?"

바로 그때 이쪽으로 다가오는 두 명의 사내를 발견한 이윤제가 얼굴에 웃음을 띠었다.

"저기 오는군, 박 대리께서."

박동원 대리는 장신의 사내와 동행이었는데 처음 보는 얼굴이었다. 어젯밤 공항에서는 다른 고려그룹 지사원이 마중을 나와 호텔에 안내해주고 돌아갔던 것이다.

"잘 쉬셨습니까?"

다가온 박동원이 떠들썩한 목소리로 인사를 했다. 그의 옆에 선 사람은 김상철이었다. 박동원이 김상철을 소개하고는 그들과 마주앉았다.

"러시아 정부에서 오늘 중으로 조사 허가서를 발급해줄 것입니다. 그러면 내일 오전 중에 하바롭스크로 출발할 수 있습니다."

"허가서를 하바롭스크에서 내줄 수는 없었나요?"

이윤제가 묻자 박동원이 머리를 저었다.

"그렇다면 우리가 모스크바까지 올 필요가 없었지요, 박사님."

"다른 조사단원들은 어디 있습니까? 임업이나 기상학자들."

"다른 호텔에 계십니다. 내일이면 모두 만나게 되실 겁니다."

박동원이 김상철의 어깨를 치면서 자리에서 일어섰다.

"오늘 저녁 일곱 시에 연락을 드릴 테니까 그 동안 시내 구경이나 하시지요. 그럼, 저희들은 이만."

로비를 나가는 그들의 뒷모습을 바라보던 이윤제가 서은영에게로 머리를 돌렸다.

"시내 구경은 무슨, 영하 20도 가까운 날씨에 뭘 구경한다고."

"시베리아는 영하 40도라고 했어요. 미리 단련해 두셔야죠."

웃음 띤 얼굴로 그녀가 말했지만 이윤제는 머리를 저었다.

"방한장비를 입고 있겠지, 그때는. 지금처럼 코트에 멋을 낸 차림으로는 안 돼."

이윤제가 손을 뻗어 서은영의 손을 쥐었다.

"일곱 시까지 시간이 있다니, 내 방에서 보드카나 한잔 하는 게 어때? 방은 따뜻하더구먼."

"낮에는 싫어요."

"술말인가?"

"아니, 교수님 이 바라시는 다른 것."

이윤제가 쓴웃음을 지었으나 손을 놓아주지는 않았다.

러시아 호텔을 나온 그들은 대기하고 있던 승용차에 올랐다. 모스크바 지사의 승용차로 운전사는 현지인이다.

"이윤제는 제 정부를 데려 왔어."

박동원이 혼잣소리처럼 말하자 김상철이 머리를 들었다.

"그렇다면 그 여자는 조교가 아닙니까?"

"아니, 조교는 맞아. 하지만 둘이는 그렇고 그런 사이야."

박동원이 잇몸을 드러내며 소리 없이 웃었다.

"시베리아에서 밀월을 즐기려는 생각을 하고 왔다면 매운맛을 보게 될 거야. 저 지질학자 놈은."

승용차는 제르진스키 광장을 지나 옛 KGB 건물을 좌측으로 바라보며 달려 나갔다. 김상철은 박동원과 한조였는데 맡은 일은 연락과 감시역이다. 서울에서부터 박동원과 호흡을 맞추며 함께 행동했는데 그는 눈치가 빠르고 성격도 급한데다가 몸이 날랜 사내였다. 대부분의 개척단 요원이 그런 것처럼 박동원도 유장석 상무가 총애하는 심복중의 한사람이었다.

"저것들이 속을 썩이지 말아야 할 텐데."

박동원이 다시 입을 열었다.

"이대가리한테서 들었는데 현지 사정이 더러워. 하바롭스크에서 자동차로 2주일 가량 북쪽으로 올라가야 되는데 무인지대라 러시아군 탈주병들이 도처에 깔려 있다는 거야."

"……"

"지사요원 세 명이 현지인 세 명의 안내를 받고 조사차 들어갔다가 차 한 대를 잃고 도중에서 돌아왔어. 놈들의 총격을 받아서 죽을 뻔 했다는군."

"이 부장님은 하바롭스크에서 러시아군이 우리와 동행할 것이라고 하시던데요."

"글쎄, 그거야 그렇지만."

박동원이 입맛을 다셨다. 고려건설에 입사한 지 6년으로 동남아의 오지와 중동의 사막지대 공사장을 거친 그였지만 이러한 조건의 땅은 처음인 것이다.

그들이 모스크바의 거리를 달리고 있을 때 강우진 회장은 본사의 회장실에 앉아 이남호 실장의 보고를 듣는 중이었다.

"이 부장이 1진을 데리고 어제 하바롭스크에 도착해서 장비를 점검하고 있습니다. 유 상무는 조사단의 허가증을 받는 대로 내일 하바롭스크로 출발할 것입니다, 회장님."

"그쪽 군부대의 지원은 어때? 경호부대를 딸려 주겠다고 체르넨코가 말했는데."

"예. 이 부장의 보고로는 하바롭스크 주둔군에서 1개 중대 병력을 경호 병력으로 보내준다고 했습니다. 그런데…….”

"그런데 뭐야?"

"부대 사령관이 차량의 기름비용과 주부식비, 거기에다 병사들의 수당까지 합쳐 미화로 5만 달러를 요구한다고 합니다."

"썩어빠진 놈들."

강 회장이 혀를 찼다.

"그 돈은 모두 사령관 놈의 호주머니로 들어가 버릴 거야. 개척단을 따라가는 병사들한테는 한 푼도 돌아가지 않아."

"예. 아무래도…….”

"사령관 놈의 아가리에 5만 달러를 처넣어주라고 하고 따로 5만 달러를 준비해 가도록 해. 틀림없이 따라가는 군인들이 손을 벌릴 테니까."

"알겠습니다, 회장님."

"총리실에서 연락 온 것 없나?"

"예. 지난번에 보신 공문 이후로는 연락이 없습니다."

강 회장이 얼굴에 쓴웃음을 지었다.

"러시아 대사를 외교통상부 장관과 만나게 한 것이 약효가 있는 모양이군."

"예. 하지만…… 회장님."

이남호가 테이블 앞으로 반걸음쯤 다가섰다.

"저는 청와대가 잠자코 있는 것이 마음에 걸립니다만."

"청와대가 나설 일이 아니야."

자리에서 일어선 강 회장이 뒷짐을 지고 창가로 다가섰다. 눈발이 희끗희끗 날리는 흐린 1월의 오후였다.

"러시아 정부가 적극 추진하려는 자동차 산업과 시베리아 개발을 청와대가 나서서 막는다면 당장에 한·러 관계가 악화될 거야. 아마 총리실이나 외무부와 연락하면서 화를 삭이고 있을 거야."

"……."

"도대체 북한의 비위를 거스르지 않으려고 하는 이유가 뭐야? 아직도 그 쓰잘데 없는 정상회담에 미련이 있나?"

"북한의 반대 때문만이 아니라 다른 이유도 있는 것 같습니다만."

이남호의 말에 강 회장이 창에서 몸을 돌렸다. 늘어져 있던 눈시울이 조금 치켜 올라가 있었다. 재촉하는 듯한 그의 시선에 끌려 이남호가 말을 이었다.

"경쟁사의 방해공작이 작용하고 있을 가능성이 있습니다, 회장님."

"대영그룹의 비서실 최선호 전무가 사흘 전에 베를린에서 모스크바로 들어갔답니다. 러시아 대사관의 플레노프가 오전에 알려 주었습니다."

"부대사 말인가?"

"예. 회장님."

"쥐새끼 같은 놈들."

다시 테이블로 돌아와 앉은 강 회장이 이남호를 쏘아보았다.

"방해할 이유가 있나? 하긴 이렇게 묻는 내가 어리석지만."

"충분합니다, 회장님."

이남호가 그의 시선을 받았다

"임차된 땅에서 석유가 나온다든가, 또는 철이나 구리, 중금속이 생산된다면 우리 고려그룹은 원료를 생산하는 유일한 그룹이 됩니다. 그것이 2차나 3차산업으로 연결되면 대영그룹은 이제 우리의 경쟁상대가 될 수 없습니다."

"만일의 경우에 말이지."

"그자들은 만일의 경우에 생길 일에 대비하고 있을지도 모릅니다, 회장님."

그러자 강 회장이 천천히 머리를 끄덕였다.

"놈을 철저히 감시하도록 해. 보안에 신경을 쓰도록 러시아에 연락하고."

"알겠습니다, 회장님."

이남호가 방을 나가자 강 회장은 머리를 돌려 창밖을 비라보있다. 유리창에 부딪치는 눈발이 아까보다 더 굵어져 있었다.

크렘린은 원래 성벽을 뜻하는 러시아어로 미국의 백악관이 그렇듯 아직도 러시아 최고 권력의 대명사이다. 러시아 호텔에서 붉은 광장을 건너면 바로 크렘린 궁의 입구인 트로이츠카야 탑이었으므로 서은영은 크렘린 궁에서 오후를 보냈다. 그녀가 러시아 호텔로 돌아왔을 때는 오후 4시경으로 눈발이 굵어지고 있었다.

파카에 두 손을 찌르고 호텔의 계단을 오르던 그녀는 위쪽에서 내려오는 동양인을 보았다. 단정한 코트 차림에 머리에는 러시아인들처럼 검정 털모자를 쓰고 있었는데 시선이 마주치자 얼굴에 웃음을 띠었다.

"안녕하십니까? 한국 분이시죠?"

걸음을 멈춘 그가 웃으며 물었으므로 서은영도 멈춰 섰다.

"네, 그래요. 한국 분이신가요?"

한국을 확인하는 이유는 북한인을 가려내기 위해서였다. 북한 사람은 한국이라고 하지 않는다. 사내가 머리를 끄덕였다.

"그렇습니다. 저도 서울에서 왔습니다."

"여행 오신 거예요?"

"아니, 업무관계로."

사내가 몸을 돌리더니 호텔 쪽으로 발을 옮겼으므로 서은영이 그를 바라보았다.

"저는 신우그룹의 김 부장이라고 합니다. 모스크바 지사에 일이 있어서 왔습니다."

사내가 이를 드러내며 웃었다. 30대 후반쯤의 나이로 웃는 모습이 귀여운 사내였다.

"그런데요?"

아직도 서은영의 경계심은 늦춰지지 않았다. 호텔의 현관 안으로 들어서자 서은영이 발을 멈추고 그를 바라보았다

"이만 실례하겠어요."

"잠깐만 시간을 내주실 수 있겠습니까? 저쪽에서 10분이면 되겠는데요."

사내가 턱으로 로비 옆쪽의 라운지를 가리켰다.

"긴장하지 마십시오. 저는 생각하시는 그런 사람이 아닙니다."

"무슨 말씀인지 여기서 하세요."

서은영이 움직이지 않자 사내가 어쩔 수 없다는 듯이 입을 열었다.

"저, 곧 시베리아로 떠나시죠? 고려그룹의 일을 하시려고 말입니다."

놀란 서은영이 눈을 치켜뜨자 사내가 얼굴을 부드럽게 풀었다.

"놀라지 마십시오. 모스크바에 있는 한국 지사원들은 모두 알고 있는 일이니까요."

"그런데 왜 그러세요?"

"솔직히 말씀드리지요. 저하고 거래를 맺고 정보를 주십시오. 그 대가로 2천만 원을 드리겠습니다. 서울 계좌를 말씀해 주시면 내일 당장 송금해 드리지요."

"……."

"정보는 시베리아에서 돌아오시고 나서 주시면 됩니다. 어떻습니까?"

서은영이 주위를 둘러보았다. 로비에 가득 찬 사람들 중에서 이쪽에

신경을 쓰는 사람은 없다.

"고려그룹에 신의를 지키실 이유라도 있습니까? 어차피 그쪽으로부터도 돈으로 고용되셨을 텐데요. 그리고 이것은 국가기밀도 아닙니다. 기업 간의 정보전일 뿐이지요."

사내가 진지한 얼굴로 말했다.

"우리는 그쪽 땅에 대한 정보만 필요할 뿐입니다. 서은영 씨 전공인 지질 문제 외에도 기상이나 자원 문제를 함께 조사하실 테니까 상당히 입체적인 정보가 되겠지요. 그것을 정리해서 넘겨주십시오."

"……."

"그들은 서은영 씨가 정보를 누출했다는 증거를 찾을 수도 없을 겁니다. 만에 하나 노출된다고 해도 어쩔 수가 없습니다. 왜냐하면 그들은 이 일을 비밀리에 진행시키고 있기 때문이지요. 한국 정부가 반대하고 있거든요."

로비 기둥에 기대 선 김상철은 서은영이 사내와 헤어져 엘리베이터 쪽으로 다가가자 피우고 있던 담배를 옆에 놓인 재떨이에 넣고는 가방을 들었다. 그가 엘리베이터 쪽으로 다가갔을 때 이미 서은영은 보이지 않았다. 곧 내려온 엘리베이터에 탄 그는 6층에서 내려 618호의 벨을 눌렀다.

"누구세요?"

서은영이 안에서 영어로 묻는 소리가 났다.

"김상철입니다."

그가 한국어로 말하자 곧 문이 열렸다.

"웬일이세요?"

아직 옷도 갈아입지 않은 조금 전의 모습 그대로인 서은영이 그를 바라보았다.

"이걸 드리려고."

김상철이 손에 쥔 커다란 비닐가방을 들어 보였다.

"방한복입니다."

"들어오세요."

가방만 받아들고 문을 닫기가 미안했는지 문을 열고 비켜섰다.

"이 교수님한테는 조금 전에 드렸습니다."

가방을 건네준 김상철이 창가의 의자에 앉으며 말했다. 창밖으로 붉은 광장과 크렘린 궁이 바로 보였다.

"내일 출발하실 때에 그 옷을 입고 가셔야 합니다. 신발은 넉넉하게 250으로 가져왔는데 양말이 두터우니까 맞으실 겁니다."

김상철의 말을 들으며 모피 방한복을 꺼내던 서은영이 시선을 들었다.

"하바롭스크에서는 차로 간다면서요?"

"예. 차로 2주일쯤."

방한화를 든 그녀가 그의 앞자리에 앉았다

"김상철 씨는 그곳, 가보신 적 있어요?"

"아니, 저는 모스크바도 처음입니다."

신발을 벗고 발가락을 굽혔다 편 서은영이 방한화를 신어보았다.

"김상철 씨는 아직 젊으신데 고려그룹에는 언제 입사했어요?"

"아직 한 달이 안 되었습니다."

다시 머리를 든 서은영이 그를 바라보았다.

"그렇군요."

"입사하자마자 바로 선발되었지요."

"축하드려요."

"그럴 만한 상황도 아닙니다."

"어쨌든 잘 부탁드려요. 같이 일하는 동안만이라도."

"아마 제가 근처에 있을 겁니다. 어려우신 일이 있으면 언제라도."

방한화를 신은 서은영이 의자에서 일어나 새 신을 신은 어린애처럼 몇 걸음을 걸어보았다. 얼굴에는 부드러운 웃음을 띠우고 있었다.

"마실 걸 드릴까요? 보드카가 있던데."

"우유나 한 잔 주십시오."

김상철은 손목시계를 내려다보았다. 박동원이 데리러 올 시간이 되어 가고 있었다.

인투리스트 호텔의 로비에 들어선 최선호 전무와 고정문 부장은 앞을 가로막고 선 두 명의 사내들 때문에 걸음을 멈추었다. 두 명 모두 두터운 코트 차림의 러시아인으로 한눈에 경찰 분위기가 풍겨 나왔다.

"여권을."

사내 한 명이 주머니에서 꺼낸 수첩을 잠깐 보이더니 짧게 말했다.

"잠깐 우리를 따라오시오."

최선호와 고정문이 내민 여권을 받아 쥔 사내들은 몸을 돌렸다.

"이것 보시오."

그들을 따라 호텔의 현관을 나서면서 최선호가 말했다

"무슨 일로 이러는 거요?"

"조사할 것이 있어."

힐끗 최선호에게 시선을 준 사내는 걸음을 늦추지 않았다

"이것 보시오. 잠깐 이야기를 합시다."

"경찰서에 가서 이야기 해."

호텔 앞에는 배기관에서 흰 증기를 뿜어내며 검정색 볼가가 대기하고 있었다.

"빌어먹을."

최선호가 고정문을 바라보았다.

"도대체 이 새끼들이 무엇 때문에 이러는 거야?"

"글쎄요, 저도 통……."

고정문은 긴장이 지나쳐 아예 사색이 되어 있었다. KGB는 그들이 쓰던 구건물이 서방세계 사람들에게 인기 있는 관광코스의 일부가 되어 있을 만큼 위력을 잃고 있었지만, 아직도 러시아 경찰의 권위는 남아 있는 것이다. 그들은 등을 떠밀려 승용차의 뒷좌석에 올랐다. 최선호도 불안해지기 시작했다.

"여보시오, 우린 한국의 대영그룹의 중역이오. 알고 있소?"

소리치듯 최선호가 말했으나 옆에 앉은 회색 머리칼에 눈동자도 회색인 사내는 입을 열지 않았다.

"당신도 들었을 거요, 한국의 대영그룹."

"닥쳐!"

앞자리에 탄 사내가 몸을 돌리더니 거칠게 두 마디의 영어 단어를 뱉었다.

"알았어? 닥쳐."

그것으로 차 안에는 정적이 감돌았다. 차가 모스크바 호텔을 지나 스베르틀로프 광장 쪽으로 다가가자 문득 최선호의 머리에 러시아 호텔로 간 김성만 부장의 얼굴이 떠올랐다.

그는 그곳에 묵고 있는 경도대학의 이윤제 교수와 서은영 조교를 접촉하러 간 것이다.

이맛살을 찌푸린 최선호가 고정문을 바라보았다.

"이것, 러시아 호텔 쪽이라도 잘 되어야 할 텐데. 우리는 이 미친놈들한테 끌려가서 바로 나오기가 힘들 테니까 말이야."

고정문이 겨우 기력을 차린 듯 최선호를 바라보았다. 그는 대영물산의 베를린 주재원으로 사교에 뛰어나다는 평을 받고 있었지만 지금은 속수무책인 것이다.

"어떻게든 지사에 연락을 해야겠는데요, 전무님. 무슨 일인지는 모르지만 이렇게 끌고 가는 것을 보면……."

최선호는 잠자코 의자에 등을 기댔다. 그로서도 지금 상황은 도무지 가늠할 수 없었던 것이다.

안인석이 배치 받은 곳은 고려전자의 영업부로 그가 지망했던 곳이다. 1년 매출액이 5조 원에 이르고 그중 4조 원 가량을 수출하는 고려전자는 종업원 수만 해도 3만 명에 이르는 거대기업이었다. 영업부는 본부장 밑으로 5개 부와 20개 팀으로 나뉘어져 있었는데 안인석은 영업 2부의 구주팀 소속이다.

팀장은 과장급이었지만 독립채산 방식으로 운영이 되고 있어서 독자적인 자금집행을 했고 필요에 따라 팀원을 증감시킬 권한도 있다. 물론 연말 결산에서 팀의 실적이나 이익, 장래성 등이 엄격하게 평가되고 그에 따라 팀이 해체되는 경우도 있었으므로 그야말로 하루하루가 피를 말리는 전쟁이었다.

영업 2부는 메모리형 반도체의 수출부서로 올해의 매출목표는 1조 2000억 원, 달러로 환산하면 15억 달러이다. 그것을 네 개의 팀이 달성해야 하는데 구주팀의 목표는 2억 달러였다.

구주팀장 엄기호는 35세로 마른 몸매에 금테 안경을 낀 이지적인 용모의 사내였다. 입사 10년째인 그는 작년의 과장 진급에 이어 올해에는 팀장이 되었으므로 매사에 의욕적이었다. 영업부서는 오로지 실적으로 평가받는다. 그는 올해의 구주팀 내부 목표를 회사에서 책정한 2억 달러보다 20% 많은 2억 4000만 달러로 세워 두고 있었다.

컴퓨터에 나타난 1월의 수출 집계를 바라보던 엄기호가 머리를 들었다.

"안인석 씨, 박미정 씨."

그가 부르자 앞쪽 책상에 앉아 있던 두 남녀가 일어나 다가왔다.

"당신들은 2개월쯤 수원공장에 내려가 현장실습을 받아야 정상인데."

엄기호의 시선이 빠르게 그들을 훑고 지나갔다.

"팀 일이 바빠서 내가 당신들 교육 계획을 조정했어. 당분간은 팀의 일을 돕도록, 이상이야."

엄기호는 컴퓨터의 모니터로 다시 시선을 돌렸고 그들은 자리로 돌아왔다.

"잘 됐죠?"

박미정이 옆자리에 앉은 안인석을 바라보며 웃었다. 그녀는 영업 2부에 배속된 유일한 여사원이었는데 아직도 영업의 현장부서에서는 여사원을 기피하는 경향이 있다. 우선 체력에서 뒤지고 궂은일을 시키기가 거북한데다가 일반적으로 꼼꼼하기는 하지만 순발력과 뱃심이 부족하기 때문이다. 안인석이 잠자코 머리를 끄덕이자 그녀가 목소리를 낮추었다.

"강 대리가 팀장한테 그렇게 건의하겠다고 어제 오후에 말하더군요."

강 대리라면 강형문 대리로 그들의 조장이다. 팀은 다시 네 개의 조로 나뉘어져 있었는데 대리급이 조장이었고 조원은 5, 6명 규모였다.

그러자 이야기의 주인공 강형문 대리가 그들 앞으로 다가왔다. 34세로 입사 9년째의 고참 대리였는데 내년에 과장 진급과 더불어 팀장이 되는 것에 모든 것을 건 것 같은 사내였다. 그리고 회사측도 그러한 전력투구를 마다하지 않고 있었다.

"안인석 씨, 고마쓰의 64메가 D수출가격을 조사하라고 했을 텐데."

책상에 두 손을 짚은 강형문이 그들을 번갈아 바라보았다.

"대만의 합작공장에서 만들어낸 웨이퍼 가격이 덤핑으로 들어가고 있어."

"알아보고 있습니다."

안인석이 서류를 펼치며 대답했다.

"영국의 지사에 연락을 했더니 오늘 중으로 회신을 주겠다고 합니다."

"다시 연락해 봐, 급하다고."

"예."

강형문이 박미정을 바라보았다.

"독일의 공급가격 조사는 끝냈나?"

"여기 있습니다."

자리에서 일어선 박미정이 컴퓨터에서 뽑아낸 자료를 건네주었다. 둥근 얼굴에 혈색이 좋은 강형문은 사람이 좋아 보이지만 독종으로 소문이 나 있었다. 거기에다 술이 말술이어서 지난번 신입사원 환영회에서는 폭탄주를 열 잔이나 마시고 나서야 정식으로 술을 시작하는 바람에 신입들에게 깊은 인상을 심어 주었었다.

"좋아, 됐어."

선 채로 자료를 훑어보고 난 강형문이 머리를 끄덕였다.

칭찬이었다. 그가 몸을 돌리자 박미정이 안인석을 향해 어깨를 슬쩍 추켜올렸다가 내렸다. 두 눈에 장난기가 스며들어 있다.

"강 대리가 여자한테는 약한데."

안인석의 말에 박미정이 머리를 저었다.

"아니, 체크하는 거예요, 나를. 빈틈이 보이나 하고. 아마 방심했다가는 느닷없이 후려칠걸. 저 사람 눈빛을 보면 알 수가 있어요."

그들이 회사 앞의 레스토랑에 들어섰을 때는 저녁 8시 30분이었다.

빌딩의 식사손님으로 아침부터 붐비는 곳이었지만 밤에는 손님이 뜸해져서 언제나 빈자리가 많았는데 오늘도 예외는 아니다.

"배고프지는 않으니까 와인이나 한 잔 해요, 간단하게."

자리에 앉자 박미정이 말했다.

"정식 근무 한 달도 안 되었는데 마치 일 년도 더 지난 것 같아."

매일 밤 9시가 넘어서야 퇴근할 수 있었고 일에 밀려서 토요일도 6시까지 근무를 해온 것이다. 오늘은 일찍 끝난 셈이었고 엘리베이터를 타고 내려오면서 저녁이나 같이 하자고 이야기가 되었다. 그러고 보면 입사동기로 같은 조에 배속되었지만 단 둘이 있어 본 적이 없었다. 그들은 나른한 몸으로 와인 잔을 부딪쳤다.

"술맛이 나네. 이제야 직장인들이 퇴근 후에 한잔하는 기분을 알 것 같아요."

박미정이 그를 바라보았다.

"오늘은 애인 만나지 않아요?"

"걔도 바빠서."

"회사 다녀요?"

"여행사에."

이유미는 아버지가 소개시켜준 잡지사에 사흘을 다니다가 그만두고는 그랜드 여행사라는 대형 여행사에 당당히 시험을 쳐서 합격되었다. 오후 6시면 정확히 퇴근을 하는 이유미가 회사 앞에서 기다리는 것을 퇴근길의 박미정이 본 것이다. 와인 몇 잔에 박미정의 두 볼이 붉게 달아올랐다. 짧게 커트한 머리에 두 눈은 생기 있게 반짝였고 다소 엷은 입술 끝이 언제나 단정하게 닫혀 있는 그녀에게서 이유미와는 다른 아름다움이 느껴졌다. 박미정이 의자에 등을 기대고 앉아 술잔을 들었다.

"일 년쯤 지나면 제대로 일을 익힐 수 있을까? 안인석 씨는 어떻게 생각해요?"

"글쎄, 그보다 더 걸린다고도 하고. 하지만 당장에 일을 맡은 사람도 있으니까."

"당장에 일을 맡다니, 그런 신입이 어디 있어? 경력사원 말하는 거 아녜요?"

"아니, 내 친구 중에 그런 놈이 있어. 신입사원 연수장에서 차출되어서 지금은 러시아에 가 있는데."

"러시아에는 왜? 지사요원으로?"

"아니, 시베리아로. 개척단이래나 뭐라는 조직의 일원으로."

"개척단이라니 거창하네. 거기서 무슨 일을 하는데요?"

"글쎄, 그건 모르겠어. 어쨌든 험한 일인가 봐. 조건도 좋지 않고, 영하 40도가 넘는대나? 사람도 살지 않는 곳으로 들어간댔어."

"그렇다면 차라리 이곳에서 몇 년이 걸리더라도 보조업무를 하는 게 낫겠다. 안인석 씨 친구는 자원한 거예요?"

"아니, 차출되었지, 강한 놈이니까. 합기도 챔피언을 지냈고, 머리도 좋아."

"재미있는 사람이겠네요."

"살아온다면 소개시켜 주지."

안인석은 부드러운 와인을 조금씩 삼켰다. 헤어진 지 20일 정도밖에 안 되었는데 오래된 것 같은 느낌이 드는 것은 눈코 뜰 새 없이 바쁜 생활 때문일 것이다. 회사에서 정신없이 지내다 보면 그를 까맣게 잊고 있을 때가 많았고 이제는 이유미조차도 일주일에 한두 번밖에 볼 수가 없다.

안인석은 시계를 내려다보았다. 직원들과 회식이 있다는 이유미도 지금쯤 어느 식당에 앉아 있을 것이었다.

세계 65개국을 가보았다는 스물아홉 살 난 박정남 대리는 별명이 발정남이었다. 허우대가 멀쑥했고 시원스러운 용모의 그가 어울리지 않게 목하 발정난 상태라는 후끈한 별명을 갖게 된 동기는 누군가가 그가 올린 결재파일의 이름에서 박을 발로 고쳐 썼기 때문이다.

그 박정남이 이유미의 옆자리에 앉아 있었는데 아까부터 잔만 비워지면 서둘러서 술을 채워준다. 영업부 미주과의 회식이어서 십여 명의 남녀 사원들이 모여 있는 자리였다.

"자, 상 위에 있는 술들을 어서치우고 2차로 가자."

상좌에 앉은 미주과장 오병식이 호기 있게 소리쳤다. 그는 이미 눈이 풀려져 있었는데 남자 직원들이 연달아서 술을 권했기 때문이었다.

"유미 씨, 2차에 가서는 과장이 틀림없이 뻗을 거요. 아마 도중에 밖으로 샐 텐데 그때 우리끼리 3차로 갑시다."

박정남이 낮게 말하자 이유미가 얼굴에 웃음을 띠었다. 그는 여사원들에게 인기가 있는 미혼남이었고 건너편에서 이쪽에 자주 눈길을 보내고 있는 미스 양이 짝사랑을 하고 있다는 소문이 있다.

박정남이 다시 입을 열려고 머리를 이쪽으로 숙였을 때다. 과장이 소리쳤다.

"야, 발대리."

직원들의 시선이 일제히 오병식 쪽으로 모아졌다.

"날 떼어놓고 너희들만 3차 갈 모의는 말아. 오늘은 안 넘어갈 테니까."

"내빼지나 마십시오, 과장님."

여행사의 분위기는 가벼운 편으로 상하관계가 격식을 따지지 않아 좋은 점도 있었지만 질서가 없어 보이기도 했다. 그것은 미국에서 교육을 받은 여행사 사장 홍만규의 영향 때문일 것이다.

홍만규는 프린스턴에서 석사과정을 마치고 작년부터 여행사의 전무로 경영에 참여했다가 금년 초에 사장이 되었다. 그의 부친 홍동수는 영동에 부동산만 몇 천억 원대를 가지고 있다는 재벌이었다.
"자, 500인을 위하여 건배다."
다시 과장이 술잔을 들고 소리쳤다.
1월말이 아직 닷새나 남았는데 미국과는 이미 목표인 500명의 승객을 채운 것이다. 술잔을 든 이유미는 코끝이 빨개진 박정남 대리와 그 옆의 남자 직원, 그리고 입가가 지저분해진 여직원들과 끝자리의 과장까지를 한눈에 훑어보았다. 그러자 안인석의 얼굴이 눈앞에 떠올랐다. 그도 연일 야근을 하는 참이어서 며칠 전에 만났을 때에는 무척이나 지쳐 보였던 것이다.

박 대리의 예상대로 오 과장은 1차가 끝나기도 전에 정신을 못 차리는 바람에 겨우 택시에 밀어 넣었다. 그 와중에 직원들도 뿔뿔이 흩어지고 말았다.
남은 직원은 박 대리와 이유미, 그리고 남자 직원 두 명에 미스 양까지 다섯 명이나. 택시를 타기에도 어중간한 숫자여서 그들은 근처의 조그만 나이트클럽으로 들어섰다. 미스 양은 이유미보다 2년 선배인 스물다섯으로 피부가 고왔고 깔끔한 외모의 여자였다.
소문대로 술좌석 내내 그녀의 시선은 박 대리 근처에서 맴돌았는데 지금도 예외가 아니다.
"언니가 이쪽에 앉아."
박 대리가 앉기를 기다렸다가 미스 양을 그의 옆으로 밀어 앉힌 이유미는 남자 사원들 사이에 끼어 앉았다.
양주를 두어 잔 마시고 나서 번갈아 가며 플로어에 나가 춤을 추고 돌아온 이유미와 남자사원 둘이 테이블에 남았을 때다.

"박 대리는 사장의 고등학교 1년 선배가 돼요. 사장은 고등학교 2학년 때 미국으로 유학 갔지만 선배는 선배지."

한 직원이 턱으로 플로어 쪽을 가리키며 말했다.

"우리가 보기에는 사장은 고등학교 동문을 별로 챙기는 것 같지도 않는데 저 양반은 정성이야. 작년부터 동창회에 꼭 참석하고 나서 사장께 보고한단 말이야."

"그것만 해도 굉장한 인연이네요. 뭐, 박 대리님은 출세하시겠네."

이유미의 말에 한 사원이 웃었다. 그녀보다 2, 3년 선배로 평소에는 별로 말이 없는 사내였다.

"하긴 우리 여행사는 한국의 20대 여행사 안에는 드니까, 재력도 탄탄하고."

"김 선배는 조금 피곤하신 것 같아요."

"조금 지쳤을 뿐이에요, 일에."

"벌써 지치면 어떻게 해요? 내가 보기에는 분위기도 좋고 보수도 괜찮던데요."

"월급쟁이는 다 그게 그거지 뭐."

그 선배가 양주를 홀짝이며 마시더니 이유미를 바라보았다.

"내 나이에 사장 자리를 차고앉은 우리 사장을 봐요. 부모 잘 만나서 외제차 굴리고 다니면서 한 달에 몇 천만 원씩을 뿌리고 사는데 기 안 죽게 생겼소?"

"능력이 있으면 기회가 와요."

이유미가 그의 잔에 술을 채워주었다.

"나는 마음먹기에 달렸다고 봐요. 성공과 실패는."

"이유미 씨는 꿈이 뭐요?"

"글쎄요."

술잔을 든 이유미가 이를 드러내며 웃었다.

"대학 때는 그런 거 없었는데 회사생활을 하면서부터 생각이 만들어졌어요. 회사를 경영하는 거, 도전할 만한 일이라고 생각해요."

미스 양이 환하게 펴진 얼굴로 박 대리와 함께 돌아왔으므로 그들의 이야기는 끝이 났다. 이유미가 자리에서 일어서자 일행들은 놀란 듯 머리를 들었다.

"저는 이만 가봐야겠어요. 늦었어요."

머리를 숙여 보인 이유미가 몸을 돌렸다. 박 대리가 몇 번 불렀지만 소음에 묻혀 곧 들리지 않게 되었다.

흰 눈에 덮인 대평원에는 나무 한 그루 자라나 있지 않았다. 한낮이었지만 흐린 하늘에 태양의 자취는 없고 칼끝 같은 바람이 눈가루를 날리며 평원 안쪽으로 휘몰고 갔다. 북위 62도, 서경 143도 5분 위치의 시베리아 대륙의 동남단. 아래쪽으로는 오호츠크 해로 이어지고 위쪽으로 거대한 대륙이 펼쳐진 불모의 땅이다. 40여 대의 트럭과 10여 대의 랜드로버로 구성된 개척단의 대열은 장관을 이루며 하바롭스크를 떠났지만 16일 후인 지금, 평원에 줄을 이어 서 있는 차량은 트럭 25대에 7대의 랜드로버로 줄어들어 있었다. 전문가 그룹 중에서 축산과 임업 두 분야의 네 명이 동상과 설사로 하바롭스크로 돌아갔고 직원 18명 중 5명도 마찬가지였다. 뒤쪽에서 두런거리는 말소리가 들리더니 스리코프 대위가 다가왔다. 그가 인솔해온 80여 명 병사와 12대의 트럭은 이제 60명에 7대가 되어 있었다.

"미스터 유, 동쪽으로 70킬로미터 정도만 가면 삼림이 나옵니다. 일단은 그곳으로 갑시다."

30대 전후의 나이였지만 거친 피부에 수염이 무성해서 4, 50대로 보이는 그의 콧수염에는 얼음덩이가 매달려 있었다. 유장석이 머리를 끄덕였다.

"좋아, 일단은 이 바람부터 피하고 보자."

기지를 선정해 두는 것이 우선인 것이다. 잠시 정지되었던 대열이 꿈틀거리더니 천천히 움직이기 시작했다.

앞장을 선 차는 김상철이 운전하는 예비트럭이었는데 조수석에 앉은 사람은 앳된 얼굴의 러시아 병사였다. 길도 나 있지 않는 평원인데다 눈에 덮여 있어서 언제 함정에 빠질지, 얼어붙은 호수로 들어갈지 알 수가 없다. 이를테면 김상철의 트럭은 대자연에 던져진 미끼였다.

김상철의 트럭은 끝없이 펼쳐진 빙설 위를 천천히 나아갔다.

"이바노프, 유리 창 좀 닦아라."

히터는 작동이 되었지만 환풍 장치가 막혔는지 유리창 안쪽이 부옇게 흐려졌다.

러시아어를 익히기 위해서 한쪽 귀에 카세트와 연결된 이어폰을 꽂은 김상철이 소리치자 이바노프가 서둘러 유리창을 닦았다. 그는 열아홉 살로 바이칼 호 근처의 타츠 태생 이었다. 세상 구경을 하고 싶어서 군에 입대했지만 일 년이 지나도록 하바롭스크를 벗어나 본 적이 없다고 했다.

"김, 사령관한테 달러를 많이 주었다는데, 당신 알고 있어?"

이바노프가 물었으므로 김상철이 힐끗 그를 바라보았다. 일주일이 넘게 같이 지내고 있는데 이바노프는 순진했다. 가끔씩 한국산 담배와 소주병을 주면 뛰어오를 듯이 기뻐하면서 가슴에 품고 돌아가는 것을 보는 것이 즐겁기도 했다.

"난 모르는 일이야, 이바노프. 그리고 너도 그런 것 알 필요 없어."

"김, 당신들은 한국에서 제일 큰 회사 사람들이고 달러를 엄청나게 갖고 있다는 소문이 있어."

"그건 회사가 그런 거지. 우린 너희들과 똑같아. 월급을 받는 월급쟁이란 말이다."

다시 안개가 끼었으므로 이바노프가 수건으로 유리창을 닦았다. 트럭은 시속 20킬로미터 정도의 속력으로 달려가고 있었지만 눈구덩이를 지날 때는 10킬로미터 미만이 된다. 평원에 굴곡이 없었기에 망성이지 눈에 덮인 비탈과 골짜기에서는 이런 속력도 낼 수가 없을 것이다.

갑자기 전방에 검은 무리가 나타났으므로 김상철의 몸이 굳어 졌다. 긴장한 이바노프도 옆에 세워 둔 칼라시니코프 소총을 움켜쥐었다.

"순록 떼야."

앞쪽을 쏘아보던 이바노프가 이윽고 말했다.

"몇 마리 쏘아서 싱싱한 고기를 먹고 싶은데 안 됐군."

요즘 며칠 사이에도 벼랑에서 구른 트럭이 두 대나 되었고 웅덩이에 빠져 엔진을 못쓰게 된 트럭이 세 대, 랜드로버가 세 대나 되었다. 처음에는 군의 트럭 서너 대가 앞장섰고 개척단의 랜드로버와 장비를 실은 트럭이 가운데, 그리고 후위에 다시 군 트럭들의 순서로 대열을 이루었지만 시간이 지나자 대열은 흐트러졌다. 선두를 맡았던 군 트럭들이 계속해서 사고를 냈으므로 이제는 김상철이 선두를 서서 일주일이 넘게 달리고 있는 것이다.

"김, 대위가 마르첸코 중위를 딸려 부상자와 허약자를 돌려보내려고 하고 있어."

이바노프의 말에 김상철이 그를 바라보았다.

"아니 스무 명을 넘게 보내 놓고는 또 보낸단 말이야? 지금도 환자가 많아?"

"아니, 환자는 거의 없어."

"그렇다면 왜?"

"대위가 자기 몫을 늘리려고."

"그게 무슨 말이야?"

"대위는 곧 당신들에게 사례비를 요구할 거야, 사례비를 받으면 졸병인 우리한테도 몇 달러씩 나눠주겠지. 무슨 말인지 알겠어?"

이바노프는 영어를 꽤 잘했으므로 김상철은 충분히 알아들을 수 있었다. 머릿수를 줄여야 몫이 커진다는 말이었다.

"마르첸코 중위는 화를 내겠지만 허약자나 동상 걸린 놈들을 데리고 돌아갈 거야. 아마 20명쯤 돌아갈 거라고 해."

김상철이 이바노프를 바라보았다.

"이바노프, 너는?"

"당신이 준 술과 담배를 대위한테 바쳤으니 아마 나는 남게 될 거야."

영하 40도가 넘는 추위가 되자 대기 속의 미세한 얼음 결정이 달라붙으면서 지상으로 떨어져 내렸다. 사각거리는 소리가 사방에 가득 차 있는 것이 공기마저 투명한 얼음덩이로 되어가는 느낌이었다. 시베리아 사람들은 이것을 별의 속삭임이라고 부르지만 남쪽에서 온 사람들에게 그것은 온몸이 얼음이 되어 부서져 내릴 것 같이 느껴지는 소리였다.

유장석은 모피 코트를 걸치고 눈만 내놓은 채 트럭 안으로 들어온 김상철을 맞았다.

"어서 와, 무슨 일 있나?"

그는 이제 김상철을 믿음직한 부하 취급을 했는데 그의 옆에 앉은 이대각이나 과장급 간부들도 이의가 없다.

김상철은 머리에 눌러쓴 털모자를 벗었다. 트럭은 뒷부분을 박스형으로 만들고 히터 장치를 해놓아서 10명까지 잘 수 있게 만들었는데 8대가 남아 있었으므로 러시아군에게도 4대를 나눠주었다.

"대위가 중위에게 20여 명을 딸려 되돌려 보낼 것 같습니다."

그가 이바노프에게서 들은 이야기를 하자 트럭 안은 금방 조용해졌다.

"그렇다면 경비병이 40명 정도밖에 남지 않겠군."

이대각이 먼저 입을 열고는 유장석을 바라보았다.

"40명 정도만 해도 충분하지 않을까요? 제 생각엔 별문제가 없을 것 같습니다만……."

그러자 김상철이 입을 열었다.

"이바노프의 이야깁니다만, 이쪽 지역인지 어쩐지는 알 수 없지만 러시아군을 탈영한 무리들이 밀렵꾼으로 돌아다니고 있다고 들었습니다. 그들은 산적이나 마찬가지라고 합니다. 그리고……."

"그리고 뭔가?"

유장석이 자세를 고쳐 앉으며 물었다.

"이건 제 생각입니다만 중위를 보내고 우리한테서 사례비를 받은 대위가 약속을 어기고 떠날 가능성도 있습니다."

"……."

"위험한 지역인데도 병력을 줄이는 것을 보면 그런 계획을 세우고 있는지도 모릅니다, 상무님."

한동안 김상철을 바라보던 유장석이 천천히 머리를 끄덕였다.

"그럴 가능성이 있다."

"허어, 이것 참."

이대각이 어깨에 걸쳤던 모피 코트를 벗어던졌다.

"그렇다면 야단이네. 상무님, 기지 사령관한테 무전을 쳐야 하지 않겠습니까? 아예 중위부터 못 보내게 말입니다."

"사령관이 우리말을 들을까? 병자를 돌려보낸다고 하는데 말이야."

"개새끼들, 그렇다면 돈을 일 끝내고 준다고 하지요. 중위 몫까지."

그는 그것이 현실적으로 어려운 일인 줄 스스로도 아는지라 말끝을 흐렸다.

유장석이 옆에 앉은 박동원을 바라보았다.

"하바롭스크의 김 부장에게 연락을 해. 사령관을 찾아가서 대위한테 무슨 일이 있어도 개척단을 떠나지 말라는 지시를 내려 달라고 말이야."

"예, 상무님."

"그리고 현재 인원이 60명밖에 남지 않은 것에 대해서 질책을 내리도록 만들어야 돼. 사령관은 5만 달러나 먹었으니 그쯤은 해 줄 것이다."

"예."

박동원이 자리에서 일어서자 유장석이 손을 들어 그를 불렀다.

"그리고 최악의 경우인데 무슨 일이 있을 때 헬기를 보내주기로 되어 있어. 그것을 다시 한 번 확인하라고."

무전기는 뒤쪽 차에 있었으므로 박동원이 밖으로 나가자 유장석이 김상철을 바라보았다. 부드러운 눈길이었다.

"수고했다, 김상철."

그는 부하직원이 마음에 들면 이름을 부르고 반말을 뱉는다. 더 마음에 들면 욕설을 한다.

"너 이 새끼, 내가 잘 본 거야. 나는 사람볼 줄을 안단 말이야."

버걱거리는 발자국 소리에 몸을 돌린 김상철은 어둠 속에서 검은 물체가 접근해 오는 것을 보자 기분이 섬뜩해졌다. 모피로 온몸을 감싸 둥그렇게 되었지만 사람이다.

"누구요?"

"저예요."

80여 명 가까운 일행 중 유일한 여자인 서은영이었다. 그녀는 네 번째 박스 차에 설치된 화장실에 다녀오는 모양이었다. 해가 뜬 한낮에는 코트를 벗어도 될 정도로 날씨가 푸근했고 그때에는 바람도 없다. 그래서 용변을 볼 때에는 눈구덩이를 발로 파고 거기에다 일을 보았지만 밤에는 안 된다. 피부를 내놓는 즉시 동상에 걸리기 때문이다.

그래서 하바롭스크에서 만든 발명품 중의 하나가 화상실용 트럭이었다. 그곳에서는 더운물 샤워도 할 수 있게끔 만들어 놓아서 스리코프와 마르첸코는 단골손님이 되었는데 그들은 양식과 기름을 실은 트럭보다 화장실용 트럭을 더 아꼈다. 트럭의 대열을 정리할 때도 화장실 트럭은 맨 가운데였던 것이다.

"이곳을 기지로 정했다죠?"

가깝게 다가선 그녀가 물었으므로 김상철은 어둠 속임을 감안하여 커다랗게 머리를 끄덕였다. 그녀의 침실은 두 번째 트럭으로 이윤제와 자원팀 세 명, 그리고 직원 한 명 등 여섯 명이 같이 사용하고 있었다. 트럭으로 다가간 서은영이 몸을 돌렸다.

"아직 열시밖에 안 됐는데 올라오세요. 모두 자지 않고 있어요."

너욱이 2주일이 넘게 고생해서 목적지에 도착한 날 밤이다. 내일 아침 다시 출발할 일도 없는데다 유장석은 아침 11시까지 휴식시간을 주었으므로 분위기는 들떠 있었다.

그녀를 따라 김상철이 안으로 들어서자 사람들이 반겼다.

"어서 오시오, 김 형."

소주잔을 든 이윤제가 소리쳤는데 얼굴이 벌게져 있는 걸 보면 시작한 지 꽤 되는 모양이었다. 한성대학의 김진모 교수와 두 명의 조교로 구성된 자원팀도 술기운이 오른 얼굴이었고 차 안에는 안주 냄새가 진동을 했다.

"자, 한잔."

50대 중반의 김진모 교수가 술잔을 건네주었다. 그는 인도네시아의 칼리만탄 섬에 들어가 일 년간 탐사해본 경험이 있다고 했지만 열대의 밀림에서 겪은 경험이 혹한 속의 시베리아에서 얼마나 도움이 될지는 알 수 없었다.

"듣자하니 신입사원이라던데 입사 하자마자 고생이 많으시오."

김진모가 부드러운 얼굴로 말했다.

"김 형은 이 일을 지원한 거요? 아니면……."

"지원했다고 보셔도 됩니다."

소주를 한 모금 삼킨 김상철이 그를 바라보았다.

"갈 의사가 없는 사람들은 제외시켰으니까요."

"생각보다 험한 곳이오. 그리고 상황도 좋지 않고."

김상철은 잠자코 머리를 끄덕였다. 그들에게 스리코프 대위 이야기를 해 줄 필요는 없다. 둘러 앉아 있던 조교 한 명이 입을 열었다.

"원목만 베어가도 굉장한 이윤이 남을 텐데요, 아직 조사도 안 했지만 이 근처의 원목림만 해도 엄청나지 않습니까?"

"수송로도 우리가 지나온 길을 닦기만 하면 될 테니까 큰 공사를 할 필요도 없을 것 같고 말입니다."

김진모가 머리를 저었다.

"그것 가지고는 아래쪽의 북한 벌목사업소 규모밖에 안 돼. 강 회장이 그러려고 우릴 고용했겠나?"

트럭에 싣고 온 장비의 대부분이 김진모의 자원탐사용이다. 그러자 이윤제가 입을 열었다.

"하긴 원목만 베어가면서 개발을 한다고 할 수는 없지. 이곳의 여름은 7월과 8월의 두 달 동안으로 나머지 열 달은 겨울이니 농사는커녕 축산도 할 수가 없어."

잔에 따른 소주를 한 모금 삼키고 난 김진모가 머리를 들었다.

"아직까지 이 시베리아 땅에 시추공을 박은 사람이 없다는 사실에 나는 가슴이 뛰어. 마치 처녀의 몸에 처음 손을 대는 남자의 심정이랄까."

그의 시선이 힐끗 서은영을 스치고 지나갔으므로 사람들은 웃음을 지었다.

"강 회장은 최근 영국에서 만든 최신형 시추장비를 군소리 않고 사보내 주었어. 10여 명의 인원으로 하루 만에 설치가 가능한데다가 암반층을 뚫고 지하 1킬로미터까지 내려가는데 일주일이면 돼."

김진모가 붉어진 얼굴로 사람들을 둘러보았다.

"알겠소? 일주일이면 유전이 있는지를 알 수가 있단 말이오. 나는 한 달 반 동안 다섯 군데를 조사할 수가 있어."

그의 열기에 끌린 듯 박스 안은 조용해졌다. 김진모가 다시 말을 이었다.

"그것만 쏟아지면 이 혹한의 시베리아는 더워질 거요. 공장과 굴뚝이 생기고, 거리가 생겨나고 도시가 탄생 될 거요."

김싱칠이 머리를 놀리자 서은영의 시선과 마주쳤다. 차분한 표정의 그녀는 잠시 그의 시선을 받더니 곧 머리를 숙이고는 바닥에 놓인 안주 하나를 집었다.

웅대한 꿈

 맑고 흰 태양이 비치는 날에는 바람도 불지 않았으므로 시야가 더 멀리 트여진다. 앞쪽으로는 검은 침엽수 숲이 펼쳐진 삼림지대가 완만한 구릉을 이루며 한없이 이어져 있다. 슈바를 벗어젖힌 스웨터 차림으로 장비를 점검하고 있는 유장석에게 스리코프가 다가왔다. 그는 벨트를 꽉 조여 매고 권총집에 루가를 꽂은 정복차림이었다.

 "미스터 유, 알려드릴 게 있소."

 유장석이 머리를 들자 주위에 있던 이대각과 서너 명의 한국인들도 움직임을 멈추었다. 벨트에 두 손을 짚고 선 스리코프가 유장석을 똑바로 바라보았다

 "내 부하들 중에서 환자와 허약자를 추려 귀대시키려고 합니다. 그들은 마르첸코 중위의 인솔로 내일 출발할 거요."

 "대위, 이것은 약속과 틀리는데."

 유장석이 그에게로 한 걸음 다가섰다.

 "본래 우리는 1개 부대 80여 명으로 당신네 사령관과 계약을 맺었던

거요. 그런데 도중에서 20여 명이 돌아가 지금 60명밖에 남지 않았는데 또 보낸단 말이요?"

"사령관의 허락을 받았소."

"허락을 받다니?"

유장석과 이대각의 시선이 마주쳤다.

하바롭스크의 김 부장이 아직 사령관과 연락이 안 되었거나 사령관이 그의 말을 무시했거나 둘 중의 하나였다.

"마르첸코 중위는 21명의 환자를 인솔하고 내일 출발합니다."

말을 마친 대위가 몸을 돌리자 유장석이 들고 있던 서류를 눈 위로 내팽개쳤다.

"이런 개 같은 자식들."

"이거, 김상철의 이야기가 맞아 들어가는데."

서류를 집어든 이대각이 묻은 눈을 털면서 말했다.

"이 장비 장치하는 데 최소한 열 명은 있어야 돼요, 이 부장."

그들의 말을 듣고 있던 김진모가 걱정스러운 얼굴로 나섰다.

"리시아 병사들이 서늘어줘야 한단 말이오."

"그 정도 인원이야 되지 않겠습니까? 그래도 40명 정도가 남아 있는데."

그렇게 대답을 했지만 이대각의 표정도 어두워져 있었다. 뒤쪽 트럭 위에서 장비를 점검하고 있던 이윤제도 맑은 대기 속이라 그들의 주고받는 대화를 모두 들었다.

"야단났군."

그가 옆에 서 있는 서은영을 바라보았다.

"도착 이튿날부터 말썽이 일어났어."

"환자를 보낸다니 오히려 짐을 던 셈 아녜요?"

"우리 탐사반에도 대여섯 명의 일꾼이 필요한데 또 경비는 어떻게 하고? 40명으로는 어림도 없어."

"어떻게 되겠지요, 뭐."

"하긴 그렇지, 우리도 계약기간만 채우고 떠나면 되니까. 우리 국토를 탐사하는 것도 아닌데 뭘."

이윤제가 한 걸음 서은영에게 다가가 낮게 말했다.

"어차피 자원팀하고 따로 움직여야 할 테니 박스 차는 우리 둘 몫으로 한 대 배정받도록 해야겠어. 이미 모두 눈치챈 모양인데 체면 차릴 것 없어. 서울에서 다시 볼 사람들도 아니고."

"싫어요."

서은영이 단호하게 머리를 저었다.

"이 기회에 정리했으면 좋겠어요. 교수님과 저 사이를."

"이 기회에 정리하겠단 말이지."

이윤제가 얼굴에 웃음을 띠었다.

"넌 영리한 애야. 그래서 항상 다른 경쟁자를 물리치고 내 시선을 끌었지. 그래서 조교가 됐고."

"……."

"돌아가면 전임 발령을 받을 수 있을 텐데, 그것을 포기할 결심을 했군. 그렇지?"

"중요한 건 현실이지요. 지금은 교수님도 절 어쩔 수가 없어요. 마음대로 자르고 보낼 수는 없어요."

이제는 서은영이 그를 바라보며 웃었다.

"이 탐사기는 학교에서 쓰던 30년이나 된 구닥다리 일제 모델이 아니라 컴퓨터로 작동되는 최신 미제 티아이 제품인 것 아시죠? 교수님은 아마 손도 대지 못하실 걸요? 왜냐하면 내가 오는 도중에 매뉴얼과 작동법 모두를 외운 뒤 내버렸거든요."

"이…… 이 나쁜 년."

이윤제의 얼굴이 벌겋게 달아올랐다.

"널 당장…… 내가!"

"곡괭이를 들고 바위 조각을 깨서 화석을 찾으시려고요? 학교에서는 통했지만 여기에서는 안 될 거예요."

"내 눈앞에서 없어져!"

"고려그룹에서 받은 금액의 반을 내세요. 그렇지 않으면 유 상무한테 이야기해서 당신의 길기만 한 이론을 택할 것인가 아니면 첨단기기를 사용해서 분석하는 훨씬 신뢰할만한 자료를 택할 것인가를 선택하라고 할 테니까."

저녁 무렵, 태양이 서쪽으로 사라지기 직전 반월형으로 늘어선 트럭들과 흰 눈 더미, 그리고 저녁 준비로 바쁘게 오가던 사람들의 얼굴이 진홍빛으로 물들었다. 손을 내밀어 보았더니 손등도 진홍빛이었고 대기도 마찬가지였다. 삼시 농안 보는 것에 스며들었던 진홍빛이 사라지면서 곧 어둠이 닥쳐왔다.

"김, 무슨 일이요?"

트럭의 엔진 옆쪽에 서 있는 김상철에게 이바노프가 다가왔다. 그는 이제 슈바를 꺼입고 방한모를 눌러 쓴 차림이었다.

주위를 둘러본 김상철이 그에게로 바짝 다가섰다.

"이바노프, 넌 남게 되겠지?"

그러자 이바노프가 이를 드러내며 웃었다.

"남을 거예요. 모두 당신 덕분입니다."

"마르첸코 중위는 불평하지 않더냐?"

"스리코프와 말다툼을 하는 걸 들었지만 할 수 없지. 지휘자는 스리코프니까."

"너에게 부탁이 있어."

김상철이 다시 주위를 둘러보았다. 이쪽은 맨 선두에 세워둔 차여서 사람들과는 꽤 떨어져 있다.

"달러를 줄 테니까 총을 구해줘. 돌아가는 병사한테서."

"……."

"소총과 권총을 실탄과 함께, 가능하겠지?"

"……."

"몇 정이나 필요합니까?"

이제 이바노프의 목소리도 낮아져 있었다.

"한 정씩이면 돼. 내가 필요해서 그러니까."

"얼마로 사실 작정입니까?"

"네가 가격을 말해라."

"소총 100달러, 권총 70달러를 주시오. 실탄은 충분히 드릴 테니까."

머리를 끄덕인 김상철이 주머니에서 10달러짜리 20장을 꺼냈다.

"2백 달러를 주겠다, 이바노프."

"오늘밤에 당신 차의 의자 밑에 넣어두지요."

돈을 주머니에 넣은 이바노프가 그를 바라보았다.

"또 필요한 것 있습니까? 수류탄이나 철모, 탄띠도 얼마든지."

"다른 건 필요 없어. 그런데 이바노프."

"예, 김."

"소문내지 말도록 해."

그러자 이바노프가 얼굴을 펴고 웃었다.

"내 걸 잃어버렸다고 하고는 돌아가는 친구한테서 얻을 거요. 그놈은 돌아가는 도중에 눈 속에서 잃었다고 할 것이고."
 총을 준 병사에게 약간의 돈이 지불되겠지만 김상철에게서 받은 달러의 대부분은 아마 그의 수중에 남게 될 것이었다. 이바노프가 기운차게 몸을 돌리자 김상철은 한동안 움직이지 않았다. 이쪽도 방어력이 있어야 한다. 그는 어제부터 그것을 절실하게 느끼고 있었던 것이다.

 강 회장이 개척단의 상황을 보고받은 것은 그가 미국에서 돌아왔을 때였으니 사흘 후였다. 공항에서 시내로 들어가는 차 안에서 이남호로부터 보고를 받은 그는 한동안 창밖을 바라본 채 입을 열지 않았다.
 1월말의 오후였다. 포근한 햇살을 받은 김포가도는 전날 내린 눈이 녹아 질퍽하게 젖어 있었다.
 "그곳에 자리를 잡으면 경찰력이 필요하겠다. 자위수단으로 말이야."
 창에서 머리를 돌린 강 회장이 입을 열었다.
 "그 망할 놈의 러시아 군대는 믿을 수가 없어 우리 땅은 우리가 지켜야 돼."
 "임차계약을 맺으면 당연히 그렇게 해야지요, 계약조건에도 명기되어 있으니까요."
 "기름이 나오지 않아도 추진시킬 테니까, 3월초에는 러시아 정부와 계약을 마칠 것이다."
 강 회장의 결심은 흔들리지 않는 것이었다. 그가 손을 들어 창밖을 가리켰다.
 "저기 논 색깔을 봐. 적어도 천년 이상 저 논에서 곡식을 생산했을 거야. 거름도 주고 비료도 주었지만 이제 누렇게 되어서 논 같지도 않아. 마치 폐경기가 지난 할멈처럼."
 "회장님, 그곳 시베리아에서는 농사를 지을 수가 없습니다."

"글쎄, 누가 뭐래?"

강 회장이 눈을 부릅떴다.

"누가 농사를 짓는다고 했나? 난 그 새 땅에 새 도시를 건설할 거다."

"……."

"공해를 만들지 않는 기업을 옮겨 가고, 한국에서 이민을 허가하지 않으면 러시아 땅에 있는 조선족들을 받아들이겠다. 아마 모두 모여들 거야. 50만 명쯤 될까?"

"회장님, 아직 정부에서……."

"정부?"

다시 강 회장이 눈을 부릅떴다.

"대한민국 국민인 내가 한반도보다 두 배나 큰 땅을 러시아로부터 얻어 개발하고 관리한다면 박수를 쳐줘야 되는 것 아닌가? 그런데 어떤 놈이……."

"임차보증금 15억 달러는 한국에서 가져가지 못할 것 같습니다."

"예상하고 있었어. 그래서 외국 은행에서 빌리기로 했다."

"한국의 재산이나 고려그룹의 담보도 허용하지 않을 것 같습니다만."

"그것도 예상했어. 그래서 이번에 미국에 갔을 때 몇 군데 은행총재를 만났다."

"……."

"임차계약서만 담보로 잡고 돈을 빌려 주겠다는 거 다. 3년 거치 10년 상환으로 이자는 연리 10%야."

강 회장의 얼굴에 웃음이 떠올랐다.

"이 실장, 내 나이가 몇이냐?"

"예, 회장님 저……."

"딱 하나 내 나이가 문제가 됐지, 73세니 3년 후면 76이라, 한국사람의 남자 평균수명이 72세라는 거야. 그래서 중공업의 강 회장을 연대보증인으로 세우기로 하고 끝냈다"

"아아, 예."

"이 정권은 내가 시베리아 임차지의 주인이 되는 것에 배가 아픈 것이다. 국력의 신장이나 미래 같은 것은 안중에도 없는 놈들이니까."

다시 얼굴을 굳힌 강 회장이 이남호를 바라보았다.

"북한이 우리 경제인단 방북을 거절했다면서?"

"예, 겉으로는 경제인단 규모가 너무 많기 때문이라고 했지만 실제로는 우리의 시베리아지역 임차관계 때문입니다."

강 회장이 턱을 들고 웃음을 띠었다.

"경제인단 규모가 많아서 거절했다고? 얼굴 가죽이 질긴 자들이군. 한국 정부가 반강제로 해서 겨우 모은 경제인단인데."

"경제인단 대부분은 그렇게 되자 차라리 잘 되었다고 합니다."

"정권의 대북정책에 기업인들이 더 이상 놀아나면 안 돼."

강 회장이 의자에 등을 묻었다.

"북한은 아직 한국 기업이 들어가 생산 활동을 벌일 준비가 안 돼 있어. 세계에서 기업 활동하기가 가장 위험하고 조건이 좋지 않은 곳이다. 동족이라는 이유 하나만으로 받아들일 준비도 돼 있지 않는 자들에게 우리가 희생하면서까지 들어갈 이유는 없다."

강 회장은 4, 5년 전, 북한에 들어가 금강산을 개발하기로 김일성과 약속한 바 있었다. 그것은 물론 정부의 지원하에 이루어진 일이었다. 이남호가 헛기침을 했다.

"북한은 한국이 위아래에서 압박을 할 작정이라고 생각하는 모양입니다, 회장님."

"바로 그것이다. 그것인데도 현 정권은 제놈들의 공적이 안 될 것이라고 생각해서 무조건 방해를 하는 것이다."

강 회장이 손바닥으로 의자의 팔걸이를 내려쳤다.

"시베리아 임차지에 공장과 도시가 들어서고 수백만의 주민이 몰려들어 자치국이 형성되면 자연히 군대가 생긴다. 물론 러시아와 상호 협력 관계가 되겠지만. 그렇게 되면 북한은 자연히 위아래의 한국을 상대해야 돼. 그때에는 더 이상 남침 위협이 없게 된다."

한동안 잠자코 있던 강 회장이 이남호를 바라보았다.

"그, 대영의 비서실 놈. 모스크바에서 추방당했겠지?"

"아닙니다, 회장님. 그자들은 곧 풀려났습니다."

"풀려나다니?"

"대영에서도 인맥을 동원해서."

"흥, 그래서?"

"그자들은 지금 하바롭스크에 있습니다, 회장님."

"끝까지 쫓아와서 훼방을 놓겠다는 말이지, 그놈들까지."

"방해받을 수는 없습니다. 그저 정보나 캐려고 그러는 것이지요."

강 회장이 다시 창밖으로 시선을 주면서 입을 다물었으므로 차 안에는 정적이 흘렀다. 차는 이제 성산대교를 넘어가는 중이었다.

그 시간에 청와대 비서실장 안민수는 청와대 본관의 비서실장실에서 국정원장 권준규와 마주앉아 있었다.

비서실장 안민수는 매사를 드러나지 않게 처신하는 인물로 겸손하다는 평도 많았지만 야당으로부터는 복지부동의 원조라고 불리는 인물이다. 그 안민수의 얼굴이 오늘은 유달리 찌푸려져 있었다.

"원장님, 도대체 강 회장이 어쩌려고 그러는지 모르겠어요. 각하께서 여간 걱정하시는 게 아닙니다."

그가 낮은 목소리로 말을 이었다.

"정부에서 그렇게 충고를 했는데도 그 양반, 기어코 시베리아 땅을 임차할 모양입니다."

"원래 그런 사람 아닙니까? 정부로부터 사사건건 방해만 받고 있다고 생각하는 사람이니까요. 나이가 들수록 더해가는 모양입니다."

권준규가 얼굴에 웃음을 띠었다. 강 회장이 고집불통의 인물이라는 것을 모르는 사람은 없다. 그는 정부의 경제 정책이 정권의 홍보나 유지수단으로만 운영되어 왔다고 공식석상에서 떠들기도 했던 것이다. 안민수가 입맛을 다셨다.

"이제 정부쪽이나 청와대에서 공식적으로 나설 수가 없는 상황이 되었어요. 러시아 정부에서 촉각을 세우고 있어서 자칫 잘못하다가는 한·러 관계가 악화될 소지가 있습니다."

"압니다."

권준규가 머리를 끄덕였다.

"러시아 대사관의 부대사 플레노프와 고려그룹 비서실장 이남호가 밀접 한 관계지요, 그리고 강 회장은 러시아 대통령의 절대적인 지원을 믿고 있으니까요."

"그 자가 모은 재산은 개인의 것이 아닙니다. 고려그룹 10여만 명 직원, 그리고 재벌을 키워준 국가의 은혜를 버리고 제 마음대로 해외로 재산을 빼돌릴 수는 없습니다."

안민수의 얼굴이 딱딱하게 굳어졌다.

"각하께서는 어떻게든 저지하라고 하셨습니다. 국정원장과 제가 책임지라고 하시면서."

"이것, 난처하군."

권준규가 손으로 턱을 쓸었다.

"지시대로 하겠지만 제가 쓸 방법은 한계가 있어서."

"경제부처의 압력이나 규제는 면역이 되어버린 모양인지 콧방귀도 뀌지 않는단 말입니다. 총리의 공식서한도 무시한 상황이에요."

그러한 사정을 잘 알고 있었으므로 권준규는 잠자코 머리를 끄덕였다. 북한은 연일 고려그룹의 시베리아지역 임차관계를 쟁점으로 내세워 북경에서 열리는 남북한 실무자 회의에서 한국 측을 밀어붙이고 있었다. 한국 정부는 납북당한 어선과 어부들, 그리고 납치 된 목사의 귀환을 요구하고 있는 중이었다.

"지금 조사단이 현지에 가 있는데 아마 2월말까지 조사를 마칠 모양입니다."

권준규가 입을 열었다.

"조사를 마치면 곧 러시아 정부와 계약을 할 것 같습니다."

"서둘러야 합니다, 부장님."

허리를 편 안민수가 다시 얼굴에 걱정스러운 표정을 띠었다.

"어떻게든 막아야 해요, 계약을."

계약서류를 들고 엘리베이터에 오른 이유미는 잠깐 숨을 멈추었다가 천천히 내쉬었다. 그리고는 번호판의 7자를 누르고 나서 똑바로 섰다. 그녀의 왼쪽 한 발자국쯤 뒤에 홍만규 사장이 서 있었던 것이다. 엘리베이터는 두 사람을 싣고 천천히 올라가기 시작했는데 연한 향수 냄새가 풍겨져왔다. 홍만규에게서 나는 향기였다. 타면서 슬쩍 시선이 스쳤는데 그가 체크 무의의 재킷에 검정색 바지를 입고 있는 것이 눈에 들어왔고 그의 시선이 이쪽을 스치고 지났다는 것도 알았다. 엘리베이터가 3층에서 4층으로 올라갈 때다.

"이유미 씨, 이제 업무파악이 되었나요?"

뒤쪽에서 들리는 부드러운 목소리에 이유미는 몸을 굳혔다. 그리고는 반쯤 몸을 돌리고는 머리를 숙였다. 저도 모르게 얼굴이 달아올라 있었다.

"네, 조금……."

그러자 홍만규가 이를 드러내며 웃었다. 이번에 입사한 신입사원은 20명 가깝게 되었고 홍만규한테는 신입사원 입사일에 단체로 가서 인사를 했을 뿐이었던 것이다. 엘리베이터가 7층에서 멈추자 그녀는 다시 머리를 숙여 보이고는 빠른 걸음으로 밖으로 나왔다.

"이유미 씨, 내일 노스웨스트 923편에 비즈니스 클래스 네 명 추가야."

사무실에 들어서자마자 박정남이 그녀에게 소리치듯 말했다.

"빨리 코드번호를 알려줘야 돼, 서둘러."

자리에 앉은 이유미는 컴퓨터의 키를 두드리다가 문득 움직임을 멈추었다.

홍만규는 1백 명 가까운 여사원들의 선망의 대상이었다. 그의 사무실이 있는 9층으로 별 용무도 없이 올라가는 여사원들도 있었고 비서실로 옮기려고 애를 쓰는 맹렬 여사원도 있었다. 그러나 그런 분위기는 곧 시들해졌는데 홍만규가 업무분위기는 자유롭게 만들어 놓지만 사생활은 철저하게 관리한다는 것을 곧 알게 되기 때문이다. 그는 이제까지 한 번도 여사원에게 업무 외의 이야기를 한 적이 없다는 소문이었다.

전화벨이 울렸으므로 이유미는 전화기를 들었다.

"그랜드 여행삽니다."

"나야."

안인석의 목소리였다.

"오늘 저녁, 어때? 그곳에서 볼까?"

"오늘은 일찍 끝나나 보지?"

"일곱 시 쯤 끝날 테니까 여덟 시에, 좋아?"

"좋아."

전화기를 내려놓은 이유미는 밝아진 얼굴로 주위를 둘러보았다. 안인석은 편안했고 따뜻한 분위기의 남자였다 그는 또한 이해심이 많아서 어떤 투정도 모두 받아주었는데 여자들의 이상형이라면 바로 안인석이 될 것이라고 스스로도 믿고 있었다.

안인석은 사무실로 들어와 책상에 앉는 박미정에게로 몸을 돌렸다.

"무슨 일이야?"

"아니야, 아무것도."

그랬지만 박미정의 표정은 가라앉아 있었다. 오후 6시가 넘어 있어서 옆쪽의 미주팀 책상은 모두 비어 있었다.

컴퓨터의 스위치를 끈 안인석이 다시 그녀의 얼굴을 바라보았다. 박미정은 인사부로 불려 갔다 온 것이다.

"정말 아무 일 없어?"

"왜? 내가 우울해 보여?"

그러면서 그녀가 얼굴에 웃음을 띠었다. 나이 차이가 있었지만 입사 동기에다 같은 부서에서 매일 얼굴을 맞대다보니 이제 자연스럽게 서로 반말을 하게 되었다. 박미정이 의자를 돌려 그를 바라보고 앉았다.

"날더러 그룹의 비서실로 가라는 거야, 강 회장의 비서실로, 그래서 안 간다고 했어."

"……"

"그랬더니 인사부장이 별소리를 다해, 진급이 빠르다는 등, 수당이 많고 큰일을 할 수 있다는 등 하고."

"아마 사실일걸? 남자사원들은 그곳으로 수평 이동을 해도 진급한 것으로 치니까."

"남자야 그렇겠지만 여자는 달라, 더욱이 나는."

박미정이 정색을 했다.

"경영학과 나와서 비서실에 앉아 차심부름이나 하고 강 회장 스케줄 정리나 하란 말이야? 그건 비서학과 애들이 해야 돼."

"아마 다른 일을 시키겠지."

"강 회장 스타일이면 뻔해."

퇴근길의 엄 과장과 강 대리가 나란히 책상 옆을 지나갔으므로 그들은 자리에서 일어나 인사를 했다.

"그래, 안 간다고 했더니 인사부장이 뭐래?"

안인석이 묻자 박미정이 책상 위에 팔을 세우고는 손으로 턱을 받쳤다.

"비서실 업무를 확장하기 때문이라면서 곧 발령을 내겠대. 내 말은 듣지도 않아."

"잘된 거야. 넌 굴러들어 온 복을 차려고 하고 있어."

"정말 잘된 일일까?"

"넌 우리 조에서 니보다 더 인정을 받고 있어, 딤에서도 그렇고. 아마 조장이나 팀장이 써 올린 고과를 보고 너를 고른 걸 거야."

"그렇다면 조장이나 팀장은 왜 모른 척 하고 퇴근했지?"

"그들이 모르고 있다는 것이 바로 고과 성적순으로 널 뽑은 증거라니까 그러네. 이거 슬슬 내가 열이 받치는군."

박미정이 턱에서 손을 떼고 안인석을 찬찬히 바라보았다.

"안인석 씨는 참 좋은 남자야. 애인만 없다면 내가 어떻게 해 보겠는데."

"비서실에 가면 날 괄시나 하지 마."

"그렇게 말해줘서 고마워. 난 한동안 정들었던 조와 팀을 떠나기 싫었었어. 쫓겨난 기분도 들었고."

"말도 안 되는 소리."

"오늘 술 한잔 할까?"

"나 약속이 있어."

그러자 박미정이 손에 잡힌 종이를 와락 구기더니 안인석을 향해 던졌다.

기지에서 동쪽으로 60킬로미터쯤 떨어진 평지 위에 시추공을 세우는 데는 김 교수의 호언과는 달리 사흘이 걸렸다. 처음이어서 조립되어 있다고 하더라도 부속을 맞추는 데 애를 먹었기 때문이다. 그리고 일을 돕는 러시아 병사들도, 고려측의 사원들도 서툴기 짝이 없어서 부속을 눈 속에 빠뜨리고는 한참 동안 찾아 헤매기도 했다. 어쨌든 시추공은 요란한 소리를 내며 움직이고 있었다.

이쪽은 툰드라 지역이어서 얼어붙은 늪과 습지가 이어진 곳이다. 김상철은 시추공에서 떠나 옆쪽에 세워져 있는 랜드로버로 다가갔다.

"박 대리님, 그럼, 저는 본부로 돌아가겠습니다."

랜드로버 옆에 서 있던 박동원이 시계를 내려다보았다. 오후 3시 30분이었다.

"이봐, 기지에 도착하면 여섯시가 넘겠는데, 빨리 서둘러야겠어."

"한두 번 다녀 보았나요? 길이 나 있어서 걱정 없습니다."

습지였지만 얼어붙어 있어서 타이어 자국만 따라가면 기지가 나오는 것이다 김상철의 업무는 보급이었다. 기지와 조사현장 사이를 오가면서 물자를 날랐는데 내일은 기름을 싣고 이곳으로 돌아와야 했다.

"김, 오늘은 이곳에서 자고 가지 않습니까?"

트럭에 오르자 조수석에 앉아 있던 이바노프가 물었다.

"아니, 내일 오전까지 기름을 가져와야 하니까 오늘 출발해야 돼."

트럭의 시동을 걸자 벤츠사 제품의 트럭이 육중한 엔진음을 냈다. 그때 시추공을 조작하고 있던 김진모가 서둘러 이쪽으로 다가왔다.

"김 형, 내일 오는 길에 소주 열 병만 가져와요. 보드카가 있으면 그걸로 하든지."

그가 소리쳐 말하자 김상철이 머리를 끄덕였다.

"소주로 가져 오지요. 보드카는 얼마 남지 않았을 테니까요."

일주일 후에 보급품을 실은 헬기가 도착하기로 했으니 그때에는 보드카와 스카치 등 도수가 센 술이 풍성해질 것이었다. 트럭은 얼어붙은 늪지 위를 천천히 달려 나갔다. 가끔씩 바퀴에 깔린 얼음이 빠지직 소리와 함께 부서지면서 차가 밑으로 내려앉았지만 곧 탄력을 받아 솟아오른 얼음덩이의 내력으로 곧장 앞으로 전진해갔다.

그들이 툰드라 지대를 벗어난 것은 그로부터 두 시간이 지난 5시 30분경이었다. 이미 짙은 어둠이 덮인 대지는 얼어붙기 시작해서 창에는 하얀 얼음이 씌워졌다 이제 울창한 삼림으로 덮인 구릉 사이를 20킬로미터쯤 더 가야 기지가 나온다. 두 줄기의 라이드 불빛은 2, 30미터밖에 가지 않았고 불빛 속으로는 무수한 흰 점들이 반짝였는데 대기가 얼음조각으로 변하고 있는 것이다. 트럭은 요란한 엔진 소리를 내며 구릉 밑의 눈길을 달려 나갔다.

"아니, 저것."

옆에 앉은 이바노프가 얼음이 달라붙은 유리창으로 바짝 얼굴을 가져다 댔는데 김상철도 거의 동시에 그것을 보았다. 두 줄기의 불빛이 앞쪽에서 휘익 돌아 구릉 옆쪽으로 사라진 것이다.

그것은 차량의 불빛이었다. 김상철은 머리 위에 걸린 무전기를 손에 쥐었다. 기지와의 거리는 이제 10킬로미터가 조금 넘었다.

"기지 나오라, 여긴 김상철."

"아, 여긴 기지. 지금 어딘가?"

금방 담당 직원의 목소리가 선명하게 들려왔다.

"지금 C지점 근방을 지나고 있습니다. 그런데 자동차의 불빛을 전방에서 본 것 같아서."

"전방 어느 지점인가?"

"B지점의 구릉 안쪽으로 들어간 것 같습니다."

"확실한가?"

"이바노프와 같이 보았습니다."

"우리 쪽에서는 움직인 차가 없는데 잠깐 스리코프한테 알아보겠다."

트럭은 이제 라이트가 사라져 간 구릉 근처를 지나고 있었다.

잠시 후 무전기에 직원이 다시 나왔다.

"스리코프도 밖으로 내보낸 차가 없다. 김상철 씨, 라이트 불빛이 확실한가?"

김상철은 깊은 어둠 속에 묻힌 오른쪽의 낮은 계곡을 바라보았다.

"확실히 보았습니다만…… 지금 그 근처를 지나는데 보이지 않습니다."

"잘못 보았을지도 모르지, 그런 곳에 차가 다닐 리가 있나?"

"알겠습니다. 곧 들어가겠습니다."

무전기의 스위치를 끈 김상철이 이바노프를 바라보았다. 이바노프는 어느 사이에 한 손으로 총을 움켜쥐고 있었다.

"이바노프, 차량 불빛이었지?"

"확실해요, 김. 자동차였어."

그러자 그들의 앞에 환한 불빛이 보였다. 모터로 일으킨 전력으로 기지 주변에 환하게 불이 밝혀져 있는 것이다.

"스리코프는 내일까지 돈을 만들어 달라는 거야. 놈은 우리가 달러를 지니고 있다는 것을 알아."

박스 안이다. 유장석이 둘러앉은 사내들을 바라보았다.

"3만 달러를 내라니, 날강도 같은 놈. 제 놈이 한 일이 뭐라고."

그러자 이대각이 머리를 들었다.

"기지 사령관에게 이 사실을 폭로하면 안 되겠습니까? 최악의 경우라도 스리코프가 우릴 어쩌지는 못할 텐데요."

"회장님은 소란이 일어나는 것을 바라지 않으셔. 그래서 나에게 미리 달러를 지니고 가게 하신 거야."

"하지만 김상철의 말대로 놈이 달러만 받고 떠나면 어떻게 합니까?"

박스 안은 잠시 침묵이 흘렀다. 오늘 오후에 스리코프는 유장석에게 사례비를 요구해온 것이다. 예상하고 있었으므로 놀라지도 않았고 금액도 예상수준이었지만 태도가 당당해서 마치 당연히 받을 것을 요구하는 것 같았다.

"스리코프는 우리가 사령관에게 돈을 준 것을 알고 있는 눈치였어."

이윽고 유장석이 입을 열었다.

"돈을 주는 수밖에 없다. 나중에 어떻게 되더라도 말이야."

이때 박스 뒤쪽의 문이 열리면서 김상철이 들어섰으므로 방 안의 시선이 그쪽으로 모아졌다.

"늦었습니다."

방안모를 벗으면서 김상철이 그들에게 머리를 숙였다.

"오는 도중에 불빛을 보았다던데, 어떻게 된 일이야?"

유장석이 묻자 김상철이 구석 자리에 섰다.

"자동차의 불빛이었습니다. 오른쪽의 구릉 사이로 들어갔는데 그쪽으로 다가갔을 때는 보이지 않았습니다."

"헛것을 보았겠지, 아니면 이리든가. 어젯밤에 고 과장도 이리 서너 마리를 보았다던데."

이대각의 말에 김상철이 머리를 저었다.

"이바노프도 보았지만 틀림없는 자동차 불빛이었습니다."

그러자 방 안에 잠시 정적이 흘렀는데 그것을 깬 것은 유장석이다.

"그렇다면 그게 무엇이란 말인가?"

"저도 모릅니다, 다만……."

"다만 무어야?"

"산적들도 러시아 군부대에서 가지고 나온 트럭이나 지프를 타고 다닌다는 겁니다."

"……."

"이바노프도 스리코프한테 보고를 한다고 했습니다, 상무님."

입맛을 다신 유장석이 이대각에게로 시선을 돌렸다. 이러한 상황에서 스리코프와 사례금 문제로 실랑이를 할 수는 없는 것이다.

아침에 기름을 싣고 다시 기지를 출발한 김상철은 어젯밤 불빛을 보았던 구릉 옆 골짜기 입구에서 트럭을 멈추었다. 밤사이에 쌓인 눈으로 땅바닥에는 아무 흔적도 보이지 않았다. 옆쪽으로 구부러진 골짜기 안에도 흰 눈만 덮여 있을 뿐이다.

"김, 스리코프는 어젯밤 우리가 본 것이 그레고리 일당일지도 모른다고 했습니다."

이바노프가 골짜기 안쪽을 바라보며 말했다.

"그래서 대원들에게 비상경계를 내렸어."

아침에 유장석과 스리코프가 만나 상의를 한 다음 비상경계를 내린 것은 알고 있었지만 그레고리란 이름은 처음 듣는다.

"그레고리는 누구야?"

"사할린에서 부대원을 데리고 탈주한 소령 이오. 그 자는 시베리아 동북부 지방을 돌아다니며 강도짓을 한다고 했어."

그들은 다시 트럭에 올라 눈에 덮인 길을 조심스럽게 달려 나갔다.

"그렇다면 왜 우리에게 그레고리 이야기를 해주지 않았지?"

"비밀로 하라고 했소. 특히 나한테는 절대로 당신한테 이야기하면 안 된다고 했어."

"……."

"그레고리는 100명이 넘는 부하에 대전차포에다 미사일까지 갖고 있다고 합니다."

"우리한테는 비밀로 했더라도 사령관한테 보고는 했겠지?"

"안했을 거요, 아마."

"왜?"

"시베리아에 우리 부대만 있는 것이 아니니까, 괜히 우리만 나서서 그레고리를 잡는다고 난리를 일으킬 필요가 없으니까. 잡아도 알아주는 사람도 없고 갑스러디기 놓치면 피친을 당힐 기긴 말이오."

김상철이 이바노프를 바라보았다.

"이바노프, 스리코프는 도망칠 작정 이냐?"

"그건 모르겠소."

"스리코프는 우리 보스한테 3만 달러를 내놓으라고 하고 있어. 달러로 말이야."

이바노프가 눈을 둥그렇게 떴다.

"3만 달러나."

"너희 사령관은 5만 달러를 가졌다, 이바노프."

"……."

"그런데 너희들한테 돌아가는 몫은 얼마냐?"

그러자 이바노프가 얼굴에 씁쓸한 웃음을 띠었다.

"아직 모르겠어."

"……"

"그 도둑놈들이 그렇게 많이 받을 줄은 몰랐소. 아마 대원들이 알면……"

이바노프가 말을 멈추었으므로 김상철도 잠자코 운전에 몰두했다. 그들이 시추공 작업기지 남동쪽으로 10킬로미터쯤 떨어진 지질 탐사기지에 도착한 것은 그로부터 두 시간쯤 후였다. 지질 탐사기지에는 고려그룹 책임자인 전 과장과 두 명의 직원이 이윤제와 서은영의 작업을 도왔고 러시아 병사 여섯 명이 경비를 맡고 있었다.

"여어, 잘 왔소."

이윤제가 반색을 했다. 그들은 이틀에 한 번꼴로 기지에 들렸는데 오늘은 사흘 만에 온 것이다.

"소주 몇 병이나 가져 왔소?"

"열다섯 병 입니다."

이윤제가 이맛살을 찌푸렸다.

"이틀 분도 안 되는군. 그걸로 어떻게 일주일을 버티란 말이야? 이 식구가."

전 과장에게 보급품을 전달하면서 잠깐 머리를 든 김상철은 이바노프가 러시아 병사들에게 둘러싸여 있는 것을 보았다.

병사들은 이바노프의 이야기를 진지 한 표정으로 듣고 있었다. 스웨터 차림의 서은영이 다가왔다. 태양이 내려 비치는 한낮일 때는 바람 한 점 불지 않았으므로 그녀의 콧등에는 땀방울이 맺혀 있었다.

"시추공 작업 기지를 거쳐서 기지로 돌아가실 거죠?"

김상철이 머리를 끄덕이자 옆에 서 있던 전 과장이 입을 열었다.

"서은영 씨가 몸이 좋지 않아 기지에 가서 진찰을 받아 봐야겠다니까 김상철 씨가 모시고 가."

"어디가 아픕니까?"

"어지러워요. 식욕이 없고."

전 과장이 다시 나섰다.

"이곳은 서은영 씨가 하루 이틀 자리를 비워도 돼. 탐사기 작동법을 우리도 배워 놓았으니까, 이 교수와 같이 말이야."

그러면서 그의 시선이 앞쪽에 있는 이윤제를 슬쩍 스치고 지나갔다.

시추공 기지에 보급품을 내려놓고 기지로 출발했을 때는 오후 2시였다.

김상철은 차에 속력을 냈지만 기껏해야 20킬로미터를 냈고 빙판에서는 10킬로미터 정도가 된다. 트럭이 거칠게 요동을 치는 바람에 옆에 앉은 서은영의 몸이 김상철에게 부딪쳐 왔다. 그녀는 김상철과 이바노프의 사이에 끼어 앉은 것이다.

"이바노프."

김상철이 서은영의 어깨 너머로 이바노프를 바라보았다. 이바노프는 시추공 기지의 경비병들을 모아놓고도 무엇인가 쑥덕거렸던 것이다.

"너, 나한테 들은 이야기를 병사들에게 해주었지?"

그러자 이바노프가 머리를 끄덕였다.

"물론이요, 김, 시추공 기지에 있는 보리스 상사와 지질탐사기지의 에프게이 상사는 대위를 눈구덩이에 파묻든지 쏘아 죽이자고까지 했어. 대위는 상사들에게 300달러씩 주겠다고 했다는 거요."

"300달러씩 이라고?"

"그래, 당신들한테서 3000달러 이상 받아내기는 힘들 것이라고 하면서."

"동그라미 하나를 줄였구나."

"보리스 상사 말에 의하면 상사 세 명을 모아놓고 분배액을 정했는데 3000달러에서 상사들은 300달러, 병사들은 50달러, 그리고 나머지 400달러가 자기 몫이라고 스리코프가 말했다는 거요."

그들 이야기를 듣던 서은영이 마침내 끼여들었다.

"무슨 얘기예요?"

"아무것도 아닙니다."

김상철이 다시 이바노프를 바라보았다.

"상사들이 병사들을 장악하고 있나?"

"물론이요, 김. 그들은 모두 고참이야. 스리코프보다 군 경력이 많아."

"이건 내 생각인데, 상사 세 명한테 차라리 돈을 나눠주는 것이 어떨까? 그러면 병사들 몫도 훨씬 많아질 텐데."

이바노프가 눈을 번들거리면서 김상철을 바라보았다.

"그렇게만 된다면 반대할 놈은 하나도 없어. 스리코프는 상사들이 간단하게 처리할 거요."

그러자 서은영이 눈을 둥그렇게 뜨고는 김상철을 바라보았다. 핸들을 움켜쥔 김상철은 앞쪽을 바라본 채 한동안 입을 열지 않았다. 트럭은 얼음덩이를 부서뜨리면서 구릉 사이의 좁은 길을 달려 나갔다. 이윽고 김상철이 이바노프에게로 머리를 돌렸다.

"이바노프, 기지에 남아 있는 상사는 어때? 스리코프의 심복 아니냐?"

"천만에. 그는 보리스의 친구요. 아마 림스키한테도 지금쯤 보리스로부터 무전연락이 갔을걸? 그놈도 펄펄 뛰고 있을 거요."

"상사들은 어쩔 작정이야?"

"아직 정하지 않았어. 돈을 받으면 아마 무슨 일이 일어나겠지만."
 갑자기 사방이 진홍빛으로 물들기 시작하더니 흰 눈도, 대기도 유리창도 금방 진홍 빛에 잠겨들었다. 해가 지려는 것이다. 김상철은 덜컹거리는 트럭의 가속기를 밟아 속력을 냈다. 이제 조금 있으면 사방이 순식간에 어두워질 것이다.

"좋아, 하자."
 김상철의 말이 끝나자 유장석이 눈을 치켜뜨고 말했다.
"하지만 돈은 계약이 끝나는 날인 2월말, 철수할 때 지급한다."
 옆에 앉아 있던 이대각도 커다랗게 머리를 끄덕였다.
"당연하지요. 그렇게 해야 합니다."
"그럼, 지금 이바노프한테 말해줘도 좋겠습니까?"
 김상철이 자리에서 일어서며 물었다.
"물론이야."
 따라 일어선 유장석이 그의 어깨를 손바닥으로 두드렸다.
"잘했다, 김상철."
 밖으로 나온 김상철이 맨 끝 쪽에 세워둔 고장 난 트럭으로 다가가자 슈바로 몸을 감싼 두 사내가 어둠 속에서 모습을 드러냈다. 이바노프와 림스키 상사였다. 이바노프는 아예 림스키를 데리고 나온 것이다. 림스키가 김상철에게로 바짝 다가섰다. 그는 40대로 붉은 얼굴에 수염도 붉었고 배가 나온 거인이었다.
"김, 이바노프한테서 이야기를 들었소."
 지독한 입 냄새와 술 냄새가 섞여 맡아졌지만 김상철은 피하지 않았다.
"그래, 당신 보스의 생각은 어떻소?"
"상사 세 명에게 1만 달러씩, 그리고 지급일은 계약이 끝나고 철수하는 날이오."

"1만 달러씩이라."

숨을 들이마신 림스키가 불빛을 받아 번들거리는 눈으로 김상철을 바라보았다.

"그럼, 병사들은?"

"당신들이 공평하게 나눠줘야 하겠지요. 이제 병사들도 모두 알고 있는 일이니까 말이오."

한동안 김상철을 바라보던 림스키가 입을 열었다.

"1만 달러씩, 틀림없겠지요? 김."

"내가 책임집니다, 상사."

"좋소."

머리를 끄덕인 림스키가 장갑을 긴 손을 내밀었다. 장갑을 낀 채로 그의 손을 잡은 김상철이 낮게 말했다.

"대위는 내일 아침까지 돈을 내라고 했소. 그가 더 이상 우리에게 독촉하지 말도록 해주시오."

림스키가 잠자코 머리를 끄덕여 보이더니 이바노프와 함께 몸을 돌렸다.

김상철은 한동안 그 자리에 서 있었다. 앞쪽에 짙은 삼림이 방풍 역할을 해주고 있었으므로 바람은 불어치지 않았지만 수은주는 영하 30도를 훨씬 넘었을 것이다. 기지는 반월형으로 트럭을 배치해 놓은 형태였는데 안쪽에는 직선으로 박스 트럭이 세워져 있었다. 이를테면 평원을 향해 늘어선 바깥쪽의 트럭들은 벽의 역할을 했고 안쪽으로 숙소와 창고, 식당이 배치된 형태였다. 삼림을 향한 쪽에는 5대의 랜드로버를 옆으로 세워 놓아서 병사들의 대용 초소가 되어 있었다. 이윽고 몸을 돌린 김상철은 트럭의 앞부분을 돌았다. 그리고는 갑자기 민첩하게 몸을 놀려 박스 트럭의 옆부분을 지났다. 그가 박스 트럭의 뒤쪽으로 몸을 꺾자 그곳에 서 있던 사람이 놀라 몸을 돌렸다.

"어머나."

서은영 이다. 눈만을 내놓은 방한모 속에서 놀란 듯한 목소리가 새어 나왔다.

"놀랬잖아요. 갑자기."

"여기서 뭘 하고 있었습니까?"

"화장실에 다녀왔어요."

"화장실은 끝 쪽인데 그리고 이곳은 당신 숙소가 아니고."

"왜요? 잠깐 밖에 나오고 싶어서 나온 것이 이상해요? 여기 선 돌아다닐 수도 없나요?"

서은영이 목소리를 높이자 김상철이 그녀의 팔을 움켜쥐었다.

"날 따라와."

"왜 이래? 이것 놔!"

발을 버티던 서은영이 눈 위에 미끄러졌다. 그 바람에 함께 눈 위에 구른 김상철이 이제는 그녀의 목덜미를 집았다.

"잔소리 말고 따라와."

"소리 지를 테야. 이것 안 놔!"

그러나 그녀의 목소리는 더 이상 높아지지 않았다. 김상철은 그녀의 팔을 뒤로 꺾어 잡고는 앞쪽의 트럭 대열로 밀었다.

"팔을 부러뜨리기 전에 잠자코 가. 널 어떻게 하겠다는 것은 아니니까 쓸데없는 오해는 말고."

김상철이 서은영을 끌고 들어간 곳은 부품창고로 쓰이는 박스 트럭 안이다. 전등이 있어서 불은 켰지만 히터 장치가 없는 창고는 마치 냉장고 안과 같았다.

안에 들어서면서 팔이 풀리자 서은영이 거칠게 자신의 방한모를 벗었다. 그러자 눈을 치켜 뜬 성 난 얼굴이 드러났다.

"당신, 왜 이러는 거야!"

그녀의 목소리가 좁은 박스 안을 울렸다. 공구와 부속품들이 어지럽게 쌓여진 안에서 둘은 마주보고 섰다. 김상철이 그녀를 향해 손을 내밀었다.

"자, 내놔."

"뭘 내놓으란 말이야!"

그러자 김상철이 성큼 다가서더니 한손으로 그녀를 껴안고는 다른 손으로 그녀의 방한복 주머니를 뒤졌다. 서은영이 몸부림을 쳤으나 역부족이다. 이윽고 김상철이 그녀를 밀어 젖히면서 몸을 세웠다. 그가 쳐든 한 손에는 손바닥만한 녹음기가 쥐어져 있었다.

"넌 시추작업 기지에 가서도 김 교수의 이야기를 녹음했고 차타고 올 적에도 나와 이바노프의 이야기를 녹음했어. 그리고 조금 전에도."

"이리 내!"

서은영이 두 손을 벌리고 달려들었다. 그러나 김상철이 가볍게 휘두른 주먹에 턱을 맞은 그녀는 타이어 더미 위에 엉덩이를 찧으며 주저앉았다. 그녀를 내려다보면서 김상철은 녹음기의 테이프를 앞쪽으로 회전시킨 다음 스위치를 켰다. 곧 김 교수의 유전 발굴 가능성에 대한 열띤 설명이 흘러나왔다. 김상철이 스위치를 껐다.

"넌 도대체 누구야? 목적이 뭐야?"

"너희들이 도대체 뭔데."

이를 악문 서은영이 그를 노려보았다.

"날 감금시킬 권한이 있어? 날 폭행할 권한이 있냔 말이야!"

"넌 러시아 호텔에서 어느 놈과 접촉을 했어. 그놈에게 정보를 주기로 한 거야."

김상철의 말에 서은영이 몸을 일으켜 세웠다.

"날 보내면 될 것 아냐! 난 돌아가겠어, 한국으로."

"네 마음대로?"

호주머니에 무전기를 집어넣은 김상철이 이를 드러내며 웃었다.

"넌 잠깐 이곳에 있어야겠다."

서은영이 바닥에 놓여 있는 공구 하나를 집어 들었을 때 김상철은 박스 문을 열었다. 재빠르게 빠져나온 그가 다시 문을 닫자 공구는 닫힌 문의 안쪽에 요란한 소리를 내며 부딪쳤다.

다음날 아침, 식당차에 앉아 토스트에 딸기잼을 바르던 유장석은 힐끗 앞쪽 자리를 바라보았다. 아침 8시면 정확하게 식당차의 계단을 올라 들어서던 스리코프 대위가 8시 15분이 지나도록 나타나지 않는 것이다. 그의 옆자리에서 커피를 홀짝이고 있던 이대각도 가끔씩 문 쪽으로 시선을 주고 있었다. 이윽고 계단이 흔들리는 진동이 느껴지더니 붉은 별이 박힌 러시아군의 빙한모가 나타났다. 그리고 나타난 얼굴은 림스키 상사였다. 거구를 흔들며 식당차 안으로 들어선 림스키가 눈을 껌벅이며 차 안을 둘러보았다. 조금 당황한 모습이었다.

"상사, 거기요."

유장석이 손으로 앞쪽의 자리를 가리켰다.

"거기가 당신 자리요."

그러자 화난 듯한 표정의 림스키가 자리에 앉았다.

"상사, 커피 드시겠소?"

그쪽으로 큰 머리를 숙인 이대각이 다정하게 묻자 림스키가 머리를 끄덕였다

"커피 주시오."

"식사는 토스트로 하실까, 아니면 스테이크로?"

"스테이크."

뒤쪽에 있는 주방장이 이미 알아들었을 것임에도 불구하고 커다랗게 주문하고 난 이대각이 림스키를 향해 얼굴에 웃음을 띠었다.

"상사, 오늘도 날씨가 좋소이다. 그렇지요?"

"그렇소."

얼굴의 긴장이 풀린 림스키도 머리를 끄덕였다.

이제 스리코프 대위는 나타나지 않을 것이다. 그가 얼음 구덩이 속에 있는지 아니면 삼림 속의 썩은 나무 밑에 누워 있는지 그것은 이쪽에서 알 필요가 없는 일이다. 그리고 그들이 사령부에 어떻게 보고했는지도 상관할 일이 아니다. 유장석이 림스키 옆쪽 자리에 앉아 잠자코 커피를 마시는 김상철을 바라보았다.

"상철아, 서은영은 며칠간 이곳에 잡아두었다가 작업기지로 보내든지 어쩌든지 할 것이다."

한껏 부드러운 목소리였다.

"이 교수한테는 아직 말해둘 필요는 없어. 그 자도 한통속인지 모르니까 말이야."

그러자 이대각이 말을 이었다.

"김진모 마찬가지야. 그래서 아침 일찍 각 작업기지에 파견된 사원들에게 철저하게 감시하라고 했어."

김상철이 머리를 들었다.

"제가 데리고 다니는 애한테 사례를 해줘야겠습니다. 이번 일에 그 애의 공이 컸으니까요."

이바노프 이름을 꺼내지 않은 것은 옆에서 열심히 스테이크를 썰고 있는 림스키 때문이다. 아침에 병사들과 함께 마른 빵과 말린 고기만을 먹던 그는 긴장이 풀리자 이제는 대단한 만족감을 얼굴에 나타내고 있었다.

"좋아. 그 애한테 1000달러쯤 주지."

금방 눈치를 챈 유장석이 말하자 김상철이 머리를 저었다.

"안 됩니다, 상무님. 처음부터 버릇이 나빠지면 곤란합니다. 200달러만 주십시오. 그것도 제가 주는 것으로 하겠습니다."

이대각이 커다란 머리를 끄덕였고 유장석이 만족한 듯 웃었다.

"넌 이곳에 딱 맞는 놈이다, 김상철."

빙하 속의 사투

"이제 개척단의 기반이 잡힌 모양이다."

강 회장이 주름진 얼굴을 펴고 웃었다.

"그렇게 애를 먹이던 러시아 병사들을 주무르게 되어서 잘 됐어."

고려그룹의 회장실 안이다. 강 회장과 마주오고 앉은 이남호 실장은 모처럼 회장의 밝은 표정을 보자 가슴이 울렁거렸다. 그리고 이토록 기쁘게 만들어준 개척단의 신입사원 김상철이 고마웠다. 회장실 문이 조심스럽게 열리더니 쟁반 위에 찻잔을 받쳐 든 여직원이 들어섰다. 긴장한 얼굴의 그녀는 박미정이다.

"유 상무는 이것이 모두 김상철의 공로라고 했습니다."

이남호가 입을 열었다.

"신입사원이지만 열 사람의 몫을 해내고 있다더군요."

박미정은 회장 앞에 쌍화차를, 이남호 앞에는 인삼차를 내려놓았다.

"김상철이 그놈, 내가 알지."

회장이 다시 얼굴에 웃음을 띠었다.

"그놈 아버지가 작년에 세금횡령 사건으로 한국을 떠들썩하게 만들었어. 지금은 교도소에 있지."

"면접에서 떨어뜨리려는 것을 유 상무가 뽑았다고 들었습니다."

"유장석이가 사람 보는 눈이 있어."

박미정이 조심스럽게 걸어 문을 닫고 나가자 그녀의 뒷모습에 시선을 주던 강 회장이 이남호를 바라보았다.

"누구야? 참한데, 신입사원인가?"

"예, 회장님. 개척단 일도 있고 해서 비서실 인원을 늘렸습니다."

머리를 끄덕인 강 회장이 벽시계를 올려다보았다. 11시 5분 전이었다.

"지금 와 있나?"

"예. 11시 10분 전에 도착해서 접견실에서 기다리고 있습니다."

"그럼, 가보자."

강 회장이 나이답지 않게 사뿐한 몸놀림으로 자리에서 일어섰다. 접견실은 우중충한 회장실과는 달리 환한 분위기에 방 안의 장식이 고급스러우면서 품위가 있었다. 강 회장이 앞장서서 접견실로 들어서자 자리에 앉아 있던 두 사내가 일어섰다. 국정원장 권준규와 특별보좌관 이해수였다.

"아이고, 권 부장님. 이렇게 오셨는데 마중도 나가지 못해서."

얼굴에 웃음을 띠운 강 회장이 다가가자 권준규도 따라 웃었다.

"아닙니다. 바쁘신데 갑자기 찾아와서 방해나 안했는지."

이남호와 이해수까지 악수를 나눈 그들은 자리에 앉았다. 권준규는 두 시간 전인 9시경에 방문하겠다는 연락을 해왔으므로 접견실에서 5분쯤 기다린 것에 자존심을 다칠 이유도 없다. 강 회장을 만나려면 최소한 일주일 전에 연락을 해야 시간이 난다는 것을 그도 모를 리가 없는 것이다.

"부장께서 여기는 처음오시지요?"

강 회장이 묻자 권준규가 주위를 둘러보는 시늉을 했다.

"예, 처음입니다. 여긴 청와대 접견실보다 낫군요."

"그럴 리가."

강 회장이 다시 얼굴에 웃음을 띠었다.

"하긴 각하께선 사치를 싫어하셔서, 나같이 돈만 아는 장사꾼이야 돈으로 위세를 보이려고 하니까요."

권준규가 쓴웃음을 지었고 이해수는 딱딱한 얼굴을 풀지 않았는데 문이 열리더니 여직원이 차 쟁반을 들고 들어섰다. 잠시 어색했던 참이라 모두의 시선이 그쪽으로 모였는데 조금 전에 회장실에 왔던 여직원은 아니다. 찻잔을 내려놓은 여직원을 바라보던 이남호는 문득 조금 전의 여직원의 운세가 좋을 것이라는 생각이 들었다. 그녀는 회장이 밝은 기분일 때 들어와 밝은 인상을 심어줬지만 지금 이 여직원은 그렇지 못한 것이다.

차를 한모금 마시고 찻잔을 내려놓은 권준규가 강 회장을 바라보았다.

"북경에서 지금 남북한 경제협력 실무자급 회담이 열리고 있는 것을 아시지요?"

"아아, 예."

대답을 해놓고서 강 회장이 이남호에게로 시선을 돌렸다. 이남호가 허리를 폈다.

"지금 8차 회담이 열리고 있습니다, 회장님."

권준규가 말을 이었다.

"그런데 5차 때부터 북한이 트집을 잡기 시작하더니 8차 회담에서는 고려그룹이 시베리아 임차를 포기하면 모든 것이 풀릴 것이라고 노골적인 표현을 해왔습니다."

"허어."

강 회장이 우선 눈을 크게 뜨고 놀란 얼굴을 해보이고는 말을 이었다.

"그렇게 하면 경제협력 회담을 순조롭게 진행시킨단 말이군요."

"그렇습니다. 그뿐만 아니라 납북된 어선과 선원, 그리고 납치된 종교인 송환 문제까지 연계시킨다는 것입니다."

"선원과 종교인까지."

"그렇습니다."

강 회장이 이남호를 바라보았으나 그는 얼굴을 굳힌 채 입을 열지 않았다.

방 안에 잠시 침묵이 흘렀으나 강 회장이 그것을 깨었다.

"그 경제협력 실무자 회담이라는 것, 정부에서 주도하는 거지요?"

잠시 말을 끊고 권준규와 이해수를 일별한 강 회장이 단호한 어조로 잘라 말했다.

"우리 고려그룹은 거기에 참여할 의사가 없습니다."

권준규와 이해수가 얼굴을 굳혔다. 정부에서 교섭은 하더라도 북한에 진출하는 것은 민간 기업들이다. 그런데 한국의 최대그룹이 불참의사를 밝힌 것이다.

"정부에서 우리한테 상의해온 적도 없고 회담 과정을 설명해 준 적도 없지요. 따라서 나는 상관 안하겠습니다. 회담 결과가 어떻든, 무슨 조건이 나오건 간에."

강 회장이 말을 마치고 입을 꽉 다물었다.

그때 '회장님'하고 격한 목소리를 낸 것은 특별보좌관 이해수이다. 그는 대통령 측근 그룹의 일원인데 국회의원에 세 번 낙선하여 직업을 정당인으로만 사용하고 다니다가 작년에 대망의 관직에 오른 인물이었다. 그가 강 회장을 노려보았다.

"그렇게 말씀하시면 안 되지요. 정부의 방침에 따르셔야 되지 않겠습니까? 더구나 선원들의 생명이 걸려 있는 일인데."

이해수가 눈을 부릅뜨고 그렇게 말하자 강 회장이 미소를 머금으며 가소롭다는 듯 이해수를 바라보았다. 이남호가 머리를 들었다.

"이보쇼, 당신 어디서 굴러먹다 기어 들어온 개뼈다귀야?"

그러자 이남호의 목소리는 부드러웠다.

"너, 어느 앞이라고 건방지게 주둥아리를 놀리고 있어? 이 개자식 아."

입술은 웃었으나 두 눈을 찢어질 듯 치켜뜬 이남호가 말을 이었다.

"러시아 대통령도 중국의 주석도 회장님을 공경해서 예의를 갖춘다. 회장님이 대한민국 국민이라고 해서 너 같은 개새끼한테까지 모욕을 받을 수는 없으시다."

"아, 잠깐만, 이 실장님."

권준규가 웃음 띤 얼굴로 손을 저었다.

"이제 진정합시다. 이보좌관은 아직 물정에 익숙하지 못해서."

그러자 머리를 끄덕인 이남호가 다시 이해수를 바라보았다.

"너는 대통령 임기가 끝나기도 전에 옷을 벗게 될 것이야. 앞날을 생각해서 조심해야 될 거야."

말을 마친 이남호가 권준규에게 머리를 숙였다.

"죄송합니다, 부장님. 그만 제가 경망해서 부장님의 귀를 더럽혀 드렸습니다. 용서해 주십시오."

입맛을 다신 권준규가 잠자코 앉아 있는 강 회장을 바라보았다.

"어떻습니까? 회장님. 다시 한 번 고려해 보시는 것이."

강 회장이 길게 숨을 내쉬었다.

"권 부장께서도 정부에서 우리 그룹에 오만가지 압력을 넣고 있는 것을 아실 거요. 세무사찰 받는 곳이 다섯 군데, 해외 차관 허가는 우리만 나지 않았고 공장증축 허가도 미뤄지는 데다가 거래은행 두 곳에서는 대출이 정지되었고 중역들의 재산을 국세청에서 비밀리에 조사 중이오."

그는 찻잔을 들어 식은 차를 한 모금 마셨다.

"하지만 지금쯤은 정부 고위층에서도 그런 방법으로는 고려그룹을 꺾지 못한다는 것을 알아야 될 거요. 우리는 그런 상황에서도 지난달 매출이 계획보다 10% 초과했소. 사원들이 분발한 것이지."

"……."

"부장께서도 내가 시베리아 지역을 임차해서 조선족과 한국인들을 대거 이끌고 그곳에 공장과 도시를 세운다면 그 효과가 어떨 것인지는 잘 아실 거요. 그리고 북한이 그토록 반대를 하고 있는 이유도 말이오."

"……."

"난 계속 추진하겠소. 그러니 부장께서도 대국적으로 생각하고 도와주시오. 그래야 역사에 오명을 남기지 않으실 테니까요."

길게 숨을 내쉰 권준규가 자리에서 일어섰다. 돌덩이처럼 굳어져 있던 이해수도 따라 일어섰는데 이를 악물고 있는 것이 볼의 근육에 나타나 있었다.

"그럼, 오늘은 이만 실례하겠습니다."

권준규의 표정과 목소리는 부드러워서 마치 한담을 나누고 떠나는 사람처럼 보였다.

"김상철 씨는 지금 시베리아 동남단에 있어."

박미정이 종이컵에 담긴 커피를 건네주면서 말했다.

"아주 위험한 곳이야. 춥고."

그들은 회사 식당에서 점심을 마치고 휴게실의 플라스틱 의자에 앉아 있었다.

오늘은 박미정이 점심을 같이 하자면서 안인석을 끈 것인데 김상철의 이야기를 해주겠다는 것이었다.

"그래, 그놈은 언제 돌아오는 거야?"

안인석이 묻자 박미정은 머리를 저었다.

"그건 모르겠어. 3월이 될지, 아니면……."

"아니면 뭐?"

"그곳에 눌러 있을지도 몰라."

"그놈은 곧 돌아온다고 했는데."

"김상철 씨 아버지가 교도소에 있다며?"

그러자 안인석의 표정이 굳어졌다.

"그건 누가 그래?"

"그냥 들었어."

"어떤 개자식이 그따위 나발을 불고 다니는지 모르겠군."

"누구한테 욕하는 거야? 우연히 듣게 되었을 뿐이라니까."

"글쎄, 누가 그랬냔 말이야."

"비밀이야."

안인석이 혀를 찼다.

"넌 비서실로 가더니 비밀도 많다. 상철이가 개척단 업무를 하고 있다면서 도대체 무슨 일을 하는지도 모른단 말이야?"

"솔직히 알고는 있지만 말할 수 없어."

"이런 젠장."

안인석이 손에 들고 있던 종이컵을 구기더니 휴지통에 넣었다.

"그럼, 상철이가 있는 곳이 춥고, 위험하고, 아버지가 교도소에 있고, 언제 돌아올지 모른다는 이야기 해주려고 날 불렀어? 누구 약 올리는 거야?"

"김상철 씨는 지금 주목을 받고 있어."

"주목을 받아? 어디서?"

"개척단에서."

"글쎄, 어떻게?"

"그건 나도 자세히 몰라."

"이런 젠장."

"그 사람 성격이 어때?"

그러자 안인석이 그녀를 한동안 바라보더니 천천히 머리를 끄덕였다.

"그렇군. 이제야 마각이 드러났어. 너, 상철이한테 관심이 있구나."

"그냥 호기심 이야. 오해하지 마."

"네가 잘 알 텐데 왜 나한테 물어?"

"글쎄 장난하지 말고."

박미정이 정색을 하자 안인석이 의자에 등을 기댔다.

"의지가 대단한 놈이지. 사내답고."

"아버지의 사건 이후로 철저하게 주변이 부서져 내렸어. 가정, 인간관계 등이."

"……."

"그런데도 그놈은 내색하지 않고 기운을 차렸지. 그래, 시베리아에 벌거벗긴 채 버려져도 살아나올 놈이야."

그는 다시 박미정을 찬찬히 바라보았다.

"알아? 그놈은 몇 달 전에 어머니가 갑자기 돌아가셨을 때도 눈물 한 방울 흘리지 않은 놈이야. 아마 나만큼 그놈을 아는 놈도 없지."

"왜 안 울었는데?"

그러자 안인석이 입맛을 다셨다.

"그 자식한테는 눈물 같은 거 없어."

"닷새 일정으로 LA를 다 볼 수는 없어. 그저 코리아타운 한 바퀴 둘러보고 할리우드 구경이나 해."

박정남이 서랍에서 책 한 권을 꺼내더니 이유미에게 건네주었다.

"이건 미국 서해안 관광 안내서야. 비행기 타고 가면서 이 책이나 읽어."

"고맙습니다, 박 대리님."

"나 없을 때 발대리라고 하지나 말아라."

이유미는 5박 6일 일정으로 LA에 있는 현지 대리점에 출장을 가게 된 것이다. 신입사원들에게 담당지역을 익히고 현지 대리점의 업무를 이해해야 한다는 것이 회사방침이었다. 박정남에게서 여러 가지 주의사항을 듣고 난 이유미가 자리로 돌아오자 이제는 미스 양이 다가왔다.

"내일 몇 시 비행기야?"

"오전 11시 30분 KLM이야."

미스 양이 옆자리의 의자를 끌어당겨 다가앉았다. 점심시간이 지난 지 얼마 안 된 때라 다소 업무태도가 느슨해진 시간이다.

"저 발정남 자식, 어젯밤 외박을 했어."

낮은 목소리로 미스 양이 말했다.

"저 셔츠에 타이, 양말이 어제와 똑같아. 딴 데서 자고 나온 거야."

"언니도 참."

이유미가 이맛살을 찌푸렸다.

"그런 것까지 신경을 쓰고 있어? 그럼, 어때? 아직 미혼인데."

"나한테는 아버지 제사라 일찍 들어가야 된다고 했단 말이야."

"그럼, 그렇겠지 뭐."

"네 남자가 그랬다고 입장을 바꿔놓고 생각해 봐, 그냥 지나갈 수 있겠니?"

그러자 이유미가 웃었다.

"난 이렇게 다른 사람한테 상의 안 해."

"……."

"그럴 만한 가치도 없거든, 안 그래?"

"얘 좀 봐."

얼굴이 굳어진 미스 양이 이유미를 쏘아보았다.

"그건 네 성격이지, 난 달라."

"언니, 도대체 박 대리하고는 어떤 사이야? 서로 무슨 약속이라도 했어?"

잠자코 있던 미스 양을 바라보던 이유미가 머리를 끄덕였다.

"이것도 내 성격 때문인지 모르겠지만 저런 남자는 잊어. 싹수가 없으니까."

"……."

"한마디로 가능성이 없어. 내가 보기에는."

그러자 미스 양이 자리에서 일어서더니 몸을 돌렸다. 그녀의 뒷모습을 바라보던 이유미가 풀썩 웃고는 전화기를 들었다. 안인석에게 미국 출장 이야기를 해주려는 것이다. 번호판을 누르던 그녀는 문득 김상철의 얼굴을 떠올리고는 시선 끝이 멀어졌다. 그의 주변 환경과 차가운 표정이 뒤섞였고 그러자 혹한의 시베리아가 그에게 어울리는 곳처럼 느껴졌다.

한낮이었지만 눈보라가 휘날리고 있어서 주위는 어두웠다. 평원 쪽에서 휘몰아친 바람이 기지의 벽 역할을 하는 트럭의 대열에 부딪치면서 갖가지 소리를 냈다. 마치 넓고 긴 바람의 원형이 가닥으로 찢겨지면서 내는 소리처럼 들렸다. 반월형 기지의 안쪽에서는 바람이 소용돌이를 일으키며 눈보라를 위쪽으로 뿜어냈다. 사람들은 분주하게 움직이고 있었다. 림스키의 지휘로 병사들이 바깥 줄의 연료 트럭에서 드럼통을 굴러내리는 중이었고 일부 병사들은 트럭 사이의 공간을 텐트용 천을 사용해서 막고 있다. 방한모에 방풍안경까지 쓰고 있어서 우주인처럼 보이는 유장석이 부속품 트럭으로 다가갔다.

"이봐, 눈보라는 사흘쯤 계속 될 모양이야. 조금 전에 연락이 왔어."

그가 소리쳐 말하자 트럭 안으로 상반신을 넣고 있던 이대각이 몸을 폈다.

"우리야 눈보라가 멎기만 기다리면 되지만 시추공 기지는 야단났는데요. 이동 중이라."

"목표지점 30킬로 아래에서 정지했다니 그들도 눈을 피할 준비를 하고 있겠지."

하늘이 갑자기 흐려지더니 바람과 함께 눈보라가 쏟아지기 시작한 것은 두 시간쯤 전이었다. 시추공 기지는 시도한 지역에서 유정의 기미가 보이지 않았으므로 다른 지역으로 이동하는 중에 눈보라를 만난 것이다.

그들은 무거운 공구 박스를 함께 들고 안쪽의 박스 트럭을 향해 다가갔다. 트럭 뒤로 들어서자 바람의 기세가 뚝 떨어졌으므로 유장석은 방풍안경을 벗었다.

"김상철이는 지질 탐사기지 5킬로미터 앞이라고 연락해 왔어. 그쪽은 바람만 셀 뿐 눈보라는 없다는 거야."

지질 탐사기지는 이틀 작업하고 사흘째 되는 날 옮겨가는 과정을 되풀이하고 있었는데 벌써 여덟 번째 이동해 있었다.

탐사자료를 체크한 김진모 교수의 시추공팀이 가능성이 있는 곳으로 기지를 옮기는 순서로 작업을 하는 것이다.

"사흘간 눈보라가 계속된다면 보급헬기가 사흘 후에 도착할 텐데 늦어지겠는데요."

상자를 내려놓은 이대각이 말했다. 그들은 옷에 묻은 눈을 털어 내고는 박스 트럭 안으로 들어갔다.

뒤쪽에 배치된 트럭의 중간에 자리 잡은 이곳은 통신실이다. 최신형 위성통신 시스템 장비를 갖춘 통신실에는 두 명의 직원이 24시간 교대근무를 했다. 그러나 통신지역은 하바롭스크에 있는 고려그룹의 연락사무소까지가 한계였고 서울까지는 러시아군 당국이 허가하지 않았다.

"시추공 기지의 최 과장을 불러라."

유장석의 말에 직원이 스위치를 켜고 주파수를 맞췄다. 시추공 기지의 최 과장이 가지고 있는 소형 무전기의 통신거리는 150킬로미터여서 지금까지는 문제가 없었으나 다음 주에는 기지본부를 동쪽으로 이동해야만 할 것이다. 유장석은 직원이 건네주는 무전기를 받았다.

"최 과장이야? 그곳 어때?"

대뜸 소리쳐 물었으나 그쪽 목소리는 가물거렸다.

"골짜기에 들어가 있습니다, 상무님."

깊숙한 골짜기로 이동해 있기 때문에 목소리가 가물거리는 것은 당연했다. 그가 말을 이었다.

"눈이 엄청나게 내립니다. 그래서 방풍작업을 하고 있습니다."

"골짜기라면 어떤 지형이야? 혹시 눈사태 만나는 것 아니야?"

"아닙니다. 구릉 사이의 꽤 넓은 골짜기여서 그런 염려는 없습니다. 구릉도 5, 60미터 높이로 나무가 빽빽해서……."

가물거리다가 말이 끊겼으므로 유장석이 손에 든 무전기를 내려다보았다.

"이것, 우리 고려 제품을 써야지 미제는 아무래도……."

무전기를 건네준 유장석이 벽에 걸려 있는 지도를 바라보았다. 최 과장의 위치는 이미 파악해 두었으니 이제 남은 건 김상철이다.

"이봐, 김상철한테 연락을 해. 그놈은 아마 도착했을지도 모른다."

김상철은 수화기를 귀에 댔다.
"예, 김상철입니다."
"도착했나?"
유장석이 소리치듯 물었으므로 그는 앞쪽을 바라보았다.
"기지가 1킬로미터 전방에 보입니다, 상무님."
"그곳은 어때? 기상이."
"바람이 셉니다만 운행하는 데는 지장이 없습니다."
"이곳하고 시추공 기지는 눈보라가 심해서 움직이지도 못한다. 시추공 기지는 이동하다가 대피했어. 그러니 너도 그곳에서 쉬어."
"알겠습니다, 상무님."
수화기를 무전기에 걸어 놓자 이바노프가 그를 바라보았다.
"김, 무슨 일이요?"
"서쪽 지역에 눈보라가 심해서 여기서 쉬라는 거야."
"잘 됐군."
탐사기지는 툰드라 지역을 벗어나 내륙의 평원 지역에 진출해 있었다. 시추공 기지보다 북방으로 50킬로미터쯤 떨어진 위치였고 본부로부터는 직선거리로 130킬로미터가 된다. 그들이 기지에 도착하자 전 과장이 강풍에 머리를 숙이며 다가왔다.
"잘 왔어, 김상철 씨."
그는 30대 중반으로 마른 몸매의 사내였는데 원자력 발전소 시설 전문가였다. 유장석이 믿을 만한 부하만을 뽑다보니 그도 걸려들었는데 이곳의 상황이 아무리 험해도 불평 한마디 하지 않는다. 전 과장은 김상철의 팔을 끌고는 비어있는 박스 트럭 안으로 들어섰다.

"문제가 있어, 김상철 씨."

방한모를 벗으며 전 과장이 말했다.

"탐사기가 아침부터 작동하지 않아. 그래서 매뉴얼을 달랬더니 여자가 버렸다는 거야."

"서은영이가 말입니까?"

"조금 전에 이윤제가 말해주었어. 그 여자가 오는 도중에 버렸다고."

김상철이 잠자코 전 과장을 바라보았다.

본부에 사흘간 잡아두었던 서은영을 감시 직원 하나를 딸려 이곳으로 보냈던 것이다. 그로부터 일주일이 지난 지금까지 말썽은 일어나지 않았다.

"보고하셨습니까?"

김상철이 묻자 그가 머리를 끄덕였다.

"조금 전에. 그리고 날이 개면 서은영을 자네가 데리고 돌아오라는 지시였어."

"또 말입니까?"

"이윤제가 조금 전에 실토했는데 서은영이 협박을 했다는 거야. 이번에 그 자가 받은 사례금을 반분하지 않으면 탐사기 작동법을 알려주지 않겠다고. 그래서 할 수 없이 허락했다는데."

"그럴 리가, 그 여자는 이윤제의 정부라고 알고 있습니다만."

"글쎄, 나도 이 부장한테서 들었는데 아무래도 이상했어. 둘은 서로 거의 말도 하지 않았고 물론 잠자리도 따로였거든."

"……"

"시베리아까지 와서도 여자가 말썽이야."

"어쨌든 서은영이 탐사기를 고장 낸 것이 틀림없군요, 과장님."

"틀림없어. 나하고 오상원 씨가 하루 종일 매달려서 조사해 보았더니 결국 컴퓨터 칩 두 개가 없어졌고 작동선이 끊겨져 있더군. 선은 이으면 되겠지만 칩이 없으면 저 기계는 버려야 돼."

전 과장이 길게 숨을 내쉬었다.

"여자에게 다그쳤더니 본부로 보내 달라는 거야. 거기서 유 상무와 이야기를 하겠다고. 내 말에는 꿈쩍도 안 해."

잠자코 머리를 끄덕인 김상철이 벗어 들고 있던 방한모를 머리에 썼다.

"이거 왜 이래!"

김상철에게 잡힌 팔을 뿌리치려고 애를 쓰면서 서은영이 소리쳤다.

"놔! 이 자식아!"

바람은 세었지만 아직 한낮이다. 러시아 병사들이 일제히 하던 일을 멈추고 그들을 바라보았다. 김상철은 서은영을 끌고 자신의 트럭 앞으로 다가갔다.

옆쪽의 랜드로버에 기대 서 있던 이윤제가 그들이 다가오자 머리를 돌렸다.

"이바노프!"

러시아어를 익히기 위해서 한쪽 귀에 꽂고 있는 이어폰을 빼고 트럭의 운전석 문을 열면서 김상철이 소리쳐 부르자 이바노프가 달려 왔다.

"이년을 차 안으로 밀어 넣어!"

"옛써."

이바노프가 서은영을 뒤에서 번쩍 안아들었다. 운전석에 오른 김상철은 서은영과 이바노프를 싣고는 차를 출발시켰다. 이제 바람 끝에 눈발이 실려 있었다.

와이퍼를 작동시킨 김상철이 차에 속력을 내자 이바노프에게 안겨 몸부림을 치던 서은영이 소리쳤다.

"이것 놔! 따라갈 테니까."

한국말이었으므로 이바노프는 여전히 그녀를 안은 채 반응이 없다.

"이바노프, 그만 풀어 줘."

김상철의 말에 이바노프가 떨어졌다. 트럭을 스치고 지나는 바람소리가 날카롭게 들렸고 몰아치는 눈발도 점점 굵어져서 시야가 좁혀지고 있었다.

서은영이 머리를 들고 김상철을 쏘아보았다.

"왜 폭력을 써서 끌고 가는 거야? 그렇지 않아도 날 본부로 보내 달라고 했는데 말로 하면 될 것 아냐!"

앞쪽은 직선 코스로 흰 눈에 덮인 평원을 10킬로미터쯤 달리면 울창한 삼림에 덮인 구릉지가 나온다. 서은영이 말을 이었다.

"난 돌아가겠어. 보내 주지 않으면 너희들 회사를 고발할 거야. 모조리."

"……"

"내가 고려그룹의 조사단원으로 시베리아로 떠난 건 모두 나 알아. 너희들은 날 어떻게 하지 못해."

트럭은 이미 나 있는 바퀴자국을 따라 제법 속력을 냈지만 눈발이 세지면 자국을 찾기 힘들어질 것이었다. 시간은 오후 3시가 가까워지고 있었다. 이바노프가 힐끗 김상철을 바라보았다. 속력을 내며 달리던 트럭이 가끔씩 바위나 웅덩이를 지나면서 기우뚱거렸으므로 이제 이바노프는 그녀의 몸에 부딪치지 않으려고 손잡이를 움켜쥐고 있었다. 20분쯤 달려갔을 때 김상철은 눈보라 속에 희미하게 나타난 숲을 보았다. 이제부터 구릉지역이었고 끝없이 숲이 펼쳐져 있는 것이다. 구릉지역을 다시 10분쯤 달려간 김상철이 차를 멈추자 서은영과 이바노프가 동시에 머리를 돌려 그를 바라보았다.

"너, 여기서 내려!"

김상철의 목소리가 차 안의 정적을 깨뜨렸다.

"어서! 끌어내기 전에."

"날 어떻게 하려는 거야!"

목소리는 높았지만 그녀의 두 눈동자는 흔들리고 있었다.

"곧 이리떼들이 네 냄새를 맡고 몰려올 것이다. 네 시체는 흔적도 없이 찢겨질 것이고. 그러면 아무도 못 찾지."

서은영이 이를 악물었다.

"고발할 거다."

"고발 못하도록 없앤다는 거야."

김상철의 시선이 이바노프에게로 옮겨졌다.

"이바노프, 이년을 끌어 내."

둘이 주고받는 한국말에 잔뜩 귀를 기울였지만 답답하기만 했던 이바노프였다. 이바노프가 서은영의 목덜미를 움켜쥐었다.

"놔!"

이제 서은영이 찢어 질 듯한 비명을 질렀다.

"놓지 못해!"

그러나 이바노프의 힘에 끌려 서은영은 차 밖으로 내동댕이쳐졌다. 눈보라가 매섭게 몰아치는 밖은 이제 곧 영하 30도 아래로 떨어질 것이다.

김상철이 핸들을 틀어 트럭의 앞머리를 지질 탐사기지 쪽으로 옮겼을 때 서은영이 운전석의 문을 두드렸다. 트럭이 10여 미터를 달려 나가는 동안 그녀는 비명을 지르며 트럭과 함께 달렸다.

트럭을 멈춘 김상철이 유리창을 내리고는 그녀를 바라다보았다. 넘어져서 이미 머리와 얼굴이 눈 범벅이 된 서은영이 흐느껴 울었다.

"한마디만 묻겠다. 컴퓨터 칩을 어디에 두었어?"

김상철이 소리쳐 묻자 서은영이 울음을 그쳤다.

"트럭 안에. 크림통 속에."

무전기를 꺼내면서 김상철이 서은영을 향해 다시 소리쳤다.

"기지에 연락해서 찾을 때까지 거기서 기다려."

밤이 되자 눈발은 조금 기세를 잃었지만 바람은 점점 더 거세졌다. 본부 경비 책임자인 림스키 상사는 트럭 밖으로 나와 좌우를 둘러보았다. 일주일 전부터 그의 제의에 따라 기지를 환하게 비추던 야외등을 모두 꺼 놓았으므로 밖은 먹물을 씌운 것처럼 어두웠다.

11시 30분이 되었지만 아직도 주위의 트럭에서는 희미한 소음이 들려오고 있었다. 자신의 부하들이 술을 마시며 떠드는 소리였다. 병사들의 사기는 매우 높았다. 이곳의 분위기가 자유로운 데다가, 수당을 달러로 받게 될 희망 때문이었다. 술과 맛있는 음식을 배불리 먹을 수 있다는 것도 병사들의 사기를 한껏 높여주는 이유였다. 부대에서 가져온 식량과 부식은 이미 버린 지 오래였다. 림스키는 비틀거리는 걸음으로 왼쪽의 화장실로 다가갔다. 병사들은 고려 직원들과 똑같은 식사를 제공받았다. 계약에는 없는 사항이었지만 유장석은 병사들 몫까지 식량을 보급 받을 수 있도록 조치했던 것이다. 며칠 전에 세 대의 헬리콥터가 싣고 온 보급품 중에 보드카가 100병이나 들어 있었는데 유장석은 그 중 50병을 병사들 몫으로 나눠주었다. 화장실로 들어 간 림스키는 트림을 하고는 바지의 지퍼를 내렸다. 그리고는 버릇처럼 목을 뽑고는 눈높이에 있는 환풍기 구멍 밖을 내다보았다. 그의 시선이 닿은 곳은 화장실용 트럭과 맞닿아 있는 러시아군 트럭의 운전석이었다.

"망할 놈들 같으니."

오줌 줄기를 내뿜으면서 림스키가 투덜거렸다. 운전석이 비어있었던 것이다.

"이 개자식들이 어디로 갔지?"

투덜거리던 림스키의 눈이 커졌다. 운전석의 바깥쪽 문이 반쯤 열려져 있었던 것이다. 림스키는 아직도 오줌 줄기를 뿜는 자신의 물건을 서둘러 바지 속으로 집어넣었다. 곧 다리가 뜨뜻해졌으나 그것에 신경을 쓸 때가 아니었다.

벨트에 차고 있던 루가를 뽑아든 그는 안전장치를 풀었다. 그 총은 스리코프가 차고 다니던 것이다. 조심스럽게 화장실의 문고리를 움켜 쥔 그는 길게 숨을 들이마셨다. 운전석에는 안드레이와 티코프 두 명이 보초근무로 나와 있었다. 영하 40도가 되는 이런 상황에서 운전석이 비어 있는데다가 문까지 열려 있다면……. 뻔한 상황이 벌어진 것이다. 이윽고 림스키는 어금니를 물고는 화장실의 문을 걷어차듯 열어젖혔다. 그리고는 허공을 향해 방아쇠를 당겼다.

"탕! 탕! 탕!"

요란한 총성이 기지를 울리는 순간 림스키는 땅바닥으로 몸을 굴렸다.

"비상! 비상이다."

목이 터져라 소리를 지르면서 다시 몸을 굴렸을 때 옆쪽의 트럭 사이에서 어른거리는 물체가 보였다.

"탕! 탕!"

정체를 알 수 없는 물체를 향해 방아쇠를 당기며 림스키는 다시 몸을 한 바퀴 굴렸다.

"타타타타타."

정확히 겨냥하고 있는 것은 아니지만 총구는 모두 림스키를 향하고 있었다. 림스키는 둔중한 몸을 굴려 트럭 밑으로 들어갔다. 식은땀이 흘렸다. 연속적으로 들려오는 총성은 모두 트럭 바깥쪽에서 안쪽을 향한 것이다. 림스키는 식은땀을 흘리며 루가를 잡은 손에 힘을 주었다. 그리고 적의 정확한 위치를 찾아내려고 눈을 번뜩였다. 술에 취하긴 했지만 그는 군인이었다.

총소리에 제일 먼저 뛰어 일어난 것은 이대각이었다. 그가 눈을 부릅뜨고 따라 일어선 유장석에게 말했다.

"상무님은 여기 계십시오."

아직 잠을 자지 않고 있던 박스 안의 직원들도 서둘러 일어섰다.

밖에서는 이제 요란한 기관총 소리와 함께 병사들의 외침소리가 이어지고 있다.

"이게 도대체 무슨 일이야?"

박스 안을 두리번거리던 이대각이 급히 집어든 것은 얼음을 깨는 조그만 손도끼였다. 총알이 박스의 철판에 부딪쳐 요란한 소리를 냈다. 이대각을 선두로 직원들이 구르듯 밖으로 나가자 유장석도 방한복의 지퍼를 올리지도 못한 채 밖으로 뛰어나렸다. 이미 무장을 갖춘 리시아 병사들도 대부분 바깥으로 뛰쳐나와 요란한 총격전이 벌어지고 있었다.

무전실로 달려가던 유장석이 무엇인가에 걸려 앞으로 넘어졌는데 감촉으로 보아 사람 같았다.

"이 부장! 이 부장 어디 있나!"

엎드린 채 그가 소리치자 총성 속에서 이대각의 목소리가 들려왔다.

"여깁니다! 무전실 앞입니다!"

그 순간 요란한 폭음과 함께 수류탄이 터지면서 트럭 한 대가 기우뚱거리며 옆으로 넘어졌다.

"이 부장! 불을 켜라!"

무전실 안에는 기지의 안팎에 세워진 전등의 스위치가 있다. 유장석은 손바닥을 더듬거리며 발에 걸렸던 물체 쪽으로 다가갔다. 사람이었다. 그러나 어느 쪽인지 구분할 수는 없다 그의 더듬는 손끝에 차갑고 딱딱한 물체가 잡혀졌으므로 그는 서둘러 움켜쥐었다. 그가 찾고 있던 총이었다. 그 순간 사방이 대낮처럼 밝아졌다. 갑작스런 불빛에 유장석은 눈살을 찌푸렸다. 이대각이 전등을 켠 것이다.

유장석은 바깥의 트럭 대열 사이에서 엎드리거나 서 있는 사내들을 보았다.

"쏘아라!"

목이 터져라고 이쪽에서 외치는 사람은 림스키일 것이다.

이쪽에서 빗발처럼 총탄을 쏘아대자 저쪽은 순식간에 너댓 명이 쓰러지더니 트럭의 바깥쪽으로 몸을 숨겼다.

"쫓아라!"

림스키가 권총을 휘두르며 달려 나갔고 부하들이 뒤를 따랐다.

"상무님!"

가쁜 숨을 몰아쉬며 달려온 이대각이 그의 옆에 눈보라를 일으키며 엎드렸다. 그의 손에도 어디서 주웠는지 칼라시니코프 소총이 쥐어져 있었다.

전등이 켜지면서 쌍방이 노출된 상황 하에 총격을 주고받자 습격자들은 곧 어둠 속으로 물러갔다. 습격자의 정체는 예상했던 대로 그레고리 소령의 무리라는 것이 포로로 잡힌 부상자의 입을 통해 밝혀졌다. 그들은 10여 일 전부터 기지를 염탐했다는 것이다. 김상철과 이바노프가 보았던 불빛도 결국은 그들의 차량이었다는 것이 드러났다.

모두 20명이 기지를 습격했다가 일곱 구의 시체와 두 명의 포로를 남기고 도망쳤는데 이쪽의 피해도 만만치 않았다. 20여 명 병사 중에서 네 명이 죽고 여덟 명의 부상자가 생긴 것이다.

그 중 두 사람의 부상자가 고려그룹 직원이었다. 아침이 되자 간밤을 꼬박 새운 사람들은 이곳 저 곳에 불을 피워놓고 둘러 앉아 지친 몸을 쉬었다. 다행히 무전기는 파괴되지 않아서 유장석과 림스키는 제각기 상황을 보고할 수 있었다. 유장석이 부상당한 주방장 양 씨와 장 대리를 살펴보고 있는데 트럭 안으로 림스키가 들어섰다.

"유 상무, 그레고리는 이곳에서 200킬로미터 남서쪽의 주그주르 산맥 중간 부근에 있다는 거요."

림스키가 벽에 붙여 놓은 시베리아 지도의 한곳을 손끝으로 짚었다.

"본래 그레고리가 지휘해서 습격하기로 되어 있었는데 정찰을 하던 놈들이 제멋대로 쳐들어 온 겁니다."

"상사, 당신이 눈치 채지 못했더라면 우리는 몰살당할 뻔 했습니다. 고맙소."

"천만에, 난 내 임무를 다했을 뿐이오."

"도망친 놈들이 다시 돌아오지 않을까?"

"그 인원으로는 힘들 거요. 그레고리에게 돌아가서 전병력을 끌고 올 가능성은 있지만."

"그레고리의 무리는 몇 명이나 됩니까?"

"약 100명. 대부분이 러시아군을 탈영한 놈들이오."

"도대체 목적이 뭐요? 돈인가요?"

유장석이 묻자 림스키가 당연한 일이 아니냐는 듯 눈을 크게 떠보였다.

"물론이오. 당신들은 달러를 엄청나게 갖고 있다고 소문이 난데다가 이곳 장비들을 탐내고 있소."

"그렇다면 그레고리가 다시 습격해 올지도 모르겠군. 물론 당신은 사령관에게 보고를 했겠지요? 상사."

"했소. 하지만……."

"하지만 뭐요?"

유장석의 시선을 받은 림스키가 이맛살을 찌푸렸다.

"헬리콥터가 투입되어야 하는데 시간이 조금 걸릴 것이라고 했습니다. 큰 작전이니까요."

"러시아 정부는 우리를 보호해줄 책임이 있어, 상사. 우리가 죽고 난 후에 작전이 시작되면 소용없는 일이오."

"글쎄, 나는 상부에서 하는 일은 모릅니다. 나는 상사일뿐이오."

유장석이 그를 향해 섰다.

"림스키, 우리도 무장해야겠소. 내 부하들은 모두 군 경력자들이니까 총기는 문제없이 다룰 수가 있어."

"나는 그런 지시를 받은 적이 없는데."

림스키의 말에 유장석이 눈을 부릅떴다.

"노획한 총과 전사자들의 총을 버려둘 생각이오? 우린 20명 가까운 인원이란 말이야. 놈들이 다시 쳐들어 왔을 때 숨어 있기만 하란 말인가?"

한동안 유장석의 시선을 받던 림스키가 이윽고 머리를 끄덕였다.

"좋소. 서로 돕도록 합시다. 하지만 이곳을 떠날 때는 무기를 모두 회수하겠소."

"줘도 가져가지 않을 거요, 상사."

흐린 하늘에서 눈발이 드문드문 떨어졌다. 바람도 불지 않는 이런 날씨에는 대개 폭설이 내린다. 지질 탐사기지의 러시아군 책임자인 에프게이 상사가 병사들에게 소리치며 무엇인가를 지시하고 있었다. 본부가 습격당했다는 연락을 받고는 긴장하고 있는 것이다. 김상철은 방한복에 묻은 눈을 털며 트럭 안으로 들어섰다. 무전실 겸용으로 전 과장과 두 명의 직원이 숙소로 쓰고 있는 곳인데 트럭 안에는 전 과장과 이윤제 두 사람이 앉아 있었다.

"김상철 씨, 조금 전에 상무님한테서 연락이 왔어. 자넨 눈이 멎을 때까지 이곳에 남으라는 지시였어."

전 과장이 말을 이었다.

"그리고 서은영이 문제, 잘 처리했다고 하셨어. 그 여자는 자네가 떠날 때 데리고 오라는 거야."

서은영은 숨겨 놓았던 컴퓨터 칩을 내놓고 기지로 돌아와서는 트럭 안에 박혀서 얼굴을 보이지도 않았다.

"그나저나 어떡할 거요? 전 과장."

이윤제가 찌푸린 얼굴로 전 과장을 바라보았다.

"우릴 이대로 잡고 있을 거요? 계약이고 뭐고 돈 도로 돌려줄 테니까 나도 본부로 가야겠소. 거기서 보급 헬리콥터를 타고 돌아가겠어."

입맛을 다신 전 과장이 김상철을 바라보았다. 이윤제는 어젯밤의 사건을 알고 있는 것이다. 숨길 이유도 없었고 그럴 수도 없었으므로 습격사건을 말해주었는데 그때부터 이윤제는 돌아가겠다면서 고집을 부렸다.

"이렇게 위험한 지역이라고 말해주지 않은 것은 당신네 회사가 날 속인 거야. 나는 당신들을 위해 목숨을 걸 이유도 책임도 없단 말이오……."

"글쎄, 이 교수님. 지금은 상황이……."

"상황이 어때서? 내가 유 상무한테 이야기를 해보겠다는데 왜 그것도 못하게 하는 거요?"

김상철이 자리에서 일어서자 전 과장이 머리를 들었다. 전 과장을 향해 입술만을 움직여 웃어 보인 김상철이 밖으로 나왔다. 바람 한 점 없는 하늘에서 눈발이 곧게 떨어져 내리고 있었다. 무겁게 보이는 눈송이는 밤알만 했는데 마치 하늘의 깨어진 조각들이 흩어져 내리는 것처럼 보였다.

플라스틱 식판 위에 다른 식판을 뒤집어씌운 다음 모포로 감아들어 온기가 식지 않게 만든 김상철은 트럭 안으로 들어섰다.
"식사 가져 왔어."
벽에 등을 기대고 앉아 있던 서은영의 시선이 모포 뭉치로 옮겨졌다. 부속품 창고와 숙소의 겸용으로 쓰이는 이곳에서 이윤제와 서은영, 그리고 두 명의 고려직원이 생활하고 있었다. 모포를 벗긴 김상철은 식판을 그녀의 앞에 내려놓았다. 서은영은 어제 저녁부터 오늘 저녁까지만 하루 동안 트럭 밖으로 나오지 않았던 것이다. 고려직원 한 명이 점심 때 그녀에게 빵과 우유를 가져다주었지만 손도 대지 않고 밀어놓았으므로 무안해진 그는 더 이상 상관하려고 하지 않았다. 김상철이 그녀 앞에 섰다.
"서은영 씨, 눈밭에서 죽지 못한 것이 분해서 그러는 거야? 아니면 네 죄상이 폭로되어서 부끄럽기 때문이야?"
턱을 무릎 위에 대고 구부린 다리를 두 팔로 안은 채 서은영은 대답하지 않았다. 김상철은 그녀의 앞쪽에 책상다리를 하고 앉았다.
"사람은 여러 가지야. 네가 이 교수의 정부라는 것은 러시아로 출발하기 전부터 알고 있었지만 우린 상관하지 않았어. 여러 가지 방법으로 사는 게 사람이니까."
"……."
"우리는 이 교수와 배까지 맞춘 사이니까 손발 맞추는 것은 더 수월하리라고 생각했었어."
서은영의 퍼뜩이는 시선이 김상철을 스치고 지나갔지만 입을 열지는 않았다. 김상철이 상체를 숙여 서은영의 얼굴을 똑바로 바라보았다.

"너는 네 주변의 사람들을 차례로 배신하면서 실속을 차리려고 했지만 내 눈을 피할 수는 없지. 나는 너 같은 계집들의 속성을 잘 알고 있는 사람이야."

"……."

"지금 무장 강도단들이 본부를 습격해서 10여 명의 사상자가 났고 이곳도 언제 습격을 당할지 모르는 상황이야. 네가 굶어죽건 강도단에게 끌려가건 내버려 두었으면 좋겠는데 우리 상관들은 심성이 착해. 밥을 먹이라고 나를 보낸단 말이야. 이런 상황에서도 말이다."

"……."

"눈이 그치면 본부로 간다. 널 데리고. 그때까지 살아 있으면 같이 갈 것이고 죽으면 그만이지, 나는."

"……."

"그리고 또 있어. 본부까지 100킬로미터가 넘는 거리인데 도중에서 네가 무장 강도의 습격을 받아 납치 될 수도 있단 말이다."

자리에서 일어선 김상철이 그녀를 내려다보았다.

"넌 구역질나는 년이야. 하지만 한 시간 후에 돌아와 그 개밥 그릇을 보겠다."

병사들이 철조빔의 한쪽에 매단 줄을 당기자 탑형의 빔은 땅바닥에 밑부분이 겨우 고정되었다. 제일 힘든 작업이었으므로 김진모는 숨을 내쉬었다. 이제 탑의 꼭대기로 올라가 시추공과의 연결 부위를 맞추고 트럭에 실린 모터와 전선을 배합시켜야 한다.

"이봐, 바닥 받침대를 단단히 고정시켜."

조교에게 이르고 난 김진모는 트럭 쪽으로 다가갔다. 고려의 직원들이

나 병사들도 기계 설치에 익숙해져 있었으므로 작업진행 속도가 빠르다.

"교수님, 괜찮을까요?"

박동원 대리가 옆으로 다가왔다. 그의 방한모와 방한복의 어깨에는 흰 눈이 가득 덮여 있었다. 그들은 대형 모터가 실린 트럭 위로 올라갔다. 5천 마력의 강력한 힘을 발휘하는 고려그룹 제품이었다.

"솔직히 그 지질 탐사는 믿을 수가 없어 그 최신형 기계라는 이상하게 생긴 것도 의심이 가고."

전선을 꺼내 구분하면서 김진모가 말했다.

"이쪽 지역은 지각변동을 심하게 겪은 곳이야. 이론만 가지고 땅 표면을 긁어봐서는 아무것도 알아낼 수가 없어."

"그래도 자료를 토대로 분석하는 과학적인 탐사를 해야 하지 않습니까?"

"글쎄, 그 확률이 문제란 말이야. 저 작자들 꽁무니만 따라다니기 싫었는데 잘 됐어."

본래 시추기지가 이동하려던 곳은 30킬로미터 동쪽의 삼림지대였다. 이윤제의 팀은 그곳의 암반과 지층을 분석하여 유전의 가능성이 있다고 컴퓨터 자료를 내놓았는데 확률은 3%였다. 김진모가 전선을 이으면서 옆에 선 박동원을 향해 웃었다.

"이곳에서 일주일을 보내기로 하지, 박 대리."

그는 눈보라로 이동이 멈추자 아예 그곳을 파내려가기로 마음먹은 것이다.

"러시아 놈들에게 경비나 잘 서라고 해. 난 마누라를 머리맡에 앉혀두고 죽고 싶단 말이네."

"눈만 그치면 군병력이 헬리콥터에 실려 오기로 했습니다. 그 산적들 소굴도 곧 소탕한다고 하더군요."

"그래야지."

머리를 끄덕인 김진모가 박동원을 올려다보았다.

"난 처음에는 별로 내키지 않았지만 지금은 하루하루가 나에게 소중한 날이야. 기대감으로 두근거리는 스릴있는 나날이지. 보게."

김진모가 눈발이 흩날리고 있는 옆쪽의 평원과 삼림을 손으로 주욱 가리 켰다.

"이 거대한 땅, 사람의 손이 닿지 않았던 이 땅에 무엇이 묻혀 있는지 이제까지 아무도 몰랐어, 그런데 내가 처음 손을 댄단 말이야. 이건 숫처녀 옷을 벗기는 것보다 백 배나 더 나를 감동시키고 있는 거야."

그레고리는 검고 짙은 콧수염을 기른 40대 초반의 사내였다. 본래 그는 구소련 시대에 소령 계급의 부대 지휘자였는데 소련의 연방제국이 붕괴되고 러시아 체제의 군으로 개편되자 무리들을 이끌고 탈영, 강도단의 수괴가 되었다. 따라서 그는 부대이동과 공격, 방어 등 러시아군 전술에 통달해 있는 사람이었다.

주그주르 산맥 안쪽의 깊숙한 삼림지역을 본거지로 삼고 있던 그레고리가 부대 이동을 시작한 것은 그의 부하 바토프가 반 이상의 부하를 잃고 도망쳐 온 다음 날이다. 바토프는 한국인들의 기지를 정찰하는 임무를 띠고 22명의 부하를 이끌고 떠났는데 트럭 한 대의 엔진이 고장 난데다가 식량도 바닥이 난 바람에 기지를 습격했다는 것이다.

기지에 죽 늘어서 있는 신형 트럭들과 그곳에서 흘러나오는 음식 냄새의 유혹을 참기 힘들었고 더욱이 기지의 경비가 허술했으니 그럴 만도 했다.

그레고리는 부하들이 모인 가운데 바토프의 이야기를 끝까지 들어주고는 웃는 얼굴로 권총을 꺼내 바토프의 이마를 향해 한 발을 쏘았다. 바토프는 12명 전원이 죽었다고 말했지만 부상당한 몇 명은 포로로 잡혔을 것이라고 그는 믿고 있었다. 그리고 포로로 잡힌 부하가 이쪽의 본거지를 자백하는 것은 시간문제인 것이다.

이동 이틀째 되는 날, 눈보라 때문에 10미터 전방도 보이지 않는 오후였다. 선두에 서서 길을 만들며 나아가던 장갑트럭으로부터 무전이 왔다.

"대장님, 전방에 표시판이 보입니다."

"그럼, 다 왔군."

그레고리가 옆자리에 앉은 부관 바야킨을 바라보았다.

"예정보다 다섯 시간이 늦었다."

"이런 폭설에 그만큼 늦은 것도 다행입니다, 대장님."

장갑차를 선두로 16대의 차량이 줄을 이어 눈 속을 전진하고 있었는데 눈보라가 아니었다면 정찰기에 의해 금방 발견되었을 것이다. 이윽고 그가 탄 차는 옆쪽에 세워진 커다란 나무간판을 스치고 지나갔다. 글씨는 눈에 덮여 보이지 않았으나 붉은 깃발이 눈에 띄었다.

한동안 벌거벗은 구릉사이를 달리던 차량의 대열이 멈춘 것은 꽤 넓은 평지에서였다. 그레고리가 차에서 내리자 동양인 한 명이 다가왔다. 그의 뒤쪽에는 수십 명의 동양인들이 이쪽을 바라보고 있었다.

"그레고리 동지, 잘 오셨소."

유창한 러시아어로 말하며 손을 내민 것은 북한의 시베리아 지역 벌목사업 소장인 홍기표이다. 차량의 주위로 북한의 경비병들이 떼 지어 몰려들었고 안면이 있는 몇 명은 서로 인사를 나누고 있었다. 그레고리는 간부급 부하들과 함께 홍기표를 따라 통나무로 만든 그의 사무실로 들어섰다. 페치카에서 굵은 장작이 기세 좋게 타오르고 있는 집 안은 따뜻했다. 홍기표는 시베리아에 흩어져 있는 네 곳의 벌목사업장을 총괄하는 사내로 당의 직급도 부부장급이었다. 곰 가죽을 간 의자에 앉은 그레고리에게 사내 한 명이 다가와 김이 오르는 찻잔을 내려놓았다. 넓은 통나무집 안에는 페치카가 반대쪽에도 하나 더 있었으므로 부하들은 모두 그 쪽으로 몰려가 떠들썩하게 이야기를 나누고 있었다.

2년 가깝게 거래를 해왔으니 간부급들은 서로 이름을 외울 정도가 되었지만 누구 하나 죽었다고 해도 상대방은 눈 한번 깜짝해 주지도 않는다. 북한의 벌목공이나 고용된 사냥꾼들이 잡은 짐승의 가죽을 그레고리가 사가는 것이 그들의 거래관계였는데 이번에도 홍기표가 만나자는 연락을 해온 것이다.

그레고리가 입을 열었다.

"요즘, 많이 잡았습니까? 홍 동무."

그는 아직도 동무 칭호를 쓰고 있었는데 그렇게 부르면 홍기표가 친밀감을 느낀다는 것을 알고 있었기 때문이다.

"아니, 별로. 그나저나 동무가 이쪽으로 무사히 오셔서 다행이오. 눈보라가 도와준 것이지만."

홍기표의 말에 그레고리가 눈썹을 모으고는 찻잔을 내려놓았다.

"그게 무슨 말이요?"

"눈이 그치면 러시아 정찰기가 주그주르 산맥을 샅샅이 훑어 갈 테니까요. 하지만 이곳은 마음을 놓으셔도 됩니다. 러시아군도 마음대로 들어오지 못할 것이고 의심도 안할 테니까."

"……"

"며칠 전에 한국 놈들 기지를 습격했다가 실패한 것을 압니다. 하바롭스크에서 눈보라가 그치면 동무의 본거지를 소탕하기로 했다는 것도. 무전이 내 머리 위를 지나가거든."

"……"

그는 손을 들어 위쪽을 가리켰다.

"그래서 동무한테 급하게 만나자고 한 겁니다. 혹시나 몇 명만 오면 어쩌나 했지만 동무라면 이 기회에 모두 데려올 것이라고 생각했지요, 예민하신 분이니까."

"허어, 이런 고마울 데가."

그레고리가 얼굴에 웃음을 띠었다.

"나와 내 부하들을 위험에서 구해주려고 연락을 해주셨군. 동무가."

"그런 셈이지요."

홍기표가 붉은 얼굴을 부풀리며 웃었다. 50대 중반의 나이였으나 어깨가 넓고 움직임이 빠르다. 그리고 성격이 잔인해서 2000명 가까운 벌목공들에게는 공포의 대상이 되는 인물이었다.

"우리는 또 공통점이 있습니다, 그레고리 동무."

"러시아 영토 안에서 불법행위를 하는 것 말이오?"

웃음 띤 얼굴로 그레고리가 묻자 홍기표는 정색을 하고 머리를 저었다.

"그까짓 밀렵이나 마약 밀매는 러시아 정부 놈들이 우리보다 더하지요. 그런 건 불법도 아니오."

"그럼, 공통점이 무어요?"

"한국 놈들 기지를 불바다로 만들고 한국 놈들을 몰살시키는 계획을 가지고 있다는 점이오."

"……"

"서로 힘을 합치면 문제 될 것이 아무것도 없소. 그레고리 동무."

"그렇다면 같이 습격해서 전리품을 나누자는 말인가?"

그러자 홍기표가 이를 드러내며 웃었다.

"아니오. 전리품은 모두 동무가 가지시오. 우린 구두 한 켤레 가져가지 않겠소."

"……."

"이제 짐작하시겠지만 우리가 바라는 건 위쪽에 있는 한국 놈들을 몰살시키는 것뿐이오."

그레고리가 천천히 머리를 끄덕였다.

"물론 그 일을 저지른 것이 이 그레고리 파트킨이라고 알려져야겠지. 당신들은 배후에 숨고."

"당연하지. 어쨌든 동무는 한번 실패해서 놈들에게 이름이 알려졌으니까."

그러자 그레고리의 얼굴에 다시 웃음이 떠올랐다.

"그렇다면 협상을 다시 해야겠는데. 당신들의 정치적 목적에 이용당하는 대신 보상을 받아야겠군. 그 기지에 있을지 없을지도 모르는 재물은 빼고."

유혹

 "그 망할 놈들, 눈이 그쳤으면 당장에 군인들을 올려 보내야 할 것 아니냐!"

 강 회장이 손바닥으로 탁자를 내려 쳤다.

 "안 되겠다. 내가 모스크바에 가서 대통령을 만나든지 해서 결판을 내야겠다."

 강 회장이 당장에 모스크바로 달려갈 기세였으므로 이남호가 질색을 했다.

 "진정 하십시오, 회장님."

 "진정 할 일이냐? 이게?"

 "정찰기가 하루에 다섯 차례씩 기지 상공을 비행하고 있습니다."

 "그래서 어쨌다는 거냐? 정찰만 하면 뭘 해? 그놈들, 또 돈타령인가? 이 마당에?"

 무장 강도단의 습격을 받아 사상자가 생겼다는 것은 강 회장에게 큰 충격이었다. 그쪽의 치안상태가 좋지 못하고 산적이 출몰한다는 이야기는 들었지만 군대가 경비하고 있는 기지를 습격해 올 정도로 심각하리라고는 생각하지 못했던 것이다.

이남호가 강 회장을 바라보았다.

"회장님, 안팎으로 상황이 좋지 않습니다. 어제 중공업의 차관 도입 건도 재경원에서 보류되었습니다."

"알고 있어."

"이제는 청와대에서 직접 나서는 모양인지 정부 측에선 고려의 일에는 손을 대려고 하지 않습니다."

"일 년이야, 일 년만 참아라."

강 회장이 혼잣말처럼 말했다.

"내가 몇 배로 해서 이 빚을 갚을 테니까. 이놈들, 권불십년이 아니라 권불일년이다. 그동안 고려는 망하지 않는다."

"회장님."

"쓸데없는 소리 하려거든 나가."

"개척단을 귀국시키는 것이 나을 것 같습니다만, 당분간만 말입니다."

강 회장이 손을 들어 문을 가리켰다.

"너, 나가!"

"회장님."

"이 망할 놈아. 그게 고작 네 머리에서 생각해낸 방법이냐!"

눈을 부릅뜬 강 회장이 버럭 소리 질렀다.

"내가 만들어 낸 마지막 꿈이 그것이다, 이놈아."

"……."

"난 포기 못한다. 절대로."

강 회장이 의자에 등을 기대고는 두 손으로 팔걸이를 단단히 움켜쥐었다.

"대통령 면담을 신청해, 당장."

"예, 회장님."

이남호가 자리에서 일어섰다. 대통령 면담이야 신청하겠지만 저쪽에서는 들은 척도 안할 것이다. 그리고 그것은 회장 자신도 잘 알고 있을 것이니 시원하게 대답이나 한 것이었다. 주춤거리며 서 있던 이남호가 결심한 듯 강 회장을 바라보았다.

"부상자 두 명은 어제 헬기편으로 하바롭스크의 병원에 입원했습니다."

"지질 탐사단의 그 문제된 여자는 말할 것도 없고 교수도 돌아가겠다고 항의를 하는 모양입니다."

"그럴 순 없어. 그 연놈들을 잡아놓으라고 해."

"예, 회장님."

"내가 곧 그곳에 가겠어. 목숨을 걸고 있는 내 직원들을 만나보고, 그곳 땅도 밟아보고 올 테니까."

"아니, 제가 가지요, 회장님은 이곳에서······."

질색을 한 이남호가 한 걸음 다가섰으나 강 회장은 어서 나가라는 듯 머리를 돌렸다.

자리에 앉은 이남호는 전화를 끌어당기고는 번호판을 눌렀다. 그룹 회장실이 부동산 중개소 사무실보다 나을 것이 없었으니 비서실장 방이 따로 있을 리가 없다. 비서실 안쪽에 테이블을 놓고 옆에 소파를 가져다놓는 것으로 대신했으므로 그의 기색이 심상치 않은 것이 모두에게 드러났다.

"여보세요."

직통전화였으므로 총리실의 비서실장 안영복이 전화를 받는다.

"아, 안실장님, 나 이남호요."

이남호의 목소리가 부드러워졌다.

"아니, 이 실장님이 웬일이시오?"

안영복과는 몇 번 술자리를 같이한 적이 있는 사이였다.

"바쁘신데, 다름이 아니라 우리 영감님께서 각하를 만나시겠다는데, 지금이라도 당장 청와대로 가시려고 해서 내가 겨우 말렸단 말입니다."

"아니, 도대체 무슨 일로."

안영복의 목소리가 딱딱해졌다.

"무슨 일 있습니까?"

"다름이 아니라 그 차관 문제로, 재경원에서 보류시킨 중공업 차관 말이오."

"아아……."

"영감님 성격이 흥분하시면 물불을 안 가리시니까. 재경원이 오버 액션을 하고 있다는 겁니다. 그렇다고 내가 나서서 재경원에 연락을 할 수도 없고, 할 수 없이 안 실장께 말씀드리는 거요. 영감님이 그 일 때문에 각하 면담을 하려고 하신다고."

"알겠습니다."

"총리께 놀라지 마시라고 미리 말씀드리라는 겁니다."

"알겠습니다."

수화기를 내려놓은 이남호가 한동안 전화기를 바라보았다.

잠시 후 이남호는 다시 전화기의 번호판을 눌렀다. 청와대 총무수석실이다. 그가 이름을 대자 총무수석 최영석이 아는 체를 했다. 그는 호인으로 권모술수에 능해야 하는 정계에는 어울리지 않는 사람이었다.

"이 실장께서 웬일이십니까?"

"수석님, 다름이 아니라 저희 회장께서 각하 면담을 원하고 계셔서요.

그저 인사나 드리겠다고 하시는데."

"그냥 인사차 말씀입니까?"

"예, 다른 이유는 없습니다."

그러나 대통령이 이유 없이 강 회장을 만나줄 리가 없다. 그렇다고 해서 시베리아 지역 임차 문제로 만나고 싶다고 한다면 더욱 감정만 사게 될 것이다.

"알겠습니다. 말씀드려 보지요."

최영석이 정중하게 말하고 전화를 끊었다. 대통령이 그대로 전해 듣는다면 애가 타는 모양이라고 예상할 것이지만 감정이 상하지는 않을 것이다. 이남호는 길게 숨을 내쉬었다. 어쨌든 이것으로 총리실과의 분위기는 손톱만큼이나마 나아지게 되었고 재경원에는 압박을 가한 셈이었다. 이남호는 그냥 해본 소리였으나 재경원이 오버액션을 했다면 어떤 반응이 나올 수도 있을 것이다. 이남호는 머리를 들었다.

이쪽의 문제는 시베리아인 것이다. 영감은 차관 같은 것에는 관심조차 없었고 오직 시베리아 개발이 관심의 전부였다.

"이봐, 한 이사 어디 갔나?"

앞쪽을 지나는 여직원에게 묻자 그녀가 걸음을 멈추었다.

"이사님은 통상 산업부에 가셨습니다."

한일만 이사는 시베리아건의 담당이사로 그룹내의 실무책임자였다.

"그렇다면 그쪽 부서 사람 하나 이리 오라고 해."

"제가 한 이사님 소속인데요."

그러고 보니 조금 낯이 익은 얼굴의 여직원이다. 이남호가 머리를 끄덕였다.

"하바롭스크에서 무슨 연락 왔는지 알아보고 와."

"예, 실장님."

잠시 후에 그녀가 서류철을 손에 들고 다가와 섰다.

"여기 있습니다, 실장님."

그녀의 산뜻한 외모와 빠른 동작에 마음이 풀린 이남호가 머리를 끄덕이며 서류를 받았다. 그리고 그녀의 가슴에 붙은 이름을 읽었다. 박미정이었다.

저녁 8시. 회사 앞의 카페에는 간단히 한잔 하려는 손님들이 모여들기 시작했다. 박미정이 카페 안으로 들어서자 안쪽에 앉아 있던 안인석이 손을 들었다.

"기다렸어?"

테이블 위에 놓인 두어 개의 맥주병을 보며 묻자 안인석이 머리를 끄덕였다.

"30분쯤."

"일찍 끝나네? 요즘은."

"그런 셈이지."

"피곤해 보여, 안인석 씨."

"그래?"

안인석이 손바닥으로 볼을 쓸었다.

"아닌 게 아니라 좀 지쳤어."

"입사 2개월이 조금 넘었는데 그런 소리를 하다니 군기가 빠졌어."

"그런가 봐."

농담처럼 말했는데도 정색을 하고 대답하는 안인석을 보자 박미정도 얼굴 표정을 바꿨다.

"어떤 스트레스야?"

그녀가 묻자 안인석이 술잔을 쥐었다.

"없어, 그런 건. 다만 치열한 분위기가 연속되니까 지칠 뿐이야."

거품이 빠져나간 맥주를 벌컥이며 마신 안인석이 박미정을 바라보았다. 오늘은 그가 술 한잔 하자면서 그녀를 불러낸 것이다.

"사생결단을 하는 것처럼 일에 매달리는 그들에게 적응이 안 된다고 할까?"

낮은 목소리로 안인석이 말을 이었다.

"목표, 실적, 평가, 개발. 그런 구호들이 도무지 현실처럼 느껴지지 않는단 말이야."

"신입 하나가 내 자리로 들어 왔다며?"

"왔지. 천방지축 뛰면서 튀려는 놈이야. 도무지 나하고는……."

"야단났네."

웃음 띤 얼굴로 박미정이 그를 바라보았다.

"혹시 나 때문에 그러는 거 아냐?"

"그건 아냐. 내 자신의 문제지."

"오기 같은 거, 경쟁자에게 지지 않겠다는 그런 자세, 그것이 도움이 안 될까?"

"경쟁자라니? 우리 조에 들어온 미스터 차 같은 놈? 말도 안 돼."

안인석이 쓴웃음을 지었다.

"그래, 하기는 그 경쟁심이 원동력이 되겠지."

"김상철 씨는 지금 시베리아에서 두각을 나타내고 있어. 매일 그 사람 이름이 팩스에 적혀져 오고 실장과 회장에게 보고가 돼. 그건 김상철 씨가 운이 좋아서 그렇게 되었을까?"

"경쟁자를 가지라는 말이 상철이를 두고 한 말이었어?"

"자극을 받으라고."

"그래, 자극을 받지, 기쁘다는, 그 자식이 인정을 받아서 기쁘다고 말이야."

"대단한 친구군."

그러자 안인석이 그녀를 물끄러미 바라보았다.

"넌 만날 때마다 상철이 얘기를 꺼내는데, 내가 소개시켜 주지 않아도 네가 찾아갈 것 같은데, 맞아?"

"그럴 리가."

술잔을 든 박미정이 이를 드러내며 웃었다.

"누가 소개시켜 주지 않아도 우리는 만나게 되어 있어."

"그것 참, 조금 있으면 운명이 어쩌고 할 것 같은데."

안인석의 표정도 부드러워졌다.

"미정이, 넌 참 밝고 깨끗해서 좋아."

"참, 내."

박미정이 주위를 둘러보는 시늉을 했다.

"칭찬, 어설프네. 그건 그렇고 인석 씨 애인은 어디에 두었어? 어디에 두고 딴 여자한테 아부야?"

"LA에 갔어."

잔에 술을 채우면서 안인석이 말했다.

"사원 연수로, 닷새 간."

코리아타운에서 점심을 마친 이유미가 호텔에 돌아왔을 때는 오후 3시 30분이었다. 저녁에는 현지 대리점의 김 대리와 약속이 있었으므로 두 시간쯤 쉴 생각이었다. 프런트로 다가간 그녀가 키를 받아들었을 때 직원이 메모지를 꺼내들었다.

"미스 리, 손님이 와 계십니다. 오시는 대로 바(bar)로 와 달라고 하셨습니다. 그곳에서 기다린다고."

"누군데요?"

"그건 모르겠습니다. 밝히지 않으셨군요."

대리점의 직원이 본사의 연락을 받고 왔는지도 모른다. 그녀는 붉은색 카펫이 깔린 계단을 올라 2층의 바로 들어섰다. 한낮인데도 어둡고 붉은색 조명이 비치는 조용한 장소였다.

멈춰 선 그녀가 실내를 둘러보았을 때 벽 쪽에서 누군가가 손을 들었다.

그쪽으로 두어 걸음 다가간 이유미가 주춤 발을 멈췄다.

홍만규였다. 얼굴에 웃음을 가득 띤 홍만규가 천천히 일어서더니 이유미의 앞에 와 섰다.

"사장님께서 여긴 웬일이세요?"

"LA에 볼일이 있어서 들렸다가 신입사원 연수가 있다는 사실이 생각나서."

그들은 조그만 스탠드가 켜진 테이블에 마주보고 앉았다.

"놀랐어요. 사장님이 여기 오실 줄은……."

긴장이 아직도 풀리지 않은 이유미가 주저하며 말했다.

"글쎄, 나도 어색합니다. 이렇게 여사원을 만나는 것도 처음이어서."

"LA에는 언제 오셨는데요?"

"어제 아침에. 이유미 씨보다 하루 늦게 출발한 셈이지요."

홍만규가 부드럽게 웃었다.

"어때요? 구경 많이 했습니까?"

"구경은요, 교육 받으러 온 것인데."

"이런 데까지 와서 교육은 뭘. 도시 구경하고, 에이전시가 어디서 무얼 하는가 정도만 알고 돌아오면 되는 거지요."

홍만규가 다시 이를 드러내며 웃었다 미끈한 용모에 맞춤 양복이 흠

잡을 곳 하나 없이 말쑥한 홍만규의 특징은 자주 웃는 것이었다. 이유미의 가슴은 아까부터 세차게 두드리고 있었다.

"나는 신입사원들에 대한 보너스로 관광여행을 시키려고 했습니다. 그런데 간부들이 목적을 바꿨더군요. 사원연수, 대리점 업무파악 등으로."

칵테일 잔을 쥔 홍만규의 손톱은 깨끗하게 다듬어져 있었고 왼쪽 셋째 손가락에 끼워진 가느다란 금반지가 길고 흰 손가락과 잘 어울렸다.

"어때요? 오늘부터 나하고 관광을 하지 않겠습니까? 내가 가이드가 되지요."

홍만규가 이유미를 똑바로 바라보았다. 입술에 웃음을 띠었으나 시선은 흔들리지 않는다.

"솔직히 말하지요. 나는 이유미 씨와 둘이 있고 싶어서 LA에 온 겁니다. 그리고 이런 일은 나에게 처음입니다."

"……"

"이유미 씨를 처음 보았을 때, 입사 인사를 하려고 내 방에 들어왔을 때부터 호감을 가지고 있었습니다. 즉흥적인 일이 아닙니다."

"저에게 애인이 있다는 것 아세요?"

"……"

"설령 없다고 하더라도, 그리고 제가 사장님을 좋아하는 감정이 있다고 하더라도 저는 이런 상황은 싫어요. 직장을 담보로 하는 거래같이 느껴지니까요."

홍만규가 정색을 했다.

"난 나를 알려드릴 시간이 필요했던 겁니다. 서울에서는 힘이 들었어요. 이유미 씨에게 접근할 수 없었습니다. 그래서……"

"생각해 보겠어요."

이유미가 눈을 똑바로 뜨고 그를 바라보았다.

"생각할 시간을 주세요. 오늘 저녁때까지만이라도요."

호텔로 들어선 홍만규는 곧장 프런트 옆쪽의 구내전화 박스로 다가갔다. 번호판을 누르면서 힐끗 시계를 보았다. 저녁 7시 5분이다. 약속시간보다 5분이 지난 것이다. 신호가 갔지만 전화를 받지 않았으므로 수화기를 내려놓은 그는 로비 안을 둘러보았다.

저녁 7시면 손님들로 붐비는 시간이다. 로비에 가득 찬 사람들을 한동안 둘러보던 그는 프런트로 다가가 직원에게 말했다.

"1425호실에서 메모를 남겼나 봐줘요."

프런트 직원이 컴퓨터를 두드리더니 머리를 들었다.

"1425호 손님, 체크 아웃하셨습니다."

"아니, 언제?"

"오후 4시 30분에 나가셨군요."

얼굴을 굳힌 홍만규에게 금발의 여직원이 웃어보였다.

"미안합니다. 메모 남긴 것도 없군요."

그 시간에 이유미는 공항의 대합실에 앉아 책을 읽고 있었다. 대한항공의 LA발 서울행 824편의 출발시간은 밤 10시였지만 시내에서 어물거리며 남은 시간을 보내기 싫었던 것이다. 대합실에는 한국인 승객들이 많았으므로 떠들썩한 한국말이 이곳저곳에서 들려 왔다.

아이들이 그녀의 앞을 뛰어 지나갔다가 이제는 좌석을 중심으로 정신없이 뛰어놀았다. 예닐곱 살짜리의 한국 아이들이었는데 주위에 앉은 사람들은 좋은 기색이 아니면서도 아이들을 제지하지 않았다. 이유미는 책을 덮었다.

"얘!"

이유미가 소리치고는 앞을 지나는 비대한 체격의 사내아이를 잡았다.

"뛰지 마, 여긴 네 집이 아니야, 알았어?"

그녀의 쨍쨍한 목소리가 주위를 울리자 주변이 순식간에 조용해졌다. 사내아이가 이유미의 손을 뿌리치고 주춤거리며 물러났는데 잔뜩 볼이 부은 얼굴이었다.

서울로 돌아가면 회사에 사표를 낼 생각이었다. 회사에 들어갈 필요도 없다. 오 과장이나 박 대리에게 전화를 해서 회사를 그만두겠다고만 말하면 된다. 다시 자리를 고쳐 앉은 이유미는 책을 편 채로 깜박 잠이 들었다. 그러나 귀에는 탑승 안내방송과 주변의 이야기소리, 은은히 울리는 비행기의 폭음이 모두 들렸다.

얼마쯤 선잠에 빠져 있던 이유미는 탑승 방송과 함께 주변의 수선대는 기척에 눈을 떴다. 바로 앞에 누군가가 이유미를 가로 막고 서 있었다.

"왜 이럽니까?"

굳어진 얼굴로 홍만규가 물었다.

"나는 좋아하는 여자한테 마음을 드러내면 안 됩니까?"

"고용주와 고용인의 관계만 아니었다면 저도 조금 여유 있게 생각할 수도 있었어요."

가방을 쥔 이유미가 의자에서 일어섰다. 깜박 잠이 든 줄 알았는데 두 시간 가깝게 졸았던 것이다. 안내판에는 탑승 신호등이 켜져 있었다.

"이유미 씨, 모두 이해할 수 있습니다. 선택을 강요받은 것 같은 느낌까지도. 하지만 나 또한 이유미 씨의 선입견에 기회를 잃고 있습니다."

홍만규가 이유미의 가방을 잡았다.

"나에게 기회를 주세요. 이유미 씨, 홍만규를 알려드릴 며칠간만 기회를 주십시오. 난 놓치고 싶지 않습니다."

한동안 홍만규를 바라보던 이유미가 어깨의 힘을 풀었다.

"사장님 소리는 하지 않겠어요."

그러자 눈을 깜박이며 이유미의 말뜻을 잠시 생각하던 홍만규가 커다랗게 머리를 끄덕였다. 그는 어느 사이에 활짝 웃고 있었다.

"물론이오. 나도 그걸 바랍니다."

행방불명이 된 스리코프 대위의 후임으로 알렉세이 대위가 온 것은 눈보라가 멈춘 사흘 후였다. 모처럼 착륙한 헬리콥터에서 알렉세이 대위는 거드름을 피우며 내렸는데 그의 뒤로는 부관과 세 명의 병사가 따르고 있었다. 트럭 옆에서 팔짱을 끼고 선 채 알렉세이를 바라보던 유장석이 혼잣말을 했다.

"저 자식이 얼마나 오래 살지 궁금하군."

"글쎄요. 부관까지 데려왔는데요, 저 놈은."

이렇게 말하며 이대각이 턱으로 앞쪽을 가리켰다.

프로펠러가 일으킨 눈보라가 아직도 휘날리는 착륙장 안이었다. 알렉세이에게 다가간 림스키가 경례를 했는데 절도가 있었다. 알렉세이도 멋진 동작으로 경례를 받았다.

"자, 우리도 가볼까."

유장석이 앞장을 서자 이대각이 뒤를 따랐다. 흰 눈 위를 걸어 이쪽으로 다가오는 알렉세이는 긴 코트에 방한모를 단정하게 쓰고 넓은 벨트에 권총을 비스듬히 찬 빈틈없는 차림이었다. 이윽고 그들은 마주섰다.

"사령관으로부터 당신이 온다는 이야기를 들었소, 대위."

유장석이 손을 내밀자 알렉세이가 빙긋 웃었다. 푸른 눈에 엷은 콧수염이 난 그는 많아야 30대 초반으로 보였다.

"그레고리 일당은 곧 토벌될 겁니다."

유장석과 함께 기지 쪽으로 걷던 알렉세이가 말했다.

"곧 주그주르 산맥에 공정대가 투입될 거요."

"그것도 사령관에게서 들었어, 대위."

유장석이 알렉세이의 어깨를 쳤다.

"대위, 내 트럭으로 들어가 보드카를 한 잔 합시다. 여기서는 보드카를 얼마든지 마실 수가 있소."

알렉세이가 힐끗 유장석을 바라보았다.

"근무시간에는 마실 수가 없습니다. 사양하겠소."

"저런, 그렇다면 할 수 없지."

유장석이 발을 멈추자 알렉세이와 일행들은 곧장 병사들의 트럭 쪽으로 다가갔다.

"이 부장, 림스키에게 오늘 저녁부터 우리 막사로 식사하러 오지 말라고 전해."

그들의 뒷모습을 바라보며 유장석이 말하자 이대각이 눈을 치켜떴다.

"아니, 왜요?"

"림스키는 무슨 말인지 금방 알아들을 것이다. 난 저런 애송이들을 더 이상 우대하지 않겠어. 저희들끼리 처먹으라고 해."

"그렇다면……."

"림스키는 물론 장교들도 마찬가지란 말이다. 장교들이 우리와 함께 식사를 하게 되면 림스키는 빠지게 돼, 지난번처럼."

"아아, 예."

"시간이 지나서 살아남은 놈이 있다면 초대를 하자. 지금은 식탁에 앉아서 어느 놈이 먼저 죽을 것인가 관상을 보기도 거북하니까."

지질 탐사기지는 그 동안 동쪽으로 30킬로미터를 이동해 있었지만 이윤제가 말썽을 부리는 바람에 애를 먹는 중이었다.

그는 서은영과는 상황이 달라서, 계약조건을 위반한 것은 고려그룹이니 당장에 계약을 취소하고 돌아가겠다고 버티고 있었다. 목숨을 걸고 일할 수는 없다는 것이다. 시추공팀의 김진모 교수는 이윤제를 책상물림의 샌님이라고 무시하고 있었지만 이윤제도 지질학에 대해서는 국내에 몇 안 되는 권위자 중의 한 사람이었다. 그의 탐사자료는 임차지 연구의 기본 자료가 될 것이었으므로 연락을 받은 유장석도 대책이 없어 난감한 상태였다. 그런데 이변이 일어났다.

만 하루 동안 이윤제가 작업을 사보타주 하고 났을 때 서은영이 나선 것이다. 그녀는 자신이 일을 맡겠다면서 이동을 서둘렀고 연락을 받은 유장석도 승낙을 했다. 그렇다고 이윤제를 돌려보낸다는 것은 아니었다. 지금도 이윤제는 새 이동기지에서 일손을 놓고 있었다. 물론 불만과 항의는 갈수록 심해지고 있어서 하루에도 몇 번씩 전 과장과 언쟁을 했고 무전실에 들어가려는 그와 직원들은 몸싸움을 했다.

저녁을 마치고 김상철이 트럭을 나왔을 때도 마찬가지였다. 수저를 놓은 이윤제가 전 과장에게 내일은 혼자서라도 차를 몰고 본부로 가겠다고 고집을 부렸던 것이다. 말다툼을 하는 그들을 남겨두고 밖으로 나온 김상철은 방한모를 단단히 조여 썼다. 바람이 셌다.

옆쪽의 러시아군 트럭 안에서는 노랫소리가 들려오고 있었다. 그는 허리를 숙이고는 20미터쯤 떨어진 곳에 세워둔 자신의 트럭으로 다가갔다. 보급품 운반 트럭이었지만 운전석 뒷좌석은 훌륭한 침실이었고 히터를 켜놓으면 훈훈했다. 눈보라가 그치면 본부로 돌아가려던 그가 이곳에 닷새 동안 머물게 된 것은 유 상무의 지시 때문이었다. 이윤제를 감시하라는 특명이 떨어진 것이다.

김상철은 트럭으로 다가가 운전석에 올랐다. 이윤제를 감시하라는 유 상무의 지시는 모종의 암시를 포함하고 있었다. 지난번 서은영 사건의 처리를 유 상무는 흡족하게 생각하고 있었던 것이다. 그리고 유 상무의 그런 생각은 어느 정도 효과를 얻고 있었다. 이윤제는 전 과장에게는 거품을 물고 대들었지만 김상철과 마주칠 때는 기세를 잃었던 것이다. 이윤제도 눈치가 빠른 사람이었으므로 서은영의 컴퓨터 칩 사건 때 김상철이 서은영에게 어떻게 했다는 것쯤은 소문을 통해서라도 알고 있을 터였다.

히터를 틀어놓은 트럭은 훈훈했다. 김상철은 방한모를 벗고는 캐비닛 위에 놓인 담배를 집어 들었다.

"저도 한 대 줘요."

뒤쪽에서 들리는 목소리에 흠칫 놀란 김상철이 몸을 돌렸다. 서은영이 벽에 등을 기대고 앉아 그를 바라보고 있었다.

"여기는 왜?"

거칠게 그가 물었으나 그녀는 대답하지 않았다. 엔진만 켜놓은 트럭 안은 어두워서 그녀의 얼굴 표정은 살필 수가 없다.

"이봐, 왜 여기 온 거야?"

담배를 피워 문 김상철이 목소리를 조금 낮췄다. 화를 낼 이유가 없는 것이다. 그녀는 이제 이윤제 대신 탐사업무를 맡아 처리하고 있었다. 아마 이윤제에 대한 반발심이겠지만 그것은 아무래도 좋았다.

"놀랐잖아, 갑자기 뒤에서."

"김상철 씨는 나이가 몇 이에요?"

김상철이 담뱃갑과 라이터를 그녀에게 건네주었다.

"스물여섯."

"나하고 동갑이네. 난 서른쯤 된 줄 알았는데."

"……"

"여자 있어요?"

"이봐, 쓸데없는 수작 그만해. 어서 용건을 얘기하고 나가."

담배에 불을 붙여 문 서은영이 연기를 그에게로 내뿜었다.

"당신을 며칠간 관찰했어. 난 관찰력이 예민하거든."

"……."

"당신은 미친놈이야. 여기에 온 놈들도 모두 미친놈이지만 당신만큼 철저 하게 미친놈은 없어. 더구나 신입사원 주제에."

"……."

"높은 놈에게 잘 보이기 위해서는 살인까지 서슴없이 할 놈이야, 당신은."

비스듬히 의자에 기댄 김상철이 그녀를 바라보았다. 차체를 스치고 지나는 바람소리가 날카롭게 들려오고 있었다.

"나도 강사 자리를 얻기 위해 몇 놈한테 달라는 것 다 주었어. 받는 놈이나 주는 년이나 당연한 거래라고 생각했지, 물론 후회는 없어. 거래였으니까."

"……."

"처음부터 이 일은 내키지 않았어. 이윤제가 고집하는 바람에 따라왔지만 계약을 하고 돈을 받은 것은 이윤제지 내가 아니야."

"그런 말로 네 행동이 정당화 되지는 않아."

"알고 있어."

서은영 이 이쪽으로 바짝 다가앉았다.

"하지만 지금부터는 내가 주도해서 일을 할 거야. 이윤제 대신으로."

서로의 숨결이 느껴질 정도로 가까운 거리였으므로 서은영의 눈이 보였다.

"당신, 설마 이윤제를 한국으로 돌려보내지는 않겠지? 돌려보냈을 때 어떤 부작용이 오리라는 것쯤은 알고 있겠지?"

서은영이 손을 뻗어 김상철의 볼을 어루만졌다.

"당신한테는 털어놓고 말할 수 있을 것 같아서 왔어. 나하고 거래를 하는 대신 저 쓸모없는 작자, 화근 덩어리가 되어 있는 이윤제를 잡아둬 줘. 그 자가 돌아가면 당신들뿐만 아니라 나까지 파멸하게 돼."

이제 서은영은 두 팔로 김상철의 옷깃을 잡아당겼다.

"그 일을 해낼 수 있는 사람은 당신뿐이야. 아마 당신 상관들도 묵인해 줄 것이고."

"날 과대평가하고 있군."

김상철이 서은영의 팔을 두 손으로 쥐었다.

"미친놈하고 거래를 하자는 너도 온전한 여자는 아니야, 알아?"

사무실에 들어선 장국진은 방한모를 벗어들고 옷에 묻은 눈을 털었다. 칼끝처럼 날카로운 바람이 불고 있는 밖의 온도는 영하 25도였으나 사무실 안은 후끈한 열기에 덮여 있었다.

"어서 오십시오, 대위 동지."

홍기표의 부하로 벌목사업소 경비 책임자인 이호근이 그에게로 다가왔다.

40대 중반의 이호근은 호위총국의 상사로 제대한 뒤 손을 써서 벌목사업소에 파견된 사내였다.

"내일 아침에 출발할 수 있을까요? 안개가 심한데."

장국진이 페치카 옆의 나무 의자에 앉자 다가온 이호근이 그의 옆에 섰다.

"상관없소. 출발할 거요."

자르듯 말한 장국진이 그를 올려다보았다.

"이동무도 준비를 단단히 해야 할 거요. 내일 아침부터는 강행군일 테니까."

장국진은 평양에서 파견된 대외정보국 요원으로 이번 작전의 실질적인 감독관이다. 그는 그레고리 일행과 함께 내일 아침 일찍 북쪽으로 출발할 예정이었다. 벌목소에서는 이호근과 다섯 명의 경비원들이 차출되었다.

"우리야 시베리아 날씨에 익숙해 있지만 대위 동지가 걱정이오."

이호근이 누런 이를 드러내며 웃었다. 장국진은 이제까지 중국과 러시아로 탈출하는 자들을 체포하는 임무를 맡아왔다. 따라서 국경선 부근의 지리에는 익숙했지만 이쪽은 처음인 것이다.

"남조선 아이들의 장비가 쓸 만하다니 나도 구경이나 좀 해야겠소."

"모두 우리 몫이 아니니까 욕심낼 것 없소. 동무는."

그러자 이호근의 번들거리는 시선이 그를 스치고 지나갔다.

사무실의 문이 열리더니 일군의 사람들이 안으로 들어왔다. 눈바람이 휘몰려 들어왔으므로 페치카의 장작불이 어지럽게 흔들렸다. 홍기표와 사업소의 직원들이었다. 의자에서 일어선 장국진을 향해 홍기표가 다가왔다. 눈가가 불그스름한 걸 보면 대낮부터 보드카를 마신 모양이었다.

"장동무, 러시아 공수부대가 주그주르 산맥의 그레고리 본거지를 쳤어. 물론 빈곳을 쳤지만 말이야."

의자에 앉은 그가 옷에 묻은 눈을 떨었다. 그는 흩어져 있는 다른 벌목사업소와 정보원들로부터 정보를 받고 또한 평양과도 끊임없이 교신을 주고받고 있었다.

"남조선 놈들의 기지에는 새로운 부대장과 부관이 부임해 갔을 뿐 증원 병력은 아직 가지 않았어."

홍기표가 장국진을 바라보았다.

"하지만 곧 증원 부대가 편성이 될 거야. 동무, 그러니 서둘러야 돼."

"사흘 후면 남조선 놈들의 기지는 없어지게 될 겁니다, 동지."

장국진이 홍기표의 옆쪽에 있던 의자에 앉으며 말했다.

"철저하게 없앨 테니까요."

"그레고리는 일을 마치면 레나 강 쪽으로 올라갈 작정이야. 그곳에서 사건이 잠잠해질 때까지 기다릴 모양인데."

꼬챙이로 장작을 쑤셔 불꽃을 만들면서 홍기표가 옆쪽의 장국진과 이호근을 돌아보았다.

"남조선 놈들은 월동장비도 최신형으로 갖추고 있지만 달러도 많이 갖고 있다는 소문이 있어. 그레고리는 꿩 먹고 알 먹는 셈이지."

"그렇습니다, 소장 동지."

장국진이 머리를 끄덕였다.

"우리한테 5만 달러까지 받게 될 테니까요. 단숨에 팔자가 늘어지게 되었습니다."

아침에 눈을 뜬 김진모 교수는 모터 소리에 귀를 기울이면서 머리맡에 벗어둔 방한복을 입었다. 이제는 모터 소리만 들어도 이상 유무를 판단할 수가 있는 것이다.

이쪽은 부정합 상태의 지층으로 연속되었던 퇴적현상이 멈췄다가 일단 육화하여 침식을 받은 후 다시 육지가 수면 아래로 침몰하면서 퇴적이 시작되었던 곳이다. 따라서 비틀린 지층이 뒤섞여 있어서 시추공은 사암을 뚫고 내려갔다가 다시 사암을 만나 하루를 소비하고는 곧장 파들어 가는 중이었다.

"교수님 일어나셨습니까?"

옆자리의 안 조교가 모포를 젖히면서 일어섰다. 시베리아에 온 후로 면도를 하지 않아서 그의 코와 턱은 짙은 수염으로 뒤덮여 있었다.

"이쪽 지반은 특수합니다. 뒤틀렸다면 화강암을 스치기라도 해야 하는데 곧장 정판암으로 내려가고 있습니다."

방한복을 입으면서 그가 말하자 김진모가 빙긋 웃었다.

"그래서 옛날 금꾼들은 운수소관이라고 하지 않았나. 아무리 최신 기계를 갖다 대도 운수 좋은 놈을 못 따라간단 말이야."

구석에 누워 있던 곽 조교도 자리에서 일어섰다. 모두 김진모의 열정에 이끌려 두 달 가까운 시베리아 생활을 하고 있으면서도 불평 한마디 하지 않았지만 지친 모습들이다.

"내일까지는 결과를 알 수 있겠지. 충분히 파고 들어가게 될 테니까."

방한모를 뒤집어쓴 김진모가 앞장을 서서 막사를 나왔다. 아직 어둠이 가시지 않은 이른 아침이었다. 대기가 마치 투명한 얼음덩이처럼 굳어져 있어서 마스크 밖으로 내어뿜은 흰 입김이 금방 딱딱한 결정체가 된다. 러시아군 막사는 아래쪽에 있었으나 아직 불빛이 켜지지 않았고 옆쪽의 고려직원들 막사에서 인기척이 났다. 지난번 본부기지를 습격당한 이 후로 유장석은 오히려 이쪽에 직원을 충원시켜 주었으므로 직원 수는 6명이 되었는데 놀랍게도 3명이 무장하고 있었다. 러시아군으로부터 무기를 빌린 것이다.

그는 막사를 지나 시추작업장으로 다가갔다. 대형 트럭에 실린 모터는 육중한 엔진 소리를 내며 캐터필러를 돌렸고 캐터필러는 시추공의 벨트를 회전시키며 아래쪽으로 밀어 넣는다. 시추장비만 해도 트럭 7대분이었으므로 트럭들은 높이 20미터 정도의 시추탑 주위에 바람막이 벽 모양으로 둘러 세워져 있었다. 김진모가 트럭의 뒷부분으로 올라가자 엔진실 옆의 간이침대에 누워 있던 박기사가 눈을 떴다. 그는 장비기사로 고려건설 직원이다.

"압력이 느껴지지 않아요. 이번도 맹탕인 것 같습니다."

상반신을 일으킨 박기사가 눈으로 옆쪽의 계기판을 가리켰다.

"내일 오전까지는 파이프가 다 풀립니다, 교수님."

"알고 있어, 박 형."

엔진실은 더웠으므로 김진모는 방한모를 벗었다.

"이봐, 나올 때보다 나오기 전의 긴장감이나 기대감이 더 좋은 거라네. 여자하고 그것 할 때와 마찬가지야. 싸버리면 끝이 거든."

"나아 참. 별소리를."

그러면서도 40대의 박 기사가 빙글 웃었다.

"우리 직원들끼리 얘긴데 교수님은 우리 쟁이들과 죽이 맞는 다는 거요. 교수 그만두고 고려로 옮겨오시는 게 어떠쇼?"

"글쎄, 강 회장한테 말해볼까?"

"이사 자리는 주겠지 뭐."

손바닥만한 유리창 밖으로 시베리아의 아침이 밝아오고 있었다. 오늘은 해가 보일 모양인지 밝아지는 속도가 빠른 아침이었다.

차창 밖이 밝아오자 김상철은 서은영을 흔들어 깨웠다.

"일어나, 어서. 늦었어."

눈을 뜬 서은영이 모포를 젖히면서 자리에서 일어섰다 상반신은 내복을 걸쳤으나 하반신은 알몸이다.

"왜 일찍 깨우지 않고."

내복을 찾아 다리를 꿰면서 서은영이 그를 흘겨보았다. 사흘 전 김상철의 트럭에 들어온 후로 오늘이 두 번째였는데 정사가 끝나고 나서 깊은 잠에 빠졌던 것이다.

"아직 아무도 일어나지 않았어."

이미 김상철은 방한복 차림으로 의자를 넘어와 운전석에 앉아 있었다. 희끄무레하게 동녘이 밝아오고는 있었지만 아직 주위는 어두웠다.

"난 오늘 본부기지에 가야 돼. 다시 보급 일을 맡게 될 모양이야."

김상철의 말에 서은영이 움직임을 멈추었다.

"그럼, 이곳엔 그전처럼 사흘이나 나흘에 한 번씩 들리게 되는 거야?"

그녀는 언젠가부터 말을 놓았으나 김상철은 상관하지 않았다. 따라서 이쪽도 반말이다.

"아마 그렇게 될 거야."

"이윤제는 어떻게 할 작정이야?"

"내가 데려가기로 했어."

김상철에게 시선을 떼지 않고 있던 서은영이 머리를 끄덕였다.

"그래야지. 하지만 한국으로 돌려보내는 건 아니지?"

"그건 나 같은 말단이 결정 할 문제가 아니야."

방한복의 지퍼를 올린 서은영이 의자를 넘어 조수석으로 내려와 앉았다. 바깥의 어둠은 아직 가시지 않았지만 그녀의 얼굴 윤곽은 뚜렷하게 보였다.

"난 적응력이 강해. 홀어머니 밑에서 아르바이트로 두 동생 학비를 대며 대학을 마쳤어."

그녀는 방한화를 찾아 신었다.

"날 경멸하는 거 알아, 지금 당장 이윤제 대신으로 날 이용하고 있지만 날 불신하고 있다는 것도."

"……"

"적응해 갈 테니까 날 도와줘."

그녀와 시선을 마주친 김상철이 잠자코 차의 문을 열었다. 찬바람이 휘몰려 들어 왔으므로 금방 몸서리가 쳐졌다.

"어서 돌아가, 늦었어."

시선을 뗀 서은영이 몸을 움츠리더니 차 밖으로 뛰어내렸다.

그가 탐사 기지를 출발했을 때는 오전 11시 30분이었다. 모처럼 갠 날이어서 흰 태양이 중천에 떠 있었고 바람은 없다. 본부기지까지는 140킬로미터가 넘었으므로 눈길에서 시속 30킬로미터 미만의 속력으로 달리는 트럭으로써는 저녁때에야 도착할 것이다. 물론 이바노프가 조수석에 앉아 있었고 가운데에 끼어 앉은 것은 이윤제이다.

트럭은 눈에 덮인 평원을 기운차게 달려 나갔다. 태양이 보이는 한낮의 시베리아는 차창을 열어 놓아도 좋을 만큼 날씨가 풀려 있었다. 기지가 뒤쪽으로 멀어져 보이지 않게 되자 이윤제가 김상철에게로 머리를 돌렸다.

"김 형, 본부에서는 헬기가 며칠에 한 번씩 뜹니까?"

"글쎄요, 날씨가 개었을 때는 일주일에 한 번이었는데."

김상철이 힐끗 이윤제를 바라보았다.

"급한 일이 있을 땐 본부에서 연락을 하면 다음날에 오기도 하지요."

"본부에서 갑자기 날 데려오라는 것은 날 보내주려는 것일까?"

"……."

"본부에 러시아군이 증원되지도 않았다면서요? 에프게이 상사한테서 들었소."

"아마 그런 모양입니다."

이윤제는 의자에 등을 기대고는 더 이상 입을 열지 않았다. 트럭은 툰드라 지대로 들어서면서 속력을 늦추었다. 얼음의 표면이 미끄러워져 있었던 것이다.

창밖으로 이바노프가 상반신을 내놓자 머리칼이 바람에 흐트러졌다.

"김, 우측이 늪지야."

눈에 덮여 있어서 늪지인지 평지인지 얼핏 보면 구분할 수 없었지만 매끈한 표면 위에 드문드문 솟아난 마른 풀잎으로 알아낸 것이다. 김상철은 트럭을 좌측으로 꺾어 달렸다. 트럭에 부착된 방향지시기의 붉은 바늘이 조금 좌측으로 흔들렸다가 다시 정상이 되었다.

"김 형, 서은영을 조심하시오."

갑자기 이윤제가 이렇게 말했으므로 김상철이 그에게로 머리를 돌렸다.

"무슨 말씀입니까?"

"그년은 뱀이요, 지능지수가 높은 독사라고 할까? 약점을 보였거나, 이용가치가 없을 경우에는 가차 없이 당신을 물 거요."

"……."

"시베리아에서 내 약점을 보이게 될 줄은 뜻밖이었어. 내가 방심했던 거야."

"……."

"서은영이 당신을 유혹했을 거요, 오늘 아침에 당신 트럭에서 나오는 걸 보았어."

"……."

"내가 한국에 돌아가는 것을 원하지 않을 텐데, 그 여자는."

"그래서 무슨 대안을 가지고 있습니까?"

그러자 이윤제가 머리를 저었다.

"없소. 나는 우선 저 기지를 떠나고 싶었어. 그 다음이 한국이지. 어쨌든 이곳은 나한테 맞지 않는 곳이니까."

트럭의 바퀴 하나가 찢어진 것은 기지를 20킬로쯤 남겨 놓은 삼림이 우거진 능선 밑에서였다. 바퀴가 쓰러진 나무둥치를 넘다가 뻗어 나온 잔가지에 찍혀 옆 부분이 길게 찢어진 것이다. 온 세상을 붉게 물들이며 해가 서쪽으로 떨어져 내려간 지 얼마 되지 않았으므로 아직 대기에는 태양의 잔영이 희미하게 남아 있었다. 그들은 얼어붙은 볼트를 풀고는 찢어진 타이어를 떼어 냈다. 이제 곧 수은주가 무섭게 떨어져 내려가는 추위가 다가올 것이다. 서두르는 그들의 주위로 어둠은 점점 짙게 드리워졌다.

차량의 엔진 소리를 제일 먼저 들은 것은 기지에서 2백 미터쯤 앞쪽의 초소에 있던 미하일 상병이다. 그는 동료와 함께 바토프의 습격 때 부서진 트럭의 박스 안에 들어가 있었는데 눈 속을 파고 묻어놓은 데다가 안에는 석유스토브를 켜놓아서 근사한 참호용 거주지가 되어 있었다. 더구나 전방에 직사각형의 구멍을 뚫어놓고 비닐로 막아 놓아서 안에서 밖을 관측할 수도 있다.

"이봐, 저건 무슨 소리야?"

미하일이 소총을 움켜쥐며 말하자 긴장한 동료도 다가왔다. 이제 땅을 울리는 진동음도 느껴졌다.

"그렇군, 김과 이바노프가 온다고 그랬어. 도착할 시간이 되었다."

미하일이 그제야 생각났다는 듯 얼굴을 폈다. 오후에 근무교대를 할 적에 림스키에게서 들었던 것이다. 동료가 다시 스토브 위에 올려놓은 감자 스튜 냄비로 다가갔고 미하일은 담배를 꺼내 입에 물었다. 그는 이바노프아 친했으므로 그에게서 몇 번 한국산 담배를 얻은 적도 있었다. 참호용 박스는 지면에서 10센티미터 높이 밖에 나와 있지 않아서 외부에서는 눈에 잘 띄지 않는다. 눈에 덮인 조금 불룩한 땅처럼 보이는 참호용 박스는 앞쪽에 두 개의 감시창이 있었지만 가끔 기지 사람들도 몰라보고 차를 몰고 다가오는 경우도 있었다.

미하일은 담배를 입에서 떼었다.

밖에 나가서 김에게 신호라도 해줘야겠다고 생각한 것이다. 방한복을 입고 플래시를 집으며 그는 이맛살을 찌푸렸다.

"제기랄 자식, 오려면 조금 일찍 올 것이지 밤에 와서 귀찮게 하고 있어."

엔진 소리는 더욱 가까워져 있었는데 땅을 울리는 진동음으로 벽에 걸어놓은 소총이 흔들리고 있었다. 미하일은 소총을 집어 들고는 옆으로 나 있는 문을 열고 밖으로 나왔다. 밖은 이미 칠흑 같은 어둠에 덮여 있어서 10미터 전방도 보이지 않는다. 밖으로 나오자 엔진의 소음은 더욱 크게 들렸다. 앞쪽으로 두어 걸음 나가면서 주머니에 든 플래시를 꺼내던 미하일이 걸음을 멈추었다. 앞에 오는 차의 전조등이 켜져 있지 않다는 사실이 깨달았기 때문이다. 플래시를 땅바닥에 떨어뜨린 미하일이 소총을 손에 쥐었을 때 어둠 속에서 차량의 윤곽이 드러났다. 불을 켜지 않고 달려온 차량은 차체가 높고 바퀴가 큰 러시아의 설상용 트럭이었다. 김상철의 트럭이 아니다. 그가 총구를 그쪽으로 겨누었을 때 먼저 트럭의 앞부분에서 흰 불꽃이 번쩍였다.

"타타타타!"

요란한 총성이 밤하늘을 울렸고 온몸에 총격을 받은 미하일이 눈 위로 쓰러졌다.

"총소리다."

사람들은 식당차에 모여 저녁 식사를 하고 있었다. 누군가가 소리치자 차 안은 숨소리조차 들리지 않았다. 그러자 다시 요란한 총소리가 났다. 그에 대응해서 쏘아대는 총소리가 울리면서 바깥에서 러시아 병사들의 고함소리가 났다.

"습격이다!"

이대각이 자리를 박차고 일어나 유장석을 바라보았다.

"상무님."

"무기를 나눠줘라. 어서."

그 순간 식당차의 문이 열리면서 림스키가 모습을 드러냈다.

"습격이야! 어서 피해. 뒤쪽 벙커로."

총소리는 더욱 요란해져 있었는데 이제 이쪽에서도 응사하고 있는 모양이었다.

총탄이 날아와 식당차의 벽에 맞고는 날카로운 쇳소리를 냈다.

"난 무전실로 간다."

밖으로 구르듯 뛰쳐나온 유장석이 소리 쳤다.

"본사에 알려야겠어!"

습격자들은 구경이 큰 기관총을 쏘아댔으므로 총탄에 맞은 트럭의 알루미늄 벽이 부서지는 소리가 났다.

이쪽에서도 치열하게 응사하고 있었으나 습격자는 사방에서 쏘아오고 있다. 허리를 숙인 유장석이 무전차로 달려가자 조명탄 한 발이 어둠 속으로 쏘아 올려졌다. 그 순간 사방에서 차량들의 엔진소리가 났다.

"상무님!"

이대각이 미친 사람처럼 그에게로 달려갔다. 한 손에는 소총을 움켜쥐고 있다. 조명탄이 내려오면서 기지 주위가 환해지자 사방에서 달려오는 차량들의 윤곽이 선명하게 드러났다. 이쪽과의 거리는 이제 100미터도 되지 않는다. 총탄이 빗발처럼 쏟아졌으므로 그들은 트럭의 바퀴 뒤로 몸을 붙였다. 순간 달려오는 트럭 한 대가 폭발하면서 붉은 화염과 파편들이 하늘로 치솟았다. 이쪽에서 쏜 대전차 포탄이 명중한 것이다. 그러나 곧 앞쪽에 세워두었던 이쪽의 차량 한 대가 폭발했다. 그리고 어디선가 비명소리가 났다. 유장석은 무전차 안으로 뛰어 들어가 스위치를 켰다. 차체에 총알이 뚫고 들어와 방 안에 튀었다.

"상무님, 놈들이 진입해 왔습니다."

문 앞에 지켜선 이대각이 소리쳤다.

"저 개새끼들이 이쪽으로 옵니다!"

"여기는 기지, 여기는 기지, 하바롭스크 기지 나와라."

유장석이 무전기에 대고 소리치자 잡음이 들리던 무전기에서 목소리가 들렸다.

"여기는 하바롭스크."

한국말이었다. 그리고 그 순간 빗발처럼 총탄이 무전차를 뚫고 들어오면서 무전기에서 불꽃이 튀었다.

"이런 빌어먹을!"

끊어진 무전기를 내동댕이친 유장석이 밖으로 뛰어내렸다. 그동안 기지 안은 아수라장이 되어 있었다. 이리 뛰고 저리 뛰는 러시아 병사들을 향해 진입해온 차량들이 총탄을 쏘아 부었고 차량 한 대는 이쪽의 수류탄 공격을 받아 차체를 치솟아 올리며 폭발 했다.

"상무님! 뜹시다!"

바퀴 밑에 엎드려 있던 이대각이 고함을 치며 유장석의 옷깃을 잡아당겼다.

"러시아 놈들이 도망치고 있단 말입니다."

그 순간 총탄이 그들에게로 쏟아졌다. 이대각이 총을 떨어뜨리며 주저앉았다.

"야, 이 부장!"

유장석이 그를 부둥켜안았다.

"야, 이 부장!"

"어깨를 맞았어요. 젠장."

진입한 트럭에서 사람들이 뛰어내리고 있었다. 그리고 어느 사이엔가 총성이 뜸해지면서 사람들의 고함 소리만 이곳저곳에서 크게 들렸다

진지가 점령당한 것이다.

"손을 들어라!"

뒤쪽에서 누군가가 고함을 쳤으므로 유장석은 한쪽 무릎을 꿇은 채 손을 들었다.

"일어서!"

몸을 돌리자 두 사내가 그에게 총을 겨누고 있었다. 털코트를 아무렇게나 걸친 모습들이 영락없는 산적이었다.

기지 탈출

그레고리가 다가가자 부하들이 좌우로 갈라섰다. 그들은 불타오르고 있는 트럭 옆 기지 한복판의 맨땅 위에 부상자와 포로를 모아놓고 있었다. 부관 바야킨이 소총의 총구로 그들을 가리켰다.

"대장, 포로 열다섯 명 중 부상자는 여덟 명입니다. 그리고 확인된 전사자는 열한 명이오."

그레고리 쪽은 전사 7명에 부상 9명이었으므로 썩 좋은 전과라고 볼 수는 없었다. 그레고리는 눈 위에 앉아 있는 포로들을 훑어보았다. 대부분이 그의 시선을 피해 머리를 떨어뜨렸지만 번쩍 머리를 치켜들고 앉아 있는 한국인 한 명이 있다.

"저놈은 누구야?"

턱으로 그를 가리키자 바야킨이 말했다.

"한국인 보스요, 기지 책임잡니다."

"한국인 포로는 몇 이야?"

"포로는 모두 네 명인데 그중 두 명이 부상입니다. 한국인 사망자는 셋입니다."

어둠을 뚫고 서너 발의 총소리가 났다. 기지를 도망친 자들을 추격하는 이쪽의 사격소리였다. 그러나 이 추위에 도망친다고 해서 살아남을 가능성은 제로에 가깝다. 그들을 차로 쫓는 이쪽은 될 수 있는 한 그들을 멀리 내쫓는 것만으로도 족한 것이다. 한동안 포로들을 내려다보던 그레고리가 결심한 듯 바야킨에게로 머리를 돌렸다.

"한국인 부상자와 포로만 막사 안으로 집어넣어라. 나머지는 그대로 둔다."

그러자 포로로 잡힌 병사들 서너 명이 일제히 아우성을 쳤다. 그것은 곧 사형선고나 다름없는 말인 것이다.

영하 40도가 넘는 혹한 상황에서 방치된다면 한 시간도 못 되어 모두 동사하게 된다. 병사 한 명이 일어났다. 병사 한 명이 그레고리에게 매달려 애원할 작정인 모양으로 무릎걸음으로 한 걸음 앞으로 나섰다. 그러나 바로 그 때 바야킨의 소총이 마른 소리를 내며 발사되었다. 병사가 뒤로 넘어지면서 숨이 끊어지자 더 이상 입을 여는 사람은 없었다.

유장석을 포함한 네 명의 한국인이 끌려들어간 곳은 식당차 안이었다. 벽에 총탄 구멍이 나 있었지만 히터는 작동되고 있었으므로 그들은 온몸을 늘어뜨리고 벽에 기대앉았다. 식탁에서는 그들이 먹다 만 음식들이 어지럽게 널려져 있었고 바닥에도 흩어져 냄새를 풍겼다.

이윽고 그레고리가 서너 명의 부하들을 대동하고 식당차에 오르자 차 안의 공기는 긴장감으로 싸늘해졌다. 그레고리가 방한모를 벗자 짙은 콧수염이 드러났다.

검은 눈동자가 짐승의 그것처럼 번들거리고 있다. 그는 의자를 돌려놓고 그들을 향해 앉았다.

"책임자가 누구냐?"

그가 영어로 묻자 모스크바 지사에 근무한 적이 있는 유장석이 러시아어로 대답하며 머리를 들었다.

"나다."

"한국에서의 직급은?"

"고려그룹의 기지 책임자로 직급은 상무다."

"한국 정부에서의 네 직급은?"

그러자 유장석이 머리를 저었다.

"그런 것 없다. 난 회사원이야."

"넌 우리가 누군지 아는가?"

"산적이지. 무장 강도단 아닌가?"

"그렇지."

그레고리가 이를 드러내며 웃었다.

"너희들 차 안에서 미화 4만 달러가량을 찾아냈어. 거기에다 장비까지 합하면 상당한 전과를 올린 셈인데."

"그렇다면 우릴 해칠 필요는 없지 않은가? 우리를 놓아주기 바란다. 더 이상의 인명피해는 너희들에게 도움이 안 될 것이다."

"그것이 내 뜻대로 안 된단 말이야."

그레고리가 얼굴에 쓴웃음을 지었다.

"우선 너희들의 탐사기지 위치를 밝혀라. 두 곳이 있다고 들었는데, 그곳의 정확한 위치를 대."

"……"

"네가 말해주지 않는다면 다른 놈에게 물을 수도 있어."

"도대체 우리에게 바라는 것이 무엇이냐? 돈이 필요하다면 나에게 말해라. 우리 회사가 네 요구를 받아들일 테니까."

유장석이 상체를 세우고 그를 쏘아보았다.

"탐사기지에는 돈이 나갈 만한 물품들이 없어. 너에게 필요한 장비들도 아니다."

"그건 네 생각이지."

그레고리가 시계를 보았다.

"한 시간 후에 다시 올 테니까 위치를 그린 지도를 내놓도록. 더 이상 너와 입씨름 하지는 않을 테니까."

의자에게 일어선 그레고리가 앞장을 서자 부하들이 따라 나갔다. 식당차의 문이 밖에서 거칠게 닫혔고 차 안에는 살아남은 한국인 네 사람만이 남게 되었다. 그러나 입을 여는 사람이 없었으므로 차 안에는 한동안 침묵이 흘렀다.

"3번 트럭이 불타버리는 통에 놈들이 탐사기지의 위치를 모르게 된 겁니다. 차라리 잘됐지."

이대각이 어깨에 댄 헝겊 뭉치를 누르며 말했다. 어설프게 누르고 있어서 피가 배어나오고 있었지만 그는 거의 자포자기 상태였다. 유장석은 벽에 등을 기대고 앉아 잠자코 그를 바라보았다. 이제까지 살아오면서 이렇게 절체절명의 궁지에 몰린 것은 처음인 것이다. 이대각이 다시 말했다.

"우리가 말해줘도 죽일 겁니다. 상무님, 우리를 인질로 해서 돈을 요구할 만큼 놈들은 한가하지 않습니다."

어느덧 한 시간이 되어가고 있었다. 본부기지에 남아 있던 일곱 명의 직원 중 남은 인원은 식당차에 끌려온 넷이었지만 행정 업무를 맡고 있던 장 과장은 중상이었다. 그는 배에 총알을 맞아 응급치료도 하지 못한 채 가늘게 숨만 몰아쉬며 누워 있었다.

"야, 장 과장."

이대각이 어깨를 흔들자 장 과장이 눈을 떴다.

"정신 차려라, 장 과장."

장 과장이 다시 눈을 감자 이대각이 이를 악물고는 유장석을 바라보았다.

"상무님, 분합니다."

"……."

"이렇게 죽어야만 하다니, 정말 억울합니다."

유장석이 머리를 돌려 벽에 기대 서 있는 임 대리를 바라보았다. 그는 화염에 머리칼이 조금 그을렸을 뿐 다친 곳은 없다.

"조 대리가 기름 체크하러 간다고 나갔었다. 자네 조 대리 못 보았나?"

"예, 상무님."

임 대리가 늘어진 목소리로 말했다.

"조 대리가 총에 맞는 것을 보았습니다. 이쪽으로 뛰어오다가."

"총에 맞지 않았어도 밖에 있다면 지금쯤 얼어붙어 있을 겁니다."

이대각이 자르듯 말하고는 머리를 들었다.

"상무님, 가스라도 틀어서 자폭합시다."

"닥쳐!"

유장석이 짧게 소리치고는 길게 숨을 내쉬었다.

"나로서는 그렇게 간단히 결론을 내릴 수가 없다."

"……."

"김상철, 그놈은 이쪽에 거의 다 왔다가 우리가 습격당한 것을 보았을지도 모른다."

그러자 모두 잊고 있었던 듯 머리를 들고 그를 바라보았다.

"그놈이 이제 나의 희망이다. 설령 우리는 죽게 되더라도 탐사기지에 그놈이 연락해 주기를 바랄 뿐이야."

바로 가까운 곳에까지 접근해 왔던 트럭이 옆쪽으로 비켜가자 김상철은 이바노프를 바라보았다.

"이바노프, 넌 여기서 기다려라. 난 기지에 들어갔다 올 테니까."

"나도 가겠어."

이바노프가 방한모를 쓰면서 말했다.

"한 사람보다 두 사람이 나아."

그들의 트럭이 멈춰 선 곳은 기지로부터 400미터쯤 왼쪽으로 벗어난 곳으로 밋밋한 구릉이 이어진 사이였다. 전방의 기지에서는 아직 서너 대의 트럭이 화염에 싸여 있었고 오가는 사람들의 모습도 보였다. 기지는 함락된 것이다. 김상철은 트럭의 의자 밑에서 칼라시니코프 소총을 꺼내 익숙한 손놀림으로 탄창을 끼워 넣었다.

기지에서 들리는 요란한 총성과 폭발음을 듣고 그가 달려갔을 때는 이미 습격자들이 기지로 진입한 후였다. 화염에 휩싸인 기지에서 일어나는 살육전을 바라보면서 그는 발을 굴렀지만 속수무책이었던 것이다. 그는 따라나설 채비를 하는 이바노프를 말리지 않았다.

"그럼, 난 여기서 기다리란 말이요?"

이제까지 한마디도 입을 열지 않던 이윤제가 김상철에게 물었다.

"기다려요. 우리가 돌아올 때까지."

"김 형, 내 말을 들어보시오. 도대체 저곳에는 왜? 모두 끝났을 텐데."

이윤제가 김상철의 소매를 잡았다.

"돌아갑시다. 탐사기지든, 시추기지든. 들어가는 것은 자살행위요."

"이것 놔."

팔을 뿌리치는 대신 김상철은 손을 벌려 이윤제의 얼굴을 덮고 밀었다.

"난 당신하고는 사는 방식이 틀리단 말이야."

얼굴이 젖혀진 이윤제가 간단히 떨어져 물러나 앉았다.

"지금 시간이 아홉시 이십분이니까 열한시 이십분까지 두 시간만 여기서 기다려. 그 안에 내가 돌아오지 못한다면 당신 혼자 떠나. 어디로든지."

차에서 내린 그들은 전방의 불빛을 향해 한 걸음씩 발을 뗐다. 얼어붙은 발밑의 눈이 바삭거리며 부서졌지만 단단해서 발을 옮기는 데 지장은 없다.

어둠 속을 울리는 엔진 소리와 함께 라이트를 켠 차량 한 대가 그들의 왼쪽에서 기지 쪽으로 달려갔다. 도망자를 추격하고 돌아오는 차량인 모양이었다.

기지 근처의 지형은 익숙한데다가 불타오르는 트럭들이 주위를 환하게 비추고 있어서 그들이 기지끝 쪽의 눈밭에 엎드린 것은 그로부터 20분쯤 후였다.

"저기……."

이바노프가 손을 들어 앞쪽을 가리켰으므로 김상철이 머리를 들었.

트럭 사이로 앞쪽 마당에 모여 앉은 10여 명의 사내들이 보였다. 옷차림으로 보아 러시아 병사들 같았는데 부상자들도 있는 모양인지 대여섯 명은 맨땅에 누워 있었다. 그리고 나머지 사내들은 일어서거나 앉아 있었지만 모두 두 손과 발이 묶여져 있다.

포로인 것이다. 불타오르는 트럭 주위와 땅바닥에 널려 있는 시체들도 보였다. 러시아 병사들이 대부분이었지만 막사 옆에 푸른색 방한복을 입고 쓰러진 사내들은 아무래도 한국인들 같았다.

김상철이 이바노프를 바라보았다.

"이바노프, 난 안쪽으로 들어가겠다. 넌 여기서 기다려."

시끄럽게 떠들면서 대여섯 명의 사내들이 앞쪽을 지나갔으므로 김상철은 땅바닥에 바싹 엎드렸다. 본래 가로로 두 줄로 늘어세워졌던 트럭의 대열은 중간에서 갈라졌고 불타는 차량과 갖가지 종류의 습격자들의 차량들까지 어지럽게 뒤섞여 기지는 그야말로 난장판이었다. 사내들은 기지의 트럭을 뒤지면서 약탈을 계속하고 있었다.

그는 한 손에 총을 쥐고는 조금씩 앞으로 미끄러져 다가갔다. 기지의 전등은 대부분 깨어져 화염이 치솟는 몇 군데는 대낮같이 밝았지만 기지의 다른 곳들은 어둠에 덮여 있었다. 부서진 막사의 벽 사이로 몸을 집어 넣는데 옆쪽에 목소리가 들려왔다.

"동무, 뭐 좀 집었소?"

"집긴 뭘, 모두 로스케 놈이 털어갔는데."

바삭거리며 얼음을 밟는 발자국 소리가 지척에서 들리면서 두 사내가 그가 몸을 숨긴 벽 앞을 지나갔다.

"그, 간나새끼가 눈을 부라리고 있어서 말이야. 보고도 손을 못 댔다니까."

"어쨌든 남조선 새끼들 호강하며 사누만, 이곳을 보니."

김상철은 숨을 죽이며 그들의 뒷모습을 바라보았다. 북한인들이 습격자들 속에 끼여 있는 것이다. 이윽고 어금니를 문 그는 벽에서 몸을 뺐다. 그는 트럭 사이로 몸을 숨기면서 조금씩 기지 안으로 들어갔다. 습격자들은 줄잡아서 4, 50명이 넘어 보였는데 외치는 소리와 부르는 소리로 기지 안은 떠들썩했다. 트럭 밑으로 기어서 통신 차량 쪽으로 다가가던 김상철은 눈더미 속에 파묻혀 있는 하반신 하나를 보았다. 두 다리가 뻣뻣하게 굳어져 있는 것을 보니 이미 숨이 끊어진 지 오래된 듯한 러시아 병사였다.

이윽고 통신 차량 밑으로 기어간 김상철은 방한모 속으로 더운 숨을 몰아쉬었다. 기온은 갈수록 떨어져가고 있었지만 긴장으로 온몸에 땀이 배어나온 것이다. 아직 유장석과 이대각이 어떻게 되었는지는 알 수가 없다. 시체가 되어서 버려져 있다면 할 수 없는 일이지만 마당에 잡힌 포로와 부상자들은 모두 러시아 병사들이었다. 그것이 김상철에게 유장석과 이대각 등이 어딘가에 살아있을지도 모른다는 희망을 주고 있었다. 그들을 찾는 것이 그가 목숨을 걸고 기지로 돌아온 이유였다. 죽었든 살아든 유장석을 확인해야만 한다. 한동안 통신 차량의 바닥에 귀를 기울이던 김상철은 다시 앞으로 기어가기 시작했다.

바야킨이 들어선 것은 장 과장의 숨이 끊어진 직후여서 세 사내가 모두 그를 둘러싸고 있을 때였다.
"뭐야? 하나가 죽었나?"
장 과장을 굽어본 그가 부하들에게 말했다.
"밖에다 버려."
부하 두 명이 장 과장의 팔 하나씩을 잡아끌고 밖으로 나갔다.
유장석이 몸을 일으켜 세웠다.
"당신들의 우두머리를 만나고 싶다."
"이제 너와 이야기할 것이 없어. 네놈들 기지는 포로로 잡힌 러시아군 통신병한테서 들었으니까."
바야킨이 금이빨을 번쩍이며 웃었다.
"놈은 정확한 좌표는 물론 각 기지의 무선통신 주파수까지 알려주었어."
유장석이 그에게로 한 걸음 다가섰다.
"나는 그런 이야기를 하려고 네 우두머리를 만나려는 것이 아니다. 부탁한다. 네 우두머리를 만나게 해다오."
"우두머리는 나야, 한국인. 넌 지금 우두머리와 이야기하고 있는 거다."
바야킨의 말에 옆에 서 있던 부하들이 웃었다.

유장석이 다시 말했다.

"이봐, 중요한 일이야. 난 네 우두머리와 거래를 하려는 거야."

"거래 말인가?"

바야킨은 좌우에 벌려 선 부하들을 바라보며 머리를 끄덕였다.

"한국 장사꾼들이 수완에 뛰어나다더니 과연 그렇군. 이런 상황에서도 거래 할 것이 있다니."

"너희들에게 손해될 것이 없는 거래야. 산적생활을 청산하고 떼돈을 벌 수 있는 기회란 말이다."

"그런가? 그것이 무엇인데? 나에게 말해 봐, 한국친구."

"네 우두머리에게 전해. 100만 달러를 주겠다고, 여기 있는 두 사람을 살려주고 날 인질로 잡으면 이 사람들이 돌아가서 돈을 만들어 올 것이다."

이대각이 퍼뜩 머리를 들었다.

유장석과 바야킨이 주고받는 러시아어를 알아듣지는 못하지만 뭔가 이상한 낌새를 챈 그가 낮은 목소리지만 단호하게 말했다.

"상무님, 저는 상무님을 남겨 두고 떠 날 사람이 아닙니다."

"조용히 해!"

짧게 소리치고 난 유장석이 바야킨을 바라보았다.

"물론 소련 정부에서도 비밀로 할 것이다. 그리고 시간도 많이 필요하지 않아. 열흘, 아니 일주일이면 될 거야."

한동안 유장석을 바라보던 바야킨이 머리를 돌려 부하들과 무언가 이야기를 나누었다. 그러자 부하들이 소리 내어 웃었다. 그때였다. 문이 열리더니 방한모를 뒤집어 쓴 부하 하나가 들어왔다. 아마도 장 과장의 시체를 끌고나간 둘 중의 하나일 터였다. 그는 바야킨의 옆에 섰다.

"내 부하들에게 물었더니 그럴 듯하다고 말하지만…… 유감이다. 우린 그럴 만한 시간이 없어."

바야킨이 허리에 찬 권총을 꺼내 들었다.

"아마 네 동료들은 100만 달러와 함께 군대를 끌고 올지도 모르지. 여 긴 시베리아야. 돈을 받고 사라질 택시도 없고 거리도 없어."

총구가 가슴에 겨누어지자 유장석은 턱을 내밀고는 눈을 부릅떴다. 그러자 총소리가 막사를 울렸다.

"탕!"

저도 모르게 눈을 감았다가 뜬 유장석은 머리에 구멍이 뚫린 바야킨이 옆으로 쓰러지는 것을 보았다.

"탕, 탕, 탕!"

연달아서 권총을 난사한 사람은 조금 전 들어 온 러시아 병사였다. 바야킨의 부하 두 명이 모두 머리에 총을 맞고 즉사했다. 유장석과 이대각은 입만 딱 벌리고 있었다. 영문을 알 수 없었던 것 이다. 그때 병사가 눈만을 내놓았던 방한모를 벗었다.

"아니, 김상철······."

숨을 들이마신 유장석이 소리치자 김상철이 손가락을 입에 가져갔다.

"이 놈들 외투를 입으십시오. 어서."

튕기듯이 다가온 것은 이대각이다. 그의 부릅뜬 눈에서는 눈물이 흘러내리고 있었다.

"상철이, 네가······."

"어서 옷을 입어요, 방한모를 쓰고."

문을 조금 열고는 밖을 살피면서 김상철이 명령하듯 말하자 그들은 서둘러 시체의 방한복을 벗겼다.

곰가죽과 담비 목도리로 치장을 한 그들의 방한복에 방한안경까지 끼고 나면 누구도 알아보기 힘들 것이었다. 그레고리 일당은 총소리에 신경을 별로 쓰지 않았다. 바야킨이 유장석 일당을 처치하기로 이야기가 되어 있었던 모양이었다. 서두르는 바람에 임 대리가 방한안경을 잃고 잠시 허둥댔으나 유장석이 찾아 주어 그들은 완벽한 복장을 갖췄다.

"날 따라오십시오. 곧장 뜰을 건너가서 부서진 6번 트럭 옆으로 나오시면 됩니다. 이바노프가 그곳에 있을 테니까 그를 불러요."

그들에게 주의를 주고 난 김상철이 앞장서서 트럭에서 내렸다. 바야킨의 방한복을 입은 유장석이 뒤를 따랐고 맨 끝에 차에서 나온 이대각이 식당차의 문을 닫았다. 바깥은 이제 영하 40도 가까이 내려가 있었다. 차량들을 뒤지고 다니던 무리들이 줄어든 대신 바깥 경계선에 차량들이 배치되어 있는 것이 보였다. 그들이 포로와 부상자들의 옆을 지날 때 앉아 있던 포로 중 한 명이 신음소리를 냈다. 그들은 이제 움직이지 않았고 천천히 죽어가는 중이었다.

식당차에서 뒤쪽 열의 트럭까지 직선거리로는 30미터도 되지 않는다. 그러나 김상철의 뒤를 따라 걷는 유장석은 그 거리가 30킬로도 더 넘어 보였다. 그들이 포로의 열을 지나갈 때 바쁜 걸음으로 이쪽으로 다가오는 세 명의 사내들과 마주쳤다. 그 중 한 명이 방한모 사이로 무언가 말을 했으나 김상철이 손을 들어보이자 잠자코 그들 곁을 지나갔다. 그들이 6번 트럭의 뒤쪽으로 들어서자 짙은 어둠이 깔려 있는 벌판이 시야에 들어왔다.

"이바노프."

방한모 사이로 김상철이 소리죽여 부르자 앞쪽에서 인기척이 났다.

"누구, 김이야?"

어둠 속에서 나타난 것은 온몸이 긴장된 이바노프였다.

"그래, 가자."

그들은 있는 힘을 다해 어둠 속을 달렸다. 앞장을 선 것은 이바노프였다. 그의 뒤를 놓칠세라 일렬로 선 일행은 가쁜 숨을 헐떡이며 얼어붙은 벌판 위를 달려 나갔다. 그때 뒤쪽에서 요란한 총성과 함께 사내들의 고함소리가 들려왔다. 그러나 이쪽을 겨냥하고 있는 것 같지는 않았다. 놈들의 시체가 발견된 모양이었다.

밤새도록 얼어붙은 늪지와 구릉지역을 달려 시추기지에 도착한 것은 다음날 동녘이 밝아오기 시작하는 아침 7시경이었다. 그들이 도착하자 기지는 즉각 비상이 걸렸고 고려직원들과 러시아 군 분견대 측은 제각기 무전기에 매달렸다. 그러나 양쪽 모두 보유하고 있는 무전기는 고정간 통신거리가 150킬로미터 미만인 포터블 세트여서 본부기지와의 교신용으로만 사용되던 것이었다. 러시아 측은 남쪽의 오호츠크 해 근처에 주둔하고 있는 해군부대로 주파수를 맞추었지만 잘 안 되는 모양이었다. 그러나 옆쪽에 있는 지질 탐사기지의 모든 인원이 중요한 장비만을 챙겨서 이쪽으로 출발했다는 연락을 받은 것은 오전 9시.

유장석은 그제야 막사의 벽에 등을 기대고 앉았다. 그러나 벽을 통해 울리는 진동음이 느껴졌다. 밖에서는 시추계가 아직도 힘차게 지층을 뚫고 내려가고 있었다. 막사의 문이 열리면서 김상철이 들어섰다. 그의 손에는 보온병이 들려져 있었다.

"상무님, 뜨거운 커피 한 잔 드시지요."

다가온 그가 말하자 유장석은 김상철을 바라보았다. 막사 안에는 상처의 치료를 마악 끝낸 이대각이 반대쪽 벽에 붙어 누워 있을 뿐 비어 있었다.

"그래, 고맙다."

커피 잔을 받으면서 유장석이 입을 열었다.

"이제야 산 것 같은 기분이 드는군."

그러자 누워 있던 이대각이 눈을 떴다.

"야, 인사가 늦었다."

이대각이 열에 뜬 눈으로 김상철을 올려다보았다.

"구해줘서 고맙다."

"당연히 해야 할 일이었는데요."

멋쩍은 듯 김상철이 얼굴에 웃음을 띠었다.

"그런데 놈들이 이곳으로 몰려온다면 야단입니다, 상무님. 탐사기지의 러시아 병력이 합류한다고 해도 이곳의 러시아 병사는 20명도 안 됩니다."

그러자 유장석이 머리를 떨어뜨렸다.

"나도 이미 네 명의 식구를 잃었어. 그 일만으로도 나는 회장님을 뵐 면목이 없다."

"……"

"또 죽은 네 명에게 그리고 그 가족들에게 어떻게 사죄를 해야 한단 말인가."

"상무님."

김상철이 그에게 다가 앉았다.

"경황 중에 말씀을 못 드렸는데 기지 안에서 북한인들을 보았습니다. 그자들은 습격자들과 같은 일행 이었습니다."

놀라 머리를 든 그들에게 김상철은 북한인들이 주고받았던 대화내용을 말해주었다.

"습격자들은 북한인들의 조종을 받거나 협력관계에 있는 것이 틀림없습니다."

"그렇군. 그래서 놈들이 아예 우리의 씨를 말릴 듯이 굴었군."

말을 받은 것은 이대각이다.

"강도단들이 그렇게 적극적으로 습격한 이유를 이제 알았다."

유장석이 머리를 끄덕였다.

"북한 정부가 우리의 시베리아 임차를 반대하는지는 알고 있었지만 이렇게 나설 줄은 몰랐다."

"물러설 수는 없습니다, 상무님."

김상철이 유장석을 향해 말을 이었다.

"본부의 무전기가 파괴되었으니 하바롭스크에서는 곧 헬기를 보낼 것입니다. 며칠 안에 사태를 알아차리게 될 것입니다."

"그 며칠이 문제야. 놈들은 오늘밤 당장 이곳을 칠 눈치였어."

"막아야지요. 다른 방법이 없습니다."

"그럼, 저는 밖에 나가보겠습니다."

유장석이 손을 뻗어 김상철의 어깨위에 올려놓았다.

"넌 마치 이곳 시베리아를 위해 우리한테 보내진 놈 같구나."

장문의 팩스 통신을 읽어 내려가던 박미정이 통신문을 들고 자리에서 일어섰다. 그녀는 개척단과의 연락 담당이어서 하바롭스크에서 보내온 전문이나 연락을 직접 이남호에게 보고하도록 되어 있었다. 점심시간이 끝나 입술 주위가 벌게진 사원들이 마악 업무를 시작하는 때였다. 책상에 앉아 커피를 마시며 서류를 읽고 있던 이남호가 머리를 들었다.

"전문인가?"

이남호는 가끔씩 박미정을 불러 업무를 지시하기도 했지만 박미정에게는 여전히 어려운 사람이었다. 이남호는 박미정에게 한 번도 부드러운 얼굴을 보인 적이 없다. 전문을 받아 읽어가던 이남호의 얼굴이 점점 찌푸려지더니 이윽고 머리를 들었다.

"어젯밤부터 지금 이 시간까지 통신이 두절되었단 말인데, 러시아 파견부대도 그렇고."

이남호는 앞에 서 있는 박미정을 향해 말했다.

"하바롭스크에서는 무슨 사고가 났다고 믿는 모양이군."

"통신이 두절될 특별한 이유가 없습니다, 실장님."

박미정이 굳어진 얼굴로 말했다.

"러시아 파견부대까지 함께 연락이 안 된다는 것이 이상하다고 했습니다."

이남호가 전문을 한동안 내려다보았다.

"하바롭스크에서는 내일 아침에 헬기를 보낸다는데, 군도 정찰기를 띄우고."

혼잣말처럼 그가 말을 이었다.

"기상 상태가 나쁠 때는 가끔 그랬지만 어쩐지 불안하군."

전문 용지를 집어든 이남호가 자리에서 일어섰다. 그가 회장실로 들어서자 신문을 읽고 있던 강 회장이 머리를 들었다.

"무슨 일이야?"

그와는 모처럼 구내식당에서 점심을 같이 먹고 올라온 참이었다.

"하바롭스크에서 온 전문입니다."

이남호가 전문의 내용을 요약해서 보고하자 강 회장이 이맛살을 찌푸렸다.

"러시아 쪽에서 증원부대를 언제 파견한다고 했지?"

"편성이 되는 대로 곧 보낸다고 했습니다."

"또 사례금인가?"

"아직 로스토프 사령관은 구체적인 언질을 주지 않고 있습니다."

"망할 놈들."

강 회장이 손바닥으로 의자의 팔걸이를 내리쳤다

"이렇게 세월만 보내면 안 되겠다. 내가 당장 러시아로 가야겠어."

"회장님, 조금 기다리셨다가, 아직……."

"도대체 뭘 기다린단 말이야?"

눈을 치켜뜬 강 회장의 목소리가 방을 울렸다.

"내가 로스토프인지 도롭프스인지 그놈을 만나야겠어. 애송이 같은 놈, 제 놈 목을 떼는 것이 나한테 얼마나 간단한 일이라는 것을 보여줘야겠다."

이남호는 회장의 결심을 바꾸기가 불가능하다는 것을 알았다. 회장의 러시아 출장 계획은 지난주부터 잡혀 있었다.

"그러시다면 회장님, 체르넨코 국방장관을 하바롭스크로 부르시는 것이……."

이남호가 수첩을 꺼내들며 말했다.

"우선 체르넨코와 만나시고 나서 로스토프를 부르시는 게 낫겠습니다."

"그렇지, 극동에서 저보다 높은 놈이 없는 것처럼 으스대고 있는 놈의 코를 납작하게 눌러줄 필요가 있다."

강 회장이 머리를 끄덕였다.

"모스크바의 강 이사를 당장 체르렌코에게 보내, 내가 하바롭스크에서 만나잔다고, 내일 모레 사이에."

"예, 회장님. 하지만 내일 모레는 좀……."

"서두르란 말이다. 난 이번엔 도쿄로 해서 하바롭스크로 들어간다. 쉬는 시간포함해서 다섯 시간이면 도착할 테니까."

이것은 정부에 대한 공공연한 도전이었다. 그가 하바롭스크로 날아가는 이유는 시베리아 임차지 문제 외에는 없다는 것을 정부가 모를 리 없다. 이남호는 머리를 숙였다.

"알겠습니다, 회장님."

"정부에서 난리가 나겠지, 그렇지 않나?"

"그럴 것입니다, 회장님."

"빨리 터뜨리는 것이 낫다. 이왕 터뜨릴 바에는."

강 회장이 의자에 등을 기대고는 얼굴에 쓴웃음을 지었다.

"내가 물러서지 않는다는 것을 알게 될 테니 어떤 방법으로 압력을 넣을지 궁금해지는군."

다가온 안인석에게 강형문이 책상 위로 서류봉투를 던졌다.

"계약서류에 보험료 계산이 잘못돼 있어. 이봐, 안인석 씨. 그것도 맥밀란 씨가 지적해 주어서 알게 되었단 말이야."

안인석이 봉투 속의 서류를 꺼냈다.

"제가 계산을 잘못했단 말씀입니까?"

"조건에 맞춰보면 알 것 아닌가?"

강형문이 입맛을 다셨다. 그는 그랜드 호텔에 묵고 있는 영국 도매상 맥밀란을 만나고 온 길이다. 옆자리의 직원들이 이쪽을 힐끗거리고 있었으므로 안인석의 얼굴이 굳어졌다.

"죄송합니다, 대리님. 제가 서류를 다시 만들겠습니다."

"검토도 하지 않고 가져간 내 잘못도 있어. 하지만 바쁠 땐 손발이 맞아야……."

강 대리가 혀를 끌끌 찼다. 엄기호 과장이 다가왔다. 강형문의 바로 뒷자리가 그의 책상이어서 모두 들었을 것이다.

"이 봐, 강 대리. 그건 그렇고, 내일 회의 자료는 다 됐나?"

"한 시간쯤 후에 됩니다."

아직도 강형문은 찡그린 표정이었다. 그는 엄기호가 자신의 조원인 안인석을 궁지에서 빼내려고 나선 것을 안다.

"좋아, 그러면 오후 다섯 시에 조장들과 미팅을 하자고. 미리 리허설을 해야지."

월말이 다가왔으므로 부장 주재로 간부급 회의가 열리는 것이다.

사무실을 나온 엄기호는 아래층으로 내려갔다. 붉은 카펫이 깔린 아래층 전체는 쇼룸과 상담실로만 사용되고 있었다.

빈방에 들어간 엄기호는 구내전화기를 들었다. 안인석이 그가 있는 방에 들어선 것은 그로부터 5분 후였다.

"거기 앉아, 안인석 씨."

엄기호가 앞자리를 턱으로 가리키며 웃었다.

"나하고 주스나 한 잔 해."

그는 구석에 놓인 냉장고에서 캔으로 된 오렌지 주스를 꺼내더니 안인석에게 건네주었다.

"강 대리는 내년에 팀장이 될 거야. 실적도 뛰어나고 능력도 인정을 받고 있지."

"……"

"재작년만 해도 나도 강 대리 같은 상황이었지. 초조했고, 조원들을 몰아붙였어."

"……"

"누가 실수를 했을 땐 내 진급을 방해하기 위한 의도적인 행위라고까지 생각했다니까."

한 모금 주스를 삼킨 그가 말을 이었다.

"모두 거치는 거야. 나도, 강 대리도 안인석 씨 같은 시기가 있었어. 그 시기를 거치고 살아남았지."

"염려하지 마십시오, 팀장님."

안인석이 입을 열었다.

"저, 도태되지 않을 겁니다."

"알고 있어, 자네 실력을. 하지만 요즘 무슨 걱정거리라도 있나?"

시선이 마주치자 엄기호가 웃음을 띠었다.

"내가 보기에 자네가 업무에 집중하지 못하고 있는 것 같아서 그래. 내가 도와줄 일이 있으면 말해줘."

"없습니다."

시선을 내린 안인석이 머리를 저었다. 그러나 오늘뿐만이 아니다. 요즘 며칠 동안 서류를 잊고, 보고서 기안이 늦는 데다, 공항에 바이어를 마중 갔다가 만나지 못하고 바이어가 택시를 타고 회사에 들어 온 적도 있었던 것이다.

"없다면 다행 인데."

이제 엄기호의 얼굴이 심각해졌다.

"중요한 것은 자네 조장인 강 대리와 손발을 맞추는 거야. 바로 팀워크지. 그것이 흐트러지면 아무도 도와줄 수가 없어."

"……"

"어제도 일찍 퇴근했다던데? 조원들은 남아 있었는데도 말이야."

"제 할 일이 없었습니다, 과장님."

안인석이 굳어진 얼굴로 엄기호를 바라보았다.

"강 대리를 도와드릴 일도 없었습니다."

"……"

"그래서 눈치 보며 앉아 있기가 멋쩍기도 해서 먼저 간다고 나온 겁니다."

"이해할 수 있어."

엄기호가 머리를 끄덕였다.

"나도 그런 때가 있었으니까. 하지만 그때 내 윗사람은 서운했다고 하더구먼. 나중에 들은 얘긴데 팀워크 정신이 없다고 생각했다는 거야."

"……."

"공동체야, 강 대리에게 맞춰보도록 하게. 악의가 없는 사람이니까. 그리고 일에 집중하도록 해 봐."

"알겠습니다, 과장님."

"정말 다른 문제는 없는 거지?"

"없습니다."

이유미는 미국 출장을 간 후 LA에 도착한 날 딱 한번 전화를 주고는 사흘이 지났는데도 소식이 없다. 그것이 큰 문제는 아니었지만 과장이 몇 번이나 묻는 통에 안인석은 문득 그 생각이 떠오른 것이다.

샌프란시스코의 페어몬트 호텔.

이유미는 레스토랑 크라운 룸에서 홍만규와 마주앉아 술잔을 들고 있었다. LA에서 라스베이거스를 거쳐 샌프란시스코에 도착한 것은 오늘 아침이다.

"쫓기듯 옮겨 다니기만 해서 유미 씨가 안정이 되지 않아 보이는데."

홍만규가 부드러운 시선으로 이유미를 바라보았다. 밤바다의 휘황한 불을 내려다보고 있던 이유미가 머리를 저었다.

"오히려 더 나았어요. 시간이 많았다면 긴장이 풀렸을 데니까. 그리고 우린 아직 여유 있게 여행을 즐길 사이도 아니고."

"그럴 법하군."

이유미의 빈잔에 샴페인을 채우면서 홍만규가 웃었다.

"어느 정도 긴장감이 있는 것이 낫지, 남녀 사이에."

"내일이면 따로 출발해서 모레 아침에는 사장과 사원으로 갈라서야 하는 사이니까요."

"그건 유미 씨가 자청해서 주장하는 관계지, 난 바란 적 없어."

홍만규가 샴페인을 한 모금 마시고는 정색을 했다.

"당신은 내 이상형이야. 그 미모, 그 당당함, 그리고 그 수준까지. 이제까지 당신만큼 나를 매료시킨 여자는 없어."

"……."

"나흘 동안 같이 있으면서 다른 방을 쓰도록 나를 위축시킨 여자도 당신이 처음이고."

"난 처녀가 아녜요. 이상하게 들려서 미리 말씀드리는 건데."

"알고 있어. 애인이 있다는 것도. 서울에 있을 때 대강 조사를 시켰지."

그러자 한동안 홍만규를 바라보던 이유미가 입을 열었다.

"나흘 동안 전화도 못했어요, 미안해서."

"미안하긴 왜?"

"아무 일이 없다고 스스로 자위는 했지만 이미 죄책감이 생겨 난 모양이에요."

"고맙군. 그만큼 내 무게가 있었다니."

홍만규가 손을 들어 종업원을 부르고는 샴페인 한 병과 캐비아를 더 시켰다.

"오늘이 우리 짧은 여정의 마지막 밤이야. 난 유미 씨와 같이 있는 나흘 동안 행복했어, 시간이 너무 아까워서 요즘처럼 일찍 일어나 본적이 없거든."

이유미가 소리 죽여 웃었다.

"달콤하군요. 영화 대본 같기는 하지만."

샤워를 마친 홍만규는 가운 차림으로 침대에 누워 전화기를 귀에 댔다. 번호판을 누르자 곧 신호가 갔다. 그때 노크 소리가 들렸다.

"누구요?"

그가 영어로 물었는데도 저쪽에서는 대답이 없다. 수화기를 내려놓은 그가 문으로 다가갔다.

"누구요?"

"저예요."

이유미의 목소리였다. 숨을 들이마신 그는 자신의 가운을 내려다보고는 문을 열었다. 조금 전 헤어질 때 옷차림 그대로 이유미가 서 있었다.

"기대하고 있었어요?"

"매일 밤."

홍만규가 비켜선 사이로 이유미가 방으로 들어섰다. 술기운 때문인지 눈가가 달아올라 있었고 물기를 띤 두 눈이 빛을 받아 생기가 났다.

"어때? 술 한잔 할까? 위스키? 꼬냑?"

홍만규의 들뜬 목소리는 메마르게 방 안을 울렸다.

"이거, 우선 앉기나 해야…… 내가 정신이 없어."

아직 방 가운데 서 있는 이유미에게 다가간 그가 창가의 의자로 이유미를 안내했다. 자리에 앉은 이유미가 발을 흔들어 구두를 벗었다. 그리고는 앞에 서 있는 홍만규를 바라보았다.

"목욕하고 싶어요."

"내가 물 받아 놓지."

"먼저 위스키 한 잔 주세요, 물 타서."

"나도 한 잔 해야겠군."

술에 물을 타 가져온 홍만규가 잔을 건네주면서 허리를 굽혀 그녀의 이마에 입술을 댔다.

"와줘서 정말 고마워."

"내가 좋아서 온 거예요. 부담 느끼실 것 없어요."

이유미는 다시 부딪쳐 오는 홍만규의 입술을 보며 눈을 감았다. 이제는 입술이다.

홍만규는 여유가 있었고 이유미 또한 준비가 되어 있었다.

술잔을 내려놓은 그들이 서로 엉키듯 쓰러지자 방 안을 떠다녔던 단어들은 스탠드의 붉은 불빛이 미치지 않는 어둠속으로 스며들 듯 사라져 버렸다.

아무르 강 근처의 인투리스트 호텔 로비에는 동양인들이 가끔 눈에 띄었는데 대개가 러시아 국적의 조선족이다. 대영그룹 최선호 전무가 앉아 있는 옆쪽 자리에도 세 명의 조선족 사내들이 앉아 거친 북쪽 사투리로 이야기를 주고받고 있었다.

아침 10시 30분이었다. 식사를 마친 최선호와 고정문이 로비로 내려온 지도 30분이 지났다. 하바롭스크는 러시아 극동 지역의 중심지로써 시베리아의 관문이다. 우수리 강과 아무르 강의 합류 지점에 위치한 이곳을 처음 찾은 탐험가 엘로페이 하바로프의 이름을 따서 하바롭스크라고 명명된 것은 1858년이었지만 이곳은 이미 16세기 중엽부터 극동의 중심지였다.

최선호가 고정문을 바라보았다.

"약속은 분명 10시였어?"

"예, 전무님. 10시였습니다."

고정문이 입구 쪽을 힐끗거리며 말했다.

"아마 사정이 생겨서 늦는 모양입니다."

입맛을 다신 최선호가 커피 잔을 쥐었을 때 로비 입구로 동양인 한 명이 들어섰다 슈바에 가죽 부츠를 신은 건장한 사내로 금방 이쪽을 알아보고는 큰 걸음으로 다가왔다.

"이거 늦어서 미안합니다."

앞자리에 앉은 그가 넓은 얼굴을 펴며 웃었다. 피부가 거칠고 광대뼈가 튀어나온 억센 인상의 30대 사내였는데 조선족으로 일본 정보국의 정보원이었다.

최선호는 일본 정보국과 끈이 닿아 있었으므로 그들에게서 지금 앞에 앉은 박대용을 소개받았던 것이다.

"정찰기가 돌아왔습니다. 헬기는 가는 도중에 돌아와 버렸고."

허리를 숙인 박대용이 낮은 목소리로 말했다.

"정찰기에서 찍은 사진을 아직 보지는 못했지만 한국인들의 본부기지가 습격을 당한 것은 틀림없습니다. 사령부에 비상이 걸렸어요."

"습격을 당했다면…… 그럼, 기지에 있던 사람들은 어떻게 되었소?"

긴장한 최선호가 묻자 박대용이 머리를 저었다.

"비어 있었다고 합니다. 비행기에서 본 것이라 자세히는 볼 수가 없었겠지. 어쨌든 기지는 불타고, 수라장이 되어 있다는 거요."

"……."

"그래서 사령관은 보급 헬기도 도중에 불러들였소. 놈들이 어디 숨어 있을지도 모르니까 말이오."

"누가 습격을 한 거요? 그레고리 일당인가?"

"아마 그들이겠지. 공정대가 며칠 동안 훑었지만 놈들의 빈 막사만 찾아냈다니까."

"강 회장한테 보고가 됐겠군."

"당연하지요. 아마 지금쯤 숙소에서 직원들과 머리를 맞대고 있을 거요."

고정문이 최선호를 바라보았다.

"전무님, 실장님한테 보고를 해야 되지 않겠습니까?"

"대책도 없이 보고는 무슨."

이맛살을 찌푸린 최선호가 다시 박대용에게 물었다.

"로스토프 사령관은 곧 증원군을 파견하겠군, 그렇지 않소?"

"아마 내일 오전에 공정대가 한국인들 기지에 도착할 겁니다. 로스토프는 당황하고 있다는 거요. 지난번 습격이 있고 나서 한국 측에서 증원부대를 요구했지만 지휘관만 파견해 주었거든."

"본부기지가 습격당했다면 나머지 기지들은 어떻게 되었소?"

"그건 모릅니다. 이쪽과 연락도 안 되는 상황이라서. 정찰기는 그들 기지까지는 살펴보지 못한 모양이오."

말을 마친 박대용이 자리에서 일어섰다.

"난 강 회장의 동향을 알아보러 가야 합니다. 사령부 쪽이야 훤하게 알아볼 수 있지만 그쪽은 끈이 닿지 않아서."

"우리한테도 바로 연락을 주시오. 기다리고 있을 테니까."

"여부 있습니까? 난 받은 만큼은 일하는 사람이오."

강 회장의 숙소는 마르크스 대로 끝 쪽에 콤소몰 광장이 바로 보이는 3층 양옥집이었다. 제정러시아 시대에 귀족이 살던 웅장한 건물로 고풍스런 대리석 장식이 아직도 남아 있는 몇 안 되는 건물 중의 하나였는데 고려그룹이 구입하여 사무실 겸 숙소로 사용하고 있었다.

2층의 회의실은 서재로 쓰였던 곳이어서 벽에 붙여진 서가에는 낡은 책들이 빽빽이 꽂혀져 있다.

강 회장이 원탁의 주위에 앉은 사람들을 둘러보았다.

"러시아 정부는 이 사실을 비밀로 덮어두기로 했어. 로스토프가 약속을 했다."

그는 앞에 놓인 물 잔을 들어 한 모금 마셨다.

"한국 정부가 이 사실을 알게 되면 그것으로 시베리아 개발 계획은 끝장이다. 그들은 나를 무고한 사원들을 희생시킨 악덕 기업주라고 여론을 끌고 갈 테니까."

"러시아 쪽에서 정보가 나갈 염려는 없습니다, 회장님."

피로한 듯 이남호가 머리를 쓸며 말했다.

"문제는 일본 정보원들과 특히 인투리스트 호텔에 진을 치고 있는 대영 그룹 비서실 직원들입니다."

"국정원 직원들은 이곳에 없나?"

강 회장은 이곳의 책임자인 김영규 부장에게 물었다. 긴장한 표정의 그가 입을 열었다

"블라디보스토크에서 두 명이 와 있습니다. 기업가로 위장하고 지금 인투리스트 호텔에 투숙하고 있습니다."

"군에서 정보가 새나가면 안 되는데."

입맛을 다신 강 회장이 이남호에게로 머리를 돌렸다.

"체르넨코는 언제 이곳에 온다는 거야?"

"내일 오전에 도착하는 대로 곧장 회장님을 뵈러 온다고 했습니다."

"로스토프는 공정대를 내일 오전에 보낸다고?"

"예, 1개 대대 병력을 파견한다고 합니다. 모두 헬기로 실어 나를 모양입니다."

"망할 놈들, 사건이 터지고 나서 난리를 치는 것은 어느 나라 건 똑같군."

아랫입술을 문 강 회장이 한동안 물 잔을 내려다보았으므로 회의실에는 정적이 흘렀다. 원탁에 둘러앉은 사람은 모두 다섯이다. 강 회장의 좌우로 이남호와 김영규가 앉고 앞쪽에 앉은 것은 모스크바에서 날아온 강 이사와 서울에서 따라온 한일만 이사였다. 이윽고 강 회장이 머리를 들

었다.

"유 상무하고 이 부장은 본부기지에 있었겠지?"

이제까지 본부기지가 습격당해 사람의 흔적이 보이지 않는다는 보고를 받고서도 강 회장은 한 번도 그들 이야기를 입 밖에 꺼내지 않았던 것이다. 이남호가 헛기침을 했다.

"그럴 가능성이 큽니다, 회장님."

"본부기지에는 인원이 몇 명 있었나?"

"7, 8명 정도, 아마 그보다 한두 명 더 많을 수도 있습니다."

"내일 나도 그곳으로 가겠다."

강 회장의 말에 모두 숨을 죽이고 그를 바라보았다.

"회장님, 안 됩니다."

나선 것은 물론 이남호였다.

"내일은 체르넨코를 만나셔야 합니다. 이곳에서 그와 함께 상황을 보고받으시면 됩니다."

"멍청한 놈 같으니."

강 회장이 혀를 찼다.

"비서실장이라는 놈의 머리가 그렇게밖에 돌아가지 못하다니."

"제 머리야 어쨌든 상관없지만 회장님은 가시면 안 됩니다."

"내가 시베리아를 포기하지 않는다는 것을 러시아 정부쪽에 보이려는 것이야."

"여기 계셔서 보이실 수도 있습니다."

"내 부하의 시체는 내 손으로 걷어야겠다."

"유 상무도 바라지 않을 것입니다. 다시 한 번 생각해 보십시오."

"죽은 놈이 뭘 바란단 말이냐?"

눈을 부릅뜬 강 회장이 손가락 끝으로 이남호를 가리켰다.

"입 닥쳐, 이제."

유장석이 다가가자 김진모가 허리를 폈다. 방한복은 기름투성이였고 얼굴에도 기름이 묻어 있었다.

"이곳에서 유정이 나오지 않았다고 해서 실망할 건 없어요, 유 상무. 난 꼭 찾아내고 말 테니까."

그는 손으로 각종 계기판이 부착된 조종실의 알루미늄 덮개를 소리 나게 쳤다.

"이 빌어먹을 기계가 비싼 값을 해야 되는데, 우리나라엔 이것 가진 놈이 없어."

"글쎄, 있어야 파내는 것 아니요? 없다면 기계가 아무리 좋아도 소용없지."

유장석이 이제 파들어 가기를 멈추고 부드럽게 공회전을 하고 있는 엔진의 소음을 들으며 말했다. 이제 곧 시추 파이프는 걷어 올려지게 될 것이다.

파이프에서 토해낸 분비물이 산더미처럼 쌓여져 있었지만 이곳에서도 유정의 흔적은 찾지 못했다. 김진모가 손에 묻은 기름을 걸레로 닦으며 유장석을 바라보았다.

"철수할 작정이요? 유 상무."

"아니, 아직은. 하지만 당분간 기지를 옮기지는 않습니다."

"본부가 습격당한 지 오늘로 이틀짼데, 하바롭스크에서는 어떤 조처가 있을 것 아니요? 러시아군도 그렇고."

"아마 그럴 겁니다."

"쉬운 일은 없지. 하지만 무장 강도단이 습격해 오리라고는 누가 상상이나 했겠소?"

김진모가 입맛을 다셨다. 그는 천성이 느긋한데다 뱃심이 있는 사람이었다. 역경에 처할수록 사람의 진면목이 드러나는데 유장석은 그와 함께 있으면 마음이 가라앉는 것 같았다. 탐사기지의 인원들이 도착하고 병사들과 직원들이 방어선을 구축하느라 분주한데도 그는 계기판을 보며 시추공 근처에만 머물러 있었다.

그러나 이번에도 허탕이다.

"나는 이 근처를 다시 한 번 파보고 싶은데……."

김진모가 계기판을 손바닥으로 쳤다.

"딱 5킬로만 북쪽으로 옮겨서 말이오. 그쪽 지층에서 승부를 걸어 보고 싶은데."

바깥에서 러시아 병사들이 힘을 합쳐 무엇인가를 끌어가고 있었다. 본부에 부임한 지 며칠 되지 않았던 알렉세이 대위와 림스키 상사는 부하들과 함께 전사했으므로 이쪽은 보리스와 에프게이 두 상사가 지휘하고 있다.

"이 망할 바늘이 왜 이래?"

김진모가 다시 손바닥으로 계기판의 유리판을 쳤다.

유장석이 들어가 있는 엔진실 밑에 서 있던 김상철에게 스웨터 차림의 서은영이 다가왔다. 구름 한 점 없는 푸른 하늘에 흰 태양이 떠 있는 맑은 날씨여서 에프게이의 지휘로 철판을 옮기는 병사들도 내복 차림이었다.

"그 자들이 여기까지 오리라고 생각해?"

트럭에 등을 대고 나란히 선 그녀가 물었다. 병사들이 그녀를 힐끗거리고 지나갔다.

"다른 사람들은 뭐라고들 그래?"

김상철이 되묻자 서은영이 이맛살을 찌푸렸다.

"다른 사람들 이야기는 관심 없어. 난 상철 씨 생각을 듣고 싶은 거야."

"올 거야. 아마 지금쯤 이 부근의 구릉이나 삼림 속에 숨어 있을지도 모르지."

서은영의 시선이 김상철을 따라 기지 주위를 돌았다.

"겁주고 있어."

"넌 그놈들이 한 짓을 못 봐서 그래."

김상철이 그녀의 어깨를 잡고 트럭의 앞부분으로 데려갔다. 그쪽에서는 탁 트인 기지의 앞쪽 벌판이 보였다. 그레고리 일당이 습격해 올 길은 양쪽의 삼림지역보다 차가 달릴 수 있는 전방이다.

삼림 속으로 들어오려면 거대한 능선을 넘어야 하는데 전인미답의 삼림지대는 함정이나 다름없었다. 10미터도 가지 못하고 길을 잃게 될 것이다.

"놈들은 포로로 잡은 사람들도 살려두지 않았어. 모조리 죽인 거야."

앞쪽을 바라보며 김상철이 말했다. 러시아 병사들이 분주하게 움직이고 있는 벌판에는 서너 개의 참호가 만들어져 있었다. 서은영이 놀란 듯 눈을 치켜떴다.

"이윤제 씨의 말이 맞은 것 같은데."

"뭐가?"

"우리가 사지에 던져졌다고 했지 않아? 그 사람은."

"사지 생지가 따로 있는 건가? 멀쩡한 대낮에 서울시내에서 차에 치어 죽을 수도 있고 이런 데서 살아남을 수도 있는 거야."

김상철이 얼굴에 웃음을 띠었다.

"하긴 나 같은 자가 먼저 죽을 수도 있을 것이고 이윤제 같은 자가 살아 돌아갈 수도 있지. 모르는 일이야, 생과 사는."

폭발하는 대지

"이런 빌어먹을!"

김진모는 압력계기를 다시 손바닥으로 두드리고는 허리를 폈다. 파이프는 걷어 올려지고 있는데 압력기의 바늘은 붉은 선 위에 걸쳐져 있었던 것이다.

"도대체 압력이 어디가 높다는 거야?"

압력계는 파이프 내부의 압력을 나타내는 것으로 가스가 차 있을 때에만 올라가게 되어 있다. 그러나 지금은 시추 구멍은 막혀 있는 상태로 파이프가 올려지는 상황이어서 압력계는 멈춰 서 있어야 했다. 조정실의 문이 열리더니 안 조교가 들어섰다.

"교수님, 이제 좀 쉬시지요. 제가 여기 있겠습니다."

"이것 좀 봐."

김진모가 압력기의 바늘을 턱으로 가리켰다.

"파이프가 막혀 있는데 압력이 이렇게 높은 이유는 뭐라고 생각하나?"

"고장 아닙니까? 점심 때 제가 봤을 때에도 내려갔다 올라갔다 했습니다."

"혹시 가스가 차 있다는 표시 아닐까? 막힌 파이프 밑에."

그러자 안 조교가 이를 드러내며 웃었다.

"교수님도 참, 가스가 있었다면 파이프가 열렸을 때 바늘이 움직여야지 닫힌 상태에서, 그것도 작동이 멈춘 지 오래인 지금 그럴 리가 있습니까?"

"만에 하나, 우리가 시추공을 닫고 나서 가스가 치고 올라온 것 아닐까?"

다시 웃기가 미안했던지 안 조교가 압력기의 계기판을 손바닥으로 쳤다.

"이 압력계는 파이프 내부 압력을 측정하는 것인데 뚜껑이 닫힌 파이프에 압력이 있을 리가 없습니다, 교수님."

"굴착 프로펠러의 주위에 네 개의 구멍이 있어. 위에서 회전율을 증가시키기 위한 분사용 장치로."

"……"

"그 구멍으로 가스가 올라오는 것이 아닐까?"

"그렇다면 우리가 작업을 멈추고 파이프를 끌어올리기 시작했을 때 가스가 터졌단 말씀입니까?"

"그럴 가능성도 있지. 파이프가 닫혀서 가스가 분출하지 못하고."

"교수님은 정말 낙관적이시군요."

"매사에 긍정적이지."

"그때마다 실망이 크실 텐데요."

김진모가 방한모를 집어 들었다.

"자네는 계기판을 봐. 난 나가서 파이프의 뚜껑을 열어볼 테니까. 그때까지 파이프를 끌어올리는 건 멈춰 둬."

"예, 교수님."

"비웃지 마라, 아무 일 없더라도 난 실망하지 않을 테니까."

밖으로 나온 김진모는 50미터쯤 떨어진 시추공구 쪽으로 다가갔다. 높이가 20미터에 3면의 길이가 5미터가량으로 꼭대기의 중심 부근에는 직경 50센티미터 가량의 기둥이 박혀져 있다.

그가 다가가는 동안에 시추공 옆에 붙어 있던 모터가 요란한 엔진 소리를 멈추었다. 안 조교가 모터를 끈 것이다.

그가 산더미처럼 쌓여진 지층의 잔해를 지나 원통형의 시추공 옆에 다가섰지만 아무도 그에게 관심을 보이지 않았다. 지금이 몇 번째인지도 기억나지 않았지만 파이프를 끌어올리는 도중에 시추공과 파이프에 이물질이 걸리는 것을 방지하기 위한 뚜껑을 여는 것은 처음이었다. 그는 원통의 옆쪽에 붙여진 둥근 손잡이를 잡아 힘껏 오른쪽으로 틀었다. 그러나 워낙 뻑뻑해서 1센티미터쯤 움직이고는 끄덕도 하지 않는다.

"교수님, 도와드릴까요?"

옆에서 들리는 목소리에 김진모가 머리를 들었다. 최 과장이 다가와 손잡이를 쥐었다.

"왜 뚜껑을 여시려고 합니까?"

그는 이제까지 김진모와 행동을 같이 해왔으므로 제법 구조를 알고 있었다.

"가스를 체크하려는 거요."

"뚜껑을 열면 체크가 됩니까?"

이마에 힘줄을 뻗치도록 최 과장이 손잡이를 돌리자 다시 2센티미터쯤 비 틀어 졌다.

"이거, 너무 뻑뻑한데요. 지난번엔 잘되더니만."

김진모가 손잡이를 잡아 그와 힘을 합쳤다.

"자, 하나, 둘, 셋!"

둘이서 다시 힘을 쓰자 손잡이가 10센티미터쯤 비틀어졌다. 그들은 잠시 숨을 돌렸다. 그 순간 그들은 원통 안에서 무엇인가 울리는 진동음을 들었다

"이거 뭐야."

덜컥 겁이 난 최 과장이 한 걸음 물러서서 위쪽을 올려다보았다. 지주가 허물어지는 것처럼 느낀 것이다. 그러나 눈을 부릅뜬 김진모는 손잡이를 잡은 채 꼼짝 않고 서 있었다. 울림소리는 점점 더 커졌고 원추기둥이 흔들리는 것도 느껴졌다. 지하 1킬로미터에서부터 무엇인가 치솟아 오르고 있는 것이다. 이제 땅이 울리는 진동이 부근까지 울렸고 우르릉거리는 소리가 바깥까지 들려서 부근을 지나던 러시아 병사들이 멈춰 서서 이쪽을 바라보았다.

"하나님."

손잡이를 쥔 채 김진모의 입에서 저도 모르게 외침이 터져 나왔다.

"하나님. 아이고, 하나님. 이것이……"

진동과 울림소리가 더 커졌으므로 먼 쪽에 있던 사람들까지 모두 이쪽을 바라보았다. 조종실에 있던 안 조교가 문을 열고 뛰어 나와 무언가를 소리 쳤지만 들리지 않았다.

계기는 아마 부서질 지경이 되어 있을 것이다. 김진모가 이제는 악을 쓰듯 외쳤다.

"아이고! 이제 나온다!"

입을 쩍 벌린 최 과장이 김진모의 팔을 잡았다.

"교수님, 이게 도대체……"

그 순간 시추공 맨 윗부분에서 검은 기름 줄기가 뿜어져 나왔다. 기름

줄기는 50미터도 넘게 하늘 위로 뿜어져 올라가더니 곧 주위에 검은 물 벼락으로 떨어져 내렸다.

"기름이다!"

김진모가 목이 터질 듯이 외치며 두 손을 하늘로 뻗었다.

"나왔다!"

그는 두 손을 든 채로 덩실덩실 춤을 추기 시작했다. 기름비가 삽시간에 그의 몸을 검게 물들였지만 아랑곳하지 않았다. 그러자 최 과장도 두 손을 추켜올리고는 그를 따라 춤을 추기 시작했다.

기름 줄기를 막았을 때는 저녁 무렵이 되어 있었다. 김진모는 말할 것도 없고 유장석도 반쯤 실성한 사람이 되어 있었으므로 직원들은 물론 러시아 병사들까지 몸이 허공에 뜬 자세로 파이프를 다시 막았고 주변을 정리했다.

주위가 어두워지자 유장석이 막사로 직원들을 불러 모았다 아직도 얼굴에 묻은 기름이 지워지지 않아서 마치 야간정찰을 나가는 군인의 얼굴 같았다.

"기름이 나왔다는 사실은 비밀이다. 회장님께 보고를 하고 별도 지시를 받을 때까지 철저히 비밀로 해야 한다."

유장석이 좁은 막사 안에 둘러서 있는 20명 가까운 한국인들을 둘러보았다. 거기에는 김진모의 일행은 물론 이윤제와 서은영까지 끼어 서 있었다.

"러시아 정부와 회장님이 정식 계약을 맺을 때까지 비밀로 해야 할 거야. 기름이 나온 줄 알면 러시아 정부는 이 땅을 임차지로 내놓을 리가 없다."

"우린 걱정 없습니다, 상무님. 문제는 러시아 병사들이지요."

이대각이 대뜸 말했다.

"이곳에 있는 한국인들 중에 그럴 사람은 없어요. 그런 놈이 있다면 매국노나 다를 바 없습니다."

"러시아 병사들은 내가 처리하지."

유장석이 말을 이었다.

"20명 정도니까 지휘관으로부터 사병까지 입을 다무는 조건으로 거액을 주겠다고 할 생각이야."

그러자 김진모가 입을 열었다.

"유정은 파이프로 막고 있지만 오래 견디지 못합니다. 언제 다시 분출할지 모릅니다."

"알고 있어요. 그래서 회장님께 연락을 할 작정이오."

유장석이 주위를 둘러보았다.

"이곳에서 남쪽의 넬칸까지는 700킬로미터. 그곳에는 러시아 산악부대의 파견대가 있다. 그들의 무전기로 하바롭스크에 연락을 해야겠다."

기침소리 하나 없이 막사 안은 조용해졌다. 넬칸은 주그주르산맥 서쪽의 레나 강 최상류에 위치한 조그만 마을이다.

모두 유장석의 말뜻을 알고 있었으므로 긴장된 침묵이 흘렀다.

유장석의 목소리가 정적을 깼다.

"오늘밤 우리는 습격을 당해 모두 희생될지도 모르지만 이 사실을 알려야만 한다. 누구, 넬칸까지 갈 사람 있는가? 가서 회장님께 연락을 할 사람이."

"제가 가지요."

최 과장이 손을 들었다. 전 과장도 한 걸음 앞으로 나섰다.

"제가 가겠습니다."

그러자 대부분의 고려 직원들이 손을 들고 앞으로 나서려 했다. 유장석이 머리를 저었다.

"잠을 자지 않고 차를 달려도 아마 이틀은 꼬박 걸릴 것이다. 그것도 사고가 나지 않았을 경우에 말이야."

넬칸에서 이곳까지 올 때에는 장비를 싣고 이동하긴 했지만 열흘이 걸린 여정이었다. 유장석의 시선이 김상철에게서 멎었다.

"상철이, 너는 왜 지원하지 않는 거지?"

유장석이 의아한 표정을 지었다.

"저는 몸이 좋지 않습니다."

모두의 시선이 그에게 쏠렸으므로 김상철이 벽에 몸을 붙였다.

"몸이 아프다면 할 수 없지. 야간에 운전을 해야 할 테니까."

유장석이 직원들에게 몸을 돌렸다.

"그렇다면 최 과장과 박 대리, 안 대리 셋이서 간다. 준비를 하고 한 시간 안에 출발하도록."

어둠이 깔리기 시작하는 저녁이다. 최 과장 일행이 탄 트럭이 시야에서 사라지자 몰려 서 있던 직원들이 제각기 흩어졌다. 막사 쪽으로 걷던 김상철은 뒤에서 들리는 눈 밟히는 소리에 몸을 돌렸다. 서은영이다.

"몸이 아파?"

입에서 흰 김을 내뿜으며 그녀가 물었다.

"내 생각엔 일부러 남은 것 같은데. 유 상무는 거기를 보내려고 했고."

김상철은 어깨에 메고 있던 소총을 손에 쥐었다. 이제 고려직원들도 무장하고 있었고 러시아 병사들과 함께 초소 근무를 선다. 그들은 식량 트럭의 뒤쪽에서 멈춰 섰다. 김상철이 입을 열었다.

"습격해올 놈들은 강도단이 아니야. 북한 놈들이 섞여 있는데 아무래도 놈들과 연합해 있는 것 같아."

"북한 사람들?"

서은영이 눈을 둥그렇게 떴다.

"그자들이 왜?"

"한국의 시베리아 지역 임차를 방해하려는 거지. 북한의 위아래에 한국이 있게 될 테니까."

"골치 아픈 일에 말려들었네."

이맛살을 찌푸린 서은영이 혀를 찼다.

"고려그룹의 방해 세력이 한국 내에만 있는 것이 아니었구먼."

"너만 알고 있어. 이건 유 상무와 이 부장하고 나만 알고 있는 일이니까."

주위를 둘러본 서은영이 바짝 다가섰다. 그들의 앞쪽에 서너 명의 러시아 병사가 모여 있을 뿐 이쪽에 관심을 기울이는 사람은 없다.

"그렇다면 오늘밤 습격당하는 것은 확실해?"

"놈들이 이곳을 찾고 있었어. 어제 하루 동안 아마 이 근처로 이동해 와 있을 거야."

"그걸 알고 있었다면 왜 떠나지 않았어? 아까 유 상무는 거길 보내려고 하는 것 같던데."

"개죽음 당하기 싫어서."

얼굴에 웃음을 띤 김상철이 그녀를 바라보았다.

"보스 있는 곳에 머물러 있어야 돼. 죽든 살든 말이야. 그래야 빛을 본다고."

"대단하구만, 출세하겠다."

주위가 어두워지면서 눈발이 휘날리기 시작했다. 바람 끝이 매서워지는 것을 보면 오늘밤은 강풍과 눈보라가 휘몰아칠 모양이었다.

"근무하러 가야 돼."

김상철이 타이어에 기대 놓았던 소총을 집어 들자 서은영이 그의 소매를 잡았다.

"오늘밤, 트럭으로 가도 돼?"

"안 돼, 이 부장하고 같이 쓰기로 되어 있으니까. 그리고 윗사람 눈치 보기도 싫어. 너 때문에."

"우리 관계를 모르는 사람이 어디 있어? 러시아 놈들도 모두 알고 있는데."

"글쎄 그것이 거북하단 말이야, 나는."

방한모를 눌러쓴 김상철은 트럭을 나와 앞쪽의 벌판을 향해 걸었다. 눈 속에 설치해 놓은 참호로 근무 나갈 시간인 것이다.

하바롭스크에는 함박눈이 내리고 있었다. 콤소몰 광장은 이미 인기척이 끊긴 지 오래여서 눈발에 가진 가로등 몇 개가 희미하게 빛나고 있다.

창밖을 바라보고 선 강 회장은 한동안 움직이지 않았다. 모직으로 만든 두툼한 가운의 주머니에 두 손을 찌르고 턱을 세워든 자세였다. 밤 11시가 되어가고 있어서 직원들 모두 방으로 돌아갔고 위쪽의 의자에 앉아 있는 것은 이남호 혼자였다.

"열흘 후에는 계약을 할 작정이야. 그러고 나서 사원을 다시 파견하겠다."

여전히 창밖을 내다보면서 강 회장이 입을 열었다.

"분하다. 유장석이 그놈, 이대각이라는 놈하고. 이곳 개발에 적극인 놈들이었는데."

"회장님. 아직 상황은 모릅니다. 내일 군대가 투입되어 봐야 알 수 있습니다."

이남호가 낮은 목소리로 말했다. 때로는 격정적으로 폭발하다가도 아주 드물게 강 회장은 감상적인 면모를 보였는데 그것도 이남호 앞에서만이었다.

"그리고 두 곳의 파견기지는 아직 확인되지 않았으니까요, 생존자가 있을 겁니다."

강 회장이 몸을 돌려 그를 바라보았다.

"체르넨코에게 무기 사용 허가를 받아내서 자위수단을 가져야 돼. 계약에 명기시켜야 한다."

"물론입니다. 그 자들이 거부할 이유도 명분도 없습니다."

"고려사원을 중심으로 시베리아와 연해주에 거주하는 조선족들을 모아서 무장시키면 이 빌어먹을 극동군 놈들에게 매달리지 않아도 되겠지."

다시 강 회장의 목소리에 힘이 실려졌다.

"이 일은 내 인생의 마지막 사업이다. 아니 사업이라기보다는 사명이지. 광활한 시베리아 땅을 한국인이 경영하는 것, 이보다 큰 보람이 어디 있단 말이냐?"

"저도 사명을 다해서 보필하겠습니다, 회장님."

"아서라, 유장석과 이대각의 목숨으로 충분해. 더 이상 내 심복의 희생이 있으면 안 된다."

강 회장이 입맛을 다셨다. 그때 노크 소리가 들리더니 박미정이 들어섰다. 밤이 깊었는데도 단정한 모직 슈트 차림이다.

"회장님, 약 가져 왔습니다."

"어어, 그렇구나."

강 회장이 머리를 끄덕이며 박미정이 내미는 대접을 받아들었다.

"자네가 따라와 고생이 많구먼."

"아닙니다."

짧게 대답한 박미정이 다소곳이 서서 그가 한약을 마시기를 기다렸다. 그녀는 회장을 수행한 유일한 여직원으로 이남호에 의해 선발되었다. 비서실에서의 업무는 시베리아와의 연락이었지만 지금은 회장의 개인비서로 잔시중을 드는 것이다. 출장 직전에 회장댁에 불려가 사모님한테서 한약 드시게 하는 요령과 식사에 대한 주의까지 받은 터였다.

"자, 수고했어."

빈 대접을 건네주며 회장이 박미정을 바라보았다.

"네가 까다로운 이 실장의 눈에 들었다면 곧 좋은 신랑감을 만날 수 있을 게다. 이 실장이 중매한 비서실 여직원이 여럿이야."

방 안의 분위기가 부드러워진 것이 기쁜 이남호가 얼굴에 웃음을 띠었다.

"저보다 회장님 눈이 높으시지요. 회장님께서 중매를 하셔서 문제를 일으킨 쌍이 없지만 저는 두어 쌍이 문제가 있습니다."

"그건 아마 내 눈치를 보기 때문일 거야. 내가 무서워서 못 갈라서는 거지."

그들의 말소리를 들으며 박미정은 방을 나왔다. 대리석이 깔린 복도에 구두창이 닿으면 맑은 소리가 울려 나온다. 복도 옆 유리 창 밖으로 낮에는 얼어붙은 아무르 강이 보였지만 지금은 짙은 어둠에 묻혀 있을 뿐이다.

아무르 강의 중국 이름은 헤이룽 강이다. 중국의 동북부에서 오호츠크 해로 흘러들어가는 아무르 강가, 하바롭스크 교외에 세워진 2층 통나무 집에 불이 환하게 밝혀져 있었다. 눈발은 점점 굵어지고 있었지만 아래층 거실에서 타오르는 페치카의 장작불에 방 안은 후끈거렸고 앞에 앉은 두 사내의 얼굴도 열기에 달아서 붉다.

"대영그룹 사람들은 개척단에 관한 정보라면 돈을 아끼지 않아요. 그 자들은 아마 나 외에도 다른 정보망을 갖고 있을 겁니다."

박대용이 말하자 옆에 앉은 40대의 사내가 머리를 끄덕였다.

"아마 극동군 사령부의 장교들을 매수했겠지. 놈들은 돈만 주면 무슨 일이든 하니까."

가죽조끼를 걸친 그는 살찐 얼굴에 머리에는 기름을 발라 단정히 넘겼고 무거워 보이는 금시계를 차고 있었다. 그는 북한 외화벌이 사업단 소속의 대좌로 블라디보스토크에서 올라온 이금철이다. 그가 말을 이었다.

"그 망할 놈이 우리 경제특구에 들어올 생각은 하지 않고 로스케 놈들에게 아부만 하고 있단 말이야."

"러시아 대통령과 국방장관은 한국 대통령보다 강 회장을 믿습니다. 내일 체르넨코가 이곳으로 온다는 걸 보시오."

"체르넨코뿐인가? 한국의 국정원 놈들도 인투리스트에 와 있고 일본 정보국의 가네야마도 와 있는데."

박대용이 탁자 위에 놓인 잔을 들어 보드카를 한 모금 마셨다.

"내일 1개 대대의 공정대가 증파되고 수색작업이 시작될 거요. 극동군 사령부는 비상이 걸렸습니다. 기지에 있던 사람들이 몰살당한 것이 확인되면 대규모의 병력이 움직일 거요."

"몰살당하지는 않았어. 간부급 놈들이 탈출해 버렸거든."

이금철의 말에 박대용이 술잔을 내려놓았다.

"아니, 어떻게 그걸 압니까?"

"다 아는 수가 있지."

"그럼, 간부급은 어디로 갔습니까?"

"글쎄, 다른 기지로 옮겼든지 했겠지. 탐사기지로 말이야."

"……."

"대영그룹 사람들에게 넘길 만한 정보는 못 돼. 무슨 말인지 알겠지? 자네가 그레고리 일당과 관계가 있다는 증거가 될 테니까."

"무슨 말씀을, 3년이 넘도록 겪어본 나를 아직도 모르십니까?"

"동무가 우리 공화국에 충성하고 있다는 건 당에서도 인정하고 있어. 그래서 이번에는 동무에게 큰 과업을 맡길 작정이야."

이금철이 나무의자를 뒤쪽으로 조금 물리고는 박대용을 바라보았다.

"고려그룹의 시베리아 지역 임차를 반기는 것은 러시아 정부뿐이야. 동무에게 정보비를 지급하는 일본도, 한국 정부도, 그리고 우리 공화국도 모두 반대를 하고 있지. 거기에다 자네가 사례금을 받는 고려그룹의 경쟁자인 대영그룹까지 말이야."

"……."

"그래서 말인데, 강 회장이 이곳에서 사고를 당했다면 여럿이 좋아할 것 같지 않나? 설령 사고가 아니라고 판명이 나더라도 누가 그랬는지 찾기 힘들 것 같지 않아? 원체 적이 많은 놈이니까 말이야."

이금철이 술잔에 보드카를 채우면서 웃었으나 박대용은 그를 바라본 채 움직이지 않았다.

그 시간에 한일만 이사와 김영규 부장은 레닌 대로변에 있는 카페에 들어서고 있었다. 말이 카페이지 안은 어두운데다 소음과 담배연기로 가득 찬 선술집이었다. 나무탁자가 무질서하게 놓인 카페 안은 사람들로 가득 차 있어서 빈자리도 보이지 않았다. 소매를 걷어붙인 남자 종업원들이 입구 근처에 서 있는 그들을 스치고 지나갔지만 거들떠보지도 않았다.

"이 집 맞아?"

이맛살을 찌푸린 한일만이 소리쳐 묻자 김영규가 고개를 끄덕였다.

"맞습니다."

"이런 데서 어떻게……."

투덜거리는 한일만 앞으로 건장한 사내 한 명이 다가왔다.

"당신들, 고려사람들인가?"

"그래, 맞다."

김영규가 대답하자 사내가 턱으로 안쪽을 가리켰다.

"곧장 안으로 들어가. 문을 열면 사람이 있을 테니."

사람들을 헤치고 어두운 벽 쪽으로 다가가자 사내의 말대로 문이 나왔다.

문을 열자 사내 세 명이 서 있었다. 모두 무장을 하고 있었는데 두 명은 기관총을 세워들고 있다. 사내 한 명이 손으로 좁은 복도 끝 쪽의 방을 가리켰다.

"저 방이야."

한일만과 김영규가 방문을 열고 들어서자 테이블에 앉아 있던 두 사내가 일어섰다.

"어서 오시오."

그렇게 말한 사내는 김영규와 안면이 있는 그라노프였다. 그가 옆의 사내를 가리켰다.

"이 분은 블라디보스토크에서 오신 파벨 씨."

파벨은 검은 머리에 눈동자도 검은 40대 정도의 사내로 단정한 양복차림이었다. 인사를 나눈 그들은 자리에 앉았다.

"자, 한잔 하실까?"

그라노프가 보드카 병을 들어 한일만과 김영규의 잔에 술을 따랐다.

"스카치를 원하신다면 가져올까요?"

235

"아니, 됐습니다."

술잔을 든 김영규가 힐끗 파벨을 바라보았다. 그라노프는 하바롭스크의 마피아 간부였으니 분위기로 보아서는 블라디보스토크에서 왔다는 파벨이 그보다 상급자인 것 같았던 것이다.

"이거 갑자기 뵙자고 해서 미안합니다."

그라노프가 입을 열었다.

"파벨 씨가 당신들께 하실 말씀이 있다고 해서요."

한일만과 김영규의 시선을 받은 파벨이 얼굴에 웃음을 띠었다.

"고려그룹이 그라노프와 좋은 관계라는 것을 잘 알고 있습니다. 그라노프한테서 매일 보고를 받고 있으니까요."

김영규가 잠자코 머리를 끄덕였다. 러시아의 사정에 익숙한 그는 하바롭스크에 자리를 잡자 마피아 보스인 그라노프에게 인사치레로 5만 달러를 건네주었다. 마피아는 정부 측과 결탁하고 있어서 경찰력만 믿다가는 도무지 일이 되지 않는다. 러시아에 진출한 거의 대부분의 외국상사는 마피아에게 매출액의 일정부분을 떼어주든지 사례금을 주어야만 했는데 오히려 그것이 사업에 윤활유 역할을 할 때도 있다.

파벨이 말을 이었다.

"난 블라디보스토크의 보스 파리야킨의 명령을 받고 왔습니다."

파리야킨은 러시아 극동 지역을 장악하고 있는 마피아의 보스였고 그라노프는 그의 간부급 부하에 불과했다. 긴장해 있는 한국인들을 향해 파벨이 다시 웃었다.

"이왕 우리와 손을 잡고 일하게 되었는데 도와드려야지요. 당신들이 지금 곤란한 상황에 빠져 있으니까요."

"기지가 습격당한 것 말입니까?"

한일만이 묻자 그가 머리를 끄덕였다.

"그렇습니다. 그리고 놈들의 습격은 이번 한번으로 끝나지 않을 겁니다."

"당신들을 습격한 것은 그레고리 일당뿐만이 아니오, 북한 공작원들이 섞여 있습니다."

"……."

놀란 한일만과 김영규가 서로 얼굴을 마주보았다.

"북한 공작원들이라니, 그게 사실이오?"

한일만이 굳어진 얼굴로 물었다.

"사실이오. 벌목사업소에서 무장 경호병들이 그레고리 일당과 합류해서 올라간 거요. 북한 측의 지휘자는 장국진이라는 대외정보국 소속 대위 이고."

"……."

"북한의 벌목사업소는 우리 없이는 외화벌이를 못합니다. 따라서 그자들은 우리 눈을 피할 수가 없소."

"……."

"그리고 지금 하바롭스크에는 온갖 놈들이 몰려와 있소. 일본과 한국, 그리고 북한의 기관원들과 정보원들이 말이오."

"정보, 고맙습니다, 파벨 씨. 파리야킨 씨 에게 고맙다는 말씀을 전해 주십시오."

그러자 파벨이 헛기침을 했다.

"잠깐만, 난 아직 보스의 용건을 꺼내지 않았습니다."

그가 테이블에 상체를 붙이고 다가앉았다.

"보스는 강 회장과 비서실장이 하바롭스크에 오신 김에 만나기를 바라고 계십니다. 앞으로 러시아에서 서로 공존해 가기를 바란다면서, 나에게 가부간 답을 듣고 오라고 했습니다."

12시가 지나자 바람이 그치더니 주위는 미세하게 사각거리는 소리로 덮여가기 시작했다. 대기가 얼어가는 것이다. 그 속을 사람이 걸으면 얼음장을 헤치고 나가는 것처럼 몸에 얼음가루가 묻어나온다. 장국진은 희미하게 보이는 전방의 빛을 향해 다시 걸음을 옮겼다. 그의 주위로 그레고리의 부하들이 움직이고 있었으므로 가끔씩 발에 밟힌 얼음이 깨지는 소리가 났다.

기지까지는 이제 200미터 정도의 거리였다. 짙은 어둠 속이어서 10미터 앞도 분간하기 어려웠다. 그러나 기지의 막사 한쪽에서 흘러나오는 빛이 목표가 되었으므로 전진하는 데 지장은 없었다.

기지의 불을 모두 꺼놓고 있는 것을 보면 놈들도 단단히 경계를 하고 있는 모양이었다. 그의 옆으로 사내 한 명이 다가왔다. 방한모로 얼굴을 덮고 방한안경까지 쓰고 있었지만 벌목사업소에서 따라온 이호근임을 알 수 있다.

"대위 동지, 이곳에 다 모여 있다니 다행이오. 이번 일로 끝낼 수 있어서."

말소리가 웅얼거리며 나왔지만 장국진은 알아들었다. 그들은 30미터쯤 앞으로 전진해 나갔다가 눈 위에 엎드렸다.

영하 40도가 넘는 추위여서 방한복으로 보온을 했더라도 금방 냉기가 전해져 왔다. 이렇게 30분만 있다가는 몸이 굳어 버릴 것이다.

장국진은 앞쪽의 불빛을 바라보았다. 막사에서 새어나오는 불빛이었는데 그 주변은 짙은 어둠에 덮여 아무것도 보이지 않았다. 낮에 기지 전방 1킬로미터 지점까지 접근해서 모두 살펴 놓았으니 접근하기만 하면 반은 성공한 셈이다. 옆쪽에서 눈을 밟는 소리가 들리더니 대여섯 명이 앞으로 나아갔다 앞쪽 3, 40미터 전방에 러시아군의 참호가 있는 것이다.

그들을 따라 다시 몸을 일으키던 장국진은 총성과 함께 밤하늘 위로 뻗어 올라가는 빛줄기를 보았다. 조명탄이다.

"엎드려!"

장국진이 소리치며 엎드렸을 때 요란한 총성과 함께 총탄이 쏟아져 왔다. 이미 놈들에게 발각된 것이다. 이쪽도 응사하기 시작했으므로 벌판은 금방 땅이 울리는 총성으로 덮여졌다. 저쪽에서 쏘아대는 기관총탄이 날카롭게 대기를 찢으며 스쳐 지나갔고 간간이 비명소리도 났다. 이쪽에서 대전차 척탄발사관을 쏘아 전방의 트럭 한 대가 화염을 일으키며 폭발했다.

"이런 망할."

다시 조명탄 한 발이 쏘아 오르자 장국진이 혀를 찼다. 그레고리의 습격조는 두 부대로 나뉘어져 있었는데 그는 전방을 맡은 그레고리 부하들과 동행이었다. 그러나 30미터도 전진하지 못한 채 벌써 여러 명의 희생자가 났다.

"참호 모두가 비어 있어요. 놈들은 우릴 기다리고 있었어."

옆에 엎드려 총을 쏘아대던 이호근이 소리치듯 말했다. 날카로운 쇳소리가 들리더니 뒤쪽에서 포탄이 폭발했다.

저쪽에서도 척탄통을 발사한 것이다. 낮에 정찰했을 때 기지 앞쪽으로 서너 개의 참호가 설치되는 것을 보았으므로 조심해서 전진했던 것인데 그곳은 이미 비어 있었던 것이다.

"쏘지 마라."

보리스 상사가 소리치자 조명탄을 발사하려던 병사가 움직임을 멈췄다.

"자, 준비해라."

조명탄의 불빛이 가장 환해진 시간이다. 기지의 이쪽저쪽에서는 아직도 전방을 향해 요란하게 총을 난사하는 중이었고 저쪽도 마찬가지였다.

김상철은 소총을 움켜쥐고 트럭의 타이어에 등을 기대었다. 조명탄의 불빛이 낮아지면서 주위에 짙은 그림자가 어른거렸다. 폭파된 트럭에서 어른거리는 불빛이 옆쪽을 비췄지만 그 반경은 10미터 정도여서 이쪽까지는 오지 않을 것이다. 순간 조명탄이 꺼지면서 주위가 순식간에 어두워졌다.

"가자!"

보리스가 짧게 말하며 몸을 일으키자 7, 8명의 부하들이 땅바닥에서 몸을 솟구쳐 일으켰다. 김상철도 그 중의 하나였다. 그들은 돌격조로 어둠을 이용하여 적 안으로 돌격해 들어가는 것이다. 총탄이 쏟아져 오고 있었지만 위협적이지는 않았다. 이쪽이 맹렬하게 지원사격을 하고 있는 터여서 저쪽의 화력도 총구의 불빛이 번쩍이는 그곳에 집중되어 있다. 허덕이며 달리던 김상철은 문득 자신이 최선두에 서 있다는 것을 깨달았다.

무리를 이룬 이쪽의 돌격조는 소리를 지르지도 그렇다고 총을 쏘지도 않았다. 어둠 속을 전력 질주하여 습격자들에게 바짝 다가서는 것이 1차 목표인 것이다 입에서 쇳소리를 내며 달리던 김상철의 머리에 얼핏 안인석의 얼굴이 떠올랐다가 지워졌다. 이유미의 얼굴두 나타났다 사라졌다. 그 순간 어두운 하늘 위로 빛줄기 한 개가 포물선을 그리며 올라갔다. 조명탄이다. 그러자 돌격조는 일제히 눈밭 위로 몸을 던져 엎드렸다. 엎드린 김상철은 방한 마스크 앞부분에 붙어 있는 얼음덩이를 내었다. 조명탄의 불빛이 번쩍 커지면서 주위가 밝아지기 시작했으므로 김상철은 소총의 방아쇠에 손가락을 걸었다. 불빛이 내려오면서 주위가 대낮같이 밝아졌다. 그러자 그는 바로 10미터쯤 앞쪽으로, 옆으로 길게 엎드려 있는 습격자들을 보았다.

벌떡 일어선 그가 그들을 향해 소총을 난사하자 주위에서도 그들을 향해 총을 쏘아댔다. 습격자들은 당장에 혼란에 빠져들었다. 그들도 조명탄이 꺼진 틈을 타서 착실하게 2, 30미터쯤 전진해온 터였다. 그러다가 조명탄이 올라가자 납작 엎드려 있었는데 날벼락 같은 기습을 받은 것이다. 30발들이 탄창 하나를 다 비우는 동안 김상철은 적어도 다섯 명은 쏘아 넘어뜨렸을 것이다. 보리스 상사가 인솔해온 7, 8명의 돌격조도 각각 비슷한 상과를 거두었다. 물론 이쪽도 피해를 봤다. 조명탄의 불빛이 꺼졌을 때 살아남아 다시 엎드린 병사들은 반수 정도밖에 되지 않았다. 그러나 습격자들은 치명적인 타격을 받았을 것이다. 김상철은 눈발 위를 엎드려 전진해 나갔다. 한 손에 총을 쥔 채 눈 위를 제치고 나갔으므로 온몸은 금방 눈투성이가 되었지만 신경 쓸 겨를이 없었다.

조금 전부터 이호근의 말소리가 들리지 않는 걸 보면 당한 모양이었다. 주위가 다시 어두워졌으므로 장국진은 몸을 일으켜 세웠다. 기지와의 거리는 100미터도 되지 않았으므로 이제 단숨에 진입할 수가 있는 것이다.

"크라우스!"

장국진이 소리 쳤다. 기회는 지금인 것이다.

"크라우스! 앞으로 나가자!"

그레고리의 심복으로 전면의 공격을 맡고 있는 크라우스의 대답이 없다.

"크라우스!"

그가 다시 소리치자 옆쪽에서 인기척이 났다. 무의식중에 총구를 돌린 장국진이 눈을 부릅떠 옆을 바라보는 순간이다.

그는 이마에 거센 총격을 받고 머리를 뒤로 젖혔다. 두 눈에서 무수한 휜 별이 반짝였을 때 그는 다시 뒤통수를 강타 당하고는 앞으로 쓰러졌다.

크라우스는 그로부터 20미터쯤 뒤쪽의 눈 위에 엎드려서 무전기를 귀에 대고 있었으니 앞쪽의 상황을 알 리 없다.

"대장, 반수 이상이 당했습니다. 놈들의 기습을 받았어요."

총성 때문에 그는 소리치듯 말했다. 이제 피아를 제대로 구분하지 못하고 서로 옆을 향해 쏘아대고 있는 것이다.

"대장! 놈들이 섞여 있어서 앞으로 나갈 수가 없습니다."

"돌아가! 우리도 돌아간다."

그레고리가 자르듯 말하고 무전을 끊었으므로 크라우스는 길게 숨을 내쉬었다. 그리고 옆쪽에 내려놓았던 소총을 들다가 두꺼운 장갑 때문에 눈 속으로 소총을 떨어뜨렸다.

"빌어먹을, 후퇴다!"

그가 옆에 엎드린 무전병의 어깨를 세게 쳤다.

"후퇴야! 돌아가!"

무전병이 방한 마스크를 벗고 소리 쳤다.

"돌아가! 후퇴다!"

삼림을 빠져나와 기지를 향해 엎드려 있던 참이어서 그레고리의 후퇴 명령에 대부분의 부하들은 맥이 빠진 것 같았다.

"크라우스는 기습을 받아 반 정도 병력을 잃었단 말이다. 기를 쓰고 쳐들어 갈 필요는 없어."

소리치듯 말한 그레고리가 다시 온 길을 되짚어 앞장을 섰다. 플래시로 땅을 비추며 전진했다. 주춤거리던 부하들이 그의 뒤를 따랐다.

"이제 이곳 일은 끝났어. 아르카로 가서 몇 달간 푹 쉬기로 하자."

그레고리의 말에 부하들의 분위기가 금방 밝아졌다. 아르카에는 백러시아 여자들이 가득했고 대부분이 미인인데다가 남자에 굶주려 있다. 남자들이 대부분 하바롭스크나 블라디보스토크, 니호트카 등으로 돈을 벌러 나갔기 때문이다.

"대장, 그렇다면 북한 놈들은 어떻게 되었습니까?"

부하 하나가 물었으므로 그는 방한모의 마스크를 올렸다.

"그건 모른다. 하지만 죽든 살든 상관없어. 이제 그자들과 거래는 끝났으니까."

그가 삼림을 뚫고 기지의 측면을 치는 부대를 맡은 것도 이러한 상황에 대비하기 위해서이다. 어차피 전면을 습격하는 부대가 선수를 치게 되어 있었으므로 상황을 보아 가며 진퇴를 결정할 생각이었던 것이다. 그래서 크라우스에게 병력의 반을 쪼개주면서 북한인들을 합류케 했고 이쪽은 심복 부하들만 추려놓았었다. 그는 나뭇가지에 발이 걸려 겨우 중심을 잡고는 앞장서 걸어 나갔다.

병력은 얼마든지 구할 수 있는 것이다. 산간 마을에는 탈주병들이 얼마든지 있었고 퇴역 군인들도 지원자로 줄을 서 있는 형편이었다.

아침이 되자 기지는 부산하게 움직이는 사람들로 활기를 띠고 있었다. 밤을 꼬박 새운 사람들이 부상자와 전사자를 따로 모았고 습격자들의 시체와 부상자들도 구분해 정리를 했다.

이쪽은 보리스 상사를 포함해서 다섯 명이 전사를 했고 일곱 명이 부상을 당했는데 한국인들은 세 명이 부상자에 포함되었을 뿐 죽은 사람은 없었다.

습격자들은 8명이 죽었고 14명이 부상을 당했으므로 기지는 부상자들로 만원이었다. 이것은 러시아 병사들에게는 대단한 전공이었다.

그러나 살아남은 유일한 상사인 에프게이는 부하들에게 소리쳐 지시를 하면서도 전방을 불안스럽게 힐끗거렸다. 이제 싸울 수 있는 병력은 6명밖에 남지 않았고 한국인들을 합해도 모두 15명이었다. 다시 습격을 받는다면 이쪽은 전멸하게 될 것이었다. 유장석과 김상철이 트럭 안으로 들어서자 벽에 등을 기대고 앉아 있던 사내가 머리를 들었다. 이마에는 시퍼런 멍이 들었고 콧등 위에는 넓은 반창고를 붙인데다 얼굴에 엉겨 붙은 피를 닦지 않아 패잔병의 모습 그대로지만 눈빛만큼은 날카로운 이 사내는 어젯밤 김상철에게 맞아 기절했다가 포로로 잡힌 장국진이다. 유장석이 부상자 그룹에서 빼내 막사에 따로 집어넣은 것이다.

"네가 북한군 대위라는데. 그레고리의 부하한테서 들었다."

유장석이 플라스틱 의자를 들어 그의 앞에 내려놓고 물었다.

"네놈들의 사주로 나는 네 명의 부하직원을 잃었다. 네놈들은 동족이 아니다. 저 강도단보다도 더 악랄한 놈들이야."

장국진이 퍼뜩 시선을 들었다.

"쓸데없는 수작 그만하고 죽여라."

"죽이다니, 너 같은 값진 물건을 그렇게 간단히 처리할 수가 있나? 넌 우리가 아니더라도 러시아군을 공격한 죄로 처형당하게 될 테지만 말이다."

"그렇다면 러시아군에 날 넘겨라. 이 새끼들아, 잔소리 듣기 싫으니까."

"글쎄, 그것이 네 뜻대로 안 될 것 같은데."

유장석이 김상철을 바라보았다.

"잘 감시해, 네가 잡은 놈이니까."

유장석이 일어나 트럭 밖으로 나가자 김상철과 장국진의 시선이 마주쳤다. 트럭 안은 한동안 정적이 흘렀고 밖에서는 병사들의 떠드는 소리만이 들려왔다.

그들 목소리에 섞여 한국말도 들린다. 이윽고 김상철이 두어 걸음 다가가 장국진 앞에 섰다. 장국진의 두 손은 등 뒤로 돌려져 묶여 있다. 두 발목도 마찬가지여서 움직일 수가 없다. 김상철이 주머니에 손을 넣어 소주병을 꺼냈다.

"이봐, 술 한 모금 할래? 한국산 소주야."

장국진이 올려다본 채 입을 열지 않았으므로 병마개를 뽑은 김상철이 두어 모금을 삼켰다.

"사회생활을 하려니까 별 이상한 곳에서 별일도 많고 별놈을 다 만나는군."

혼잣말처럼 중얼거린 김상철이 유장석이 앉았던 의자에 앉았다. 그는 병째 술을 삼켰다.

"네가 나를 만난 것이 악연이야, 대위. 내가 악운에 더 강할 테니까 말이다."

술병을 든 김상철이 장국진을 바라보며 빙그레 웃었다.

남쪽 하늘에 헬리콥터의 편대가 나타난 것은 그날 오후 3시경이었다. 살아남은 병사들은 환호성을 질렀고 고려직원 모두도 뛰어나와 손을 흔들었다.

헬리콥터 편대가 자욱한 눈보라를 일으키며 착륙한 앞쪽 벌판이 공정대원으로 금방 까맣게 뒤덮이는 것은 장관이었다. 그들은 곧 대열을 지어 기지 쪽으로 행진해 왔는데 그것을 바라보고 있던 유장석이 눈을 크게 떴다.

병사들이 2열로 좌우로 벌려 서 다가오는 중간 부근에 한 무리의 민간인들이 있었기 때문이다.

두툼한 슈바 차림에 원색의 파카를 걸친 그들은 아무래도 한국인들이었다.

"저기… 직원들 같은데요."

옆에 서 있던 이대각도 그들을 보았는지 소리치듯 말했다.

"하바롭스크의 김 부장인 모양이오."

반가웠으므로 기지의 한국인들은 우르르 그들을 향해 몰려갔다. 유장석이 앞장을 섰다. 어젯밤 격전을 치른 벌판이어서 곳곳에 전투의 흔적이 남아 있었지만 하늘은 맑고 바람 한 점 없다.

그 순간 누군가가 소리 쳤다.

"아이고, 회장님이다!"

덜컥 가슴이 내려앉은 유장석이 눈을 부릅떠 앞쪽을 바라보았다. 사람들에 가려 있었지만 뒤쪽에 서 있는 검정색 모피 옷을 입은 사내는 강 회장이었다.

유장석은 눈 속에 발이 빠져 비틀거리면서 정신없이 그쪽으로 달려갔다. 강 회장 옆에 이남호 실장도 보였고 한 이사도 있다. 저쪽도 그를 알아보았는지 몇 사람이 환호성을 질렀다. 드디어 강 회장의 웃는 모습이 보였다. 가쁜 숨을 헐떡이며 달려간 유장석을 보면서 강 회장이 두 손을 벌렸다.

"이놈아, 살았구나."

유장석을 텁석 끌어안은 강 회장의 목소리가 떨렸다.

"잘했다, 이놈아."

"회장님."

목이 멘 유장석이 아랫입술을 물었으나 억제하지 못하고 눈물을 쏟았다.

"회장님, 저희는."

"살아서 다행이다. 더 바랄 것이 없다."

"회장님, 석유가 나왔습니다."

몸을 떤 유장석이 고함치듯 말했으므로 강 회장이 눈을 껌벅이며 그를 바라보았다.

"이봐, 유 상무. 무슨 말이야."

모두 발을 멈추고 유장석을 둘러쌌을 때 이대각과 김진모 등이 다가왔다.

"회장님, 저는 자원탐사반의 김진모올시다."

김진모가 강 회장 앞으로 성큼 다가갔다.

"우린 유정을 발견했습니다. 지금 회장님이 밟고 계신 땅에는 유정이 묻혀 있습니다."

"자아, 들어갑시다. 가서 천천히."

강 회장이 유장석과 김진모의 어깨를 양손으로 감싸 안았다.

"나는 그보다도 여러분이 무사해서 기쁩니다."

그러나 그의 목소리는 들떠 있었다. 그는 자주 눈을 들어 전방의 시추탑을 보았다가 다시 땅 밑을 살폈다. 이남호는 직원 한 명을 옆으로 끌고 가더니 정신없이 무언가를 묻고 있었다. 큰 무리를 짓고 기지로 들어가는 대열의 뒤쪽에서 박미정은 차분하게 주위를 둘러볼 수 있었다. 아는 사람도 없거니와 그녀에게 관심을 기울이는 사람도 없다. 방한복의 후드를 올려 쓰고 있었으므로 이쪽이 여자라는 것이 쉽게 드러나지 않았기 때문일 것이다. 병사들은 병사들대로 서로 껴안고 함성을 질러 댔으므로 기지 안은 축제 분위기였다. 기지 안으로 들어서던 박미정은 문득 시선을 멈추었다.

안쪽의 트럭 옆에 서 있는 사내가 눈에 들어왔다. 그는 회장의 환영대열에 끼지 않았던 모양으로 짙은 색 스웨터 차림으로 우두커니 서서 이쪽을 바라보다가 문득 박미정과 시선이 마주쳤다. 몇 초쯤 시간이 지나자 그는 머리를 돌리고는 트럭 뒤쪽으로 사라져 버렸다.

김상철이다. 박미정은 그렇게 단정했다. 한 번도 본 적은 없지만 안인석에게 들은 김상철의 인상이나 분위기를 생각할 때 틀림없었다. 다시 회장 일행을 따르면서 박미정은 그제야 가슴이 거칠게 뛰고 있는 것을 느낄 수 있었다. 예기치 못한 일이었고 또한 처음 있는 일이었다.

커피숍으로 들어선 이유미는 안인석의 앞자리에 앉으면서 시계를 들여다보았다.

"오후 2시에 회의가 있어. 바로 올라가 봐야 돼."

점심시간이어서 회사 빌딩의 지하 커피숍에는 아는 얼굴이 많았다. 그들을 힐끗거리며 구주과 직원들이 옆을 지나갔다.

"미국 출장 다녀온 후로 꽤 바쁘구나, 저녁에도 시간이 없다니."

안인석이 이유미를 바라보았다

"네 얼굴이나 보려고 점심시간에 찾아왔는데 회의 타령이고, 이제는 직장인의 틀이 잡혔나?"

"지금이 그런 때 아냐? 업무도 모르면서 정신없이 바쁜 때 말이야. 선배들이 그러던데, 인석 씨는 안 그래?"

"그런가?"

"왜 그렇게 기운이 없어?"

"그렇게 보여?"

"얼굴도 말랐고."

어제 오후에 이유미가 출장에서 돌아왔으니 거의 일주일 만에 만나는 것이다. 오전에 안인석이 회사로 전화를 했을 때 이유미는 저녁에는 시간이 없다고 했다. 과 회식이 있다는 것이다.

"참, 내 정신 좀 봐."

이유미가 들고 온 봉투에서 포장된 상자 하나를 꺼내 탁자 위에 내려놓았다.

"인석 씨 선물이야. 공항에서 샀어."

"그래? 이걸 받으러 온 것 같구먼."

그렇게 말하면서도 안인석의 얼굴이 풀렸다. 포장지를 찢자 단단한 모양의 라이터가 나왔다. 그가 얼굴에 웃음을 띠었다.

"꽤 고급이네, 신경 좀 쓰셨는데."

"어때? 회사 생활은? 이제 조금 안정이 되었어?"

이유미가 말머리를 돌리자 안인석이 담배를 빼물고는 선물 받은 라이터로 불을 붙였다.

"안정은 무슨, 그냥 그렇지."

"……"

"과장은 팀워크가 우선이라고 하는데, 나는 도무지 실감이 안나. 이건 조장 한 놈을 진급시키기 위해서 팀이 희생하는 것 같단 말이야."

"……"

"그리고 솔직히 눈에 불을 켜고 일하는 놈들을 보면 웃음이 나와. 실력으로 승부하라면 얼마든지 하겠는데 처신과 융통성, 그리고 충성도로 점수가 매겨지고 있는 것에 반발심이 일어나고."

"그것이 경쟁사회의 진면목이야. 인석 씨는 그걸 몰랐어?"

이유미가 똑바로 그를 바라보았다.

"왜 적응을 안 해? 능력 있는 남자가? 왜 겉으로만 돌면서 비판을 해?"

"아마 내가 있는 집 자식이어서 그런가 봐."

그러면서 안인석이 씁쓸하게 웃었다.

"그저 남들 하는 대로 입사하는 것만 생각했지 목적의식이 없었어. 사원에서 대리, 조장, 과장, 부장. 이렇게 올라가는 과정이 아득하게 보였고."

시계를 내려다본 이유미가 입을 열었다

"회의에 가봐야 돼. 같이 있고 싶지만."

"넌 내 분위기에 동조하지 않는구나."

"사람마다 다르다고 생각해. 인석 씨가 그러는 것도 이상한 것은 아냐."

"내가 평범한 신입사원, 직장인으로 만족한 일상을 보낸다면 만족하겠니?"

이유미가 자리에서 일어섰다.

"시간이 지나면 해결될 거야. 갈등을 느끼는 사람들도 곧 익숙해진다니까."

"……"

"내일 내가 전화할게."

몸을 돌린 이유미가 카운터로 다가가 차 값을 치르고는 안인석을 향해 환하게 웃어보였다. 그녀의 모습이 사라지자 안인석은 손에 쥐고 있던 라이터를 눌러 여러 차례 불꽃을 일으키며 앉아 있었다.

장충동의 노바 호텔 스카이라운지에서는 서울 시내의 야경이 한눈에 들어온다. 저녁 식사를 마친 이유미와 홍만규는 라운지에 앉아 창밖을 바라보았다.

맛있는 저녁을 먹은 데다 곁들여서 마신 알코올 기운이 알맞게 퍼져 있는 상태여서 아늑하고 편안한 상태였다. 밤 10시가 조금 넘은 시간이었다. 아담하고 조금 어두운 장식의 라운지에는 낮은 음악소리가 흘러나오고 있었다.

"박 대리는 성격이 밝고 붙임성이 있는 것 같지만 여자 문제가 복잡해."

위스키 잔을 든 홍만규가 말했다.

"작년에도 여자 고객과 문제가 생겼었는데 겨우 합의를 본 것 같더군."

"그것도 조사시킨 거예요?"

"조사 시키다니, 기획실에서 보고를 받았을 뿐이야."

홍만규가 빙그레 웃었다.

"난 누굴 찍어서 조사하라는 지시를 내린 적이 없어. 기획실 업무는 아버지 때부터 내려온 것이어서."

"하지만 기분이 꺼림칙해."

"필요한 거야, 외부 정보도 필요하지만 회사 내부의 분위기가 어떻게 돌아가느냐 하는 것도 중요하니까."

이유미가 위스키를 한 모금 삼켰다. 앞에 앉은 홍만규는 언제나처럼 단정한 차림으로 밝은 색 슈트에 흰색 와이셔츠를 입었는데 짙은 색 넥타이가 잘 어울렸다.

"박 대리는 올해 안에 진급을 바라는 것 같던데, 실적도 뛰어나니까 말예요."

"글쎄, 그렇다면 과를 나눠야겠지."

"미주는 매출이 많으니까 2개과로 나눌 수도 있지 않아요?"

"그건 박 대리 생각인가?"

"그렇게 소문이 났어요."

"그 친구, 입이 가볍군."

"……"

"오 과장 생각도 해줘야지. 자기 몫을 뺏기면 서운해 할 텐데, 그렇지 않아?"

"윗선에서도 이야기가 되었다고 하던데요. 이것도 소문이지만."

이유미는 짜릿한 긴장감에 빠져 있었다. 박 대리와 오 과장 등 사무실 내에서는 내노라고 군림하고 있는 그들이었지만 지금 이 자리에서는 장기판의 졸처럼 이야기되고 있는 것이다.

"글쎄, 영업부장이 박 대리를 밀어주는 모양인데, 김 상무하고. 사무실 분위기도 그렇지?"

홍만규가 묻자 이유미가 머리를 끄덕였다.

"아마 그런 것 같아요."

"김 상무는 한미 여행사에서 스카우트 제의를 받고 있어. 부사장으로."

"……."

"여행사라는 업종이 원래 경쟁이 심해서. 그러다보니 직원들의 이직률도 높고, 회사에 대한 애착도 약해."

"그래서 박 대리를 잡아둘 생각이세요?"

"유미 같으면 어떻게 하겠어?"

"그걸 왜 저한테 물어요? 신입사원한테."

"유미는 내 유일한 대화상대야, 회사 내에서."

그러자 이유미의 얼굴에 웃음이 떠올랐다.

"회사 밖에서는 신명인 씬가요?"

"이런, 유미도 정보망이 있는 모양이군."

눈을 크게 뜬 홍만규가 물었다.

"회사 안에 소문이 났나?"

"안 날 리가 있나요? 여직원들의 관심이 온통 쏠려 있는 참인데."

"그런데 왜 이제야 이야기를 하지?"

"아까 물으신 말에 대답을 할게요. 박 대리의 업무는 조수로 있는 미스터 김이 모두 파악하고 있어요. 최 부장의 업무는 잘 모르지만요."

"최 부장 업무는 오 과장이 모두 파악하고 있을 거야. 그들 둘이 없으면 김 상무는 허수아비지."

홍만규가 활짝 웃었다.

"나하고 해답이 같군, 그리고 말 나온 김에 말해 줄게. 신명인과는 곧 정리할 거야. 나하고는 성격이 안 맞아서."

"부담 갖지 마세요. 그냥 한 말이니까."

"서운한 소리. 유미나 그 신입사원 마무리 잘해. 어려운 상황에서 충격을 받을지도 모르니까."

머리를 돌린 이유미가 잠자코 술잔을 손에 쥐었다. 밤이 깊어 가고 있었다.

"네 이야기는 모두 들었다."

강 회장이 다가와 김상철의 어깨 위에 두 손을 올려놓았다. 기지의 중심 부근에 설치된 대형 텐트 안이다. 두꺼운 방수천으로 만들어진 텐트는 사방 10미터 정도로 컸고 한가운데에는 러시아 군이 제공한 대형 난로가 후끈한 열기를 뿜어내고 있었다. 좌우 벌려 서 있는 이남호와 유장석, 한일만, 이대각 등이 바라보고 있는 가운데 회장이 다시 말했다.

"너는 우리 회사의 보배다, 정말 고맙다."

아끼던 유장석과 이대각 등이 살아남아 있는데다가 무엇보다도 유정을 발견했다는 흥분이 아직도 가라앉지 않았기 때문일 것이다. 강 회장은 김상철을 와락 당겨 안았다가 떼어놓고는 이남호를 바라보았다.

"이 실장, 개척단 전원을 승진시켜라, 유 상무에서부터 여기 있는 김상철까지."

"예, 회장님."

이남호도 밝은 얼굴이었다.

"당연하신 말씀입니다. 모두 그럴 자격이 있습니다."

"그리고 모두 금일봉을 주도록. 특히 탐사반원들한테는 각별하게 신경을 써야 될 거야."

"알고 있습니다. 그리고 희생자 유족에게도 특별한 배려가 있어야 할 것입니다."

"물론이지."

회장이 다시 김상철에게로 시선을 돌렸다.

"너는 유 상무한테 여기 남아 있겠다고 했다는데 안 된다, 나와 함께 돌아갔다가 다시 오도록 해라."

그는 김상철의 어깨를 손바닥으로 가볍게 두드렸다.

"사람은 긴장을 풀고 쉴 때도 있어야 되는 법이야. 이곳은 내일 아침에 깨끗하게 철수하기로 했다."

그러자 이남호가 한 걸음 다가와 섰다.

"러시아 병사들도 모두 철수할 거야. 우리가 떠나면 그들이 남아 있을 이유가 없지. 무슨 말인지 알겠나? 차라리 비워 놓는 것이 유정을 감추기 쉽기 때문이야."

"알겠습니다."

김상철이 머리를 숙이자 회장이 웃음 띤 얼굴로 머리를 끄떡였다.

"우리의 새로운 미래가 이곳에서부터 시작될 것이다. 그리고 우리는 네가 필요하고."

텐트를 나온 김상철의 뒤를 이대각이 따라왔다.

"이 봐, 김상철. 아니, 김 대리."

이대각이 그의 어깨를 쳤다

"에프게이가 부하들하고 식당 트럭에서 기다리고 있다, 같이 가자."

그는 손에 꽤 묵직해 보이는 가방을 들고 있었다. 깊은 밤이어서 정연하게 설치된 러시아군의 텐트에서 밝은 불이 비치고 있었지만 나다니는 병사는 없다. 그들은 끝 쪽의 식당 트럭을 향해 걸었다.

"전사자의 몫도 줍니까?"

김상철이 묻자 이대각이 방한 안경 속의 눈으로 힐끗 그를 바라보았다.

"부상자 몫은 있어도 전사자 몫은 없어."

"모두 이해 할 거다."

"……."

이 실장은 20만 달러 가까운 현금을 가지고 왔는데 그것은 공정부 대장과 장교들에게 사례비로 나눠줄 요량이었다.

그 돈을 기지에서 살아남은 병사들에게 약속대로 나눠주려는 것인데 유정에 대한 입막이용으로 필요한 일이었다.

"모두 보는 앞에서 돈을 나눠주고 각자 영수증을 받을 작정이야. 그래야 다른 소리를 못하지."

"회장님이 계약을 마치실 때까지만 입을 닫고 있으면 되지 않습니까?"

"아마 돈 먹은 놈들은 그 이후로도 입을 열지 못할 것이다. 한 명이라도 입을 열어서 유정 발견 사실이 노출된다면 영수증 모두를 공개할 터이니 서로를 감시하게 될 것이다."

그들은 에프게이들이 기다리고 있는 식당 트럭으로 다가갔다. 그들이 일을 마친 것은 그로부터 30분쯤 후였다. 에프게이는 1만 달러를 받고 사병들은 부상자까지 포함해서 5000달러씩 배당 되었는데 그 자리에 참석하지 못한 네 명의 부상자 몫은 에프게이에게 건네고 나눠주라고 했다. 그리고 참석한 여섯 명 모두에게서 영수증을 받고는 서로 껴안고 내일 아침에 헤어지는 인사까지 미리 마쳤다. 에프게이는 꼭 다시 만나자면서 이대각과 김상철을 각각 두 번씩이나 껴안고 입을 맞추었다.

김상철은 허리에 총상을 입은 이바노프를 보지 못한 것이 유감이었지만 할 수 없었다. 그는 부상자들과 함께 오후에 헬기에 실려 하바롭스크로 떠나갔던 것이다. 병사들이 식당 트럭을 나가자 이대각이 길게 숨을 내쉬면서 김상철을 바라보았다.

"우리가 시베리아에 온 지 얼마나 되었지?"

"오늘이 2월 25일이니까 석 달이 조금 못 되었습니다."

"3년쯤 되는 것 같다, 나한테는."

"고생 많이 하셨습니다, 이 부장님."

"이 자식아, 이사 되었지 않아? 그것도 회장의 직접 지시로. 이사라고 불러."

"예, 이사님."

"네 덕분에 살아서 이사 소리도 들어본다."

이대각이 자리에서 일어섰다.

"난 보고하러 가야겠다."

"전 여기서 커피 한 잔 타 마시고 트럭으로 가겠습니다."

이대각이 식당 트럭을 나가자 김상철은 커피포트를 스토브 위에 올려놓았다. 트럭의 벽에 10여 발의 총탄 구멍이 뚫어져, 테이프로 붙여 놓았지만 히터 장치는 온전했다.

시간은 밤 11시가 넘어 있었다. 뜨거워진 커피를 잔에 따르는 데 문이 열렸다. 방한복과 방한모 차림으로 들어선 낯선 차림이 마스크를 벗었다. 그리고는 안경과 방한모를 차례로 벗는데 여자다. 오후에 시선을 두어 번 마주쳤던, 회장을 수행해온 여자다.

"김상철 씨."

박미정이 웃음 띤 얼굴로 그를 불렀다.

"만나서 반가워요."

다가온 그녀가 장갑을 벗더니 손을 내밀었다.

"전 박미정이라고 해요."

"반갑습니다."

"비서실에 있어요."

"그런 것 같더군요."

"신입사원이에요, 저도."

"그렇습니까?"

"안인석 씨와 같이 전자 영업부에 있었어요."

그러자 김상철의 두 눈이 크게 떠졌다.

"인석이하고 말입니까?"

그때서야 그의 얼굴에 웃음이 떠올랐다.

"전자에 같이 있었다고요?"

"안인석 씨 이름이 나오니까 사람이 달라진 것 같네요."

"그놈, 잘 있습니까? 여기선 통 연락할 수가 없어서."

"잘 있을 거예요, 아마."

박미정이 방한복 주머니에서 보온통을 꺼내더니 스토브로 다가갔다. 그녀는 보온 통에 담긴 검은 액체를 빈 그릇에 쏟더니 스토브 위에 올려놓았다.

"회장님의 한약이에요, 사모님께서 꼭 빼놓지 말고 드시게 하라고 해서."

혼잣말처럼 말한 박미정이 머리를 돌려 그를 바라보았다.

"안인석 씨한테서 들었던 김상철 씨 인상과 비슷했어요. 오후에 처음 봤을 때 알아봤어요."

"……."

"그리고 참, 진급하신 거 축하드려요."

박미정이 그를 향해 다시 웃어보였다.

"고려그룹 역사상 입사 석 달 만에 진급한 건 김상철 씨가 처음일걸요?"

김상철도 멋쩍게 따라 웃는다.

탐욕자

하바롭스크로 돌아온 지 이틀째 되던 날 저녁때였다. 사흘 앞으로 다가온 러시아 정부와의 임차계약 준비로 서울에서 중역진이 대거 몰려왔으므로 콤소몰 광장 근처의 숙소는 많은 사람들로 북적였다.

함박눈이 내리다 그친 저녁 날씨는 그다지 춥지 않았고 바람도 없다.

김상철이 아래층에 있는 대기실로 들어서자 한일만과 마주앉아 있던 유장석이 머리를 들었다.

"어서 와, 김 대리. 거기 앉아라."

유장석이 턱으로 앞자리를 가리켰는데 찌푸린 표정이었다.

"문제가 생겼다."

그가 앞에 앉는 김상철을 향해 대뜸 말했다.

"이윤제가 보상금으로 250만 달러를 요구하고 있어. 그 돈을 내지 않으면 모든 것을 폭로하겠다는 거야, 러시아 정부와 한국 정부 양쪽에."

"……"

"놈은 오늘 오후에 한국영사관으로 들어가 신변보호 요청을 했어. 마피아에게 위협을 받고 있다면서 말이야."

그러자 한일만이 나섰다.

"정보에 의하면 대영그룹 직원과 국정원 요원이 영사관으로 들어갔어. 이윤제를 만난 것은 틀림없는데 그자들한테 털어놓았는지는 알 수 없어."

유장석이 머리를 끄덕이며 다시 김상철을 바라보았다.

"내 생각엔 아직 털어놓지는 않은 것 같아. 그렇게 된다면 우리한테서 돈을 받지 못할 테니까."

그렇게 말한 유장석이 입맛을 다셨다.

"그놈의 새끼는 끝까지 말썽이야. 이젠 유정 문제로 돈을 내라니, 파렴치한 놈이다."

"그자가 그렇게 나올 줄 짐작하고 있었습니다."

김상철이 그들을 바라보았다.

"여기까지 데려오는 것이 아니었습니다, 전무님."

유장석과 한일만이 서로 얼굴을 마주보았다.

임차지에서의 습격 사건으로 이쪽은 임차조건을 대폭 수정해서 계약할 예정이었고 러시아측과도 이미 이야기가 되어 있었던 것이다. 이윤제가 유정 발굴을 폭로하면 러시아는 아예 계약을 하지 않으려 들지도 모른다.

"그자의 입을 사흘 동안만 막게 하는 방법을 찾아야 한다."

유장석이 다시 입을 열었다.

"그놈은 내일 낮 12시까지 돈을 스위스 은행에 입금시키라는 거야. 호텔에서 스위스로 전화를 해서 계좌까지 개설해 놓은 모양이더군."

헛기침을 한 한일만이 입을 열었다.

"이 일은 우리끼리 해결해야 되는 일이야. 말하자면 회장님은 이 일에 관계가 없으시다는 것이지. 결정은 이 실장이 하고 알고 있는 것은 몇 사람 되지 않아. 거기에 김 대리가 포함된 것이야."

"내가 자네를 포함시키자고 했다."

유장석이 말을 이었다.

"러시아에서 일을 하게 된 이상 어쩔 수 없이 마피아와 손을 잡아야만 돼. 한 이사가 이미 마피아 보스인 파리야킨의 부하 파벨과 만나서 협조하기로 가계약을 맺었다. 곧 이 실장이 파리야킨을 만나게 될 거야."

"……."

"하지만 이 일까지 그들에게 부탁할 수는 없다. 내부의 일이고, 이런 일로 약점을 잡히기는 싫으니까."

"이윤제가 영사관에만 눌러 붙어 있지는 못하겠지요. 그렇지 않습니까?"

김상철의 말에 한일만이 머리를 끄덕였다.

"마피아쪽 사람들한테 부탁을 했어. 그쪽 동향을 파악해 달라고 말이야. 아직 이윤제는 영사관에 있고 국정원 직원 두 명과 대영그룹 직원 두 명도 나오지 않았어."

"우리한테서 거절당하면 그 정보를 그들에게 팔겠군요."

"국정원야 거래 대상이 못 되지만 대영 쪽은 거금을 내놓겠지. 금액은 우리보다 적겠지만."

김상철이 그들의 얼굴을 둘러보았다.

"제가 이 일을 처리하기를 바라십니까?"

"김 대리 밖에 없다."

정색을 한 유장석이 그의 시선을 받았다.

"자네가 적격자라고 생각했는데, 어떠냐?"

한동안 시선을 놓지 않던 김상철이 머리를 끄덕였다.

"잘 보셨습니다, 전무님."

한국영사관은 칼리닌 거리의 안쪽에 있는 2층 벽돌집을 사용하고 있다. 그러나 100평 정도의 작은 집이어서 직원 한 명만 영사관에서 숙식을 할 뿐 영사를 비롯한 다른 직원들은 나가 사는 형편이다. 저녁 6시가 되자 2층에서 내려온 영사가 대기실 문을 열고는 안을 들여다보았다.
"이 교수님, 그럼, 안녕히 가십시오. 저는 이만 숙소로 갑니다."
이윤제가 소파에서 일어났다.
"저도 곧 나가겠습니다, 영사님. 폐를 끼쳐서 미안합니다."
"아니, 천만에요."
젊은 영사는 방 안의 사내들을 향해 건성으로 머리를 끄덕여 보이고는 문을 닫았다.
"공항에 연락해 보았더니 정시에 출발한다고 합디다. 여덟 시 출발이니까 여기서 일곱 시에 출발하면 될 거요."
이윤제의 앞쪽에 앉은 40대의 사내가 느긋한 표정으로 말했다. 그는 블라디보스토크에서 올라온 국정원 요원으로 이윤제와 동행하여 도쿄행 비행기에 탑승할 예정이었다. 그때 창가에 기대서 있던 고정문이 그들에게 다가왔다.
"다른 탐사단원들은 이틀 후에 떠날 모양이던데…… 그동안 관광이나 하면서 말입니다. 그 사람들은 태평이더군요."
"어쨌든 그 사람들, 한국에 돌아가면 고생 좀 해야 될 거요."
국정원 요원 심재택의 얼굴이 찌푸려졌다. 이윤제가 오후에 영사관으로 들어올 때까지 그는 몇 번이나 인투리스트 호텔을 찾아 갔으나 탐사단원들을 만나지 못했던 것이다.
그들은 약속이나 한 듯이 면담을 거절했고 귀찮게 하면 경찰을 부르겠다고 까지 했다. 틀림없이 고려 측과 밀약이 되어 있다고 믿어졌지만 이곳은 러시아 땅이다. 어금니만 물면서 방법을 찾지 못했는데 이윤제가 피난해온 것이다. 그러나 이쪽도 답답한 건 마찬가지였다. 마피아의 위협을 받고 있다면서 그 이유도 확실하게 말해주지 않는다. 어쨌든 러시아를 떠나 도쿄에 도착하면 그곳에서 집중적으로 캐물을 작정 이었다.

"어때요? 시베리아, 견딜 만합디까?"

고정문이 지나가는 말처럼 묻자 이윤제가 금테 안경을 벗고는 손등으로 눈을 눌렀다. 피로한 듯한 몸짓이다.

"지독했지요. 하지만 사람의 적응력이 강하다는 걸 이번에 실감했소."

"영하 40도가 넘는다던데, 어떻게 그곳에서 활동합니까?"

"낮에는 견딜 만해요. 셔츠 차림으로 다닐 수도 있고."

"사고가 많았지요? 습격에서 몇 사람이나……."

그러자 이윤제가 얼굴에 웃음을 띠었다.

"이봐요. 장난하지 말아요."

"아니, 내가 무슨……."

고정문의 당황하는 모습을 보면서 이윤제가 야릇한 미소를 지었다.

"당신이 대영그룹 사람인 이상 술술 말해줄 수가 없어요. 난 고려그룹에서 돈을 받고 일한 사람이어서 말이오."

"끝났지 않았습니까?"

"하지만 여기……."

이윤제가 손가락 끝으로 자신의 옆머리를 가리켰다.

"여기에 입력된 자료가 있지요. 당신이 듣고 싶어 하는 그걸 지금 꺼내기는 싫단 말이오."

"지당하신 말씀."

심재택이 커다랗게 머리를 끄덕였다.

"고형, 자꾸 옆에서 치근거리지 마시오. 자꾸 속이 들여다보여서 듣고 있는 나도 얼굴이 간질거리니까."

"솔직히 말씀드리는데요, 이 교수님."

고정문이 심재택의 옆자리에 앉았다.

"어차피 이 교수님은 돈 받고 고용되었던 처지 아닙니까? 고려 쪽과 어떻게 계약했는지는 모르지만 우리도 그 이상으로 대가를 지불할 용의가 있습니다. 물론 여기 계신 심 선생께서도 양해하신 겁니다."

"그런 식으로 표현하면 곤란하지 않소?"

심재택이 얼굴을 찌푸렸다.

"난 상관하지 않는다고 했소. 우리가 알고 싶은 것만 이 교수가 말씀해 주시고 나면 대영 쪽과 어떻게 하시든지 말이오."

이윤제가 벽시계를 올려다보는 시늉을 했다.

"도쿄에 가서 봅시다. 내일 말이오."

김상철이 방으로 들어서자 침대에 누워 있던 장국진이 상반신을 일으켰다. 이마에 붕대를 감고 콧등에 넓은 반창고를 붙이고 있었지만 두 눈에는 생기가 있다. 옷도 갈아입어서 엷은 색 스웨터에 진 바지차림으로 전혀 다른 분위기의 사내가 되어 있다.

"어때? 내 처리 문제가 결정되었나?"

장국진이 슬리퍼를 꿰며 물었다.

"러시아 당국에 넘길 것이냐, 아니면 죽여서 흑룡강에 던질 계획이냐를 말이야."

"겁이 나는 모양이군."

김상철이 방 안에 하나밖에 없는 나무의자에 앉으며 웃었다. 장국진은 고려직원으로 위장하여 기지에서 이곳까지 데려왔던 것인데 도중에 아무런 말썽도 일으키지 않았다. 그도 그럴 것이 러시아 당국에 넘겨지면 그레고리의 일당으로 분류되어 당장에 처형될 수도 있는 것이다.

"네 말대로 네 신상처리 문제가 지금 거론되고 있어. 솔직히 너에 대해서 대부분 호의적이지 않은 형편이야. 아마 내일 아침에는 결정이 날 것 같다, 네 처리 문제가."

김상철이 주머니에서 담배를 꺼내 불을 붙여 물고는 담뱃갑과 라이터를 그에게로 던졌다.

"북한이 우리의 시베리아 임차를 반대한다는 증거물로 네가 제출될 거야. 그레고리 일당에게 우릴 습격하게 만든 것이 북한이었고 넌 아마 감독관이나 아니면 독전관 역할이었겠지."

"개수작하지 마라."

담배에 불을 붙여 물면서 장국진이 말했다.

"내가 쉽게 불 것 같으냐? 어림없다."

"그건 당해봐야 알겠지. 우린 그런 것쯤은 이제 중요하지 않아. 어차피 곧 계약이 될 테니까."

"그렇다면 날 이곳에 데려 온 그 이유나 듣자."

"난 기대는 하지 않지만 북한 쪽 사정을 아는 사람이 필요할 것 같다는 거야. 더구나 이쪽 지역은 너희들이 오랫동안 기반을 닦아놓은 곳이니까."

"……"

"우린 광대한 이 땅에 도시를 세울 계획이야. 공장과 빌딩, 학교와 병원, 그리고 목장을, 그래서 연해주나 사할린 등 러시아나 중국 북부에 흩어져 있는 조선족 동포들을 모아 살게 할 작정이란 말이다."

"……"

"나는 새로운 땅, 아무것도 없는 땅에서 시작하는 이 일에 목숨을 걸었다. 회장의 이상이 실현될지 어쩔지는 알 수 없어도 그럴 만한 가치가 있다고 생각했던 거야. 나뿐만이 아냐. 이 일에 참가한 대부분의 직원들이 그렇다."

"너희 정부도 반대하는 것으로 알고 있는데, 우리 공화국과의 관계를 위해서."

"그까짓 썩어 빠진 놈들, 정권이 바뀌면 없어지는 것들이야."

"……."

"우린 너희처럼 50년 동안을 한 놈에 의해 통치 받지 않는단 말이다. 지금은 자식이 대를 이었지만."

한동안 김상철을 노려보던 장국진이 담배연기를 길게 내뿜었다.

"이거, 우습구만. 너 같은 조무래기가 날 회유시키려고 들다니."

"내가 널 회유시키려고 이런 말 한 것 같으냐."

김상철이 얼굴에 웃음을 띠우더니 와락 손을 내밀어 그의 멱살을 움켜쥐었다.

"낯살이나 처먹었으면 현실을 똑바로 보고 판단을 해. 나처럼 새 인생을 살든지 뒈지든지 곧 결정을 하란 말이다."

멱살을 놓은 김상철이 문 쪽으로 다가가 손잡이를 쥐더니 그를 돌아보았다.

"내가 다시 올 때까지 결정을 해 둬. 시간이 없으니까."

숙소에서 나온 그들은 길가에 대기시켜 놓은 택시로 다가갔다. 눈은 그쳤지만 쌓인 눈이 얼어붙어서 도로는 미끄러웠다. 라이트를 켠 차량들이 사람들의 보행속도와 비슷하게 움직여 가고 있다. 앞장서서 걷던 심재택이 이윤제를 돌아보았다.

"이 교수님, 걱정할 것 없어요. 저 속도로 가도 한 시간 안에 공항에 도착할 테니까."

6시 30분이니 그래도 시간이 남는 셈이다.

뒤를 따르던 고정문이 코트 깃에 머리를 묻으며 이윤제에게 물었다.

"이 교수님, 호텔에 남겨둔 짐은 어떻게 하실 겁니까? 제가 사람 시켜서 보내 드릴까요."

"그까짓 것, 버려도 됩니다."

이윤제가 가볍게 말했다.

"옷가지하고 책 몇 권뿐인걸 뭘."

그들이 택시 옆으로 다가갔을 때였다. 검정색 승용차 한 대가 다가와 택시의 뒤쪽에 멈추더니 사내 두 명이 재빠르게 밖으로 나왔다. 두 명 모두 눈만 내어놓은 방한덮개를 썼고 손에 들고 있는 것은 권총이다.

"네 지갑!"

사내 한 명이 서툰 영어로 소리치면서 심재택의 배를 총구로 밀었다. 입을 쩍 벌린 이윤제와 고정문이 다른 사내에게 밀려 택시에 등을 대고 섰는데 그 순간 택시 운전사는 액셀러레이터를 힘껏 밟아 차를 출발시켜 버렸다.

밤이라고 해도 시내의 한복판으로 차량의 왕래가 빈번한 도로가였다. 고정문이 떨리는 손으로 코트의 단추를 풀고 지갑을 꺼냈고 이윤제도 두 손으로 코트의 지퍼를 내리는 순간이다.

"멈춰!"

러시아 말로 거칠게 외치는 소리와 함께 사내가 이윤제의 가슴에 권총의 총구를 대고는 방아쇠를 당겼다.

"탕!"

방한복을 힘껏 찌르면서 발사된 총탄이라 총성은 크지 않았다. 그러나 심장을 관통당한 이윤제가 차도로 벌렁 넘어졌고 사내들은 당황했다.

"빨리!"

심재택의 지갑을 빼앗아 쥔 사내가 외치자 이윤제를 쏜 사내는 고정문이 손에 쥔 지갑을 낚아채고는 뒤쪽의 차를 향해 뛰었다. 승용차의 타이어가 빙판 위에서 맹렬하게 공회전을 하더니 튕기듯 달려 나와 차도에 쓰러져 있는 이윤제를 치고 달아났다. 이윤제의 몸은 인도와 차도의 경계를 지은 벽 쪽으로 털썩 떨어지면서 미끄러졌다.

"아아, 빌어먹을!"

절규하듯 외친 심재택이 이윤제에게로 달려가 상반신을 일으켜 세웠다. 그러나 그는 이미 이 세상 사람이 아니다.

"이 쌍놈의 새끼들."

이제까지 근처에서 보이지 않던 사람들이 슬금슬금 그들 가까이로 모여들었다. 영사관에 당직으로 남아 있던 직원 한 명이 그들에게로 달려왔다. 총소리를 들은 모양이었다.

"무슨 일입니까?"

그가 소리쳐 묻자 심재택이 머리를 들었다.

"당했어, 갱한테. 빌어먹을."

"그 사람 죽었습니까?"

"죽었어. 어서 영사한테 연락하고 구급차를 불러줘요."

직원이 다시 뛰어 들어가자 심재택이 고정문을 향해 버럭 소리쳤다.

"이봐! 뭐해! 이 사람 좀 들어서 인도로 옮기자구!"

얼이 빠져 있던 고정문이 정신이 난 듯 다가왔다. 그와 함께 이윤제의 시체를 인도 위로 올려놓은 심재택이 가래를 긁어 땅바닥에 뱉었다.

"젠장, 총 든 놈 앞에서 그렇게 손을 빨리 움직이면 어뜩하냔 말이야!

그렇게 하고 죽지 않고 배겨!"

　방으로 들어선 김상철이 방한복을 벗자 벨트 사이에 찔러 넣은 스미스앤 웨슨이 드러났다. 그는 옷을 구석에 던지고는 그를 바라보며 앉아 있는 장국진에게로 다가갔다. 밤 12시에 가까운 시간이어서 숙소에는 인기척이 끊겨 있었다.
　"바쁜 모양이군."
　의자를 당겨 앞쪽에 앉는 그에게 장국진이 말했다.
　"문 앞에 지켜서 있는 놈은 하나 있지만 이방에 들어오는 놈은 너 밖에 없어. 발자국 소리가 날 때마다 넌가 하고 기다려진단 말이야."
　"너하고 말장난할 시간이 없다."
　김상철이 그를 똑바로 바라보았다.
　"그리고 난 널 설득시킬 말재간도 없고 그럴 의욕도 없어."
　"가타부타 대답이나 하란 말이냐?"
　"둘 중 하나만 선택하면 되는 거야."
　장국진이 재떨이를 뒤적여 꽁초를 집어 들었으므로 김상철이 담뱃갑을 던져 주었다. 꽁초를 던진 장국진이 담뱃갑을 집었다.
　"당에 충성하겠느니 어쩌느니 하면 네가 웃겠지?"
　담배를 피워 문 그가 묻자 김상철이 머리를 저었다.
　"그런 놈도 있겠지. 그렇다고 우러러 보지도 않아."
　"네가 내 입장이라면 어떡하겠어?"
　"살겠어."
　그의 말이 떨어지기가 무섭게 대답한 김상철이 벨트에 찔러 넣은 권총의 손잡이를 손바닥으로 두드렸다.
　"이것 한 방으로 길바닥에 벌렁 누워 숨이 끊어지는 것보다는 그게 낫지."

"……"

"새로운 생활을 시작할 수도 있고."

"그러면 난 고려직원이 되는 거냐?"

"비공식 직원이지. 보수와 수당까지 합하면 한 달에 3000달러는 될 것이다."

"……"

"아마 북에 남은 네 가족들의 신변도 충분히 고려해줄 것이고."

길게 담배 연기를 내어뿜은 장국진이 쓴웃음을 지었다.

"역시 너희들은 돈이 무기로군."

"더 이상 해줄 말이 없으니 난 이만 가겠다."

자리에서 일어선 김상철이 방한복을 집어 들었다.

"밤새 실컷 생각해, 내일 아침에 일찍 올 테니까."

"보드카나 한 병 넣어줘."

"맨 정신으로 생각해."

눈을 치켜 뜬 김상철이 그를 노려보았다.

"괜히 술김에 일 저지르지 말고."

강 회장의 아침 기상시간은 6시로 30년 동안 변함없이 지켜져 왔다. 30분 동안 간단한 체조를 마친 회장이 샤워를 마치고 식탁에 앉는 시간은 7시, 외국 출장 시에는 오렌지 주스 한 잔과 토스트 두 조각으로 간단히 아침 식사를 한다. 숙소의 식당은 직원들에게 사용하도록 하고 오늘도 강 회장은 2층의 거실에서 이남호와 둘이서 아침을 들었다. 물론 시중을 드는 사람은 박미정으로 이젠 익숙해져서 식탁 끝자리에 앉아 같이 식사를 한다. 이것도 강 회장의 지시이다.

'너는 가정부가 아니고 사원'이라는 배려성 지시에 의해서였다. 토스트에 딸기잼을 바르던 이남호가 생각난 것처럼 문득 머리를 들었다.

"회장님, 어제 저녁에 탐사단 교수였던 이윤제가 영사관 앞에서 강도들의 총에 맞아 죽었습니다."

그러자 회장이 눈살을 찌푸렸다.

"저런, 겨우 살아왔는데 이곳까지 와서 변을 당했단 말이냐? 도대체 왜?"

"일찍 귀국하려고 국정원 요원하고 같이 공항으로 출발하려는 길이었습니다."

"저런."

"지갑을 꺼내려고 서두르는 것이 강도에게는 무기를 꺼내는 것처럼 보인 모양이라고 국정원 요원이 말했다는군요."

"우리 책임이다. 가족에게 보상금을 지급해 줘야 된다."

"그렇게 하겠습니다."

회장이 박미정에게로 머리를 돌렸다.

"오늘은 빵을 한 쪽만 더 먹어야겠다. 아까보다 더 살짝 구워다오."

"예, 회장님."

식탁에서 일어난 박미정이 옆쪽의 임시 주방으로 다가가자 이남호의 말소리가 들렸다.

"김상철이가 쓸 만합니다, 회장님."

"그래, 똑똑한 놈이야."

"지하실에 있는 놈이 김상철이에게 같이 일하게 해달라고 했다는 겁니다. 조금 전에 들었습니다."

"그놈을 믿을 수 있을까?"

"김상철이가 데리고 다니겠답니다. 조수로 쓰겠다는데요."

그러자 회장의 짧은 웃음소리가 났다.

"그놈 참."

"이쪽 사정도 잘 알고 있는데다가 북한 쪽도 경계해야 할 상황이니까요. 놈이 진심으로 협조한다면 도움이 크지요."

"괜찮을까? 우리야 상관없지만 데리고 다니겠다는 김상철이가 말이야."

"염려 말라고 합니다. 그땐 없애겠다고."

박미정이 살짝 익힌 토스트를 가져 왔으므로 그들은 말을 멈추었다.

"잘 익었다."

토스트를 씹으면서 회장이 만족한 얼굴로 머리를 끄덕였다.

"아침에 기분이 좋으면 하루가 잘 풀리는 법이야. 미스 박도 그걸 명심하고 남편을 대해야 한다."

자신에게 한 말이었으므로 박미정이 머리를 숙였다.

"예, 회장님."

지하실 안. 김상철과 장국진이 마주앉아 빵과 우유로 아침을 먹고 있었다. 식탁이 없었으므로 의자 위에 빵 바구니를 올려놓고 우윳병은 마룻바닥에 내려놓았다. 그리고 침대에 나란히 걸터앉아 빵을 씹는 것이다.

"아마 지금쯤 회장께 보고가 되고 있을 거야, 네 이야기가."

빵을 삼킨 김상철이 장국진을 바라보았다.

"실장이 허락한 일이니까 회장도 굳이 반대하지는 않을 거라고 유 전무가 말하더군."

"실장의 힘이 그렇게 센가?"

장국진이 묻자 김상철이 머리를 끄덕였다.

"어지간한 일은 실장이 알아서 하니까, 회장은 큰 것만 결정하지."

"우리들도 강 회장에 대해서는 잘 알아. 돈이 엄청나게 많다고 소문이 났어."

"엄청나지."

우윳병을 집어든 김상철이 병 채로 우유를 마시고 나자 장국진이 받아들었다. 두어 모금 우유를 마신 장국진이 입가를 손등으로 닦으면서 피식 웃었다.

"이거, 생각해보니 우습군. 몇 시간도 안 되어서 분위기가 이렇게 변하다니. 동무하고, 아니, 당신하고 꽤 오래 사귄 사이 같단 말이야."

"슬금슬금 친한 척 말아.넌 내 조수로 날 따라다녀야 돼. 그런 조건으로 네 제의를 받아들인 것이니까."

"내 생사가 당신한테 달렸단 말이구먼."

"그렇다고 봐도 돼."

"당신, 몇 살이야?"

"나이보다도 계급이야. 직장 생활에서도 군대하고 비슷하단 말이다."

"그건 그렇지. 하지만 나이를 물어볼 수는 있지 않아?"

"스물여섯이다."

"난 서른 살이니 나보다 네 살 적구만."

"……"

"유 전무하고는 언제 만나게 되는 거야?"

"아침 먹고 바로. 유 전무는 시베리아 개척의 책임자고 네 직속상관이기도 하니까 숨김없이 털어놓아야 돼. 믿음이 가게 행동하란 말이다."

"알고 있어. 나도 이제는 공화국으로 돌아갈 수가 없는 상황이야. 과업에 실패한데다가 너희들하고 이렇게 며칠간 같이 있었다는 것도 의심을 받게 될 테니까."

"……"

"그리고 솔직히 자본주의 물이 조금 들었기도 하고. 연변의 노래방에 가서 돈도 뿌려보았어."

"썩은 공산당원이로군."

"비웃지 마라, 나도 나름대로 열심히 살아온 사람이다. 밖으로 나오지 않았다면 내가 이렇게 쉽게 무너지지는 않았을 것이다."

"후회하는 거냐?"

"천만에, 오히려 편안하다."

"가족은 있어?"

"부모형제 다 있고 처자식도 있지. 아이가 세 살이다."

"……"

"아까 말한 대로 드러내지 않고 일할 수 있을 거다. 공화국에서는 날 죽은 것으로 믿도록 말이야."

"……"

"과업이 실패는 했지만 전사한 것으로 되면 내 가족들은 아무 일 없어. 난 그렇게만 되면 미련이 없다."

머리를 끄덕인 김상철이 침대에서 몸을 일으켰다.

"좋아. 유 전무를 모시고 올 테니까 그렇게 말씀을 드려. 그리고 모두 털어 놓아 버려."

방 안으로 들어선 여종업원은 들고 온 새 시트를 침대 위에 내려놓았다. 몸집이 우람한 여자였으나 얼굴 표정은 밝다.

"당신, 미스 서, 맞지요?"

문득 그녀가 그렇게 물었으므로 서은영이 눈을 크게 떴다. 그리고는 금방 불안한 표정이 되어 문 쪽을 바라보았다.

그러자 종업원이 주머니에서 종이쪽지를 꺼내 그녀에게 내밀었다.

"어떤 한국 사내가 당신한테 이것을 갖다 주라고 해서."

쪽지를 받은 서은영이 접혀진 부분을 폈다. 한국어로 쓰인 메모였다.

"서은영 씨. 모스크바에서 뵈었던 신우그룹 김 부장입니다. 괜찮으시다면 오늘 오후 1시에 아무르 가로수 거리에 있는 베료스카 상점 입구에서 만나고 싶습니다."

읽고 난 쪽지를 바지 주머니에 넣자 시트를 갈아 끼우던 종업원이 그녀를 바라보며 웃었다. 방에 있는 전화는 불통이었고 옆쪽과 앞쪽 방 모두 고려직원이 묵고 있었는데 밖에 나갈 때는 물론이고 식당에 내려갈 때도 그들의 보호를 받고 있는 형편이었다. 유장석은 앞으로 사흘 동안만 참아주면 특별사례를 하겠다면서 부탁하는 시늉을 했지만 이것은 감금당한 것이나 마찬가지였다. 그들은 자신을 믿지 못하는 것이다. 그러자 복도에 서서 이야기를 하고 있던 두 사내가 그녀를 바라보았다.

"방 청소하는데 먼지가 많이 나지요."

이렇게 물으면서 다가선 것은 백 대리라는 사내다. 그는 이번에 회장을 따라온 일행 중의 하나로 그녀의 감시 책임자였다.

"잠깐 커피숍에나 내려가 계시겠습니까?"

"네, 그런데 김상철 씨를 만나고 싶은데요."

그녀가 말하자 그가 머리를 끄덕였다.

"김상철 대리는 지금 숙소에 있을 겁니다. 곧 연락을 하지요."

그들은 엘리베이터에 같이 올랐다.

"혹시 저희들이 옆에 있어서 불편하지 않으신가 걱정이 됩니다."

"아녜요. 괜찮아요."

서은영이 힐끗 그를 바라보았다. 말끔한 얼굴에 예의가 바른 사내였다.

"그런데 김 대리한테는 그냥 보자고만 하신다고 전할까요?"

"네, 그렇게만."

"알겠습니다. 그렇게 전하지요."

김상철이 방 안으로 들어선 것은 그로부터 40분쯤 후인 11시가 되었을 때였다. 양복 위에 단정하게 털코트를 걸친 차림으로 바뀐 그가 창가에 놓인 의자에 앉았다.

"웬일이야? 갑자기 날 보자고 한 건?"

서은영이 그를 쏘아보았다.

"이렇게 날 가둬 놓기만 하고 들여다보지도 않을 거야?"

"가둬 놓다니, 너 가고 싶은 데 못 가게 한 적 있어?"

"그렇다면 여기에 가도 되겠네."

서은영이 탁자 위로 쪽지를 던졌다.

쪽지를 집어 들고 내용을 읽은 김상철이 서은영을 바라보았다.

"누가 가져왔어?"

"호텔 종업원이."

"신우그룹이라니, 당치도 않아. 이곳에 와 있는 건 대영그룹 놈들이야."

"신우건 대영이건 상관없어. 난 만나지 않을 테니까."

"오후 1시라면 시간이 조금 있는데."

시계를 내려다본 김상철이 자리에서 일어섰다.

"고맙다. 이렇게 알려줘서."

"고맙긴 뭘, 이쪽의 대우가 나을 것 같다고 생각한 거지."

"물론이야. 그건 걱정하지 않아도 돼."

"그런데 참……."

따라 일어선 서은영이 그에게로 다가섰다.

"어제 아침부터 이윤제 씨를 보지 못했어. 식당에서도, 커피숍에서도."

"……."

"백 대리한테 물어봐도 모른다고 하고, 어디 다른 곳으로 옮긴 거야?"
"강도를 만나 총에 맞아 죽었어, 어제 저녁에."
"……."
"호텔을 빠져나와서 영사관에 들렀다가 공항으로 출발하는 길에."
김상철이 그녀의 어깨 위에 한 손을 올려놓았다.
"운이 없는 사람이지, 그 사람은."

러시아 정부로부터 임차할 시베리아 땅은 북위 60도에서 65도 사이와 동경 130도에서 150도 사이에 펼쳐진 광대한 툰드라와 삼림지역으로 면적이 45만 평방킬로미터가 되었다. 남북한을 합한 한반도 면적의 두 배가 넘는 대륙이다.

탁자 위에 펼쳐놓은 지도를 내려다보던 강 회장이 머리를 들었다.

"사할린과 하바롭스크 주변의 조선족만 해도 30만이 넘는다. 인력자원은 충분해. 내 계획대로라면 5년 이내에 중국과 북한에서 넘어올 숫자까지 합해 300만 인구의 임차지가 된다."

팔짱을 끼고 서서 지도를 내려다보던 이남호가 얼굴에 웃음을 띠었다.

"회장님, 한국인만 받아들일 수는 없습니다. 계획단의 설계에 의하면 러시아 이주민까지 해서 600만 명이 됩니다."

"그 계획을 수정해야 된다고 내가 몇 번이나 말했는데."

강 회장이 언성을 높였지만 짜증난 얼굴은 아니다.

"러시아 정부와의 계약조건은 그렇다손 치더라도 한민족보다 타민족의 숫자가 많으면 안 돼."

"그것은 차츰 조정해 갈 수가 있습니다, 회장님."

문에서 노크소리가 들리더니 한일만 이사가 들어섰다.

"회장님, 계획단의 고상무가 아래층에서 기다리고 있습니다."

"알았어."

시베리아 임차에 대한 계약과 개발계획을 전담하고 있는 계획단에는 그룹의 각사에서 차출된 엘리트 중역들이 대거 포진되어 있었다. 계획단의 단장은 이남호 실장이고 현장 책임자는 유장석 전무의 체제인 것이다.

"이번 기회에 자치권을 강화시키도록 해야겠다. 자치주와 엄연히 다른 모양새를 갖추어야 한단 말이야."

강 회장이 붉은 선이 그어진 지도를 내려다보며 말했다. 그레고리 일당의 습격 사건은 이쪽에서 계약조건을 유리하게 제시할 수 있는 기회를 주었고 러시아 정부 측에서도 받아들일 가능성이 보이는 것이다. 이틀 후로 다가온 계약에 대비하여 수십 명의 계획단 두뇌들은 철야작업을 하고 있었다.

앞장을 서서 아래층으로 내려가는 강 회장의 뒤를 따르는 이남호에게 한일만이 바짝 다가섰다.

"실장님, 호텔에 있는 서은영한테 누가 만나자는 쪽지가 왔습니다."

그가 낮게 말하자 이남호가 주춤 걸음을 늦추었다.

"무슨 말이야?"

"대영 그룹 같습니다. 서은영이가 김상철한테 쪽지를 보여주었답니다."

"그놈들, 끈질기구먼."

"유 전무는 서은영이를 이곳으로 옮기고 놈들을 무시하라고 했습니다."

"그건 잘했어."

"그리고 김 교수를 비롯한 다른 탐사단원들도 이곳으로 옮기는 것이 어떠냐고 여쭤보라고 하던데요."

"그렇게 하라고 해. 계획단원 몇 명을 대신 호텔로 보내면 되겠지."

이남호가 걸음을 크게 떼어 강 회장의 뒤를 쫓자 한일만은 복도의 옆쪽으로 몸을 돌렸다.

"크게 기대하지는 않았지만 그 계집 맹랑하죠. 당장에 고려 놈들한테 불어 버리다니."

쓴웃음을 지은 최선호가 말하자 박대용이 따라 웃었다.

"자신도 없었을 거요. 감시를 따돌리기가 어려웠을 테니까."

그들은 인투리스트 호텔 건너편의 하키장 앞에 세워둔 차 안에 앉아 있었다. 점심시간이 되어서 거리에는 사람들이 늘어나 있었지만 영하 20도 가까운 추위에 모두 움츠러든 모습이었다. 며칠 동안 포근하더니 추위가 닥친 것이다.

"아마 콤소몰 광장 근처에 있는 고려그룹의 숙소로 옮겼을 거요. 내 부하들이 곧 알려오겠지만."

박대용이 담배를 꺼내 물며 말했다.

조금 전에 서은영과 탐사단원들은 짐을 꾸려 고려직원들과 함께 호텔을 떠났다. 그들이 가는 곳은 공항 쪽이 아니었으므로 박대용의 추측이 맞을 것이다.

"한국의 국정원 요원들은 이번 계약을 어떻게 생각하고 있습니까."

박대용이 묻자 최선호가 머리를 저었다.

"알 수 없어. 그 사람들 계획은 정부가 하는 일이니까."

"정부는 강 회장의 시베리아 진출을 반대한다고 들었는데. 남북 정상회담에 방해가 된다고 해서."

"글쎄, 그런 모양이오."

"내 정보가 그쪽으로 가지요."

"……."

"세 명이 오늘 아침에 인투리스트에 체크인 했으니 하바롭스크에 있는 한국 국정원 요원은 모두 다섯인가?"

"……."

"강 회장을 제거할 계획입니까?"

그러자 최선호가 퍼뜩 눈을 치켜떴다.

"무슨 말을, 우리는 경쟁 회사의 정보를 얻으려고 할 뿐이야. 그런, 말도 안 되는 오해를 하다니."

"나한테 그렇게 펄쩍 뛸 필요는 없습니다. 최 전무님. 난 일본 정보국에 정보를 팔아먹는 놈이지만 또한 대영그룹의 정보원이기도 하니까. 더구나 내 국적은 러시아요. 정보수당 외에 다른 일에는 관심이 없단 말입니다."

"……."

"2000달러만 내시오. 그만한 정보를 드릴 테니."

"이봐, 박 형, 우리는 한 달에 2000달러로 계약을 했지 건별로 정보료를 주기로 한 건 아니지 않소."

"그건 그렇지만 이것도 장사요, 이번 기회에 한몫을 쥐지 않으면 안 된다는 생각이 들어서."

"……."

"그리고 이것은 당신들이 바라는 정보일지도 모릅니다. 강 회장을 어떻게하든 간에."

"들어봅시다, 그럼."

"그럼, 2000달러를 받는 것으로 알겠소."

박대용이 최선호에게로 몸을 바짝 붙였다.

"오늘 저녁에 강 회장이 로스토프 사령관과 저녁 식사를 같이 하기로 약속이 되어 있어요."

"그런가?"

"레닌 대로에 있는 아무르 식당에서 저녁 일곱 시에, 참석 인원은 양쪽 세 명씩 여섯 명이오."

"……"

"이것은 당신뿐만이 아니라 한국 국정원에도 전해질 테니까 정보료는 그만큼 받아야겠소."

2층의 계단을 오르던 김상철이 내려오는 박미정과 마주쳤다.

"유 전무는 어디 계신가요."

"실장님과 같이 응접실에 계세요."

그러면서 멈춰 섰으므로 그들은 계단의 한쪽에 마주보며 섰다.

"조금 전에 서울로 연락하는 길에 안인석 씨와 통화했어요. 안부 전해 달라고 하데요."

"그래요? 잘 있습디까?"

김상철의 얼굴이 밝아졌다.

"며칠 후면 내가 서울에 간다고 했어요."

"네, 그리고 진급하셨다니까 깜짝 놀라던데요. 축하한다고 전해 달래요."

"저런, 그 이야기는 왜."

"어차피 알게 될 텐데, 뭐가 어때서요?"

"그래도 그놈한테는."

"바쁘신 모양인데."

그녀는 옆으로 한 걸음 비켜갔다.

"어서 올라가 보세요."

그가 응접실에 들어서자 이남호와 유장석이 머리를 들었다 서류를 검토하고 있었던 모양으로 탁자 위에는 어지럽게 서류가 널려 있었다.

"거기 앉아."

이남호가 턱으로 소파의 한쪽을 가리키고는 부드럽게 물었다.

"이윤제 건은 잘 처리해 주었어. 그라노프는 별 탈 없겠지."

"그라노프 부하는 제가 실수로 그런 줄 알고 있습니다. 그라노프한테도 그렇게 보고 했을 겁니다."

"중요한 때에 그런 소동을 벌이기는 했지만 안타까운 일이야."

"대업을 그런 인간 때문에 망칠 수는 없다고 생각합니다. 실장님, 저는 후회하지 않습니다."

이남호가 머리를 끄덕였다.

"이 일은 우리 넷만 알고 있는 것으로 해야 돼. 실제로도 그렇지만 한 이사까지 합해서 우리 네 명 이외에는 아무도 모르는 일이다."

"염려하지 마십시오, 실장님. 그 일은 저 혼자 알아서 한 일입니다."

"그라노프한테서 연락이 왔어. 한국인 기업가라는 사내 세 명이 인투리스트에 투숙했는데 국정원 요원들 같단 말이야."

말을 멈춘 이남호가 입맛을 다셨다.

"청와대에서 회장실로 어제 연락이 왔어. 계약을 중지하고 귀국하지 않으면 모종의 조치를 하겠다는 경고를 했다는 거야. 수석이라는 작자가. 또 총리도 공문을 보냈고."

"……."

"북한은 고려가 시베리아 임차를 포기 한다면 남북정상회담과 경제협력 등 가능한 문호를 개방할 의사를 보였다는 정보가 있어. 그 교활한 놈들이 급해진 것이지. 러시아 정부가 먹혀들지 않으니까 이제 한국 정부를 몰아붙이는 거야."

얼굴을 굳힌 김상철이 잠자코 이남호를 바라보았다. 그는 지금 그룹의 일급비밀은 물론 정부와 그룹과의 관계에 대한 고위정보를 듣고 있는 것이다. 이것을 듣고 상의할 수 있는 사람은 200명이 넘는 중역들 중에서도 10명 안팎일 것이다. 이남호가 말을 이었다.

"밀고 나간다는 것이 회장님의 방침이고 우리 임직원들도 따르기로 했다. 설령 어떤 피해나 보복을 받더라도 시베리아는 놓치지 않을 것이다."

"예, 저도 신명을 걸고……."

"앞으로 며칠이 중요하다. 정세 분석팀의 보고로는 북한은 물론 일본, 중국, 그리고 미국까지 고려의 시베리아 확보에 대해 부정적인 반응을 보인다는 거야. 거기다 한국 정부가 날뛰는 것까지 합하면 우리는 외우내환이다. 아니, 사면초가라고 할까."

국정원 요원 심재택은 오랫동안 일본 주재원 생활을 해온 노련한 정보원이다. 그가 영사관 앞에서 강도를 만나 이윤제가 피살당한 사건을 겪고 난 다음 날 본부에서는 세 명의 인원을 증원해 주었는데 모두 서울에서 파견된 요원들이었다. 이제 하바롭스크에 있는 요원은 다섯 명으로 일본 주재원과 비슷한 규모가 되었다. 인투리스트 호텔 8층에 있는 그의 방에 이석도가 들어선 것은 오후 4시 30분, 그는 거리의 공중전화로 블라디보스토크의 요원과 통화를 마치고 돌아온 것이다.

"과장님, 강 회장에게 직접 정부의 지시를 전하라는 연락입니다."

이석도가 주머니에서 쪽지를 꺼내 들고는 그의 앞자리에 앉았다. 블라디보스토크의 요원은 서울과 암호 전화를 했고 그것을 연결 받아온 것이다.

"정부는 대통령의 긴급지시를 전한다. 이것은 국무총리가 발신자로 되어 있는 공문입니다."

이석도가 목청을 가다듬고 읽어 내려갔다.

1. 고려의 강 회장은 정부의 허락 없는 시베리아 계약을 즉각 중지할 것.

1. 만일 지시를 어겼을 경우 강 회장 및 계약에 임한 임직원은 국가보안법 등 관련법규에 의한 처벌을 받게 될 것이다.

1. 이것은 남북한 관계의 진전을 가로막는 중대한 범죄행위로 즉각 중지되지 않으면 국가적인 혼란이 올 것인바 강 회장은 이에 대한 책임을 져야할 것이다.

1. 이 공문을 접수한 즉시 가능한 한 빨리 강 회장에게 직접 통보할 것."

머리를 든 이석도가 심재택을 바라보았다. 얼굴이 긴장으로 굳어져 있다.

"서울의 그룹 회장실에는 이미 공문이 보내져 있지만 비서실에서는 회장과 연락이 안 된다면서 전달하지 못했다고 한답니다."

"거짓말이야. 이미 강 회장은 전해 들었는데도 밀고 나가고 있어."

"그래서 우리더러 직접 전하라는 것 같은데요."

심재택이 쯧쯧 혀를 찼다.

"이것, 우리가 찾아간다고 해도 만나줄 사람이 아닌데 고약하구만."

"이 영감태기, 아예 목숨을 내걸고 시베리아 계약에 달려들고 있어요. 노망이 든 모양입니다."

그의 말도 일리가 있었으므로 심재택이 탁자 위에 놓인 쪽지를 집어 들었다.

"오늘 저녁은 강 회장이 극동군 사령관과 시내에서 저녁 식사 약속이 있어. 숙소에 언제 돌아올지도 모른다."

"그러면 내일 아침에 찾아가실 계획입니까?"

"찾아가도 들여보내 주지도 않을 텐데. 이런 상황에서는 말이야."

"그래도 밀고 나가야 하지 않습니까? 부장님의 직접 지십니다, 이것은."

이석도의 얼굴을 바라보던 심재택이 머리를 끄덕였다.

"방법을 찾아보자고. 강 회장을 만날 수 있는 방법을 말이야."

"그라노프는 사업체를 여러 개 갖고 있는데다 독자적으로 마약장사를 하고 있어. 보스 파리야킨의 중간 간부로 하바롭스크에 보내진 지 2년인데 이젠 기반을 단단하게 굳혔지."

말을 할 때마다 장국진의 입에서 흰 입김이 뿜어져 나왔다. 머리를 끄덕인 김상철이 다시 길 건너편의 아무르 식당을 바라보았다. 식당 앞에서 서성대고 있는 10여 명의 무장군인 사이로 보이는 두어 명의 동양인은 고려 직원들이었다.

"로스토프도 마피아와 결탁해서 돈을 모은다는 소문이 있어. 마약이나 총기류를 군을 통해 공급받으면 안전하거든. 경찰은 건드리지 못하니까."

장국진은 국경지대의 사정에 밝았는데 그가 시베리아로 파견된 이유도 그것 때문일 것이다. 찬바람이 휘몰려 왔으므로 그들은 방한복의 깃에 목을 움츠려 넣고는 건물의 모퉁이로 비켜섰다. 저녁 7시 30분이었다. 강 회장과 로스토프 사령관은 이제 마악 저녁 식사를 시작하고 있을 것이다.

"이봐, 김 대리. 고려도 물론 로스토프와 계약을 하고 있겠지? 러시아 정부와의 계약은 별도로 하고 말이야."

장국진이 묻자 김상철이 머리를 끄덕였다.

"그래. 그 내용은 잘 모르지만."

"사업이 커질수록 요구액이 많아질 텐데. 나중에는 동업자가 되려고 할 것이고."

"동업자라니, 말도 안 되는 소리."

"러시아 정부도 주무르는 판인데, 마피아는 시베리아에 들어온 고려 쯤이야 어렵게 생각하지 않아."

"두고 봐야지."

"그레고리 일당이야 군대가 쉽게 부쉈지만 마피아는 안 돼. 군대와 경찰, 정부 관리와 끈이 닿아 있어서 모두 한통속이야."

장국진이 머리를 돌려 김상철을 바라보았다.

"집에 가족이 있나?"

화제를 바꿀 모양이었다. 장국진이 다시 묻는다.

"결혼은 했어?"

"아직 안했어."

"그럼, 부모님은?"

"아버지하고 여동생, 두 식구."

"홀가분한 신세구만."

"……"

"그 나이에 대리가 되었으니 월급으로 충분하겠군. 한 달에 얼마나 받나?"

"수당까지 합해서 300만 원 정도."

"달러로 치면 얼마야?"

"3000달러 쯤."

"굉장하군."

장국진이 머리를 끄덕였다.

"일하다가 죽으면 회사에서 보상금도 준다면서? 연변에서 만난 서울 어느 회사원한테서 들었는데."

"당연하지."

"얼마나 주나? 지난번 죽은 사람들은 얼마나 받았어?"

"5억 원 정도."

"달러로 얼마야?"

"50만 달러 쯤 되나?"

"……"

김상철이 장국진에게로 머리를 돌렸다.

"왜 그래?"

"과연 고려는 돈이 많은 회사로구먼."

"……"

"목숨을 내놓고 일할 만하겠어."

"……"

"나한테도 그렇게 줄까? 만일 무슨 일이 있다면 말이야."

"당연한 일이야. 그런 돈 떼어 먹는 회사는 없어, 한국에."

"그럼, 난 정식으로 고용이 됐나?"

"된 것이나 마찬가지야. 실장님이 결정 했으니까"

"사원인가?"

"그래, 내 조수로."

"서류를 작성해야 되겠는데."

"네가 원한다면."

"보상금 수취인도 정해야겠고, 평양의 가족한테 직접 주지는 못하더라도 다른 방법을 찾을 수 있을 거야."

칼루가는 아무르 강에서 잡히는 철갑상어의 일종으로 하바롭스크가 자랑하는 특급 요리로 꼽힌다.

생선을 그다지 좋아하지 않는 강 회장이었지만 야채와 곁들인 칼루가는 맛있게 먹었다. 그리고 백포도주를 몇 잔 마시자 얼굴에 만족한 표정이 떠올랐다. 그것을 본 로스토프가 붉은 얼굴을 펴며 환하게 웃었다. 양쪽 어깨에 금색실로 수놓은 대장 계급장을 붙인 그는 50대 중반의 거인이었다.

"자, 건배를 합시다. 회장님의 건강을 위하여."

그가 보드카 잔을 들어 올리며 말했다. 포도주는 제쳐두고 그는 보드카를 물마시듯 마셔 댔는데 양옆에 앉은 참모장과 기갑군단장도 마찬가지였다. 강 회장과 이남호, 유장석 등이 술잔을 들었고 그들을 따라 다시 요란한 건배를 끝냈다. 식당의 안쪽에 마련된 특실이어서 방에는 그들 여섯밖에 없다.

강 회장이 로스토프를 바라보았다.

"지하자원이나 천연자원의 생산 이익금을 50대 50으로 나눈다는 것에는 이의가 없지만 문제는 자위권이오. 자체 경비를 우리쪽 부담으로 맡긴 이상 자위권도 우리에게 주어야 합니다. 사령관이 도와주셔야겠소."

그의 영어는 유창했다.

"글쎄, 아까 말씀드렸다시피 내가 결정할 사항이 아니어서."

로스토프가 술잔을 들며 말했다.

"이해는 가지만 모스크바에서 정책적인 결정을 하겠지요."

"사령관도 회담 대표중의 하나요. 이해하신다면 반대하시지 않는 것으로 알겠습니다."

포도주 잔을 들면서 강 회장이 얼굴에 웃음을 띠었다.

"자, 시베리아의 미래를 위해서 건배합시다."

그들이 다시 일제히 술잔을 비우고 나자 로스토프가 강 회장에게 물었다.

"엊그제 체르넨코를 만나셨을 때도 그 이야기를 하셨습니까?"

"물론이오. 나는 내 직원들의 시체를 싣고 돌아온 참이어서 단단히 화가 나 있었지요. 그래서 자위권을 주지 않으면 계약할 생각이 없다고 말했습니다."

장군들이 잠자코 그를 바라보았다. 본래의 계약 초안은, 고려는 임차지의 경비를 자체적으로 할 수 있지만 러시아에서 파견된 치안조직에 의해 통제를 받도록 되어 있었던 것이다.

그러나 강 회장은 임차지 내에서의 치안과 법집행도 고려 측에 위임하는 것으로 계약조건을 바꾸려고 한다. 그렇게 되면 임차지는 또 하나의 연방국 형태나 다름없게 되는 것이다.

"체르렌코 장관도 내 의견에 어느 정도 공감을 표시합디다. 사령관, 고려가 50년 임차한다지만 그곳은 러시아 영토이고, 러시아 국적을 가진 국민들이 개척할 땅이오. 나는 내 모든 재산을 차츰 그곳으로 쏟아 부어서 첨단산업이 발달된 땅으로 만들 작정인데 솔직히 누가 보장해 줍니까? 내 투자에 알맞은 대우를 해주려면 나에게 모든 것을 맡겨줘야 합니다. 그래도 결국은 당신들이 이득이지요. 내 성취감을 이용해서 러시아는 시베리아를 새로운 산업과 문화의 중심지로 만들 수 있으니까."

로스토프와 장군들이 서로 얼굴을 바라보자 강 회장이 이남호에게로 머리를 돌렸다.

"이 정도면 되지 않았나."

물론 한국말이다. 이남호가 가볍게 머리를 끄덕였다.

"그쯤 하십시오, 회장님. 나갈 적에 제가 알아서 하겠습니다."

이남호는 세 사람 앞으로 각각 세 개의 돈 가방을 준비해두고 있었는데 로스토프에게는 100만 달러의 현금을, 그리고 나머지 두 사람에게는 10만 달러씩 이었다 이들은 현금 애호가로 스위스 은행에 계좌를 만들어두는 것을 좋아하지 않는 것이다.

"글쎄, 난 정책적인 결정을 내릴 수 없는 위치여서."

이렇게 말하면서 로스토프가 얼굴에 웃음을 띠었다. 그러나 그는 군부 실세로 국방장관 체르넨코와 더불어 정계에 영향력을 행사할 수 있는 인물이었다. 그러나 이미 조금씩 매수하고 있었으므로 가방을 전해주는 것은 어렵지 않을 것이라고 이남호는 생각하고 있었다.

하바롭스크의 밤

강 회장 일행이 탄 세 대의 벤츠가 식당을 출발한 것은 10시 30분이 되었을 때였다. 기온은 저녁때보다 뚝 떨어져서 영하 20도를 넘어서 있다.

레닌 대로를 곧장 달려 올라가는 벤츠 대열의 선두차에는 김영규 부장이 직원들과 함께 탔고 두 번째의 벤츠에 강 회장과 이남호가, 유장석은 후미의 차에 탔는데 옆에 앉은 것은 김상철이다.

유장석이 술기운에 붉어진 얼굴로 조수석을 바라보았다. 뒷머리를 보이고 앉아 있는 사내는 장국진이다.

"이봐, 하바롭스크 근처에 조선족들이 얼마나 살고 있나?"

장국진이 뒤쪽으로 상반신을 돌렸다.

"예, 작년에 조사를 했는데 32만 5700명이었습니다, 전무님."

"사할린에 있는 동포까지 합한 숫자인가?"

"예, 전무님."

"우리가 조사한 숫자보다 적은데."

"러시아 전체로 치면 40만 명이 조금 넘습니다, 전무님. 하지만……."

"하지만 뭐야?"

"동포들의 인력은 얼마든지 있습니다. 중국 국경 부근의 조선족만 해도 50만 명이 넘는데다 또……."

"또 뭐야."

"밀입국자들도 많습니다."

얼굴에 웃음을 띤 유장석이 김상철을 바라보았다.

"김 대리 네가 빠르게 가르쳐 가는 모양이다. 장국진이를."

"저, 장국진 씨는 고려의 정식사원으로 채용되기를 바라고 있습니다."

김상철의 말에 유장석이 눈을 크게 떴다.

"채용되었지 않아? 결정이 된 일이야."

"정식 서류로 계약이 되고 월급과 만약의 사태에 대비한 보상금 지급처도 확실하게 해 두고 싶은 모양입니다."

그러자 유장석이 이를 드러내며 웃었다.

"당장에 서류를 만들라고 하지. 외국생활을 많이 해서 그런지 말이 통하는 친구구만, 장국진이는."

레닌 대로는 영광 광장 앞에서 직각으로 오른쪽으로 꺾어지게 되어 있었는데 두 블록을 가면 왼쪽에 콤소몰 광장이 나온다. 차량의 대열은 영광 광장 앞에서 속력을 줄이고 오른쪽으로 돌았다.

사람의 통행이 뜸해진 시간이다. 광장과 영원한 불이 있는 전몰병사의 위령비 쪽은 짙은 어둠에 덮여 있었다.

선두차의 운전사는 서울에서 온 지 며칠 되지 않았지만 고참 사원이었다. 앞에서 달리고 있는 회색 승용차 때문에 차의 속도가 떨어지자 힐끗 백미러를 올려다보았다 그러자 2차선에서 바짝 옆으로 붙어오는 트럭이 보였다. 입맛을 다신 그는 회색 승용차의 뒤로 차를 바짝 대었다. 이쯤하면 2차선으로 비켜서 주는 것이 예의인 것이다.

두 번째의 벤츠에 타고 있던 이남호는 차 옆으로 트럭의 엔진 부근이 다가오는 것을 보았다. 민간 트럭으로 엔진 옆으로 둥근 커버가 씌워진 구형이었지만 요란한 엔진 소리에 강 회장도 그쪽으로 머리를 돌렸다. 그 순간이다. 트럭이 불쑥 튀어 나간다고 느끼는 순간 트럭 옆쪽의 두꺼운 캔버스 천이 들쳐 올라가면서 서너 개의 총구가 나타났.

"아이고"

저도 모르게 고함을 친 이남호가 회장의 목을 한 팔로 감아 안고 앞으로 엎드리는 순간 요란한 총성과 함께 유리창이 부서지는 것을 느꼈다.

유리 파편이 피부 위로 떨어져 내렸고 앞에 앉은 직원의 신음 소리도 들렸다.

트럭이 옆을 스치고 지나가자 김상철은 무의식중에 머리를 들어 앞쪽을 바라보았다. 캔버스 천으로 적재함을 덮은 트럭은 맹렬한 기세로 회장 차 옆으로 다가가는 중이다. 앞자리에 앉은 장국진도 긴장한 듯 그쪽을 바라보았다.

트럭이 회장의 벤츠와 나란히 달린다고 보이는 그 다음 순간이다. 벤츠 쪽을 향한 적재함에서 불꽃이 튕겨 나오면서 요란한 총성이 밤하늘에 울려 퍼졌다.

회장의 벤츠가 브레이크를 힘껏 밟았으므로 이쪽 운전자는 그야말로 아슬아슬하게 오른쪽으로 비꼈는데 빙판길에 미끄러지면서 인도의 블록을 받고 멈춰 섰다. 차 안에 타고 있는 사내들이 일제히 뛰어나갔을 때 트럭은 멀어져 가는 중이었고 회장의 벤츠는 2차선에 비스듬히 멈춰 서 있었다. 한걸음에 달려간 김상철이 뒷좌석의 문을 열었다.

"회장님!"

"이봐, 우린 괜찮다."

의자 앞쪽에 납작 엎드려 있던 이남호가 그제야 머리를 들었는데 회장은 보이지 않았다. 유장석과 장국진이 달려왔고 앞 차에서도 직원들이 몰려왔다. 도로는 순식간에 마비가 되어 차량들이 줄을 이어 섰다. 이남호가 몸을 일으키자 바닥에 깔려 있던 회장이 상반신을 세웠다. 그리고는 피투성이가 되어 뒤엉켜 쓰러진 앞자리의 두 직원을 보았다.

"이놈들."

회장이 눈을 부릅떴다.

"어디, 두고 보자."

"회장님, 어서."

이남호와 유장석이 서둘러 그의 팔 하나씩을 잡았다.

"어서 숙소로 가시지요. 이곳은 저희들이."

유장석이 머리를 돌려 김영규를 찾았다.

"김 부장, 네가 이곳을 맡아."

"예, 어서, 염려마시고."

눈을 치켜뜬 채 반쯤 얼이 빠져 있던 김영규가 소리쳐 대답했다.

찬바람과 함께 눈발이 흩날리고 있었다. 마비된 도로에 자동차의 라이트가 첩첩이 쌓이기 시작할 때 경찰차가 사이렌을 울리며 콤소몰 광장 쪽에서 다가왔다.

숙소까지는 10분도 걸리지 않았다. 차에서 내린 그들은 회장을 옹위하고는 한 덩어리가 되어 현관 안으로 들어섰다. 모두 흉흉한 기세였고 당장에라도 누군가를 물어뜯을 듯한 표정들이었다.

회장은 2층의 응접실로 들어서자 소파에 몸을 던지듯 앉았다.

"꿀물 한잔 타오너라."

주춤거리며 문 앞에 서 있는 박미정에게 말하고 난 그가 앞에 서 있는 이남호와 유장석을 바라보았다.

"어떤 놈들이냐?"

사건 이후로 그들에게 처음 던지는 말이었다.

비뚤어진 넥타이를 한 채 서 있던 이남호가 한 걸음 다가섰다.

"찾겠습니다, 회장님. 무슨 수단을 쓰더라도."

"……."

"우리가 습격당한 것을 곧 모두 알게 될 겁니다. 러시아 정부쪽에서도 조사를 하겠지요."

누구라고 선뜻 말할 수가 없는 것은 러시아 정부만 제외하고 주변의 모든 나라가 이번의 계약에 대해서 부정적인 반응을 보이고 있기 때문이다.

박미정이 가져온 꿀물을 마시고 났을 때 방문이 열리더니 직원 한 명이 들어섰다.

"저, 손님이 찾아왔습니다만, 국정원 과장이라고 합니다. 꼭 뵙고 싶다고."

이남호가 퍼뜩 머리를 들었다.

"건방진 놈들 같으니. 유 전무, 당신이 나가 봐."

최악의 상황일 때 면담 신청이 온 것이다. 유장석이 아래층 현관 옆의 대기실로 들어서자 의자에 앉아 있던 두 사내가 일어섰다. 심재택과 이석도이다.

"전 국정원 과장 심재택이고 이 사람은 저희 직원입니다."

심재택이 굳어진 얼굴로 말했다.

"난 비서실의 유 전무요."

악수도 생략한 유장석이 자리에 앉자 그들도 따라 앉았다. 유장석이 그들을 쏘아보았다.

"무슨 일이요? 이런 시간에. 더구나 우격다짐으로 안으로 들어왔다니, 이런 무례가 어디 있어."

"어쩔 수 없었습니다. 지시를 받았기 때문에."

"아직도 정신을 못 차리고 있구먼, 당신들은. 그 지시가 어떤 것인지는 몰라도 통할 곳에 가서 써먹어야지."

이석도가 눈을 치켜떴지만 심재택은 그래도 노련한 사내였다.

그는 머리를 끄덕였다.

"서울에서 연락을 받으신 것으로 알고 있습니다. 이번 계약은 즉각 중지해야 한다는 정부의 지시 말입니다."

"난 모르는 일인데."

"그럼, 지금 전해 드리지요. 계약을 중지하지 않으면 법에 위반됩니다. 고려그룹은 물론 강 회장께 중대한 결과가 닥칠 것입니다."

"공갈 그만 치라고 대통령에게 전하시오."

"그건 강 회장 말씀입니까?"

"비서실의 유장석 전무 말씀이오."

"그렇게 전하지요."

머리를 끄덕인 심재택이 자리에서 일어섰다

"어쨌든 회장님께서 무사하셔서 다행입니다. 물론 이건 제 개인적인 인사입니다만."

"……."

"회장님을 뵈려고 식당 앞에서부터 따라왔었지요. 그런데 트럭이 제 차를 추월해 갈 적에 운전석에 앉은 사람들을 보았습니다. 두 명 다 동양인이더군요."

유장석이 자리에서 일어나 그를 똑바로 바라보았다.

"그 사실을 우리에게 알려 주는 이유는 뭐요?"

"오해를 살 염려가 있다고 생각되어서 제 독단으로 말씀드리는 겁니다."

"……."

"용의자 리스트에서 국정원은 제외시켜 주시지요. 그 말씀도 드리려고 우격다짐으로 들어온 것입니다."

인투리스트에서 영광 광장까지는 직선거리로 5백 미터가 조금 넘을 뿐이었지만 대영그룹의 최선호 전무가 총격 소식을 들은 것은 그로부터 한 시간쯤 지난 후였다.

시내에 나갔던 고정문이 헐레벌떡 달려 들어와 강 회장의 피습 소식을 전해준 것이다. 12시 가깝게 된 시각이었다.

그러나 강 회장 일행이 탄 승용차가 총격을 받고 두 사람이 죽었다는 것만을 들었을 뿐 자세한 내용은 알 수 없었다. 앞에 앉은 고정문을 한동안 바라보던 최선호가 입을 열었다.

"국정원 짓일까?"

국정원의 심재택에게 강 회장과 로스토프가 아무르 식당에서 식사 약속이 있다는 정보를 전해준 것도 이쪽이다.

고정문이 머리를 들고 그를 바라보았다.

"북한 공작원들의 짓일지도 모릅니다."

"……."

"또는 마피아 짓인지도."

"우리가 안했다는 것만 확실하군."

그러면서 최선호가 쓴웃음을 지었다.

그러나 누구의 짓이건 간에 강 회장이 습격을 받았다는 것은 보통 사건이 아니다. 이쪽이 잠자코 있는 동안에 상황은 급박하게 움직이고 있는 것이다.

"어쨌든 어떤 놈이 했건 간에 그자들은 로스토프와 강 회장과의 저녁 약속을 미리 알고 있었다는 거야."

"그렇지요. 우연히 보고 습격했을 리는 없습니다."

"고려 쪽에서는 우리를 의심하고 있을까?"

"우리가 이곳에 와 있는 것을 알고 있는 이상 당연하지요."

고려 쪽의 머리도 이쪽 못지않은 것이다. 서은영에게 쪽지를 보낸 것이 신우그룹이 아니고 대영이라는 것을 모를 리가 없다.

최선호가 머리를 들었다.

"박대용이를 불러."

"지금 말입니까?"

"지금 당장, 내가 만나잔다고."

고정문이 눈을 깜박이며 그를 바라보았다. 이제까지 박대용을 만날 때에는 이쪽에서 그의 연락을 기다렸는데 그것은 보안유지 때문이었다. 박대용은 고정문에게 연락처를 알려주면서 특별한 일이 아니면 절대로 연락하지 말라고 당부했던 것이다.

"뭐라고 말할까요?"

고정문이 묻자 최선호도 생각에서 깨어난 듯 그를 바라보았다.

"응? 급한 일이라고, 그렇게만 말해."

"알겠습니다."

고정문이 자리에서 일어섰다. 호텔 안의 전화가 도청되고 있다는 것은 기본상식이다.

차에서 내린 최선호는 꽁무니를 이쪽으로 하고 길가에 멈춰 서 있는 검정색 승용차로 다가갔다. 조수석의 문을 열고 오르자 핸들을 쥐고 있던 박대용이 그를 바라보았다. 찌푸린 얼굴이었다.

"갑자기 무슨 일입니까?"

"갑자기라니? 박 형. 오늘밤 사건에 대해서 자세히 알아야겠소."

"강 회장이 총격을 받은 사건 말입니까?"

박대용이 쓴웃음을 지었다.

"강 회장은 총알이 스치지도 않았다고 합니다. 같이 타고 있던 비서실장도 그렇고, 앞자리에 탔던 운전기사와 수행비서만 현장에서 즉사했소."

"도대체 누구 짓이오?"

"그걸 내가 어떻게 압니까? 난 당신들이 저질렀는가 하고도 생각했는데."

"……"

"이곳에선 하루에도 서너 번씩 총격사건이 일어납니다. 경찰 추산으로 무기가 10만 정이 넘게 깔려 있다는 거요."

"추측이라도 가는 대상은 없소?"

"그레고리의 잔당이 공격했거나 아니면 한국 정부의 지시로 국정원 요원이 그랬을 수도 있겠지. 또 마피아가 경고를 했는지도 모르고."

"일본 정부나 북한 쪽도 가능성이 있다고 할 참이군."

"그렇소, 강 회장은 원체 적이 많으니까 말이오."

머리를 끄덕인 최선호가 박대용의 어깨를 두드렸다

"어쨌든 고맙소. 그럼, 다른 소식이 있으면 곧 나에게 전해주시오."

"그건 염려하지 마시오."

핸드 브레이크를 풀면서 박대용이 입맛을 다셨다.

"이번 정보가 급한 것이기는 하겠지만 앞으로 이렇게 부르지는 마시오."

오케안 어시장 건너편에 있는 시멘트 벽돌집은 박대용이 지난달에 얻은 셋집으로 지금은 내부 수리중이어서 비워두고 있었다. 새벽 2시 가깝게 된 거리는 조용했고 건물들의 불도 대부분 꺼진 시가지는 짙은 어둠에 덮여 있었다.

승용차를 길옆의 골목에 주차시킨 박대용은 골목 쪽에 나 있는 샛문으로 다가갔다. 얼핏 보아서는 구분이 안 되는 샛문을 주먹으로 두드리자 눈높이에 나 있는 손바닥만 한 구멍이 열렸다. 구멍이 닫히면서 빗장이 풀리는 소리를 들으며 그는 머리를 돌려 주위를 둘러보았다. 샛문이 열리자 그는 재빠르게 안으로 들어섰다. 서너 명의 사내가 그를 바라보며 서 있었는데 모두 동양인이다.

잠자코 그들을 지난 박대용이 안쪽의 방문을 열자 소파에 앉아 있던 이금철이 머리를 들었다. 안쪽의 페치카에서 불이 활활 타오르고 있었으므로 셔츠를 풀어헤친 그의 얼굴은 상기되어 있었다.

"그놈이 왜 찾는 거야?"

대뜸 그가 묻자 박대용은 찌푸린 얼굴로 그의 앞자리에 앉았다.

"누가 그랬는가 알고 싶다는 거요. 그래서 머리가 어지럽게 말해 주었는데."

그는 이금철을 똑바로 바라보았다.

"오는 도중에 세 번이나 검문을 받았소. 경찰과 군 수사기관까지 동원된 대대적인 수색작업이 벌어지고 있단 말이오."

"예상하고 있었던 일이야. 내일 아침에는 집을 비울 테니 걱정하지 말라고."

이금철이 입맛을 다셨다.

"억세게 운이 좋은 놈이야, 강씨 놈은. 수십 발을 쏘았는데도 살아남았어."

"이제 다시 기회를 잡기가 힘들 거요. 오늘 수상과 국방장관이 내려오면 경비도 더 삼엄해질 것이고."

"두고 봐야지."

그러자 박대용이 자리에서 일어섰다.

"난 가봐야겠소. 그 망할 놈들이 부르는 바람에 밤중에 이리새끼처럼 쏘다니게 되었구먼."

"돈 받은 값어치는 해줘야지."

힐끗 이금철을 쏘아본 박대용이 방을 나왔다. 사내들을 지나 샛문을 열고 밖으로 나서자 추위가 온몸을 휘감았다. 바람 끝이 드러난 피부를 칼날처럼 베고 가는 심한 추위였다. 슈바 깃에 머리를 묻은 그는 차로 다가가 열쇠를 구멍에 넣었다. 그 순간이다.

뒷머리를 강타당한 박대용이 차체에 얼굴을 부딪치면서 고꾸라지듯 엎어졌다. 박대용이 겨우 머리를 들어 뒤쪽을 바라보았다.

사내 한 명이 마악 주먹을 내려치려는 참이었으므로 반사적으로 입을 쩌억 벌리며 눈을 치켜떴으나 몸은 움직여지지 않았다. 그는 다시 옆머리가 부서지는 것 같은 충격을 받고 의식을 잃었다.

시멘트 벽돌집이 군경 합동 병력에 의해서 포위된 것은 그로부터 20분쯤 후였다. 거리는 수백 명의 군경에 의해 봉쇄되었고 밤하늘을 울리며 떠 있는 헬기들의 서치라이트가 거리를 대낮같이 비추고 있었다.

"1분의 여유를 준다. 항복하고 나오라."

마이크를 쥔 미하일 서장이 벽돌집을 향해 소리쳤지만 이미 샛문과 현관의 좌우에는 군경의 특공대가 돌입 준비를 끝냈다. 1분의 시간을 재려는 듯 미하일이 시계를 내려다보는 시늉을 하며 마이크를 옆에 선 부하에게 건네주고는 권총을 빼 들었다. 30초도 되기 전이다. 밤하늘을 향해 한 발을 쏘자 현관과 샛문에 붙여진 폭약이 동시에 폭발하면서 문짝이 떨어져 나갔다.

문 양쪽에서는 안쪽으로 가스탄을 던져 넣은 특공대가 돌입준비를 하고 있었다. 경찰차를 방패로 삼아 뒤에 서 있던 미하일이 옆에 서 있는 장군을 바라보았다. 그는 로스토프 사령관이 파견한 사령부 소속 참모였다.

"산 채로 잡기는 힘들겠는데. 부상자나 잡아야겠소, 장군."

"할 수 없지. 입만 성한 놈을 찾는 수밖에."

그때 안에서 콩을 볶는 듯한 기관총 소리가 났으므로 그들은 말을 멈추었다. 흰 가스가 밖으로 구름처럼 뿜어져 나오는 건물 안에서 밖으로 총을 쏘아대는 것이었다. 문 밖에 서 있던 대원 두어 명이 연달아서 건물 안으로 무엇인가를 집어 던지자 건물이 들썩이는 듯한 폭발음이 들렸다. 폭음이 그치면서 안에서의 총성도 그쳤다. 방독면을 쓴 채 벽에 일렬로 붙어서 있던 대원들이 그때 안으로 뛰어 들어가기 시작했다.

건물 안에서 다시 요란한 총소리가 울려 나왔을 때 장군이 미하일에게 머리를 돌렸다.

"서장, 사건이 난 지 몇 시간도 안 되어서 놈들을 소탕했으니 훈장감이오."

"그까짓 훈장은 이젠 필요 없어. 1100달러를 가슴에다 붙여주는게 훨씬 실용적이지."

그러자 장군이 이를 드러내며 웃었다

"경찰서장도 미국식이 되어가는군."

"개방에 발맞추는 거요, 장군."

요란한 총성이 아직도 계속되고 있는 걸 보면 안에서 치열한 사격전을 벌이고 있는 모양이었다. 특공대원들이 꼬리를 물고 안으로 들어갔다.

총성과 폭음이 이곳까지 전해져 왔으므로 숙소의 직원들은 불안한 표정이었다. 김상철과 장국진이 숙소에 돌아왔을 때는 총성이 그쳐 있었지만 새벽 3시가 넘었는데도 잠자리에 든 직원은 드물었다.

그들이 곧장 2층의 계단 옆에 있는 방으로 들어서자 소파에 마주앉아 있던 유장석과 한일만이 머리를 들었다.

"그놈은 어떻게 처리했어?"

유장석이 묻자 그들은 그의 앞자리에 앉았다.

"자백을 받았습니다. 북한 쪽뿐만 아니라 일본 정보국과 대영그룹 모두에게 정보를 팔아왔다고 하더군요."

"그렇겠지."

"대영그룹과 국정원이 서로 정보를 주고받는 관계인 것도 말해 주었습니다."

"국정원 사람들이 식당 앞에서 기다리고 있었다는 것과 말이 맞는군."

머리를 끄덕인 유장석이 옆쪽의 한일만을 턱으로 가리켰다.

"한 이사가 금방 마피아 그라노프의 연락을 받았어. 작전이 끝나고 북한 공작원 시체 12구를 확인했다는군. 부상자가 있다는 소리는 못 들었어."

그러자 장국진이 헛기침을 했으므로 모두의 시선이 그에게로 모아졌다.

"제가 박대용한테서 들었습니다만 이번 작전의 책임자는 이금철 대좌입니다. 그는 해외사업단 소속으로 블라디보스토크에 있던 자입니다. 그자에 대해서는 제가 잘 알고 있습니다."

"몰살당했다지만 그라노프를 통해서 경찰에 정보를 던져 줘야겠군. 그자가 있나 확인해 보라고 말이야."

혼잣말처럼 중얼거린 유장석이 김상철과 장국진을 번갈아 바라보았다.

"수고들 했어. 대영그룹 놈들을 감시시켜 놓았던 것이 적중했어, 이중첩자를 잡으니 소득도 이중으로 오는 구먼 그래."

김상철과 장국진이 자리에서 일어서자 그가 생각난 듯 물었다.

"그런데, 참, 그자는 어떻게 처리했나?"

김상철과 장국진이 서로 얼굴을 마주보았는데 입을 연 것은 김상철이다.

"이제 다시 나타나지 않습니다."

"그럼, 더 이상 묻지 않겠다."

방을 나온 그들이 계단을 내려갈 때 장국진이 혼잣말처럼 중얼거렸다.

"이것은 시작이야. 저쪽은 이번 일에 실패했다고 그냥 물러나지 않아."

그들 옆으로 직원들이 지나갔으므로 장국진은 잠시 말을 멈추었다. 그들은 다시 지하실로 향하는 계단을 내려갔다.

"설령 계약을 끝낸다고 하더라도 개척과정에서 쉴 새 없는 파괴공작을 했을 거란 말이야. 그것은 생각처럼 쉬운 일이 아니야."

"그러니까 나 같은 자가 빛을 볼 수 있는 것 아니냐."

김상철이 그를 돌아보며 웃었다. 그들은 지하실 한쪽에 있는 방으로 들어섰다.

히터 장치는 되어 있었지만 5평 정도의 방에는 양쪽 구석에 간이침대 하나씩이 놓여 있을 뿐 다른 가구나 장식이 없어 썰렁했다. 이곳이 그들의 숙소인 것이다.

"회사에 입사했을 때 이런 일을 하게 되리라고는 꿈에도 생각하지 않았지만 말이야. 회사에서 날 필요로 하는 것을 보면 기운이 나고."

침대에 걸터앉은 김상철이 장국진을 바라보았다. 김상철은 어느새 러시아어 학습용 이어폰을 한쪽 귀에 꽂고 있었다.

"내 배경으로는 난 절대로 출세할 수가 없었어. 회사 입사도 할 수 없었을지도 몰라. 이 프로젝트가 없었다면 말이야."

"어떤 배경인데?"

장국진이 궁금한 듯 묻자 김상철이 머리를 저었다.

"그건 알 필요 없어."

안인석이 다가오자 강형문이 얼굴에 웃음을 띠었다. 수시로 표정이 변하는 자인만큼 방심하지는 않았지만 찡그린 것보다는 나아 보였다.

"대리님, 무슨 일입니까?"

"여기 앉아."

옆에 놓인 의자를 당겨 준 강형문이 자신의 의자도 그쪽으로 당겼다. 오전 10시경으로 넓은 사무실에서는 간간이 컴퓨터 키를 두드리는 소리만 들려올 뿐 조용했다.

"안인석 씨의 8인치 웨이퍼 예상 수요안은 훌륭했어, 팀장한테서도 좋은 평가가 나왔어."

강형문이 부드럽게 말했다.

"대만의 에이사가 예상보다 빠르게 치고 올라오지만 지금 우리의 경쟁상대는 대영이야. 놈들을 따라잡아야 돼."

대영의 메모리 분야 반도체 수출실적은 세계 1위이다. 그들은 엄청난 연구투자와 기획, 생산시설의 확충으로 선두주자 자리를 차지했고 고려는 뒤를 쫓는 상황이었다. 강형문이 컴퓨터의 키를 두드려 화면을 가리켰다.

"이것 봐, 유럽시장의 올해 3개월간 우리 실적은 작년대비 23% 성장인데……"

그는 재빠르게 다시 키를 두드렸다.

"여기 대영의 실적은 42% 성장이야. 우리의 두 배 가깝게 돼."

대영전자의 작년 매출액은 8조 원 가량으로 고려의 두 배에 가까웠으므로 매출액이 많은 건 당연한 일이라고 할 수가 있다. 그러나 성장률이 이쪽의 두 배라면 그 격차는 엄청나게 벌어지는 것이다.

안인석이 입을 열었다.

"대영이 영국의 합작사에 80% 가격으로 물건을 대량으로 넘겨주고 있기 때문 아닙니까?"

"그건 우리도 마찬가지야. 우리도 합작사에 넘겨서 유통시키고 있어."

"대영이 넘기는 물량이 우리보다 많습니다, 대리님."

"이것을 보게."

강형문이 키를 두드리고는 화면을 손끝으로 가리켰다.

"이곳에 함정이 있어. 피터슨과 B&A상사의 실적이 3개월간 60% 증가한 1억 7000만 달러야. 이 두 놈의 매월 증가율은 10% 이상이란 말이야."

그가 뽑아낸 자료는 재경원에서 집계한 반도체 수출통계였다.

팔짱을 긴 강형문이 안인석을 바라보았다.

"재경원이나 통상산업부의 통계는 기업에서 보내준 자료에 의해서만 집계가 되지. 선적서류와 수출금액으로 맞춰 보기는 하지만 일일이 조사할 수는 없어."

"그렇다면 이 자료가 틀렸단 말입니까?"

"자료가 틀렸다는 것이 아니야. 총계는 맞는데 피터슨과 B&A가 실제로 대영의 물건을 가져갔느냐 하는 것이 문제야."

"일본의 고마쓰사 상무가 연초에 대영전자의 간부진과 만나고 갔어."

"……."

"우리 부에서 내린 결론을 이야기해 주지. 대영은 생산량을 극비에 붙이고 있어서 정확한 통계를 내기 힘들지만 웨이퍼 가공능력은 월 15만 장 미만이야. 그런데 3월까지의 통계를 보면 월 20만 장 이상을 전 세계로 수출하고 있어."

"그렇다면 고마쓰와……."

"고마쓰와 손을 잡고 일본에서 가공 웨이퍼를 들여와 외국으로 넘기는 거지. 세관 안에서 수입 수출이 이루어지는 것이니까 서류만 찍으면 되는 일이야. 법에 저촉되지도 않고 수출입 물량만 통계에 기록되는 것이지."

"그렇다면 우리를 누르려고……."

"그래, 우리에게 시장 점유율을 뺏기지 않으려고 고마쓰와 손을 잡았을 가능성이 많아, 이것은 우리 부의 조사팀이 내린 결론이야."

"……."

"안인석 씨 일본어 잘하지?"

갑자기 그가 말을 돌렸으므로 안인석이 머리를 들었다.

"예, 조금."

"고마쓰의 한국 대리점에서 이번에 신입사원 모집을 하고 있어. 어때? 거기에 지원할 생각 없나?"

"……."

"놀란 모양이군. 이것은 간부급 회의에서 나왔던 의견이야. 믿을 만한 사원을 지원시켜서 그쪽 정보를 빼내자는……. 그래서 생각난 것이 안인석 씬데."

"……."

"물론 봉급과 수당에다가 정보비 명목으로 매달 상당한 돈이 지급될 것이고 고마쓰 쪽에서도 봉급이 나가겠지. 그건 합격된 후의 일이겠지만."

"그리고 본인이 원하면 일정기간이 지난 후에 복귀할 수가 있어. 아마 인사고과에 큰 플러스가 될 거야."

"만일에 거절한다면 어떻게 됩니까?"

그러자 강형문이 입을 벌리고 소리 없이 웃었다.

"본인이 싫으면 할 수 없는 거지, 이건 강요하는 것이 아니야."

"전 싫습니다."

"그럼, 기밀이나 지켜주라고. 내 생각이지만 지원자는 어렵지 않게 구할 수 있을 테니까."

컴퓨터 앞으로 몸을 돌린 강형문이 머리를 돌려 안인석을 바라보았다.

"내가 안인석 씨 위치에서 그런 제의를 받았을 때 어떻게 할 것인가를 생각해 보았는데."

그는 천천히 머리를 저었다.

"난 했어. 설령 회사가 날 밀어내려고 하는 것이 아니냐 하는 생각도 했겠고, 분하다는 마음도 들었겠지만."

"전 대리님과 다릅니다."

"다르지, 여러 가지로."

그는 컴퓨터로 머리를 돌렸다.

"난 이곳에 내 인생을 걸고 있으니까 말이야."

노바 호텔 스카이라운지는 안인석이 처음 와보는 곳이었다. 그가 앉은 아래쪽으로 불야성을 이룬 강남의 밤거리가 보였고 옆쪽으로 밤하늘을 뚫을 듯이 솟아 있는 것은 남산 타워였다.

술병을 들어 잔을 채워주는 이유미의 기척에 안인석이 창에서 머리를 돌렸다.

"시베리아 문제로 언론에서 매일 고려를 비판하던데, 회사는 괜찮아?"

"상관없어, 그런 것."

안인석이 술잔을 쥐었다. 이유미와 이렇게 둘이서 마주앉은 것은 꽤 오랜만이었는데 오늘따라 그녀가 선선히 나와준 탓에 안인석은 기분이 조금 풀려져 있었다. 물론 이곳도 새로운 분위기여서 마음에 든다.

"강 회장이 러시아로 모든 재산을 옮길지도 모른다고도 하던데, 그 말이 사실이야?"

"말도 안 되는 소리."

안인석이 입맛을 다셨다.

"난 그따위 루머에 신경 쓸 기분이 아니야."

"왜? 회사일인데."

"오늘 대리 놈이 날더러 다른 회사에 시험 쳐서 가라는 거야."

놀란 듯 눈을 크게 뜬 이유미에게 안인석이 내용을 설명해 주었다.

"나한테 정보원이 되라는 거지. 진급을 보장해주고 봉급도 이중으로 받게 된다면서."

"그래서 뭐라고 했어?"

"뭐라고 하긴, 거절했지. 그따위 치사한 짓을 하면서 월급쟁이 노릇은 못해."

"……"

"제 놈은 회사에 인생을 걸었다나? 날더러 제 흉내를 내라는 거야."

"안 간다고 했으니 불이익 같은 건 없을까?"

"기밀이나 지켜주라면서 없는 것으로 하자고 했지만 조금 꺼림칙하긴 해."

안인석이 술을 벌컥 들이괴고는 이유미를 바라보았다.

"엊그제 하바롭스크에 가 있는 친구한테서 연락을 받았는데 상철이가 대리로 진급을 했다는 거야. 개척단에 파견되었던 직원들 모두 한 계급씩 올라갔어."

"어머나, 잘 됐네."

"상철이는 잘해, 오기가 있고 적응력이 강한데다 출세하기 위해서는 수단방법을 가리지 않을 테니까. 나도 그 소식 듣고 기뻤어, 진심으로."

"……."

"그놈이 여기 있다면 상의를 할 수 있을 텐데."

이유미가 손을 뻗어 탁자 위에 놓인 안인석의 손을 쥐었다.

"기운을 내. 갈등이 있는 것은 인석 씨뿐만이 아니니까."

"솔직히 회사와 내 사생활과의 구분을 할 수가 없어. 회사에서 받는 스트레스가 밖에서 풀리지가 않는단 말이다."

"이제 그런 소리 그만해."

담배를 입에 물면서 이유미가 말했다.

"걱정할 것이 뭐가 있다고 그래? 회사 그만두어도 평생 먹고 살 만큼 유산을 물려받을 사람이, 회사 들어가기 전에도 한 달 용돈을 월급의 몇 배씩 받아썼지 않아?"

잠자코 시선을 주고 있는 안인석을 향해 그녀가 말을 이었다.

"때려치워도 그만이다 하고 왜 밀고 나가지 못해? 뭐가 겁나서?"

시트를 끌어당겨 가슴을 덮은 이유미는 천장을 바라보며 한동안 움직이지 않았다. 방 안은 아직 열기가 가시지 않아서 축축하고 끈적이는 공기로 덮여져 있었지만 손가락 하나 까닥하기 싫었다.

안인석과는 꽤 오랜만에 갖는 섹스였고 그것이 서로를 달아오르게 한 모양이었다. 하체에 남아 있는 약간은 무겁고 나른하며 짜릿한 느낌이 결코 싫은 것은 아니었다. 팔베개를 하고 누워 천장으로 담배 연기를 뿜어내던 안인석이 입을 열었다.

"어떤 선배는 결혼하면 훨씬 적응이 빨라진다고 하더구먼. 자기도 그랬다는 거야."

"……."

"네가 좋다면 회사 때려치우고 아버지 병원 사무장을 할 수도 있고 가게를 차릴 수도 있어. 백화점은 안 되겠지만."

안인석이 벌거벗은 상반신을 일으켜 세우고는 이유미를 내려다보았다.

"적응하지 못하는 나한테 실망한 건 아니야? 만날 때마다 너한테 못난 소리나 지껄이는 나한테 말이야."

"그런 거 없어."

"예전과는 네가 달라진 것 같아서 그래. 한때는 내 분위기가 그렇게 만들었나 보다 하고 생각했는데 그건 아닌 것 같고."

"아아, 답답해."

이유미가 시트를 젖히고 일어서자 그녀의 알몸이 드러났다. 그녀는 알몸인 채로 냉장고로 다가가 문을 열었다.

어두운 방 안에서 냉장고 안의 빛을 받은 그녀의 알몸이 뚜렷한 입체감을 지니고 드러났다. 생수병을 집은 그녀는 벌컥거리며 병 채로 물을 마셨다. 벽시계의 바늘이 새벽 1시 10분을 가리키고 있었다.

침대 머리에 등을 기대고 앉은 안인석이 말했다.

"유미, 넌 아직 내 말에 대답하지 않았어."

"난 직장생활을 더 하고 싶어."

팬티를 찾아 발에 꿰면서 이유미가 말했다.

"몇 년 더 하다가 결혼할 거야."

"……."

"초조하게 생각하지 마, 인석 씨."

브래지어를 채우고 셔츠를 입으면서 이유미가 그에게로 다가가 침대 끝에 걸터앉았다.

"난 사흘 후에 LA에 가게 됐어. 한 달 동안 지사업무를 도와주라는 회사 지시야."

"……."

"옆에 있어주지 못해서 미안해."

"괜찮아, 회사 일인데 할 수 없지."

안인석도 침대에서 일어나 팬티를 찾아 입었다. 이유미가 전등 스위치를 켰으므로 방 안은 환해졌는데 그것이 제각기 옷을 찾아 입는 두 남녀를 더욱 어색하게 만든 모양이었다.

그들은 옷을 다 입는 동안 한 번도 시선을 마주치지 않았고 입도 열지 않았다.

고려그룹의 중공업그룹 회장이며 조선의 회장인 강용식의 집무실은 아마 총회장의 집무실보다 20배는 클 것이다.

그리고 장식품도 총회장실처럼 질박하지가 않다. 호화롭지는 않았지만 넓은 바닥을 온통 덮은 카펫에 맞춤 집기들과 장식품들은 고려그룹 2인자의 품위에 손색이 없도록 배치되어 있었다.

강용식은 미국에서 박사 학위까지 받은 인물로 아버지를 닮아 추진력도 뛰어났지만 온건한 성품이었다. 그는 앞에 앉은 이상기를 향해 부드럽게 말했다.

"글쎄, 제가 연락이 안 된다면 믿지 않으실 테니 할 수 없지요. 하지만 이제 제가 해드릴 일이 없을 것 같은데요."

이상기가 입맛을 다셨다. 그는 청와대의 안보수석으로 대통령의 지시를 받고 비밀방문을 한 것이다. 50대 초반이었으나 하얀 머리와 주름진 얼굴은 그를 10년쯤 늙어 보이게 했다.

"강 회장께서 그 정도로 무모하신 분인지는 몰랐습니다. 도대체 대통령의 말을 이렇게 무시하셔도 되는 겁니까?"

"무시하시는 것은 아닙니다. 일 끝내고 나서 틀림없이 찾아뵙고 말씀드릴 겁니다, 수석님."

"글쎄, 일을 끝내다니오? 계약을 하면 안 된다고 그렇게 말씀을 드리는데도."

"……"

"북한을 자극해서 좋을 일이 하나도 없습니다. 그 땅을 임차해 우리 영토화 한다는 회장님의 계획은 실현 가능성이 없는 것입니다."

"지금으로써는 방법이 없는데요, 수석님."

강용식이 얼굴에 웃음을 띠었다.

"그리고 이제까지 저희 고려그룹에 가해진 압력으로 수천억 원의 물적손실이 났고 예상손실은 수조 원에 이를 것 같습니다. 그걸 처리해 주실 방법이 있습니까?"

"……"

"미국 헤리티지 재단이나 뉴욕 타임스에서 발표한 한국의 시베리아 임차에 대한 견해는 긍정적이었습니다. 미국의 군부 쪽에서는 절대적으로 찬성을 하고 있어요. 물론 한국 군부도 마찬가지 입장인 걸로 알고 있습니다만."

"한국 군부의 누가 그래요?"

"각하의 임기가 끝나면 말씀 드리지요."

"허어."

이상기의 얼굴이 하얗게 굳어졌다.

"강 회장, 정말 이렇게 나오실 거요?"

그러자 강용식의 얼굴도 굳어졌다.

"아버님이 총격을 받아 겨우 목숨을 건지셨다는 것은 알고 계시지요?"

"……"

"목숨을 걸고 하시는 일입니다. 그것도 나라를 위한다는 사명감으로, 그곳에 조선족 동포들을 이주시킬 계획이고, 도시를 만들어 또 하나의 한국을 세운다는 장대한 계획입니다. 그런데 정부는 우리가 그곳에서 원목만 베어서 사리사욕만 채우려 한다고 언론을 통해 수없이 매도하고 있단 말입니다. 우리가 계획을 내보이려 하면 기관을 통해 가로막고."

"이것 보시오, 강 회장."

"권력은 오래 가지 않습니다. 고려는 정부에서 아무리 죽이려고 해도 안 될 겁니다. 이렇게 일 년이 지나서 정권이 바뀌면 도대체 어떻게 책임을 지실 겁니까? 그때 판단을 잘못했다고 하실 겁니까?"

"지금 나한테 협박하는 겁니까?"

"그까짓 북한과의 정상회담 안 되면 어떻습니까? 선원 몇 명 송환시켜 주고, 이산가족 몇 명 왕래시켜 주고 나면 곧 끝날 텐데. 잘 알고 계시지 않습니까? 북쪽사람들의 속성을."

"허어."

"그런다고 국민들이 표를 주지 않습니다. 이제는 국민들이 그런 일회성 대북정책에 놀아나지 않아요. 정말 답답들 하십니다."

"정말 상종 못할 사람이군."

이상기가 자리를 차고 일어섰다.

"어디 두고 봅시다. 어떻게 되나."

"잠깐만요, 수석님."

웃음 띤 얼굴로 강용식이 그를 바라보았다.

"잊고 말씀드리지 못한 것이 있습니다."

"……"

"러시아 대통령은 한국 정부가 더 이상 계약을 방해 한다면 국교 단절과 함께 대사관 철수, 그리고 한국을 적국으로 간주하겠다고 발표할 예정입니다. 아마 오늘 오후에 러시아 대사가 외교통상부 장관을 방문할 것입니다. 확인해 보시지요."

"……."

"그때에는 아무리 언론에 기름칠을 해놓았더라도 언론이 현 상황을 국민들에게 알려주겠지요. 시베리아 임차의 실익이 무엇이고 정부의 의도는 무엇인가를. 아마 그것도 비밀에 붙였다가는 매국노가 될 테니까요. 감춘 사람 모두가."

국정원장 권준규가 청와대의 비서실장실에 들어선 것은 그로부터 한 시간 후인 11시 30분경이었다. 급한 김에 청와대로 들어가는 차 안에서 국정원장과 외교통상부 장관, 그리고 통일 부총리까지 오도록 연락을 한 이상기는 발바닥에 땀이 날 지경이었다.

안민수 비서실장실에 모인 것은 회의 결과를 즉각 보고하기 위해서였다. 대통령이 여성단체장들과 오찬회동이 끝나고 나서 보고를 받도록 해야만 했다.

제일 늦게 들어선 국정원장이 제일 먼저 입을 열었다. 그는 이상기로부터 강용식의 협박 내용을 전화로 들은 것이다.

"어젯밤에 하바롭스크에서 난리가 났습니다. 강 회장이 총격을 받아 직원 두 명이 현장에서 죽었고 강 회장은 구사일생으로 살아남았다는 것은 여기 계신 분들은 대충 알고 계시겠지요."

그 사실은 그가 아침에 안보위회원인 둘러앉은 사람들에게 알려 준 것이다.

국정원장이 말을 이었다.

"그런데 조금 전에 다시 정보가 왔습니다. 습격한 자들의 아지트를 군경 특공대가 기습해서 일망타진 했는데 모두 12명을 사살 또는 생포했습니다. 그자들은 북한 공작원들이었지요."

다시 그의 말소리가 방을 울렸다.

"러시아 정부가 아직 공식 발표한 것은 없지만 하바롭스크 전역에 북한인들의 검거령이 내려졌습니다. 북한 여권을 가진 자는 모두 잡아들인다는 겁니다. 이러한 조치는 곧 블라디보스토크, 니호트카까지 연장될 것이라고 합니다."

"북한 측의 대응은 없습니까?"

비서실장이 물었다. 그러자 권준규가 머리를 저었다.

"없습니다. 러시아 땅에서 테러를 한 증거가 있는데 나설 처지가 못 되지요. 그자들이 한국을 대하는 것과는 다릅니다."

통일 부총리가 피식 웃었으나 입은 열지 않았다. 이상기가 헛기침을 했다.

"제가 전화로 사정은 대강 말씀드렸는데, 강용식의 협박에 대처할 방안을 만들어야 합니다. 그자 말대로 오후에 러시아 대사가 외교통상부 장관을 찾아올 것인가 말 것인가를, 그리고……."

"오후 3시에 대사와 부대사가 방문하겠다는 연락이 조금 전에 왔습니다."

이제까지 잠자코 있던 외교통상부 장관이 말하자 방 안에 잠시 정적이 흘렀다.

이윽고 입을 연 것은 통일 부총리다.

"방문 목적은 말하지 않았습니까?"

"중대한 일이라고만 해서 지금 차관이하 실무자들이 모든 서류를 챙기고 있지요."

장관이 잠시 주위를 둘러보았다.

"수석의 말씀이 사실이라면 외교적으로 엄청난 사건입니다. 러시아가 국교 단절을 하면 한국은 당장에 고립무원의 상태가 돼요. 북한이 어떻게 나올지 생각만 해도 아찔합니다."

"10년 공부 도로 아미타불이지."

혼잣말처럼 권준규가 말했으나 모두 알아들었다. 그가 이제는 분명하게 말했다.

"뉴욕 타임스나 미국 군부, 주한미군 사령관도 고려의 시베리아 임차에 긍정적이오. 대통령과 정부가 일본과의 관계 때문에 소극적이긴 하지만 말입니다. 그들은 시베리아가 일본과 북한, 러시아 세력의 완충지역할을 할 것을 기대하고 있고 실제로 그럴 가능성이 있습니다."

"아니 그것이 현실적이어야…… 우리는 지금 당장 북한과의……."

이렇게 이상기가 입을 열었는데 부총리가 손을 들었다. 말을 그치라는 시늉으로 좀처럼 그런 일이 없던 사람이었다.

"방법이 없습니다. 우리가 저지한다고 해도 내일 강 회장은 계약을 할 것이고, 그때에는 우리만 곤경에 처할 뿐만 아니라 국가적으로 망신입니다. 러시아 대사가 오기 전에 계약을 반대하지 않는다는 통보를 합시다."

그러자 모두 부총리를 바라본 채 한동안 입을 열지 않았다. 발의자는 책임을 져야 하는 법이다. 그가 말을 이었다.

"물론 비공식이오. 고려가 계약을 하더라도 정부의 지시를 어긴 것으로 놔둬야 국가 기강이 섭니다."

비서실장 안민수가 머리를 끄덕였다.

"그럴 수밖에 도리가 없는 것 같군요."

"그렇습니다. 각하께서 결심을 해주신다면 러시아 대사관 쪽에 통보를 해줘야겠는데요. 그자들이 찾아오기 전에 말입니다."

외교통상부 장관이 말했다.

"실장께서 서둘러 주셔야겠어요."

권준규가 말하자 안민수가 머리를 끄덕였다.

"각하께서 점심 식사중이더라도 내가 직접 말씀을 드리지요."

그러자 이상기가 얼굴을 굳힌 채 시선을 떨어뜨렸다. 고려와 러시아와의 문제는 그의 소관이었고 이제까지 그가 직접 각하를 뵈었기 때문이다.

"그럼, 우리는 여기서 볶음밥이라도 먹으면서 기다리지요."

주위를 둘러보며 권준규가 말했다.

"어떻습니까? 실장께서 다녀오시는 동안 여기서 청와대 볶음밥이나 먹읍시다."

강 회장이 강용식으로부터 정부의 비공식 승인방침을 연락 받은 것은 그날 저녁, 마악 저녁 식사를 시작하는 때였다. 이남호로부터 보고를 받은 강 회장이 수저를 들면서 말했다.

"시베리아 임차가 거론되던 5개월 전부터 지금까지 우리는 수천억의 손실을 입었다. 금융제한, 투자규제, 세무감사에다 토지정리, 거기에다 원자재 수입규제까지. 그것을 누가 보상해준단 말이냐?"

식탁에 둘러앉은 것은 이남호와 유장석, 그리고 계획단의 중역 세 사람에다 한일만 이사까지 포함해서 일곱이다. 박미정은 고용된 러시아 여인과 함께 바쁘게 움직였다. 말은 그렇게 했지만 회장의 기분은 조금 풀린 모양이었다. 어젯밤의 총격 사건으로 이쪽의 주장에 더욱 무게가 실려질 것은 틀림없는 일이다.

"내일 계약조건에 대한 검토가 끝나면 모레 정식 계약이 될 것이야. 각자 빠뜨린 것이 없도록 준비를 해."

그러자 유장석이 머리를 들었다.

"서울에서 대기하고 있는 2진은 모레 저녁에 이곳에 도착하도록 하겠습니다. 시베리아를 비워두기가 불안해서요."

이미 개발된 유정을 말하는 것이다. 강 회장이 머리를 끄덕였다.

"모두 몇 명이야? 이번에 올 직원은."

"김동호 부장 인솔로 85명입니다."

"그땐 여기 남아 있는 직원들은 모두 휴가를 보내. 고생들 했으니 금일봉을 주어서. 그리고 탐사단원들한테는 내가 말한 대로 그렇게 하고."

"준비해두고 있습니다, 회장님."

이남호의 목소리도 밝았다. 된장찌개를 먹던 회장이 옆을 지나는 박미정을 바라보았다.

"미정이 솜씨가 아주 늘었다. 이제 된장찌개가 제법이야."

박미정이 말없이 웃었으나 이남호가 거들었다

"다재다능합니다, 회장님. 성실하구요."

회장이 좋아하는 단어만 골랐으니 회장의 얼굴이 더 펴졌다.

"내가 중신을 하지, 틀림없는 놈으로 회사에서 골라주마."

그러자 중역들이 서로 얼굴을 마주보며 웃었다. 회장이 중매를 서서 고른 놈이니 해당 중역들이 뒤를 안 봐줄 리가 없다. 따라서 그놈은 회장의 말대로 자연스럽게 틀림없는 놈으로 성장할 것이니 회장 말이 맞는 셈이 된다.

"그런데 회장님."

유장석이다.

"김상철 대리는 이곳에 남아 있겠다고 합니다. 장국진이 때문에. 그자와 같이 있다가 1진과 함께 시베리아로 들어가겠다고 하는데요."

그러자 회장이 수저를 내려놓고 그를 바라보았으므로 식탁 주위는 조용해졌다.

"그놈은 참."

이윽고 회장이 혼잣말처럼 말했으나 뒤쪽에 서있던 박미정까지 다 들었다.

"나는 요즘 그놈한테 빚진 기분이 든단 말이야. 마음이 무거워."

회장이 중역들을 둘러보며 말했다.

"그놈은 업보를 벗어나려고 목숨을 걸고 있는 거야."

그러자 유장석이 헛기침을 했다.

"저도 목숨 빚을 졌습니다, 회장님, 이대각 부장도 그렇지요."

"그놈도 서울로 돌아가서 휴가를 보내고 돌아오도록 해. 장국진이는 이곳에 남겨둔다. 지사원들과 같이 있도록 하고 도망치면 놔둬라."

회장이 명쾌하게 결론을 내리자 모두들 홀가분한 얼굴로 다시 식사를 계속했다. 밝은 분위기의 식탁이었고 박미정의 마음도 마찬가지가 되어 있었다.

전화위복

고려그룹과 러시아 정부는 계약서를 주고받았는데 그것은 분명 명문화된 조약이었다. 자위권 문제를 놓고 다소 의견대립이 있었으나 코시킨 수상은 이미 대통령으로부터 내락을 받고 온 눈치였다. 고려가 요구한 조건 대부분이 수용되어 45만 평방킬로미터에 달하는 시베리아 땅이 50년간 고려그룹의 임차지로 결정이 되었다. 물론 지하와 천연자원의 개발은 고려의 단독투자로 이루어질 것이지만 생산자원의 분배는 50대 50이다.

고려는 임차의 대가로 러시아 정부에 10억 달러의 현금을 6개월 내에 지급하기로 했고 2년 내에 8억 달러를 투자하여 고려 자동차의 러시아 현지 법인을 세우기로 계약을 했다.

또한 고려 임차지에 5년 이내에 20만 명을 고용하는 생산시설을 세우고 최소한 100만 명의 이주민을 받기로 했는데 구속 조항은 아니었다. 기타 세부 사항도 양쪽의 전문가와 법률고문들이 철저한 확인을 거쳐 작성했다.

사흘째 되던 날 오후, 강 회장과 코시킨 총리는 내외신기자 수백 명의 플래시를 받으며 조약에 사인을 했다.

강 회장의 얼굴은 붉게 상기되어 있어서 옆에 있던 이남호는 자주 눈치를 보았으나 조인식은 무사히 끝이 났다. 한국에서도 기자 몇 명이 참석했는데 하바롭스크 시청에 운집한 기자단에 얼이 빠진 모양이었다. 외국이 이 일에 대한 더 큰 관심을 보였기 때문이다. 정부의 통제를 받고 있다가 형식만 차리려고 보내졌던 기자들이 놀라는 것은 당연했다.

다음 날 아침, 전날 밤 러시아 대표단과 밤늦도록 수 없이 건배를 했던 강 회장과 중역들이 일어나 출발 준비를 했다.

아에로플로트의 전세 비행기 편으로 귀국하게 되는 인원은 100명이 넘었으므로 숙소는 아침 일찍부터 떠들썩했다. 그야말로 금의환향인 것이다. 숙소와 지사에는 오늘 오후에 개척단의 1진 85명이 도착하게 되었으니 빈자리는 금방 채워질 것이었다. 지하실의 방에서도 김상철의 출발 준비는 끝이 났다. 출발 준비라야 옷가지를 가방에 넣어 한쪽 구석에 놓고 방 안을 정리한 것뿐이다.

침대에 걸터앉아 이쪽을 바라보고 있던 장국진이 입을 열었다.

"모두 고향에 돌아간다고 들떠 있구면, 기다리는 사람들한테로 말이야."

낮은 목소리였지만 비꼬는 것도, 그렇다고 가라앉은 분위기도 아니다.

"이거, 이 몸은 오갈 데 없는 신세가 되어서 시베리아에 버려졌구나."

김상철이 그를 바라보며 웃었다.

"운명이야. 누굴 원망할 것 없어."

"원망하다니, 팔자가 그렇다는 말이야."

장국진은 지사 소속의 이 대리와 같이 일하게 되었다. 그는 경력이 5년째인 고참이었는데 정보수집 업무를 주로 해온 까닭에 장국진과 팀이 된 것이다. 아직 출발시간이 남아 있었으므로 벽에 등을 기대고 앉은 김상철에게 그가 물었다.

"한 달 후에는 돌아오겠지?"

"물론, 빨리 오고 싶지만 서울에서도 할 일이 많아. 개척단 일도."

"알 수가 없군, 이곳으로 빨리 오고 싶다니."

장국진이 얼굴에 웃음을 띠었다.

"그래도 반기는 사람은 있을 것 아닌가."

"있지, 물론. 교도소에 계신 아버님을 뵈어야겠고. 기뻐하실 거야. 내가 진급한 것을 들으면."

"교도소라니? 감옥 말인가?"

"그래, 아버지는 감옥에 계셔."

"그렇군."

"여동생이 이모 집에서 지내고 있는데 걔도 만나봐야겠고."

"……."

"어머니 산소도 가봐야겠어. 그리고 내 친구도 만나고."

장국진이 천천히 머리를 끄덕였다.

"김 대리도 사연이 많군."

"여기 보내지지 않았다면 아마 고려에 입사할 수 없었을지도 모르지."

"아버지 때문에 말인가?"

"그럴 거야."

"이젠 문제가 없지 않아?"

"그렇지만 난 이곳으로 돌아올 거야. 이곳이 내가 일할 곳이라고."

비행기 안이다.

러시아 대륙을 지난 비행기는 좌측으로 일본 열도를 끼고 동해상을 내려가는 중이다. 창밖으로 푸른색 젤리 같은 바다가 끝없이 펼쳐진 위쪽의 하늘은 구름 한 점 없이 맑았다. 손톱 끝 만한 흰 항적을 그으면서 배 한 척이 아래쪽으로 열심히 항진하고 있는 것이 보였다.

"모두 얼싸안고 춤을 추었어. 우는 사람도 있었고, 저기 앉은 김 교수는 주저앉아 울더군."

서은영이 턱으로 앞쪽 좌석에 앉은 김진모를 가리켰다. 옆에 앉은 박미정이 눈을 깜박이며 귀를 기울이고 있다.

"글쎄, 뭐랄까. 현실과 타산을 떠나서 성취감 때문일지도 몰라. 우린 산적들의 습격을 받아 본부에 있던 사람들이 모두 죽고 그곳으로 도망가 있었거든. 그런 와중에 유정이 터진 거야. 그 순간에는 다른 건 모두 잊게 되더라니까."

닷새 가량 같은 방에서 지냈지만 서은영은 별로 말이 없었다.

그저 나이가 몇 살 위여서 언니 취급을 해준 사이였던 것이다.

"언니, 그 이야기를 왜 이제야 해?"

그러자 서은영이 피식 웃었다.

"입 닥치는 대가를 받았거든, 그것도 거금이야. 하지만 너한테 말하는 건 괜찮겠지."

"많이 죽었다면서?"

"전쟁터가 어떤 덴지 넌 겪어보지 않아서 몰라. 난 정신이 나간 채 트럭 안에 멍하게 앉아 있었어. 그 총소리, 고함소리, 폭발소리. 지금 생각하면 꿈만 같아."

서은영이 진저리를 치는 시늉을 했다.

"악몽이야, 처음부터. 결코 잊을 수가 없어. 시베리아의 석 달을."

"좋은 기억은 없어?"

"없어."

머리를 저은 서은영이 지나가는 스튜어디스에게서 샴페인 두 잔을 받아들였다. 기내는 온통 웃음소리와 말소리로 떠들썩했고 스튜어디스들은 술 쟁반을 분주히 나르고 있다. 이남호가 마시라고 허락해 준 것이다. 박미정에게 술잔을 건네준 서은영이 문득 얼굴에 웃음을 띠었다.

"죽으려다 살아난 기억이 있지."

"산적들이 습격했을 때?"

"아니…… 저 사내."

서은영이 턱으로 앞쪽을 가리 켰다.

통로에 여럿이 둘러서서 술잔을 기울이고 있었으므로 누군지 구분이 되지 않는다.

"저기, 흰 스웨터."

흰 스웨터를 입은 김상철이 직원이 따라주는 술을 잔에 받고 있는 중이었다.

"저 친구가 날 죽이려고 했어."

"……"

"아마 내가 말을 듣지 않았다면 저 친구는 날 죽였을 거야. 그러고도 남을 놈이지."

우연일 것이다. 이쪽으로 머리를 돌린 김상철의 시선이 그들을 스치고 지나갔다. 박미정이 술잔을 들어 한 모금 삼켰다.

"이유를 물어도 돼? 왜 그랬는지."

"내가 사보타주를 했거든. 돈을 받고 고려 쪽의 정보를 넘기기로 했었어. 그래서 기록을 녹음하다가 들켰지."

"……"

"그리고 탐사기의 칩을 숨기기도 했고."

"……"

"무서웠어, 저자가, 그래서 항복하고 이쪽의 사례금을 받은 거야. 난 적응을 잘 하니까."

그러자 박미정은 술잔을 쥔 손을 내렸다. 김상철이 다가오고 있는 것이다. 그가 그들 앞에 멈춰 섰다.

"서울에서 곧장 내려 갈 거야?"

서은영에게 묻는 말이다. 서은영이 머리를 끄덕였다.

"개강 준비를 해야지. 주임교수까지 사고를 당해서 더 바빠지겠어."

"그렇다면 만나기 힘들겠는데."

"내 계약은 이제 끝났으니까."

머리를 끄덕인 김상철이 손을 내밀었다.

"공항에서는 서로 바빠서 못 볼지도 모르니까, 그럼, 잘 가."

서은영이 그의 손을 잡았다.

"내 입 걱정은 말고, 좋은 추억이 될 거야. 시베리아 일들이."

악수를 마친 김상철이 박미정을 바라보며 얼굴에 웃음을 띠었다.

"우린 시베리아 동지지요."

몸을 돌린 그의 뒷모습을 바라보며 두 여자는 한동안 입을 열지 않았다.

다음 날 오전, 김상철은 민희와 함께 대전 교도소의 면회실에서 아버지를 기다리고 있었다. 그 동안 민희는 혼자서 여러 번 면회를 다녀왔다고 했다. 지금 아버지와 오빠의 상봉을 기다리는 그녀는 들뜬 표정이었다. 이윽고 김영환 씨가 면회실로 들어서자 그들은 자리에서 일어섰다. 김영환 씨는 김상철을 보자 놀란 모양이었다. 눈을 크게 뜨고 다가왔는데 흰머리가 많이 늘어나 있었지만 건강하게 보였다.

"네가 돌아왔구나."

"아버지, 그 동안……."

"나는 잘 있다."

그는 부드러운 시선으로 민희를 바라보았다.

"민희가 나 때문에 고생을 많이 했어."

"아버지는 참."

민희가 눈썹을 찌푸렸고 잠시 말이 끊겼다.

김상철이 입을 열었다.

"아버지, 저 진급했어요."

"진급이라니? 네가 왜?"

눈을 껌벅이며 김영환이 물었다.

"그게 무슨 소리야?"

"대리 진급을 했습니다. 시베리아에서 일을 좀 해서요."

민희가 그를 바라보았으나 입을 열지는 않았다. 김상철이 말을 이었다.

"저, 한 달 후에 다시 시베리아로 돌아갑니다. 들으셨겠지만 아무것도 없는 땅에 공장과 도로, 건물들을 세우고 조선족들을 이주시켜 새 도시를 건설하게 됩니다."

"……."

"아버지, 그곳이 제가 일할 곳 같아요."

김영환이 입을 열었다.

"네가 하는 일은 무엇이냐?"

"개척단에서 보급일을 맡았어요. 영하 40도가 넘는 곳이어서 힘이 들었지만 보람이 있었어요."

"……."

"이번에 돌아가면 다른 일을 맡게 될 것 같아요. 일이 많으니까요."

"애비 때문에 그곳에 가는 것 아니냐?"

김상철이 얼굴에 웃음을 띠었다.

"아버지, 그곳에는 기회가 있어요. 저는 몸조심이나 하면서 현실에 만족해 가는 생활은 안할 작정입니다."

"윗사람의 신뢰는 받고 있는 거야?"

"그런 것 같아요."

"다행이구나."

머리를 끄덕인 김영환이 말을 이었다.

"나는 혹시나 네가 나 때문에 사회나 직장에 대해서 부정적인 생각을 갖지는 않을까 걱정했어."

"아버지, 저는 그럴 정도로 어수룩한 자식이 아녜요."

"……"

"이용가치가 없으면 용도폐기 된다는 것도 알고 있고요."

아버지가 잠자코 그를 바라보았으므로 김상철은 말을 멈추었다.

아버지는 이제 자신의 지난날에 대한 후회와 분노를 더 이상 나타내지 않는 것이다. 그것은 현실의 적응이라기보다 어쩌면 체념했기 때문일지도 몰랐다. 면회를 마치고 나온 김상철은 민희와 함께 서울로 올라오는 차 속에서 오랫동안 입을 열지 않았다. 아버지를 위해서 할 일이 뚜렷하게 보이지 않는 자신의 무력감 때문이었다.

김상철이 안인석을 만난 것은 교도소에서 돌아온 날 밤이다.

회사에서 퇴근하는 길로 달려온 안인석과 함께 그는 신촌역 앞의 음식점에서 소주를 마셨다. 한바탕 흥분이 가라앉자 조금 차분해진 안인석이 술잔을 건네주며 말했다.

"개척단 이야기는 거의 듣지 못했어. 너 진급한 이야기나 듣자. 입사 4

개월에 대리 진급을 한 놈은 고려 역사상 처음일 거야. 아마."

"이 자식아, 목숨을 담보로 걸고 일을 한 거다. 고스톱 쳐서 대리 딴 것이 아냐."

"죽은 사람도 있다던데. 회장이 습격도 당하고."

"전쟁터보다 더 했어, 상황이."

상대가 다름 아닌 안인석이다. 김상철이 혹한과 눈보라며 그레고리의 습격을 이야기하자 안인석이 입을 벌리고 들었다.

"이야, 지독한 곳에서 살아왔구나."

안인석이 머리를 저었다.

"그 이야기 퍼지면 지원자가 다 도망가겠는데."

"전자에도 지원자를 모집해?"

"우린 아냐. 건설과 중공업에서 모집하는 모양이야."

안인석이 소주잔을 들어 입안에 털어 넣었다.

"빌어먹을. 날더러는 고마쓰 지사로 가라고 하더구먼, 조장 놈이."

"무슨 소리야?"

김상철이 묻자 대충 상황을 설명해준 안인석이 입맛을 다셨다.

"눈치가 보여. 팀장도 그렇고, 대놓고 말은 안하지만."

"……."

"아버지한테 사업이나 하면 어떻겠느냐고 슬쩍 쑤셔봤다가 잔소리만 들었어. 직장생활 반년도 안한 놈이 뭘 알고 나서느냐고."

"적응이 안 돼?"

"아마 그런가 봐. 우습단 말이야. 팀워크가 어쩌고 성취감이 어쩌고 하는 것이."

"……."

"씨발, 그런데 날더러 산업스파이가 되라고? 이건 무슨 영화 찍는 거야, 뭐야?"

"너, 나하고 시베리아에 갈래? 내가 유 전무한테 말해볼 테니까. 될지 안 될지는 모르지만."

"아, 싫어. 네가 있어서 좋긴 하겠지만 그 추위에 눈 속에서 무슨 재미로? 요즘 해외주재원도 안 나가려고들 하는 판인데."

"유미는 잘 있어?"

김상철이 말머리를 돌렸다.

"걔나 나오라고 해라. 오늘은 내가 술 살 테니까."

"글쎄, 아마 퇴근했을 텐데."

잔에 술을 채운 안인석이 머리를 들었다.

"그 계집애하고도 잘 안 돼. 아마도 내 탓이겠지만 예전 같지가 않아."

"이건 도무지, 이 새끼는 왜 이렇게 돌아가는 거야?"

"몇 년 후에나 결혼하겠다는데 볼장 다 봤지. 슬슬 물러나는 거야, 걔도."

"그럴 수도 있지, 인마. 그게 너하고 결혼 안한다는 이야기는 아니잖아?"

"야, 더 이상 너한테 하소연하기에도 내가 신물이 난다, 내 자신이."

안인석이 술잔을 들어올렸다.

"건배다. 내 유일한 친구를 위해서."

잔을 들어 올린 김상철은 잠자코 입 안으로 털어 넣었다.

"아주머니, 여기 소주 두 병 더요."

주방을 향해 소리치고 난 안인석이 김상철을 향해 빙긋 웃었다.

"이렇게 술맛 나기도 오랜만이다."

인사동 골목에 있는 한정식집 낙동강의 방 안이다. 고려전자의 구주팀 조장 강형문 대리는 청주 잔을 내려놓고 앞에 앉은 엄기호 과장을 바라보았다.

"능력도 중요하지만 제일 필요한 건 열의지요. 그것은 곧 애사심과 협동심이 바탕에 있어야 합니다."

엄기호가 짜증난 듯 입맛을 다셨다. 청주를 세 병째 나눠 마신 그의 얼굴은 붉게 달아올라 있었다.

"고마쓰 건을 안인석이에게 제의한 것은 실수였어. 놈은 회사가 자신을 내몰려고 한다고 생각했을지도 몰라."

"다른 사람 같으면 기회라고 생각했을지도 모릅니다."

"요즘 세대는 달라. 그걸 이해해야 돼."

"회사 조직을 그놈들한테 맞추라는 겁니까? 그건 말도 안 됩니다. 그런 놈들은 몇 명에 불과하단 말입니다."

강형문이 청주를 한 모금에 삼키고 내려놓았다.

"어쨌든 안인석이를 일본 지사로 보내주십시오. 고마쓰 제의를 거절당한 이상 서로 얼굴을 마주보기도 거북합니다."

"이봐, 회사 인사를 자네 마음대로 하려는 거야?"

"과장님이 말씀하시면 되는 일입니다. 더구나 오사카 지사는 티오를 늘리는 중이라고 들었어요."

"자네 인사에 밝군. 어디, 이번 일사분기의 내 고과가 어떻게 나왔나도 알려줄 수 있어?"

"농담할 기분이 아닙니다, 과장님."

"이제 말하지만 강 대리는 너무 서두르고 있어 내년이 되면 어련히 진급 안 할라구. 안 그래?"

방 안에 잠시 정적이 흘렀다. 따지고 보면 그들은 같은 배를 타고 있는 입장이면서도 경쟁관계이기도 했다.

엄기호는 다른 팀에 비해 실적이 떨어지면 내년 초에 당장 인사 조치를 당할 수가 있었고 또 강형문이 실적을 크게 늘려 두각을 나타낸다면 자신의 팀이 쪼개져서 또 하나의 팀장이 태어나게 되는 것이다. 이것은 세포분열이다.
　엄기호 그 자신이, 미주와 구주를 맡고 있던 지금의 미주팀장 최병우 과장한테서 떨어져 나온 것과 같이 회사는 이렇게 성장해 가는 것이다.
　"알았어. 이제 술이나 마시자고."
　술잔을 든 엄기호가 말하자 강형문이 얼굴에 웃음을 띠었다. 엄기호가 같이 성장해 나가는 방법을 택한 것은 당연한 일이다. 자신의 조를 적극 지원해 줘야 팀의 실적이 오르는 것이다.

　청와대의 비서실장 방에서는 안뜰이 바라보였다. 아직 마른 잔디로 덮여 있는 정원 위로 아침 햇살이 환하게 내려 비추었고 옆쪽 부속건물의 푸른 지붕은 맑은 하늘과 맞닿아 있었다. 아침 10시 30분.
　지금 대통령은 외교통상부 장관과 함께 인도네시아 수상을 접견하는 중이었지만 안민수는 참석하지 않았다. 왜냐하면 그는 이상기와 함께 고려그룹의 총회장을 만나고 있기 때문이다. 인도네시아 수상이 돌아가면 대통령과 강 회장의 면담이 있게 될 것이다. 창 쪽의 소파에 앉아 있던 강 회장이 입을 열었다.
　"대단히 추워요. 그, 시베리아 땅이 말이오. 공기가 얼음이 된다는 걸 이해할 수 없을 거요."
　옆에 앉은 이남호가 힐끗 앞쪽의 안민수와 이상기를 바라보았다. 그들은 무표정 한 얼굴이었지만 듣는 시늉은 하고 있었다.
　"그래도 여름에는 꽃이 피고 따뜻하다니 기대가 되는구먼. 그때는 내가 두 분을 초대하리다."

"저…… 각하께서 남북한의 화해와 협력에 전력을 다하고 계시는 걸 아시지요?"

마침내 안민수가 입을 열었으므로 강 회장도 정색을 했다.

"아, 그거야 대한민국 국민 중에서 모르는 사람이 있습니까?"

"오늘 그 일 때문에 부르신 겁니다."

"아아, 그렇군요. 나는 꾸지람을 받을 각오를 단단히 하고 왔습니다."

"그러시지는 않습니다. 각하께서도 회장님을 이해하고 계시니까."

"……"

"남북한 관계가 경색되지만 않았다면 시베리아 개발은 바람직하다고 생각하고 계셨지요."

"아아, 그렇습니까?"

"이번에 북한과의 이산가족 왕래나 어선송환 문제 등이 깨진데다 정부의 체면이 말할 수 없을 정도로 깎였지만 그걸 말씀하시지는 않을 겁니다."

"……"

"어차피 이렇게 된 일이니 서로 잘 수습해서 좋은 방향으로 이끌어가야지요."

"물론이오. 그렇게 생각해 주신다면 내가 면목이 없습니다."

"그래서 말씀인데요. 고려의 시베리아 임차는 정부의 통일을 위한 장기계획이었다고 말씀을 해주셨으면 해서요. 각하께 그렇게 발표를 하겠다고 말씀해 주실 수 없겠습니까?"

강 회장이 옆에 앉은 이남호를 바라보았다. 이남호는 헛기침을 했다가 회장의 시선을 받자 얼른 시선을 내렸다.

"원래 정부의 계획이었다고 말이지요."

회장이 확인하듯 묻자 이제는 이상기가 나섰다.

"예, 북한과의 관계 때문에 고려를 비공식으로 지원할 수밖에 없었다고…… 그렇게 말씀해 주시면 저희들이 알아서 하겠습니다."

"……."

"물론 북한은 이 사실을 알고 있지요. 그러니 그자들이 시비를 걸어오지는 않을 겁니다."

"그렇겠지요. 정부가 갖은 수단을 다 써서 날 방해한 것은 그자들이 더 잘 알 테니까."

안민수와 이상기가 잠자코 그를 바라보았다.

"그렇게 발표하면 고려에 대한 갖가지 규제는 풀어주실 겁니까?"

"아니 저희들이 규제를 한 것이 아닙니다만, 각 기관이 지레 알아서 그런 일들이 있었던 모양인데……."

찌푸린 얼굴로 이상기가 말했다.

"군사정권 시대의 유물입니다. 정말 저희들도 짜증이 납니다. 곧 그런 일이 없도록 조처를 하지요."

"그것도 그렇고 차관을 빌리는 데 정부가 보증을 서 주셔야겠는데."

"고려해 보지요. 금액은 얼마나 됩니까."

"30억 달러 정도 됩니다. 조건이 좋아요. 정부가 보증을 서 준다면 말입니다."

"아니, 임차계약에 필요한 금액은 10억 달러 아니었습니까."

"개척비용이 엄청납니다. 10년은 집중 투자를 해야 하니까요."

"……."

"각하께 말씀을 드리지요. 각하의 배후 지원이 없었다면 시베리아 임차는 불가능했다고 내일 중으로 발표하겠다고 말입니다."

30분 후, 강 회장은 대통령을 바라보며 앉아 있었다. 배석하고 있는 것은 안민수 실장 한 명뿐이다.

접견실의 좌석 배치는 대통령이 상석이고 앞쪽으로 좌우에 놓인 의자에 강 회장과 안민수가 앉은 형태여서 강 회장이 대통령을 바라보려면 왼쪽으로 몸을 돌려야 한다.

"각하, 여러가지로 심려를 끼쳐드렸습니다."

강 회장이 공손히 말했다.

"요즘 잘되시지요?"

그렇게 대통령이 동문서답을 하자, 강 회장이 말한다.

"각하께서 배려해주신 대로 시베리아 임차를 잘 끝냈습니다."

힐끗 안민수를 바라본 대통령이 천천히 머리를 끄덕였다.

"잘 되어서 다행입니다."

"그래서 내일 중으로 제가 발표를 할 예정입니다. 각하의 비공식적인 지원이 없었다면 시베리아 임차는 불가능했다고 국민에게 알리겠습니다."

"한민족이 많이 산다면서요? 그쪽에."

"예, 각하. 30만이 넘습니다."

"5년 이내에 몇 백만 명이 옮겨갈 예정이라던데."

"그렇습니다, 각하. 그렇게 되면 또 하나의 한국이 시베리아에 건설되지요. 조선족뿐만 아니라 한국에서도 이주민을 받을 수가 있습니다."

"50년간 아닙니까? 임차기간이, 50년 후에는 돌려줘야 되지 않습니까?"

"그렇습니다, 각하, 하지만 그때에는 이미 한민족이 정착하고 있겠지요."

"러시아가 내버려 둘까요?"

"러시아 쪽에도 손해될 것이 없습니다. 극동지역이 크게 발전하게 될 것이고 모두 러시아 국적의 국민들이니까요. 하지만 실제로는 한민족이 경영하는 땅이 되겠지요."

"조만간 나도 한번 그쪽에 가봐야겠는데."

그러자 안민수가 헛기침을 했다.

"각하, 아직 그곳은 위험합니다. 그리고 북한과의 관계도 있고."

"그런가?"

강 회장이 다시 나섰다.

"그래서 한 실장한테 정부보증으로 차관을 얻도록 해달라고 부탁을 했습니다. 모두 각하께서 배려해 주신 덕분이니만치 이번에도……."

"잘 알았습니다."

"감사합니다, 각하."

청와대를 나온 강 회장은 승용차가 광화문을 지 날 때까지 입을 열지 않았다.

신호에 걸려 차가 멈추자 강 회장이 옆에 앉은 이남호를 바라보았다.

"그렇지, 시티은행에서는 20억 달러까지 빌려준다고 했으니 20억을 빌려라. 바크레이 15억에 시티 20억으로 35억 달러다."

"회장님, 아까 실장한테는 30억 달러라고 하셨는데요."

"5억 달러 늘려. 제 놈들 돈이냐? 그리고 제 놈들이 책임질 것이냐? 결국은 내가 갚을 돈이지만 생색 내주는 대가는 단단히 받아야겠다."

한국 정부가 보증을 선다면 돈을 안 빌려줄 은행이 없다. 더구나 이자도 4.5% 쌀 뿐더러 최대한 3년 이상 거치 상환도 되는 것이다. 쓴웃음을 지은 강 회장이 말을 이었다.

"정치가 놈들, 나한테 흥정을 하려고 들다니, 내가 돈 안 받고 물건 팔 것 같으냐?"

"유정이 나온다는 것을 알면 돈을 안 빌려줄 은행이 없습니다, 회장님."

"제정신이냐? 그 비싼 이자를 내게? 정부보증으로 거치 상환까지 하게 되면 이자까지 합해 몇 억 달러를 번 것이다."

비서실로 들어선 이남호가 자리에 앉자 유장석이 다가왔다.

"일 잘되셨습니까?"

그도 이남호 비서실장이 회장을 모시고 청와대에 다녀온 것을 아는 것이다.

"안 될 리가 있나?"

소파에 마주앉아 그가 다소 의기양양한 말투로 청와대에서 있었던 일을 설명 해주자 유장석이 활짝 입을 벌리고 웃었다.

"시원합니다. 그까짓 생색은 마음대로 내라고 하지요, 그 위선자들."

이남호와 유장석 등 중역들은 휴가도 가지 못했다. 개척단 본부로 바뀐 안양 연수원에는 지금 300명이 넘는 개척단 요원들이 모집되어 있는 것이다.

유장석이 시계를 내려다보았다.

"손님들은 제가 만납니까?"

시계는 12시 30분을 가리키고 있었다.

"대통령의 허락이 난데다가 정부보증으로 자금 대출까지 받는 상황이야, 유 전무가 알아서 처리해."

이남호가 비서실 안을 둘러보았다.

대여섯 명이 앉아 있는 비서실은 휑하게 비어 있는 느낌이 들었는데 점심시간이기도 했지만 10명 가까운 직원이 시베리아에서 돌아와 휴가를 떠난 때문이다.

"참, 마두라에 있는 코데코 기술진은 오늘 저녁에 서울에 도착합니다."

유장석이 생각난 듯 말하자 이남호가 머리를 끄덕였다. 유정 기술자인 코데코 직원 20여 명이 시베리아로 보내져서 채굴 장비를 설치하게 될 것이었다. 계획단은 일사불란하게 계획을 진행시키고 있는 중이다. 이남호가 서두르며 방을 나가자 유장석은 시계를 내려다보고는 자리에서 일어섰다.

아래층 응접실로 들어섰을 때 한일만과 마주앉아 있던 두 사내가 자리에서 일어섰다. 두 사람 모두 야무진 인상의 사내였다.

"전무님, 이분이 국정원 제2차장이신 김한성 차장이시고 이분은 특별보좌관 이해수 씨 입니다."

"아아, 기다리게 해서 죄송합니다."

악수를 나눈 그들은 자리에 앉았다.

"보좌관님은 지난번에 부장님과 함께 오셨었지요? 제가 그 자리에 참석하지는 못했습니다만."

유장석의 말에 이해수가 머리를 끄덕였다.

"예, 그땐 회장님과 비서실장이 계셨지요."

"그런데 무슨 일이십니까?"

"이번 시베리아에 파견될 사람들 때문인데요."

대답한 것은 김한성이다.

50대 초반쯤의 나이로 보이는 그는 해외업무를 총괄하는 제2차장이다.

"지난번 파견하신 80여 명의 인적사항은 별문제가 없었습니다만 앞으로는 파견 전에 저희 국정원에 인사서류를 넘겨주셨으면 해서."

"당연하지요. 우리 그룹 직원에 빨갱이는 없습니다."

유장석이 자르듯 말했다.

"그 일 때문에 차장께서 직접 오신 건가요?"

"아니 말씀드릴 것이 있습니다."

김한성이 자리를 고쳐 앉았다.

"제가 알기로는 그곳은 험악한 곳이어서 자위수단도 강구하셔야만 하는 것으로 알고 있습니다."

"……"

"지금 안양 연수원에 모집되어 있는 지원자 중에서 군 경력이 있고 특히 야전군 출신의 젊은 사원들이 상당수 포함된 것으로 알고 있는데요. 그 사람들은 그런 용도에 필요해서 모집하신 것 아닙니까?"

"그것이 국정원하고 무슨 관계가 있지요?"

"저희들이 도와드릴까 해서요."

그러자 한동안 김한성을 바라보던 유장석이 천천히 머리를 저었다.

"그 일은 윗분들한테 여쭤볼 필요도 없이 내가 결정할 수 있습니다. 필요 없습니다."

"자위대의 편성, 인원 공급까지 저희들이 맡아서 해드리는 것이 더 편할 겁니다. 모두 고려의 사원으로 등록만 하면 아무 문제가 없습니다."

"글쎄, 말씀이야 고맙습니다만 거절하겠습니다."

단호한 표정으로 말한 유장석이 그를 똑바로 바라보았다.

"그건 국정원장께서 결정하신 일입니까?"

"글쎄, 그건 왜 물으시죠?"

"오늘 오전에 대통령과 우리 회장님이 만나 합의하신 것 알고 계십니까? 정부에서 전폭적으로 지지한다고 말씀하셨지요. 임차대금도 정부보증으로 빌리도록 해주셨습니다. 더욱이 우리 회장께선 내일 대통령이 지지 해주신 사실을 발표하십니다."

"대충 들었습니다만."

"그렇다면 대통령 각하께서 국정원을 보내서 시베리아 개척단을 장악하라고 하셨습니까?"

"글쎄, 오해를 하시는데, 그쪽은 위험한 지역이고 고려는 그런 경험도 없고 해서 우리가……."

"우리가 알아서 할 테니까 염려하지 마세요. 회장께 말씀드려서 그것에 대한 대통령의 결재도 받아둘까요?"

"이것보세요."

이해수가 나섰다.

"그렇게 감정적으로 말씀하시면 안 됩니다. 우리 의도는……."

그러자 '어허 참' 하고 한일만이 나섰는데 이런 행동은 고려의 전통이었다. 위아래를 따져 상대방의 낮은 급이 자신의 상사에게 대드는 꼴을 못 보는 것이다.

"이보시오. 어른들이 말씀하시는데 댁은 가만히 계셔."

이해수는 지난번에도 이남호에게 호되게 당한 적이 있었다. 이해수에게 고려는 재수 없는 곳이었다. 그는 얼굴을 붉게 부풀린 채 입을 다물었다. 유장석이 말을 이었다.

"의도를 순수하게 받아들인다 해도 지금은 상황이 좋지 않습니다. 러시아의 기관이 그쯤 눈치 채지 못할 것 같습니까? 잘 아시겠지만 일본 정보국과 북한의 정보원이 득실거리는 곳이요, 그곳은. 그들이 고려의 임차지에 한국 국정원 요원들의 자위대가 깔려 있는 것을 보면 어떻게 생각할 것 같습니까?"

"……."

"계약위반이란 말입니다. 그곳에서 러시아의 국익에 반하는 정보활동은 못하게 되어 있어요."

"그러시다면 할 수 없지요. 조금 시간을 두고 다시 상의를 하도록 합시다."

김한성이 부드럽게 말하고는 자리에서 일어섰다.

"지금은 그렇지만 우리 도움을 받으시게 될 겁니다. 우리는 같은 한국인 아닙니까? 하바롭스크에서도 도와드린 것 같은데요."

엘리베이터 앞까지 그들을 배웅하고 돌아선 유장석이 문득 한일만을 바라보았다.

"김상철이한테 연락을 해서 내일부터 출근하라고 해. 그놈 휴가는 오늘로 끝이야."

아래층 커피숍으로 내려온 이유미가 입구에서 두리번거리더니 이를 드러내며 활짝 웃었다. 밝은 색 투피스 차림이어서 웃는 모습과 겹쳐 주위가 환해진 느낌이었다.

"어머나, 이게 누구야? 언제 왔어?"

"며칠 됐어."

자리에서 일어선 김상철이 눈이 부신 듯한 표정으로 그녀를 바라보았다. 다시 자리에 앉은 김상철은 틈만 나면 꽂고 있던 러시아어 학습용 이어폰을 귀에서 빼내었다.

"너, 그 동안 몰라보게 달라졌다."

"예뻐졌어?"

자리에 앉은 이유미가 눈을 흘기는 시늉을 했다.

"왜 그렇게 보는 거야? 싱겁게."

"내 친구 애인만 아니라면 한 번 승부를 걸어 보겠는데."

"이 남자도 자아도취에 빠져 있구먼. 누구 맘대로 나를."

종업원에게 차를 시키고 시베리아와 여행사 이야기가 건성으로 넘어갔다. 그리고 잠시 가라앉은 분위기가 되고 나서 김상철이 입을 열었다.

"곧 LA로 파견근무를 나간다구?"

"응, 한 달 간이야. 인석 씨 한데 들었어?"

"어제 한잔 했어."

"내 이야기를 했겠네? 날더러 뭐래?"

"왜? 그것이 듣고 싶어?"

"그래서 상철 씨가 왔겠지. 그저 날 만나려고 올 사람은 아니니까."

"인석이한테 말 않고 온 거야."

"알고 있어."

어느덧 둘의 표정은 조금 굳어져 있었다.

"인석이가 요즘 어려운 거 알 텐데, 너까지 겉돌면 어떡해?"

김상철이 묻자 이유미가 쓴웃음을 지었다.

"어렵긴 뭐가? 100억쯤 재산을 물려받게 될 부잣집 차남이."

"말 돌리지 마."

가라앉은 목소리로 김상철이 말했다.

"유미, 너까지 그러면 안 돼."

"너까지 라니? 그게 무슨 말이야?"

"……."

"난 그, 이름이 누구더라? 잊었네. 어쨌든 상철 씨의 지난 여자 하고는 달라."

"……."

"물론 상황도 다르고. 그런 것에 비교하지 마. 불쾌해져."

"누구 있어?"

"없어."

"그냥 결혼만 늦추자는 거냐?"

"그래."

"그럼, 왜 전처럼 안 돼?"

"바빠서, 서로."

입맛을 다신 김상철이 머리를 돌렸다. 한동안 좌석에 어색한 침묵이 흘렀고 다시 김상철이 입을 열었다.

"내 친구라서 하는 소리가 아니야. 인석이처럼 성품이 좋고 때 묻지 않은 남자를 찾기는 힘들어. 그리고 그놈만큼 널 사랑해주고 아껴줄 남자도 없을 거다."

"……"

"헛소리로 들릴지 모르지만 너에게 이 말은 해줘야겠다고 생각해서 찾아온 거야."

"고마워, 상철 씨."

"넌 재능이 있고 변화가 많은 여자지. 자극이 있어야 하고 욕심이 많아. 내가 잘 알지. 널 잡기가 힘들다는 것도."

"……"

"사회생활 하다 보면 더 큰 것이 보일지 모르지만 인석이도 채워줄 수 있을 거라고 생각해 봐. 그놈한테도 기회를 주란 말이다."

"상철 씨는 좋은 남자야."

"헛소리 말고."

김상철이 이유미를 똑바로 바라보았다.

"난 출세를 위해서는 무슨 짓이든지 할 거다. 시베리아에서 이손으로 사람을 여럿 해쳤어."

탁자 위로 오른손을 뻗은 그가 확 벌린 손바닥을 바라보았다.

"나도 놀랐어. 내가 그럴 수 있다는 사실을 나도 정말 몰랐다니까? 이런 말은 인석이한테도 하지 않았는데…… 잘 들어. 네가 인석이를 배신하면 널 어떻게 할지도 몰라."

얼굴을 굳힌 이유미의 시선을 받은 김상철이 말을 이었다.

"난 인석이를 위해서는 그렇게 할 수가 있단 말이다. 아주 잔인하게 복수할 거야, 인석이 대신으로. 잘 기억해 둬."

탁자 위로 뻗은 손을 주먹으로 만들어 보이고 나서 김상철은 팔을 거두었다.

"잘 부탁한다. 사정해서, 협박해서 되는 일이 아니지만 어쩔 수 없었어. 가만있을 수가 없어서 그런 거야."

자리에서 일어선 김상철이 휘적휘적 걸어 나왔으나 이유미는 움직이지 않았다.

"부르셨습니까?"

안인석이 쇼룸으로 들어서자 엄기호가 얼굴에 웃음을 띠었다.

"여기 앉아."

아침 10시여서 십여 개의 쇼룸은 상담하는 직원들로 거의 채워져 있었다.

옆방에서 커다랗게 웃는 소리가 들려왔다.

"내가 졸병 땐데, 그땐 영어도 서툴러서 사수 옆에서 잔심부름을 하면서 상담을 거들었지."

엄기호가 말을 이었다.

"지금 그 양반은 회사 그만두고 개인 사업을 하지만 영어가 본토 발음 뺨치는 거라. 한국에서 좋은 선생을 만났는지 어쨌는지는 몰라도 그 양반이 물 달라고 워러, 할 때는 소름이 끼치곤 했어."

"……"

"그리고 바이어 앞에서 실없이 웃더라니까. 이건 말이 끝날 때마다 웃는 거야. 그래서 옆에서 가만히 지켜보면서 이 사람은 항상 흥분 상태구나, 그리고 열등의식이 분명히 있다, 하고 결론을 내렸지. 그런데 내 말이 맞았어. 그 양반, 큰 상담에 들어서면 번번이 깨졌으니까."

"……"

"그래서 난 정확한 한국식 영어를 쓰기로 했지. 물 먹을 거냐고 워터? 했고, 또박또박 정확하게만 이야기 했어. 물론 실없이 웃지도 않았고. 그랬더니 바이어들이 내 스타일을 좋아하는 거야. 물론 손해가 되는 이야기를 못 알아듣는 척 하니까 답답해하기는 했지만."

엄기호가 똑바로 안인석을 바라보았다.

"별 놈들이 다 있어. 윗사람이 모두 완벽한 것도 아니란 말이야. 그저 그렇고 그런 놈들이지. 다만 경륜이 붙고, 요령이나 적응력이 높아진."

"……"

"회사에서 필요한 놈들이지. 안 그래?"

"그렇습니다."

대충 긴 사설의 의미를 짐작할 것 같았으므로 안인석이 헛기침을 했다.

"저도 적응해 나갈 수 있습니다, 과장님."

"강 대리는 인간적으로 나쁜 사람이 아냐. 그리고 안인석 씨를 싫어하지도 않아. 그건 내가 자신 있게 말할 수 있어."

"저도 알고 있습니다."

"다만 흠이 있다면, 물론 회사 차원에서는 흠도 아니지만 주위를 살필 여유가 조금 부족하다는 것밖에. 그놈의 목표달성에 대한 집념은 표창감이야. 부하 직원들이 따라주지 않는 것을 회사에 대한 배신이라고 몰아붙인다고 회사가 그 사람을 나무라진 않아."

"……"

"오사카 지점으로 안 가겠나? 자네가 안 가겠다고 했다는 소리를 듣고, 제의한 것이 강 대리여서 그랬나 하는 생각이 들어."

"그런 것은 아닙니다, 과장님."

"그렇다면 좋은 기회야. 일본의 경쟁사도 가까운 곳에서 볼 수 있고, 안목도 높아져. 기간은 일 년이야. 원하면 연장할 수도 있고."

"저는 싫습니다, 과장님."

"나한테 이유를 말해주겠나?"

"팀에서 낙오되었다는 느낌을 지울 수가 없을 것 같습니다."

"그것뿐인가?"

"외국생활에 대한 준비도 덜 되었습니다."

"……"

"결정이 난 일입니까?"

"아니, 아직 아니야."

엄기호가 머리를 저었다.

"하지만 조만간에 어떤 결정이 있어야 할 것 같아. 그러니 다시 생각해보게."

강형문의 조원으로는 더 이상 같이 일할 수 있는 여지가 없다는 말인 것이다. 자리에서 일어선 엄기호가 다가와 안인석의 어깨를 두드렸다.

"기운을 내, 어렵게 생각하지 말고."

김상철이 다가오자, 여직원들은 이야기를 딱 그쳤다. 회사 근처의 식당이어서 회사 직원들로 가득 차 있었는데 비서실의 여직원 셋이 조금 전까지 김상철을 화제로 삼고 있었던 것이다.

"여기 앉아도 되지요?"

좌석 네 개짜리 테이블이다. 김상철은 안면이 있는 비서실 직원들이라 자연스럽게 다가간 것이었다. 그도 당분간은 비서실 소속이었다. 박미정의 앞자리에 앉은 김상철이 설렁탕을 시키고는 주위를 둘러보는 시늉을 했다. 이미 비빔밥 등을 시켜먹고 있던 여직원들의 숟가락질이 다소 어색해졌다.

"아까 회장님의 TV발표를 들었는데, 대통령이 적극적으로 후원해줬다는 말, 맞아요?"

미스 정이 분위기를 깨려는 듯 입을 열었다. 그녀는 입사 2년 차로 셋 중에서는 고참이었다.

"맞겠지요."

"그렇다면 왜 이제까지 우리를 그렇게 못살게 굴었대요?"

"회장님 말씀대로 대북관계 때문에 그랬는지도."

"지금은 대북관계가 풀렸나요?"

"나 같은 졸자가 뭘 압니까?"

"어머나, 대리님이 왜 졸자예요."

그때 설렁탕이 나왔으므로 대화가 잠시 끊겼다. 강 회장은 11시 정각에 특별 생방송으로 시베리아 임차에 대한 성명을 발표한 것이다. 그는 서두에 대통령의 지원에 대해서 꽤 길게 경의를 표했고 시베리아를 임차함으로써 얻게 되는 국가의 이익을 열띤 어조로 설명했다. 김상철도 의외라고 생각한 것은 회장이 말미에 정부 각 기관의 배려에 대해서도 진심으로 감사를 표한 사실이었다.

"김 대리님, 오늘 저녁 약속 있어요?"

이렇게 물은 것은 미스 안이다. 그녀는 1년차 사원으로 늘씬한 글래머였다. 김상철이 숟가락질을 멈추었다.

"약속은 없지만 오후에는 유 전무님과 연수원에 갑니다."

"퇴근 후에 직속실 회식이 있어요. 오실래요?"

직속실은 회장과 비서실장의 직속실을 말하는 것으로 3부로 나눠진 비서실 업무를 총괄하는 부서였다. 김상철이 소속된 개척단 간부 10여 명은 모두 직속실 소속으로 되어 있는 것이다.

"일이 없으면 가지요."

"인사동의 한정식집 낙동강이고 시간은 저녁 여덟시에요."

"알겠습니다."

씹던 음식을 삼킨 김상철이 박미정을 바라보았다.

"안인석이의 직속상관 이름이 누구지요?"

"강형문 대리라고 고참이에요."

박미정이 수저를 내려놓았다.

"왜 그러세요?"

"아닙니다. 그냥."

음식점에서 나와 회사로 들어섰을 때 김상철이 박미정에게 다가섰다.

"잠깐만 저쪽에서 나하고."

그들이 로비 안쪽의 고장 난 자판기 앞에 마주보고 섰다.

"안인석이 문제 때문인데요."

김상철이 입을 열었다.

"같이 근무했으니까 잘 아실 텐데, 그, 강 대리는 어떤 사람입니까?"

"왜요? 무슨 일 있어요?"

"글쎄, 조금."

망설이던 김상철이 안인석에게서 들었던 이야기를 대강 해주고 말했다.

"문제는 그 강 대리인 것 같은데, 그렇지 않습니까?"

그러자 박미정이 김상철을 빤히 바라보며 물었다.

"그렇게 생각하세요?"

"그럼, 아닙니까?"

"안인석 씨가 문제라고는 생각 안하셨어요?"

"안했는데요."

"제가 있을 때는 그렇게 심하지 않았던 것 같은데요, 지금은 잘 모르겠지만."

"……."

"안인석 씨는 능력이 뛰어났어요. 그건 모두 알고 있어요."

"적응을 못하면 적응시키려고 윗사람이 노력해야하는 것 아닙니까?"

"글쎄요, 전……."

"강 대리가 좀 심한 것 같은데요, 내 생각엔."

"……."

"그 사람 어떤 성격입니까?"

"적극적인 성격인 것 같아요. 내년 진급 예정이니까 물불 안 가리는."

"……."

"걱정 되세요?"

시선이 마주치자 김상철이 천천히 머리를 끄덕였다.

"인석이가 좌절하면 안 됩니다."

야망의 함정

안양 연수원에서 돌아오는 차 안이다.

시트에 기대앉아 눈을 감고 있던 유장석이 시내로 들어설 때쯤 해서 눈을 떴다.

"김 대리, 네가 개척단의 보안을 맡아야겠다."

그는 피로한 듯 눈썹 사이를 손가락으로 눌렀다.

"오늘 국정원에서 사람이 찾아와서 이야기를 하고 갔는데……."

그는 이야기 내용을 대충 말해주었다.

"아무래도 맡길 사람은 너뿐인 것 같다."

이미 경비요원으로 50명 가까운 인원을 선발해서 연수원에 집결시켜 놓았는데 그들은 대부분 건설현장 출신이었다. 신체 건강하고 군 경력이 있으며 30세 미만의 사원이어야 지원 자격이 있었는데 경쟁률이 5대 1이나 되었다.

"전무님, 장교 출신도 있던데요. 저는 병장으로 제대했습니다."

김상철이 말하자 유장석이 풀썩 웃었다.

"나는 이등병 출신이다. 일주일간 탈영해서 영창 한 달을 살고 강등되어서 제대 했지."

"……."

"이 실장하고도 이야기가 된 일이야. 중위 출신이 세 놈인가 있던데 그놈들은 네 밑에 두고 관리하도록."

"……."

"어제 1진이 모두 유전으로 떠났다. 김영규 부장이 지휘해서 갔지만 불안해. 러시아군이 따라가지도 않았어. 물론 협조 요청을 하면 로스토프가 군대를 보내겠지만 회장님이 반대하고 계셔."

"제가 빨리 떠나겠습니다."

"편성이 되는 대로 떠나줘야겠다. 나도 곧 뒤따라 갈 테니까."

유장석이 그를 바라보며 웃었다.

"사람은 특성이 있기 마련이야."

"무슨 말씀입니까?"

"널 두고 하는 말이다."

"……."

"너, 전자에 지원했었지?"

"예, 그곳에서 근무하고 싶었습니다."

"지금 전자에 못 간 것 후회하고 있어?"

"그런 건 아닙니다, 전무님."

"우리가 네 특성을 개발해 낸 것이지."

"……."

"너나 우리나 모두 운이 좋은 거야. 회사는 너를 필요로 하고 넌 얼마든지 네 능력을 보일 수가 있다. 남들보다 몇 배 빠르게 성장할 수 있어."

"……."

"회장님은 사람 보는 눈이 있으셔. 네가 목숨을 걸고 일을 할 놈이라는 것을 알아내신 거야."

승용차가 광화문 근처로 다가가자 김상철이 시계를 내려다보았다. 7시 50분이다.

"전무님, 저는 여기서 내리겠습니다."

"그래? 약속이 있어?"

"오늘 비서실 회식이 있어서요."

"그런가?"

유장석이 머리를 끄덕였다.

"회식자리에 나도 가고 싶지만 높은 놈이 가면 분위기가 깨지지, 잘 놀아."

회식에 모인 인원은 대강 10여 명이 되었는데 제일 높은 직급이 과장이었다. 유장석의 말대로 높은 놈들은 알아서 빠진 모양이었다. 김상철이 들어서자 방 안에 앉아 있던 직원들이 모두 반겼다. 8시 30분이 되어 있었으므로 마악 술자리가 시작되는 참이었다. 김상철을 끌어 옆자리에 앉힌 과장이 술잔을 건네주었다.

"김 대리가 유 전무와 이대각 이사 목숨을 구해주었다고 소문이 났어. 그거, 사실이야?"

주위에 앉은 직원들이 일제히 그를 바라보았다.

"사실 아닙니다."

한 모금에 술을 삼킨 김상철이 웃었다.

"저는 그런 기억이 없는데 누가 말을 만든 모양입니다."

"강도단들을 쏘아 죽였다던데, 그것도 누가 말을 만든 건가?"

"아마 그럴 겁니다."

대부분의 직원들이 실망한 듯 머리를 돌렸고 술자리는 다시 떠들썩해졌다. 옆쪽에 앉은 미스 안이 김상철에게 말했다.

"시베리아로 언제 돌아가세요?"

"아직 예정이 잡히지 않았어요."

"그곳이 마음에 들어요?"

"듭니다."

떠들썩한 좌석을 둘러보던 김상철의 시선이 끝 쪽 자리에 앉은 박미정과 마주쳤다가 거의 동시에 비켜갔다.

코트 주머니에 두 손을 넣고 택시정류장에 서 있던 박미정은 다가오는 김상철을 바라보았다. 차가운 밤바람에 코트 자락이 펄럭였으나 몇 잔 마신 술기운으로 추위가 느껴지지는 않았다.

박미정이 물었다.

"댁이 어디세요?"

"봉천동."

앞쪽 손님이 떠났으므로 택시를 기다리는 승객은 그들 둘이 되었다. 11시 가 조금 못된 시간이었지만 사무실만 운집 되어 있는 곳이어서 거리는 한산했다. 택시 한 대가 다가오더니 그들 앞에 멈췄고 박미정이 그를 바라보았다.

"전 방배동이니까 같이 가요. 제가 먼저 내리면 돼요."

택시에 올라 행선지를 말해주고 난 박미정이 얼굴에 웃음을 띠었다.

"안인석 씨가 김 대리님 귀국하면 나한테 소개시켜 준다고 했었어요."

"걔가 그런 말까지 했어요?"

"같은 팀, 같은 조원이었으니까요."

"……"

"왜 정류장 뒤쪽의 빌딩에 서 계셨어요?"
"박미정 씨가 혼자 남게 되기를 기다리느라고."
"……."
"날 기다렸지요? 그렇지 않습니까?"
박미정이 잠자코 머리를 끄덕였다.
"하실 말씀이 있나 했어요."
"같이 술이나 한잔 할까 하고."
"……."
"집 근처에서 한잔 할까요?"
방배동에서 택시를 내린 그들은 근처의 조용해 보이는 카페로 들어섰다. 예상대로 어둑한 실내에는 손님이 적었고 짜증난 표정의 주인이 맥주와 안주를 내려놓고 돌아갔다. 벽에 붙여진 붉은 색의 흐린 전등 빛에 박미정의 얼굴 윤곽이 선명하게 드러났다.
"여동생이 반가워했겠네요."
박미정의 말에 김상철이 머리를 끄덕였다.
"이모 집에 있다가 지금은 집으로 돌아왔지요. 하지만 다시 돌아갈 겁니다."
"……."
"집을 내놓았어요. 어차피 오래 비워둘 집이니까."
"지금 학교 다니지요? 여동생."
"나에 대해서 어느 만큼 압니까?"
"……."
"숨길 생각은 없어요. 하지만 어떤 선입견이 있나 그것이 궁금해서."
"대충 알아요."
"인석이 그놈이 나를 안주로 술맛을 내었구먼."

"절대 그런 건 아니에요."

박미정의 정색한 얼굴을 보고는 김상철이 웃었다.

"상관없습니다. 긴장할 것 없어요."

"……."

"난 예정보다 빨리 돌아갈 것 같아요."

"그곳이 좋으세요? 시베리아가?"

"유 전무 말씀이 그곳이 내 능력을 발휘할 수 있는 곳이라고 하시더군요. 맞는 말씀입니다."

"……."

"난 이곳에 맞지 않아요. 본래 그곳 용도로 채용도 되었고."

술잔을 들어 몇 모금 맥주를 삼킨 김상철이 그녀를 바라보았다.

"목숨을 걸고 일한다는 것에 스스로 보람을 느낍니다. 무엇을 세우고 있다는 것에도 긍지를 가질 수가 있고."

"목표가 있어요?"

그러자 김상철이 눈을 껌벅이며 그녀를 바라보았다.

"무슨 목표?"

"앞으로."

"나한테 무슨 일이 있으면 아버지 앞으로 보험금과 상여금 합쳐서 6억 원쯤 지급하게 되어 있지요. 아마 그 이상이 될지도 모릅니다. 지난번처럼 회장이 특별상여금을 줄지 누가 압니까?"

"……."

"무슨 일이 없다면 시베리아 벌판을 이리처럼 쏘다니면서 기반을 굳힐 겁니다."

그리고는 김상철이 이를 드러내며 웃었다.

"아마 마적단 대장이 되어 있을지도. 사람 운명은 알 수 없는 것이니까.”

오퍼 서류를 끝낸 안인석은 강형문의 책상 앞으로 다가갔다.

"대리님, 오퍼 끝냈습니다."

"어디."

서류를 받아든 그가 꼼꼼히 훑어보는 동안 안인석은 그의 테이블 옆쪽 의자에 앉아 기다렸다. 스웨덴의 첫 거래선으로 보내질 오퍼였다.

이윽고 강형문이 머리를 들었다.

"잘 됐어, 완벽해."

"됐습니까?"

"안인석 씨의 서류 만드는 솜씨는 일급이야."

"감사합니다."

안인석이 자리에서 일어서자 그가 손바닥을 굽혀 앉으라는 시늉을 했다. 아침 10시 30분으로 바쁜 시간이다. 그들에게 신경을 쓰는 주위 직원은 없다.

"요즘 내가 조금 신경과민이었어."

부드러운 표정으로 그가 말했다.

"나도 결점이 많아. 내가 하는 일이 모두 옳은 것이 아니라는 것도 알아."

"……."

"서로 노력하도록 하자고. 지난 일들은 잊어버리고 말이야."

"알겠습니다."

"고마쓰 일본지사 이야기도 잊어, 맡은 일만 열심히 해."

"알겠습니다."

자신도 모르게 시선을 내린 안인석을 향해 그가 웃었다.

"앞으로 안인석 씨는 외국으로 보내는 오퍼를 맡아 줘야겠어. 어학 실력이 괜찮으니까 전문성을 살려야지."

자리에 돌아온 안인석에게 옆자리의 성태훈이 의자를 굴려 다가왔다. 그는 박미정의 대신으로 충원된 사원이었는데 눈치가 빠른데다 순발력이 있어서 윗사람의 귀여움을 받고 있었다.

"무슨 이야기야?"

그가 낮은 목소리로 묻자 안인석이 머리를 저었다.

"아냐, 아무것도."

"아무것도 아닌데 그렇게 다정하게 이야기를 한단 말이야?"

성태훈의 긴 얼굴이 호기심으로 가득 차 있었다.

"일본지사 이야기지?"

그도 안인석이 일본지사 요원으로 물망에 오르고 있다는 것을 아는 것이다.

"그래, 그 이야기야."

"간다고 했어?"

"아니, 갈 필요가 없다는데."

"그래?"

한동안 안인석을 바라보던 그가 의자를 굴려 자리로 돌아갔다. 10년쯤 전만 해도 해외 지사원의 인기가 높았으나 지금은 아니다. 외국문화에 대한 호기심은 이제 얼마든지 여행으로 채울 수 있는 국민수준이어서 부러움의 대상도 아니다. 오히려 본사와 멀어져 있다 보면 회사의 분위기에 동떨어지게 되는데다가 선진국에서는 물가로 고생을 하고 후진국에서는 문화수준으로 고통을 받는 것이다. 안인석은 컴퓨터의 키를 눌렀다. 강형문이 갑자기 태도를 바꾼 것에 아직도 어리둥절한 상태였지만 기분이 나쁘지는 않았다. 그의 말대로 맡겨지는 일만 열심히 하면 이제까지의 인상을 말끔히 씻어낼 수 있을 것이다. 안인석은 밝아진 얼굴로 자판을 두드리기 시작했다.

김상철이 회사빌딩 건너편의 전통찻집에 들어섰을 때는 오후 2시 정각이었다. 테이블 열 개 정도의 조그만 찻집 안에는 손님이 두 사람밖에 없었는데 그중 한명이 김상철을 향해 손을 들었다.
"여기요, 김 대리."
단정한 양복 차림에 머리를 깔끔하게 빗은 40대 정도의 사내들이다. 그들은 앞자리에 앉은 김상철을 향해 제각기 손을 내밀어 악수를 청했다.
"난 국정원 과장으로 있는 오명환이고 이 사람은 우리 직원이오."
상급자로 보이는 사내가 싸잡아서 자신들을 소개하고는 정중하게 말했다.
"미안합니다, 불러내서. 그리고 우리를 경찰이라고 한 것도 업무상 할 수 없었으니 이해하시오."
"아버지 일로 물어볼 것이 있다고 하셨는데, 무슨 일입니까?"
얼굴을 굳힌 김상철이 묻자 오명환이 웃음을 띠었다
"곧 말씀을 드리지요, 우선 차부터 드시고."
주인을 불러 주문을 하고 난 그들은 차가 나오는 동안 이런 저런 이야기로 시간을 끌었다.
대추차와 쑥차 등이 제각기 앞에 놓이자 오명환이 정색을 했다.
"이번에 다시 시베리아로 가시지요? 그리고 경비단입니까? 그쪽의 책임을 맡으시고."
"······."
"입사 반년도 안 되었는데 진급에다가 이젠 그런 중요한 직책을 맡으셨다니 윗분들의 신임이 대단한 모양이오."

"용건이 뭡니까?"

그러자 오명환이 그를 똑바로 바라보았다.

"우리한테 협조를 해 달라는 거요."

"……."

"솔직히 당신 상관인 유장석 전무에게 제의를 했다가 거절을 당했는데, 들으셨는지는 모르지만."

"……."

"아예 말도 못 꺼내게 하고 거절했던 모양인데 이것은 어렵고 위험한 일이 아니오."

"그건 내가 결정할 문제가 아닌 것 같은데요."

"김 대리가 할 수 있는 일이라니까."

오명환이 상체를 굽히고 다가앉았다.

"위에서 거부를 했더라도 책임자인 김 대리만 협조하면 되는 일입니다."

"날더러 회사를 배신하라고 하는 거요?"

"배신하다니, 그건 표현이 지나치신데."

이맛살을 찌푸린 오명환이 말을 이었다.

"우리는 그쪽 사정을 알고 싶을 뿐이고 또한 그것은 우리의 당연한 업무요. 그리고 대한민국 국민으로서 김 대리를 포함한 고려그룹은 우리에게 협조해줘야 할 의무가 있습니다."

"글쎄 그렇다면 윗사람들한테 말씀하시라니까, 난 못하니까요."

"우리가 손을 써서 아버님을 석방시켜 드리겠습니다."

"……."

"올해 말까지만 복역하시게 하고 성탄 특사 때 출감하게 해드리지요."

"……."

"그리고 이 일은 어려운 것이 아닙니다. 하바롭스크에 있는 우리 요원에게 협조만 해주시면 되는 일이오."

"날더러 국정원의 정보원이 되라는 겁니까?"

"정보원이라니, 김 대리는 스파이 소설을 너무 많이 읽으신 모양인데, 어디, 고려그룹이 빨갱이 소굴입니까? 정상적으로 외국에 나가 있는 다른 기업들이 하는 것처럼 우리에게 정보를 달라는 것입니다. 고려의 윗사람들이 우리한테 너무 거부반응을 일으키고 있어서 할 수 없이 김 대리한테 부탁하는 것이라니까."

"……."

"그렇게 생각하면 편해질 겁니다. 그리고 내 말이 사실이고, 그렇지 않습니까?"

"경비단을 국정원에서 조직해 주겠다고 했다가 거절당하니까 책임자가 된 나를 협박하시는군요."

그러자 두 사내의 얼굴이 순식간에 굳어졌다. 잠시 침묵이 흐른 후 오명환이 입을 열었다.

"잘 생각해요, 김 대리. 당신뿐만이 아니라 가족을 생각해서라도."

그 시각, 강 회장은 강용식과 함께 집에서 늦은 점심을 먹고 있었다. 오늘은 집에서 쉬기로 마음을 먹었으나 회사일로 강용식을 불렀으니 따지고 보면 집에서 회사일을 하는 셈이다.

"북한이 떠드는 걸 보면 조금 꺼림칙합니다. 아버님의 발표 이후로 대남방송이라든가 일본이나 중국에 가있는 관리들이 폭언을 퍼붓고 있는 모양인데요."

수저를 내려놓은 강용식이 말을 이었다.

"국민들의 반응은 괜찮은 것 같습니다. 코덱스가 실시한 여론 조사를 보더라도 80% 이상이 시베리아 임차지를 찬성 하고 환영 합니다만 야당 일부와 대학생들이 반발하고 있습니다."

강 회장이 못 들은 척 숭늉 그릇을 들고는 안쪽을 향해 소리 쳤다.

"숭늉 좀 뎁혀 오너라."

"모스크바 지사의 정세 분석을 보면 내년의 대통령 선거에서 코마노프가 코시킨 손을 들어줄 가능성이 크더군요."

강용식이 말을 바꾸었다. 고려는 현 대통령이 재임을 하건 대통령과 정적관계인 코시킨이 당선이 되건 상관없다. 시베리아 임차는 그들 모두의 적극적인 지지를 받고 있었기 때문이다. 군부도 마찬가지로, 체르넨코 국방장관도 시베리아 개발에 발 벗고 나서고 있다.

강용식의 장녀인 강미현이 숭늉 그릇을 들고 다가왔다. 늘씬한 키에 조금 마른 듯한 몸매였는데 표정이 밝다.

"할아버지, 숭늉요."

"오냐."

강미현이 방을 나가자 그녀의 뒷모습을 쫓던 강 회장이 입을 열었다.

"미현이가 몇 살이더라?"

"스물다섯 입니다, 아버님."

"너무 싸다니지 말도록 해라."

"일을 제법 열심히 합니다. 재능도 있는 것 같고."

미국에서 방송관계 공부를 하고 돌아온 강미현은 작년부터 고려 계열사인 고려기획의 홍보실에서 일하고 있었다. 고려기획은 고려그룹의 홍보물과 광고 제작이 주업무인 회사이다. 강 회장이 뜨거운 숭늉을 한 모금 마시고는 내려놓았다.

"러시아는 극동지역에 대규모 공업지역이 들어서는 것으로 크게 경제 안정이 될 것이다. 저희들 돈 한 푼 안 들이고 개발이 될 테니까."

"5개년 동안의 개발자금이 400억 달러가 넘습니다. 현재 러시아 정부로서는 극동지역에 그만한 투자를 할 여력이 없지요. 그들이 임차를 적극 환영하는 것도 당연합니다."

"……."

"결국 러시아만 좋게 해주는 결과가 된다는 의견도 있습니다. 우리는 임대인에 불과하니까요."

"50년 후에는 어떻게 되겠느냐? 난 이미 죽어 없어졌을 것이고 네 나이도 벌써 쉰둘이니 그때는 아마 저세상 사람일 것이다. 저기 미현이도, 가만 있자, 일흔다섯이고 네 손자가 일할 나이구만. 증손자가 미현이 나이가 될 것이고."

허공을 보며 한참 햇수 계산을 하던 강 회장이 머리를 돌려 강용식을 바라보았다.

"그때까지 러시아가 대를 이어서 저렇게 대통령 선거를 치면서 남아 있을까?"

"……."

"내 자손, 그렇지, 네 자손이 남아 있을 확률이 많겠느냐, 아니면 러시아라는 나라가 남아 있을 확률이 많겠느냐?"

"아버님, 그것은."

"이제 동서 냉전도 끝이 났고, 유럽도 통합이 되었다. 저 빌어먹을 북쪽의 빨갱이 놈들이 아직도 남아 있지만 그것도 오래 가지 않을 것이다."

강 회장이 숭늉을 다시 한 모금 마셨다.

"이제 앞으로 세계는 국경이 없는 경제권으로 구분이 될 것이다. 사상이나 이념은 개도 안 먹는다. 그러면 남는 것이 무엇이냐? 그것은 민족이지, 우리 한민족."

"……."

"저 넓은 땅 시베리아에 자리 잡고 열심히 자손을 낳고, 남북한에서 이주민을 모으면 50년 후에는 몇 천만의 한인 경제권이 이루어져 있을 것이다."

"……."

"지금이야 러시아가 호박이 굴러 들어왔다고 생각할지 몰라도 그때까지 러시아라는 나라가 남아 있을지는 알 수 없어. 하지만 우리 자손들은 확실하게 남아 있겠지, 안 그러냐?"

"예, 아버님."

"50년 후에 네 손자가 그 대륙을 통치한다고 생각해 봐라, 이 반도에서 벗어나 그 광활한 땅을 말이다. 도대체 이런 일에 투자를 안 하면 어디에다 한단 말이냐?"

그러자 강용식이 천천히 머리를 끄덕였다. 세 아들 중에서 장남으로 가장 아버지를 가깝게 모셔온 그였으므로 호흡이 맞는다. 이제까지 턱도 없는 프로젝트를 가져와서는 놀라운 추진력으로 성사시켜온 강 회장이다. 그리고 지금 강 회장은 생애 마지막이 될 엄청난 사업에 매달려 있는 것이다.

"그렇지요, 후손을 위해서라도 잘하신 겁니다, 아버님."

"내 후손만이 아니야. 한국말을 쓰는 모든 놈들의 후손을 위한 일이란 말이다."

코마노프 대통령이 두주불사의 술꾼이라는 것을 모르는 러시아 관리들은 없다. 그는 보드카를 즐겨 마셨는데 한자리에서 두어 병을 마시는 것은 보통이었고 기분이 나면 쓰러질 때까지 끝장을 본다. 정치상황이 급변하는 시기여서 술로 긴장을 풀어야 할 때도 있었으니만치 적당히 마신다면 회의석상에서 술 냄새쯤 풍긴다 하더라도 흉볼 사람은 없다.

국방장관 체르넨코가 작년에 민스크에서 술에 취해 열병식 도중 쓰러졌을 때에도 모두 너그럽게 눈감아 주었던 것도 고위층간에 그런 묵계가 깔려 있기 때문이다. 그러나 이곳은 눈보라 치는 연병장도 격렬한 토론장도 아니다.

크렘린 궁의 대통령 집무실에 모여 앉은 체르넨코와 코시킨 수상은 테이블을 넘어 오는 코마노프의 술 냄새를 맡고 있었다. 시간은 아침 9시 30분. 대통령은 해장으로 보드카를 한 병쯤 마신 모양이었다.

코마노프가 테이블 위에 놓인 서류를 내려다보았다

"미하일, 극동군이 임차지 안으로 언제 이동하게 되는 거요? 계약서에는 1년 후부터 1개 사단이라고 되어 있는데."

"주둔지는 정해 놓았지만 기지를 건설하려면 시간이 걸립니다. 아마 7, 8개월 후가 될 겁니다."

체르넨코가 부드럽게 말했다. 그는 코마노프의 술 냄새를 피하려고 머리를 조금 젖히고 있다.

"물론 가막사를 짓고 분견대와 공병들은 다음 달쯤 파견될 겁니다."

"그 산적들, 그레고리 일당이던가? 그놈들이 다시는 고려 사람들을 건드리지 말도록 해야 될 거요."

"분견대라고 해도 1개 대대 병력이니까요. 고려 쪽과 수시로 연락해서 협조하라고 했습니다."

그러자 코시킨이 입을 열었다.

"회담을 하면서 느낀 것이지만 강 회장은 러시아군 주둔에 대해서 별로 기대를 걸지 않습니다. 본래 3개 사단 병력이었던 것이 그들 주장으로 1개 사단으로 줄어든 것을 보아도 그렇지요."

"러시아군 주둔 경비를 5년 동안 50%씩 부담하도록 했기 때문이지, 그건 당연한 주장이오."

코마노프가 자르듯 말하자 체르넨코가 머리를 끄덕였다.

"러시아 주둔군 경비로 1년에 3000만 달러 정도를 내놓아야 할 테니까요. 아직 아무것도 없는 땅에서 주둔군 경비만 물어야 하니 저쪽에서는 1개 사단도 많다고 하는 것이 당연해요."

"계획안을 봐요, 장관. 5년 안에 300만 가까운 한인과 이주민이 몰려오게 된단 말이오. 그땐 1개 사단으로는 너무 적습니다."

"아니, 수상은 전략가가 되셨는데, 무슨 생각으로 병력이 많다 적다를 말하는 거요? 고려 사람들이 우리 군대를 몰아내고 독립을 선포할까봐 그러는 거요?"

체르넨코가 옆에 앉은 코시킨을 노려보았다.

"주위에 극동군 60만 병력이 있소. 1500대의 항공기가 있고, 위성이 하루에도 두 번씩 그들 위를 지난단 말이오. 군사 문제는 언급하지 마시오."

그러자 코마노프가 빙그레 웃었다.

"당신들은 꽤 친한 것 같던데 내 앞에만 오면 다투는군."

"……"

"두 분 말씀 모두 일리가 있소. 수상의 걱정대로 강 회장은 욕심이 많은 자요. 그가 아무짝에도 쓸모없는 시베리아에 그토록 애착을 갖는 것은 지하자원보다도 한민족을 모아 독립된 경제권을 이룩할 꿈이 있기 때문이지. 우리가 전에도 이야기 하지 않았습니까?"

그가 등을 세우며 말을 이었다.

"1500년 전에 한인 조상들은 시베리아까지는 못 왔지만 동북부 중국의 광대한 땅을 영유했던 모양이야. 내가 동양학과 교수를 불러 물어보았더니 한국인들은 그것을 자랑스럽게 여긴다고 합디다."

"……"

"강 회장은 50년 후에 수백만, 아니 수천만의 한인 자손들을 시베리아에 퍼뜨려서 경제권을 기반으로한 영향력을 행사하려 들겠지. 하지만 그것은 아무도 장담할 수 없는 50년 후의 일이오."

"……."

"당분간 양쪽의 꿈을 병행시켜 나갑시다. 지금 그자들에게 이것저것 제동을 걸 시기가 아니오."

이제 코마노프의 숨에서 술 냄새가 맡아지지 않는 것을 보면 면역이 된 모양이었다. 코마노프가 말을 잇는다.

"투자하게 만드는 거요. 우리한테 중요한 것은 우리가 살아 있을 때 시베리아가 번영해 나가는 것을 보는 것이오. 50년 후에는 우리 모두가 무덤 속에 있을 테니까."

"내가 겪어 보았지만 박미정이 갠 괜찮은 여자야. 잘해 봐라."

그렇게 말하는 안인석의 표정은 밝았다. 회사 근처의 경양식집 안에서 그들은 맥주를 마시고 있는 중이었다.

"네 기준으로 보면 뭐가 괜찮아?"

김상철이 묻자 그가 피식 웃었다.

"유미 기준이야, 어쩔 수 없이. 박미정이는 화려하지 않지만 은근히 빛을 내는 여자야. 겸손하고. 하지만 재치가 있어."

"유미가 화려하고 오만한가? 물론 머리도 잘 돌아가지?"

"당연하지."

술잔을 든 안인석이 벌컥거리며 맥주를 마시고는 소리 나게 잔을 내려놓았다.

"빌어먹을, 대리 한 놈의 말 한마디에 일희일비 하다니, 나도 이제 어쩔 수 없이 보통 월급쟁이가 되었어."

"어쨌든 잘 되었지, 가기 싫은 일본에 안 가게 되었으니까."

"그것보다도 강 대리 그놈이 하루아침에 안면을 바꾼 것이 불가사의 하단 말이야."

말은 그렇게 했지만 굳이 알고 싶은 눈치는 아닌 모양이었다.

그는 손을 들어 술을 더 시켰다. 오늘은 안인석이 한잔 사겠다고 퇴근 무렵에 그를 불러 낸 것이다.

"너, 며칠 후에 간다고?"

"일주일쯤 후에, 이번에 가면 오래 있게 될 거야."

김상철이 안인석을 찬찬히 바라보았다.

"그래도 네 소식은 자주 듣게 될 거야. 박미정이가 연락을 해 줄 테니까."

안인석이 잠자코 시계를 내려다보았다. 8시 5분이었다. 김상철이 말을 잇는다.

"일 년만 버텨 봐. 선배들 말 들으면 일 년이 고비라고 하더라. 일 년만 지나면 무뎌진다는 거야. 자극에 적응이 된다는 이야기다."

"사람 따라 다르겠지."

"……"

"넌 시베리아에서 얼마 동안 있을 거야?"

"그건 몰라. 하지만 끝장을 볼 테니까."

"하는 일이 뭔데?"

그러자 김상철이 얼굴에 웃음을 띠었다.

"보안 담당이다. 경비요원들의 책임자지. 이건 영 다른 길로 빠진 거야."

"네 적성에 맞는 일이다, 인마."

"그런가?"

"하긴 넌 어떤 일에도 맞춰갈 놈이지."

술잔을 든 김상철이 안인석을 바라보았다.

"그, 누구냐, 한지은이. 그 여자가 나한테 2000만 원짜리 수표를 가져 왔다는 이야기를 너한테 했던가?"

"2000만 원을?"

"그래, 생활에 보태 쓰라고. 내 형편을 알아보니까 눈물이 앞을 가렸던 모양이다."

"……."

"전별금이었지."

"인마, 왜 그 얘기를 지금 하는 거야?"

"유미를 놓치면 안 된단 말이다, 너는."

"상처가 커지기 전에 내가 미리 손을 떼는 것이 나을 것 같다는 생각이 들어."

안인석이 술잔을 바라보며 말을 잇는다.

"그 동안 유미한테 약한 면만 보였거든. 아마 그것이 원인일지도 몰라."

"요즘 만난 적 없어?"

"없어, 서로 바빠서."

"전화했다면서? 다른 말은 없고?"

"뭐, 별로. 출장준비로 바쁘다고만."

"……."

"당분간 서로 생각할 시간을 갖는 것이 나을지 몰라."

"이 자식아. 그것이 어디 스케줄대로 되는 일이냐?"

"늦어서 미안해요."

옆에서 들리는 말소리에 그들은 머리를 들었다. 박미정이 웃으며 서 있었다.

"일이 있어서 늦었어요."

안인석의 옆자리에 앉으며 그녀가 말하자 김상철이 안인석을 바라보았다.

"박미정 씨 네가 부른 거야?"

"그래, 셋이 한잔 하자고 했어."

"나 때문에 분위기 깨진 건 아니죠?"

박미정이 물었으므로 김상철이 고개를 저었다.

"아니, 때 맞춰서 마침 잘 왔어요. 분위기가 이상해지고 있었거든."

2차까지 간 술좌석이 끝난 것은 11시가 다 되어서였다. 엉망으로 취한 안인석을 택시에 태워 보내고 난 김상철이 박미정을 바라보았다.

"자, 방배동으로 모셔다 드릴까? 오늘도 집 근처에서 한잔 더 할까요?"

"차나 한잔해요."

거리는 취객들과 택시를 잡으려는 사람들로 혼잡했다. 그들이 방배동에 도착했을 때는 11시 30분경 이었다. 지난번에 들렸던 카페는 오늘도 손님이 적었고 주인의 표정도 그대로였다. 안쪽에 자리 잡고 앉은 그들은 커피가 없다는 주인의 말에 맥주를 시켰다. 박미정의 두 눈이 붉은 등빛을 받아 반짝이고 있었다.

"일주일 후에 출발하시죠?"

"조금 빨라질지도 모릅니다. 그쪽에 인원이 부족해서."

잔에 술을 채운 김상철이 갈증 난 듯 잔을 비웠다.

"자주 인석이를 만나주세요. 어떻게 일하는가를 알고 싶으니까."

"회사일은 잘 풀렸다니까 이젠 별일 없을 거예요. 안인석 씨는 실력이 있으니까."

"……"

"저, 고려전자의 채 상무가 며칠 전에 비서실에 들어와 유 전무님을 만났는데, 알고 계시지요?"

머리를 든 김상철이 잠자코 그녀를 바라보았다. 그러자 박미정이 얼굴에 웃음을 띠었다.

"제가 추리하는 건 아니지만 두 분이 안인석 씨 이야기 하신 것 아닌가요?"

"마음대로 추리해도 좋지만 당사자한테는 비밀로 해주었으면 좋겠는데."

"내가 바본가요?"

"인석이는 박미정 씨가 겸손하고 재치 있는 여자라고 하더군요."

"그랬어요?"

박미정이 눈을 반짝이며 웃었다.

"그리고 또 다른 칭찬은요?"

"날더러 놓치지 말라고."

"놓쳐 본 적 있어요?"

"말 바꾸는 걸 보니 과연 그렇군."

"그런 화법이 싫어요?"

화가 난 표정의 주인여자가 마침 지나갔으므로 김상철은 맥주 두 병을 더 시켰다. 떠들썩한 말소리와 함께 대여섯 명의 20대 초반 남녀가 카페로 들어섰다가 가라앉은 분위기에 질색을 하고 돌아나갔다. 김상철이 테이블의 정적을 깼다.

"아버지 형기가 4년 몇 개월 남았어요. 형기를 채우고 출옥하시면 환갑이 넘으시지요."

"……."

"갑자기 아버지가 불쌍하다는 생각이 들어서."

김상철이 다시 술잔을 들었다.

"자, 아버지의 남은 형기를 위해서 건배를 합시다."

테이블 위에 놓인 맥주병이 모두 비워졌을 때가 12시 30분이었다. 그들은 카페를 나와 서늘한 밤바람이 부는 거리에서 마주 보고 섰다. 김상철이 트림을 했다.

"그 기지에서, 미정 씨가 사람들 사이에 끼어 다가올 적에."

바지 주머니에 두 손을 찌른 김상철이 그녀를 똑바로 바라보았다.

"옷을 몇 겹이나 껴입었는지 꼭 술통 위로 머리가 나와 있는 것 같았는데."

"……"

"나하고 시선이 마주쳤지요."

"……"

"나는 그 눈빛을 지금도 기억하고 있어요, 미정 씨의 놀란 듯 하고 겁난 듯한 그 표정의 얼굴을."

"……"

"시베리아에 있을 때에도 내내."

밤바람이 달아오른 피부를 부드럽게 스쳤다. 팔짱을 긴 두 남녀가 종종걸음으로 그들 옆을 지나갔다.

커튼을 젖히자 환한 햇살에 덮인 건물들이 내려다보였다. 호텔의 뒤쪽 테니스 코트에는 된 운동복 차림의 사내들이 게임에 몰두하고 있었다.

이제 봄의 기운이 시선 가는 곳마다 제각기 뻗어 있는 3월 중순의 오후였다.

"뭘 그렇게 보는 거야?"

침대에 누운 채 담배를 피우고 있던 홍만규가 물었으므로 이유미는 창에서 몸을 떼었다. 알몸 위에 가운을 걸친 차림이었고 금방 샤워를 마친 참이다. 머리에는 물기가 묻어져 있다.

"김 상무가 박 대리를 데리고 나간다는 소문이 있어요."

이유미는 창가의 의자에 앉았다.

"요즘 박 대리는 자주 사람들을 만나러 다니면서 자리를 비워요."

"나도 알고 있어."

상반신을 일으켜 세운 홍만규가 얼굴에 웃음을 띠었다.

"최 부장 소문은 어때?"

"이상해요. 요즘은 하루종일 자리를 지키고 앉아 있는 게."

"그 친구는 마음을 돌렸어. 김 상무가 나가게 되면 이사 진급을 할 테니까."

"어쩐지."

이유미가 수건으로 젖은 머리의 물기를 말렸다.

"그렇게 손을 써 두었군요."

"그것도 임시변통일 뿐이야. 언젠가는 다시 이런 일이 또 일어나게 되지."

벌거벗은 몸으로 침대에서 내려선 그가 팬티를 찾아 입었다.

"회사를 차려서 독립해 나간다면 하는 수 없지. 하지만 월급 몇 푼 더 준다고 회사의 거래선을 빼내서 다른 회사에 넘기다니?"

"그것이 자신들의 자산이라고 믿는 모양이던데요."

"글쎄, 그 의식 구조가 잘못 되었어."

점심을 마치고 나서 호텔에 들어와 한낮의 정사를 치르고 난 다음이다.

조금 나른해진 몸으로 그들은 마주보고 앉았다. 이제 이런 일에 익숙해져서 분위기가 어색하지는 않다.

"우리 회사는 창립된 지 8년째인데 직원 180명 중에서 5년 이상 근속자가 10명도 안 되던데요."

이유미의 말에 홍만규가 머리를 끄덕였다.

"알고 있어."

"중역 두 명, 경리부 쪽 세 명, 그리고 나머지가 영업 실무직이었어요."

"……."

"다른 회사들도 영업직의 이직률이 많더군요. 우리보다 훨씬."

"관광업계의 고질이야. 아무리 대우를 좋게 해줘도 안정된 직장으로 생각하지 않는 모양이야."

답답한 듯 자리에서 일어난 홍만규가 조금 전의 이유미처럼 창밖을 내려다보았다.

"LA에 가면 분위기를 잘 살펴 줘. 지사장이 랜드 비용을 많이 횡령하고 있는 것 같단 말이야."

"……."

"또 을지 여행사의 일을 하고 있다는 소문도 있어."

을지 여행사는 경쟁업체로 그들도 LA에 지사를 두고 있었다. 그랜드 여행사의 LA지사장이 을지 여행사의 일을 하고 있다는 것은 한국 여행을 떠나는 미국 관광객을 을지 여행사로 넘긴다는 것을 말한다. 자리에서 일어선 홍만규가 다가와 그녀를 일으켜 세우더니 가슴에 안았다.

"우선 한 달쯤 업무파악만 해. 그리고 돌아와서 준비를 하자고."

"언제 LA에 오실 거죠?"

"유럽 들렀다가 갈 테니까 유미가 도착한 열흘쯤 후가 될 거야."

홍만규는 6개월쯤 후에 이유미에게 LA지사를 맡길 생각이었다. 물론 그 안에 그들은 약혼을 하게 될 것이니 회사 사람들이 그녀의 파격적인 진급을 이상하게 생각할 리는 없다.

오후 3시가 넘어서야 그들은 방을 나왔다. 앞장서서 방을 나온 홍만규는 복도의 벽에 기대서 있는 사내와 시선이 마주쳤다.

"어머."

뒤에서 낮고 짧은 이유미의 외침소리가 들렸다. 순간적으로 홍만규의 몸이 굳어졌다. 저 사람은 이유미의 애인일 것이다. 서로 표현은 안했지만 가슴속에 찌꺼기로 가라앉아 있던 고려그룹의 신입사원이다.

"나하고 이야기 좀 합시다."

사내는 육중한 체격에 목소리도 굵었다. 강한 시선으로 이쪽을 쏘아보고 있었으므로 홍만규의 눈동자가 흔들렸다.

"아, 나 말이요?"

겨우 그렇게 묻자 사내가 바짝 다가섰다.

"그럼, 너지 누구야, 이 새끼야."

"이봐, 김상철 씨."

이유미가 목소리를 높였으나 조금 떨렸다.

"네가 무슨 권리로……."

그러자 김상철이 홍만규의 어깨를 와락 밀어젖혔다. 김상철은 아직 닫히지 않았던 문을 활짝 열면서 홍만규의 어깨를 잡아 팽개치듯이 방 안으로 밀어 넣고 이어서 이유미를 끌어넣었다.

"이것 봐 너, 누구야?"

얼굴이 하얗게 굳어진 홍만규가 방 안에 엉거주춤 서서 소리쳤다.

"왜 이러는 거야!"

째질 듯한 목소리로 이유미가 외쳤다.

그러자 안에서 문을 걸어 잠근 김상철이 홍만규에게로 다가왔다. 두 눈을 부릅뜨고 있다.

"이봐."

홍만규가 주춤 물러서며 입을 열었을 때 김상철의 발끝이 날아 그의 턱을 쳐 올렸다.

침대에 상반신을 부딪치며 홍만규가 단번에 나가떨어지자 빙글 몸을 돌린 김상철이 이유미의 어깨를 밀었다.

이유미가 침대 위로 엉덩방아를 찧으며 주저앉았다.

"내가 경고를 했는데도 너는."

이유미의 앞에 선 김상철이 말했다.

"사장 놈하고 낮거리를 하고 다녀?"

옆에 볼상 사나운 모습으로 엎어져 있는 홍만규가 낮은 신음소리를 내었는데 아직 인사불성이었다.

"이 강도 같은 자식, 네가 뭔데 나한테 이래? 네가 왜 나서냔 말이야!"

째질 듯한 목소리로 이유미가 소리쳤다. 침대에 앉은 그녀는 하얗게 질린 얼굴이었지만 두 눈을 치켜뜨고 있었다.

"상관하지 말고 내 인생에서 꺼져! 이 거지 같은 자식아!"

"내가 이런다고 될 일이 아니야, 물론."

한 걸음 다가선 김상철이 손을 휘둘러 이유미의 뺨을 쳤다. 머리가 한쪽으로 돌아간 이유미가 두 손으로 침대를 짚어 겨우 넘어지는 것을 면했다.

"하지만 너도 네 뜻대로는 안 될 것이다. 내가 있는 한."

엎어져 있던 홍만규가 꿈틀거리더니 상반신을 일으켜 세웠다. 코와 입에서 핏줄기가 흘러내리고 있었고 두 눈에는 아직 초점이 없다.

"만규 씨."

이유미가 흔들리는 그의 상반신을 잡았다.

"만규 씨, 괜찮아요?"

침대에서 일어난 이유미가 탁자 위에 놓인 휴지를 가져오더니 홍만규의 얼굴을 닦았다.

"너, 두고 봐, 경찰에 신고할 테니까."

문득 손을 멈춘 이유미가 김상철을 노려보았다. 한쪽 볼이 벌겋게 되어 있었다.

"네 아버지하고 같이 감옥살이를 하게 될 거야, 이 자식아."

김상철이 손을 뻗어 홍만규의 한쪽 어깨를 움켜쥐었다.

"이 여자는 내 친구와 결혼할 사이였어."

그러자 홍만규가 흐린 눈을 들었고 이유미는 아랫입술을 물었다.

"이 여자한테서 손을 떼, 그렇지 않았다간 다음번엔 죽여 버릴 테니까."

"이 개자식."

이유미가 자리를 차고 일어섰다가 김상철이 가볍게 지른 주먹에 관자놀이를 맞고는 침대 위로 쓰러졌다.

가느다란 신음소리를 내면서 그녀는 움직이지 않았다.

"어때? 약속할 거냐?"

김상철이 다른 쪽 손으로 홍만규의 머리칼을 움켜쥐고는 위아래로 흔들었다.

"이 개자식아, 쌔고 쌘 게 여잔데 왜 하필 내 친구의 여자를 가로채, 어때. 대답 안 해!"

"알았어."

흔들리는 머리로 홍만규가 겨우 입을 열었다.

"손을 떼겠어."

사무실에 들어서자 안쪽의 소파에 앉아 있는 이대각이 보였다. 그도 김상철을 보고는 큰 머리를 흔들며 활짝 웃었다.

"아니, 이사님. 몸은 이제 괜찮으십니까?"

"다 나았다."

말은 그렇게 했지만 한쪽 팔은 불편해 보였다. 그는 지금까지 고려병원에 입원해 있었던 것이다.

아침 9시여서 이제 마악 업무가 시작된 참이었다. 아직 유장석이 출근 전인 것을 보면 본사에 들렀다가 오는 모양이었다.

"김 대리가 보안업무를 맡았다면서?"

여직원이 날라준 커피 잔을 받으면서 이대각이 물었다.

"그래, 언제 떠나는 거냐?"

"저는 닷새 후에 떠납니다."

"유 전무님은?"

"저희들 먼저 떠나고 나서 조금 있다가 오실 예정이었는데 아마 같이 떠나게 될 것 같습니다."

"그렇다면 나도 같이 가야겠군."

혼잣말처럼 중얼거린 이대각이 다시 물었다.

"지원자 중에서 돌아가는 놈들이 늘어난다면서?"

"예, 조금……."

"인마, 조금이 아니라 10%가 넘는다던데, 그래? 병원에 누워 있었다고 내가 모르고 있는 줄 알아?"

직능별로 모집한 개척단원 중에서 특히 지원취소를 하고 돌아가는 인원이 많은 곳은 행정직이었다. 기술직 요원들의 취소 비율은 5% 미만이었는데 행정직은 30%가 넘는 상황이었다.

"시베리아에 있을 때의 이야기가 퍼져나간 모양입니다. 그것이 조금 과장되기도 해서, 아마……."

"더 이상 과장할 것도 없다. 그땐 최악이었어."

이맛살을 찌푸린 이대각이 큰 머리를 한쪽으로 기울였다.

"내가 알기로는 그룹 내부뿐만이 아니라 외부에서도 우리 직원이 수십 명이 죽었다느니, 그래서 사망자를 줄이려고 눈 속에 시체를 여러 구 묻고 왔다느니 하는 소문이 확 퍼져 있단 말이다. 그리고……."

주위를 둘러본 이대각이 상반신을 김상철에게로 기울였다.

"이미 유전을 발굴해 놓았다는 소문도 떠돈다."

"……."

"이걸 아는 놈들은 극소수인데, 비서실 직원들에게도 비밀로 한 일인데 말이야."

"……."

"도무지 병원에 있지를 못하겠어, 조바심이 나서."

"잘 오셨습니다, 이사님."

"유 전무가 날 보면 도로 병원으로 밀어 넣으려고 하겠지만 그땐 대가리로 받아버릴 테다. 난 못 가."

본부 사무실에서 나온 김상철이 연수원 1층에 있는 경비단 임시 사무실로 들어서자 고태성이 자리에서 일어섰다. 그는 스물여덟으로 학군장교 출신이다.

"대리님, 조직도를 봐주시렵니까?"

그는 탁자 위에 커다란 종이를 펼쳤다. 닷새 후에 시베리아에 도착하면 당장에 업무를 시작해야 하는 것이다.

조직도를 살펴보던 김상철이 머리를 들었다. 고태성은 중위 출신인데다 입사 2년차 사원이다. 고려건설의 총무부에 있다가 개척단에 자원한 그는 경비단의 선임자였다. 건설에 그대로 있어도 내년에 대리 진급 순서였으니 정상적으로 따지면 김상철보다 한참 선배가 되었어야 할 사람이었다.

"지원을 취소한 사람들은 돌아갔습니까?"

"오늘 아침에 보냈습니다."

고태성이 매섭게 보이는 눈을 치켜떴다.

"그런 놈들은 차라리 잘 돌아간 겁니다. 시베리아에 가서 보수 많아지고 진급 빨라질 생각만 했던 놈들이니까요."

"소문이 퍼져 있다던데, 시베리아 상황에 대해서 말이오. 들은 적 있습니까?"

"들었습니다."

고태성이 똑바로 그를 바라보았다.

"직원 수십 명이 죽었다고 하더군요. 러시아군 수백 명이 몰살했다고도 하고, 사망자를 은폐하기 위해서 시체를 묻었다는 소문도 있습니다."

"……"

"대리님에 대한 소문도 많습니다. 들어 보시겠습니까?"

김상철이 머리를 저었다.

"그건 됐어요. 그런데 나에 대한 직원들의 거부반응은 없습니까? 아직 입사 몇 개월도 안 되었고 한데."

"안 들으시겠다는 그 소문 때문인지 그런 직원은 한 사람도 없습니다."

"……"

"그리고 직장도 계급사회거든요. 그런 염려는 안하셔도 됩니다, 대리님."

"앞으로 잘 해 나갑시다."

"제가 부탁드립니다. 저도 힘껏 능력을 발휘할 작정이니까요."

고태성이 흰 이를 드러내며 웃었다.

"책상에 앉아 차량 배치나 하고 회사 재산 체크나 하면서 세월을 보냈는데 시베리아 개척단 모집이 저에게 새로운 기회를 준 것이지요."

　잠자코 머리를 끄덕인 김상철이 탁자 위의 조직도로 시선을 내렸다. 자신과 입장은 달랐지만 그도 절실한 이유가 있는 것이었다.

두 여인

 어젯밤 폭음을 한 터라 천하일미가 입 안에 들어갔다 하더라도 썼을 것인데 맛없기로 소문이 난 경찰서 구내식당의 장국이다. 백선규는 세 순가락쯤 장국을 떠 넣고는 수저를 내려놓았다.
 점심때였으나 식당은 한산했다. 끗발 좋은 놈들은 모두 밖으로 나갔고 형사계 직원 몇 명이 바쁜 듯 백반을 먹고 있을 뿐이었다. 플라스틱 컵에 담긴 생수를 한 모금씩 마시며 앉아 있던 백선규는 시계를 내려다보았다. 오후 1시였으니 두 시간쯤 시간이 있다. 그는 경찰서 로터리의 사우나에 갔다가 회사에 들어가기로 마음을 먹었다.
 "아니, 백 기자, 여기서 먹어?"
 뒤에서 나타난 사람은 수사과의 김반장이다. 단정한 양복차림에 금테 안경을 끼고 있어서 인상이 은행원이나 회사의 중역 같았지만 끈질기고 독한 수사관이었다. 그러나 백선규와는 제법 말이 통했고 술좌석도 몇 번 같이 한 적이 있다.
 "이런 세상에, 점심 사주는 간부 놈들도 없단 말이야? 쯧쯧."

앞자리에 앉은 김 반장은 박카스 한 병을 시켜 마셨다.

"난 요즘 장이 안 좋아서 점심을 거르기로 했어."

"점심 거르고 저녁에 술 마시면 장이 낫는답디까?"

"이거 왜 이래? 건수 없어서 심사가 뒤틀린 거야?"

김반장이 손끝으로 안경을 추켜올렸다.

"참, 내가 건수 하나 주지, 조금 전에 고발장 하나가 접수되었는데 3주 진단서가 첨부된 폭행 사건이야."

"……."

"그런데 피해자가 그랜드 여행사 사장이고 가해자가 고려그룹 사원이야. 어때? 건수 되었어?"

물 컵을 내려놓은 백선규가 바짝 다가앉았다. 흐리멍덩했던 두 눈에 초점이 반듯하게 잡혀 있었다.

"조금 전에 접수되었다면 오후에 잡으러 갈 거요?"

"글쎄, 두고 봐야지."

"앗따, 이왕 건수 주려면 반나절만 나한테 시간을 주쇼. 내일 아침으로 밀고."

그러자 김 반장이 빙글 웃었다.

"부처님 손바닥 위의 손오공이야. 그것만 잊지 말고 잘해 봐."

강미현이 대한일보 사회부 기자 백선규가 알려준 사건을 들은 것은 그로부터 한 시간쯤 후였다. 고려기획은 사업상 각 언론사 기자들과 친밀한 관계를 유지해 왔는데 백선규도 그중 하나였던 것이다.

연간 몇천 억에 이르는 고려의 광고예산이 고려기획을 통해 배분되므로 광고비로 수익을 올리는 언론사들이 상부상조 해주는 것은 당연했다. 백선규의 전화를 받은 홍보실의 한대리가 강미현을 바라보았다.

"백 기자가 손을 써서 오늘까지는 사건을 덮어둘 수 있답니다. 하지만 내일은 장담할 수 없다는데요."

"그룹 비서실의 대리라고 했어요?"

강미현이 묻자 한 대리가 머리를 끄덕였다. 그는 30대 초반으로 강미현보다 나이가 7, 8년 연상이었지만 언제나 예의 바르게 처신하고 있었다.

"예, 그런데 알아보니까 작년 12월에 입사한 신입입니다. 이번에 시베리아에 갔다가 특진한 개척단 소속입니다."

"……"

"아직 비서실에는 알리지 않았습니다."

"협박을 했다고 해요? 구타하면서?"

"그랬다는군요. 그랜드 여행사 사장의 약혼자하고 아는 사이였답니다. 그래서 그들이 호텔방에서 나오는 것을 밀어 넣고 마구 때렸다는 겁니다. 남자가 3주, 여자가 2주 진단이 나왔다는데."

"……"

"이대로 두면 구속감입니다, 과장님. 더군다나 그랜드 여행사는 국내 굴지의 여행사이고 집안 재산이 많습니다. 돈으로 합의 보는 것도 어렵겠고."

강미현이 머리를 끄덕였다.

"알았어요. 내가 비서실에 알리든지 해서 처리하겠어요. 한 대리는 백 기자한테 고소장 카피를 팩스로 받아보도록 하세요. 사례하겠다고."

한대리가 자리에서 일어서자 강미현은 벽시계를 올려다보았다. 오후 3시 30분이 되어 있었.

4시 30분 정각에 김상철은 본사 빌딩 옆에 세워진 그룹 홍보관의 전시장으로 들어섰다. 그룹의 각종 생산품이 전시되어 있는 초대형 전시장이다. 그는 외국인들에게 유창한 영어로 전시물을 소개해주고 있는 여직원에게로 다가갔다.

"비서실의 김 대리인데, 고려기획에서 날 기다리는 사람이……."

"5번 상담실입니다."

짧게 대답한 그녀가 외국인에게로 몸을 돌렸다. 5번 상담실은 안쪽에 있었다. 그가 방 안으로 들어서자 의자에 앉아 방 안에 설치된 전시물 TV를 보고 있던 강미현이 머리를 들었다.

"비서실 김 대리세요?"

"네. 그럼, 그쪽은 고려기획에서 오신……."

"한 대리 대신으로 제가 왔어요, 전 홍보실에 근무하는 미스 박입니다."

그들은 테이블에 마주보고 앉았다.

유리창 너머로 고려그룹 본관의 거대한 빌딩이 보였다. 강미현이 입을 열었다.

"아까 잠깐 말씀드렸는데, 그 폭행 사건, 내일 오전에는 경찰이 수사를 시작할 거예요. 그렇게 되면 당장에 구속이 됩니다."

"……."

"우리가 손을 써서 고소장 카피를 받았어요. 확인해 보세요."

강미현이 앞에 놓인 팩스 용지를 그에게로 밀어주었다. 김상철이 그것을 읽는 동안 상담실에는 잠시 침묵이 흘렀다.

"대충 맞는데."

"죽인다고 협박한 것도 사실인가요?"

"그랬어요."

강미현의 눈초리가 치켜 올라갔다.

"그런다고 해결될 일로 보였나요? 남녀관계가 주먹으로, 더구나 협박으로."

"……."

"제가 이런 말 한다고 고깝게 생각하지 마세요. 고려기획은 고려그룹의 언론관계도 책임지고 있는 회사니까, 김 대리 때문에 회사의 명예가 깎일 수도 있어요."

"미스 박이라고 했나요?"

"그래요."

"날 보자고 했던 건 사정을 알아보려고 했던 것, 맞지요?"

"그래요."

"그럼, 알아보셨으니 이제 어떻게 하실 겁니까?"

강미현이 똑바로 그를 바라보았다.

"김 대리가 시베리아로 곧 떠날 사람이 아니었다면 이렇게 상황을 물어보지도 않았어요."

"……."

"우리는 혹시 김 대리가 항변할 내용이 있나 하고 기대했는데 이제는 방법이 없어요, 비서실장께 보고하고 지시를 기다리는 수밖에."

"……."

"경찰이 내일 아침에 김 대리한테 갈 테니까요."

"미스 박, 당신의 말하는 태도가 아까부터 서슬리는데."

김상철이 낮은 목소리로 말했다.

"설령 고소장 내용이 사실이라고 하더라도 남녀관계가 어쩌고 하는 것도 가소롭고, 회사의 명예가 어쩌고 하는 것도 우스웠어."

강미현이 숨을 죽였다. 주머니에서 담배를 꺼내 입에 문 김상철이 턱으로 고소장 카피를 가리켰다.

"저 여자는 내 유일한 친구의 여자였어. 곧 결혼할 여자였지. 그런데 내 친구를 배신한 거요, 저렇게."

"……."

"호텔방에서 나오는 걸 도로 잡아넣고 두들겨 패고. 그래, 협박을 했어. 죽이겠다고, 물론 두드리고 협박한다고 돌아올 년이 아니지, 하지만 그렇게라도 해야 될 것 같았어. 내 친구를 대신해서라도."

"……."

"미스 박의 전화를 받고 여기 오기 전에 내가 조처를 했으니까 내일 경찰이 날 잡으러 오지는 않을 거요."

"화해했단 말인가요? 저쪽이 취하한다고 합의를 했어요?"

"아마 그럴 거요, 그럴 가능성이 많아요."

"그것이 확실하다면 비서실에 보고하는 건 늦출 수가 있어요. 물론 내일 경찰서에 확인을 해보겠지만."

"나를 봐주는 거요?"

"아니, 고소가 취하되면 문제가 될 것이 없으니까 당연한 일이지요."

"바쁘실 텐데 신경 쓰게 해드려서 미안합니다."

"아니, 회사일이니까요, 그런데 친구와의 우정이 꽤 두터운 모양이네요."

이제 강미현의 목소리도 부드러워져 있었다.

"그 친구 분은 이 일을 알고 있어요?"

"안다면 그놈은 수치심으로 약을 먹을지도 모릅니다."

"……."

"나는 일에 억눌려 있다가 친구가 당하는 걸 보면 그것이 함께 폭발하는 모양이오. 미스 박은 잘 모르겠지만."

자리에서 일어선 김상철이 강미현에게 손을 내밀었다.

"당신은 말 맺음이나 인상이 산뜻한 여자요. 만나서 반가웠습니다, 미스 박."

"저도 반가웠어요."

악수를 나눈 김상철이 먼저 방을 나갔고 강미현은 테이블 위를 정리했다. 오후 5시가 넘어 있었다.

입원실에 들어선 사내들 중 나이가 적어 보이는 사내가 홍만규의 어머니에게 다가갔다.

"잠깐 자리를 피해주시겠습니까? 홍사장과 따로 이야기할 것이 있어서 그럽니다."

"경찰에서 오셨어요?"

어머니는 불안한 표정이었다.

"예, 조사할 것이 남아 있어서."

"어머니, 잠깐만 나가 계세요."

침대에서 상반신을 일으킨 홍만규가 말하자 어머니는 방을 나갔다.

사내들은 둘 다 단정한 양복차림이었다. 의자를 당겨 침대 가에 앉은 그들 중 나이 들어 보이는 사내가 호주머니에서 명함을 꺼냈다.

"우린 경찰이 아닙니다. 국정원 직원이오. 난 오명환이라고 합니다."

"무슨 일입니까?"

홍만규가 다소 불안한 표정을 지었다. 저녁 8시가 다 된 이 시간에 국정원 과장이 왜 찾아왔을까. 이 사건이 국정원 과장이 나설 만큼 심각한 것은 아닐 텐데.

"물론 이번 사건 때문이지요, 고소 사건."

오명환이 부드러운 얼굴로 말했다.

"많이 다치셨습니까?"

"보시다시피."

아래턱을 온통 붕대로 감고 있어서 말소리도 어눌하게 들리고 있다. 그의 턱을 살펴본 오명환이 머리를 끄덕였다.

"여기 오기 전에 담당 의사를 만났습니다. 그런데 엑스레이를 가지고 장난을 쳤더군요. 턱뼈에 금이 간 것도 아닌데 3주 진단서를 떼었단 말이오."

"그게 무슨 말입니까?"

홍만규가 눈을 치켜떴다.

"병원 진단서가 가짜란 말이요?"

그러자 오명환이 얼굴에 웃음을 띠었다.

"홍 사장, 당신 지금 누구하고 이야기하고 있는가를 깨달으셔야겠는데."

그는 호주머니에서 담배를 꺼내 물고는 홍만규의 얼굴을 향해 연기를 뿜었다.

"당신은 진단서를 조작해서 공갈을 치고 있는 거야. 말을 못 알아 들었어?"

이제 오명환의 말투가 강경해졌다.

"김상철인가 그 친구가 우리 국정원에 당신을 고발해왔어. 정치권을 움직인 모양인지, 우리도 윗사람의 지시를 받고 이러는 거야. 그래서 조사해 보니까 오히려 당신이 걸려들게 되겠어."

"……"

"담당의사 이야기는 당신이 3주쯤 떼어 달라고 했다는데, 그리고 여자는 아무렇지도 않은데 2주 진단서를 달라고 했고."

"……"

"돈을 100만 원 받았다고 자백하더구먼. 시인서도 받아놓았단 말이야."

입맛을 다신 오명환이 자리에서 일어섰다.

"내일 아침 일찍 당신 부친과 함께 국정원 조사실로 와줘야겠어. 이곳 병원장하고 담당의사도 같이 올 거야."

그는 손을 뻗어 홍만규의 어깨를 가볍게 두드렸다.

"아침 여덟시야, 물론 강남경찰서의 담당 수사관도 오라고 했으니까 당신과 병원, 그리고 경찰과의 공모가 있었는지 어쩐지는 알 수 있겠지."

"아니, 우리 아버님은 왜."

홍만규가 겨우 입을 열어 묻자 오명환이 쓴웃음을 지었다.

"글쎄, 우리도 모르겠어. 진정이 함께 들어 온 모양이야."

저녁 식사가 끝나갈 무렵 강 회장이 강용식에게 말했다.

"어제 국정원장하고 안보수석 이렇게 셋이서 점심을 했는데 하바롭스크에 북한 공작원이 부쩍 늘었다고 권 부장이 그러더구나, 지난번엔 소탕 당하다시피 했지만 원체 기반이 굳은 데여서 러시아 정부도 이제는 방관하고 있다는 거다."

"임차지가 눈에 가시일 테니까요. 끝까지 방해공작을 할 겁니다."

수저를 내려놓은 강용식이 말했다.

"수단 방법을 가리지 않겠지요. 아버님한테 한 짓을 보십시오."

"권 부장은 은근히 개척단 조직에 간섭하려는 눈치를 보였어. 그런 이유를 대고 말이야."

"유 전무가 거절한 건 잘한 일입니다. 처음부터 국정원이 손을 대게 했다가는 조직 관리가 안 됩니다. 러시아 문제도 있고."

식탁에 둘러앉은 다른 사람들은 윗사람들의 이야기를 들으며 잠자코 식사를 했다. 강 회장이 머리를 끄덕였다.

"시간이 지나면 어련히 협조 안 하려고? 그래서 서두르지 말라고 했다."

"개척단 경비는 그, 김 대리인가 하는 젊은 친구한테 맡겼다지요?"

"그래, 유장석이하고 이남호까지 그놈을 신임 하고 있어서."

"아직 신입 인데, 나이도 어리고. 큰일을 맡기기 에는 너무 이르지 않습니까?"

"그 일에는 나이가 필요 없다. 목숨을 걸어야 하는 일이니까."

"……."

"그놈 애비가 작년에 세상을 떠들썩하게 했던 세금도둑이라는 이야기 들었느냐?"

"대충 들었습니다."

"정상적인 근무는 할 수 없는 놈이야. 본인도 그것을 잘 알고. 내가 특채한 이유도 잘 알고 있어, 그놈은."

"……."

"목숨을 걸고 일할 것이다. 그놈한테는 그곳이 기회의 땅이니까."

강미현은 잠자코 죽을 떠 입에 넣었다. 김상철에 대한 화제가 저녁 식탁에서 나누어지고 있다는 것이 놀라웠고 그 내용도 충격적이었기 때문에 신경이 예민해져 있었다. 이런저런 이야기를 나누던 강용식이 문득 강미현을 바라보았다.

"미현이, 너, 아까 개척단에 대해서 할 이야기가 있다고 했지?"

식탁에 앉은 사람들은 물론 강 회장까지 강미현에게로 시선을 주었다. 그러자 강미현이 눈을 동그랗게 뜨고는 머리를 저었다.

"아녜요, 아무것도. 그냥 그쪽을 배경으로 홍보물을 만들어 보면 어떨까 하고 생각했는데."

"그것 괜찮을 거다."

대뜸 강 회장이 나섰으므로 놀란 강미현이 숨을 멈추었다.

"끝없는 벌판, 물론 눈에 덮였지만, 그런 곳을 보여주면 우리 고려직원들은 대단한 자부심을 갖게 될 것이다. 국민들은 말할 것도 없고."

강 회장의 얼굴에 웃음이 떠올랐다.

"대통령이 시베리아에 가고 싶다고 했어. 다른 건 몰라도 그런 머리 하나는 기가 막히게 돌아가는 사람이지, 시베리아 대륙에 선 당신의 모습을 국민들에게 보이고 싶었던 거야."

"……."

"미안한 일이지만 그 양반 생색내게 해줄 수는 없어."

본래 김상철의 이야기를 꺼낼 생각이었다가 말을 바꾼 참이라 강미현은 잠자코 듣기만 했다. 준비된 내용이 없었기 때문이다.

바이어를 엘리베이터까지 전송하고 돌아온 그들은 상담실로 돌아왔다. 일찍 시작한 상담이어서 아직 시간은 11시 전이었다.

"서류는 오늘 중으로 만들어 놓도록 해. 내일 아침에 계약할 테니까."

테이블 위를 정리하던 강형문이 말하자 안인석이 허리를 폈다.

"오후에 끝내놓겠습니다."

"계약금액이 모두 얼마지?"

"500만 달러 가깝게 됩니다."

"전에는 100만 달러 실적만 올려도 파티를 했었는데, 그것이 불과 5년 전이야."

테이블 정리를 마친 그들은 다소 느긋한 기분이 되어 서로를 마주보았다. 방금 상담을 마친 바이어는 스웨덴의 도매상으로 작년 실적이 400만 달러가 조금 넘었다. 작년과 비교하면 20%가 넘는 성장이었지만 그것은 회사의 기준 성장목표인 40%에는 미만인 것이다. 목표는 끊임없이 상향 조종되었고 그것은 항상 최대치를 기준으로 한다.

강형문이 입을 열었다.

"오사카 지사에는 박 대리 조의 미스터 리와 함 대리 조의 미스터 홍이 가기로 되었어. 그 친구들은 자원했다는군."

"……."

"나는 도쿄에 1년 있어 보았지만 그땐 괜찮았어. 지금은 어쩐지 모르지만."

"고마쓰 지사에는 누구 결정 되었나요?"

"글쎄."

그러면서 강형문이 얼굴에 웃음을 띠었다.

"이 친구야, 그걸 오픈시키면 되겠어? 당장에 문제가 될 텐데."

"그렇군요, 제가 깜박 잊었습니다."

아직 경계심이 다 가신 건 아니었지만 이제 안인석의 태도도 자연스러워져 있었다. 강형문은 지난 일을 새까맣게 잊은 것처럼 그를 대하고 있었는데 그것이 꾸민 것 같지도 않은 것이다.

"이봐, 안인석 씨, 이건 우리 둘만의 이야긴데."

강형문이 테이블 위로 두 팔꿈치를 짚으며 그를 바라보았다. 얼굴에 웃음기가 떠올라 있었다.

"내가 채 상무님한테 불려 갔다 온 건 알고 있지?"

"채 상무님 말씀입니까?"

"그래."

"모르고 있었는데요."

영업부를 총괄하고 있는 채동석 상무는 고려전자의 창립공신이었다. 그가 총회장의 절대적인 신임을 받고 있는 중역중의 한 사람이라는 것을 모르는 직원은 없다. 어쨌든 강 대리가 채 상무의 부르심을 받았다는 것은 사건이었다. 그가 대리급 조장을 불렀다는 이야기를 들어본 적이 없기 때문이다.

"무슨 일로 부르셨는데요?"

안인석이 묻자 강형문이 씨익 웃었다.

"이 사람아, 난 불려갔다 와서 정말 부끄러워 혼났어. 그래서 과장한테도 아무 소리 안했단 말이야."

"……."

"딱 몇 마디만 하시더군. 조직 일에 상관해서 미안한데 안인석이를 잘 부탁한다고."

"……."

"에이, 그때 일 생각하면 지금도 식은땀이 나. 자리에 돌아와서 가만히 생각하니까 내가 잘못했다는 생각도 들고. 내가 너무 이기적이었어."

"대리님."

"내 말 안 끝났어."

강형문이 말을 이었다.

"채 상무님 말씀이 있어서 내가 변했다고 생각해도 할 수 없어. 하지만 그 이후로 나도 깨우친 점이 있다는 것을 알려주고 싶어서 털어놓는 거야. 그리고 이 이야기는 앞으로 두 번 다시 꺼내지 않을 거야, 누구한테도. 알겠나?"

잠시 강형문을 바라보던 안인석이 머리를 끄덕였다.

"알겠습니다."

"그럼, 됐어."

강형문이 자리에서 일어섰다.

"이젠 조금 후련한 것 같구먼."

점심시간이 되어서 사무실을 마악 나서는 김상철을 여직원이 불렀다.

"김 대리님, 전화 왔는데요."

사무실로 들어선 김상철이 수화기를 귀에 대었다.

"김상철입니다."

"저, 기획 홍보실의 미스 박이에요."

"아아."

"저쪽에서 고소를 취하했더군요. 조금 전에 알아보니까."

"그렇습니까?"

"어쨌든 다행이네요. 일이 잘 끝나서."

"걱정을 끼쳐드렸습니다."

"그렇게 생각하신다면 술 한잔 사실래요?"

"……."

"오늘 저녁에 어때요? 퇴근 후에."

"좋습니다. 한잔 합시다."

전화를 마치고 사무실을 나오자 기다리고 있던 고태성이 다가왔다.

"대리님, 이건 제 추측입니다만 휴가 후에 서너 명의 지원 취소자가 생길 것 같습니다."

그들은 지하의 구내식당으로 들어섰다. 식당 안은 수백 명의 직원들로 들끓고 있었는데 모두 시베리아로 파견될 사람들이다. 길게 늘어선 줄 끝에 서자 고태성이 소리를 죽여 다시 말했다.

"물론 원부서로 복귀를 하면 불이익이야 조금 받겠지만 목숨을 내놓는 것보다는 낫다고 생각할 테니까요."

"할 수 없는 일이죠."

식당 안의 분위기가 밝은 것은 내일부터 모두 사흘간의 휴가를 가게 되기 때문이다. 개척단의 근무기간은 일 년을 기준으로 본인의 의사에 따라 연장할 수 있었지만 휴가는 6개월에 15일이다. 따라서 6개월간 가족들과 떨어지게 될 직원들에게 출발 전 3일간의 휴가는 귀중한 것이었다.

"3일간 무얼 하실 계획이세요?"

타운 호텔의 라운지 안이다. 칵테일 잔을 든 강미현이 의자에 등을 기댄 느긋한 자세로 김상철을 바라보았다.

저녁 8시 30분이 되어 있었지만 두 사람 모두 저녁 생각이 없었으므로 라운지에 그대로 앉아 술을 마시기로 한 것이다

"글쎄, 우선 부모님을 뵈워야겠고."

김상철이 힐끗 강미현을 바라보았다.

"별다른 일은 없어요, 그밖에는."

"시베리아 이야기 좀 해주세요."

"홍보용 기사로 쓸 겁니까?"

"오프 더 레코드로 약속할게요."

대답대신 김상철이 주위를 둘러보았다. 이른 시간이어서 라운지에는 빈자리가 많았다. 타운 호텔은 시내 복판에 있는 특급 호텔로 프레스 센터가 옆에 있어서 언론인들이 자주 찾는 곳이다. 양주를 반 병쯤 마신 터라 온몸에 알맞게 취기가 오른 김상철이 눈과 추위와 바람을 이야기했다. 그리고 툰드라에서 보았던 순록 떼 이야기를 마쳤을 때 그녀가 말했다.

"지원자 중 10%가 돌아갔다면서요?"

"그건 누구한테서 들었습니까?"

"그룹 내에서 모르는 사람이 없어요."

"……."

"김상철 씨는 그곳에 계속 계실 건가요?"

"아마, 그럴 겁니다."

"회사가 김상철 씨를 이용하고 있다는 생각, 안 해봤어요?"

"했지요. 하지만 나도 마찬가지니까."

"무슨 말예요?"

"시베리아가 내 체질에 맞는다는 말입니다."

"……"

"강미현 씨는 일이 마음에 듭니까?"

"그래요, 마음에 들어요."

"전공도 그쪽이요?"

강미현이 머리를 끄덕이자 김상철이 잔에 남은 위스키를 삼키고는 묻는다.

"입사한 지 몇 년 됐지요?"

"2년."

"2년쯤 더 있어야 대리 달겠구만."

"……"

"입사 4개월에 대리 진급 한 놈은 회사 역사상 없을 거요. 그렇지, 회장의 혈육은 빼놓고."

"……"

"두고 봐요. 난 올해 안에 과장 진급을 할 테니까. 물론 그때까지 살아 있을 거요."

병을 기울여 술을 따른 김상철이 잔을 들었다.

"난 목숨뿐만이 아니라 아버지의 나머지 인생까지 걸고 있는 상황이라 쉽게 죽을 수가 없거든."

"술 더 하실래요?"

강미현이 빈 위스키 병을 눈으로 가리키자 김상철이 머리를 저었다.

"아니, 이젠 그만. 약속이 있어서."

"이 시간에 말예요?"

밤 9시가 넘어 있었다. 자리에서 일어선 김상철이 강미현을 향해 손을 내밀었다.

"어쨌든 이번일 고맙습니다. 날 믿고 기다려 주셔서."

"아니, 전……."

강미현이 내민 손을 그가 가볍게 흔들었다.

"솔직히 신경이 조금 쓰였어요. 혹시 그대로 보고하지나 않나 해서."

"……"

"상철 씨."

나무라는 듯한 박미정의 목소리에 김상철이 눈을 떴다. 그는 어린이 놀이터의 나무벤치에 앉아 졸고 있었던 것이다. 10시 30분이 넘어 있어서 아파트 단지 안은 통행인이 적었고 놀이터에는 그들 둘뿐이었다.

"미안합니다. 술 한 잔 하고 집에 들어간다는 것이."

박미정이 그의 옆에 앉았다. 금방 전화를 받고 나온 참이다. 스웨터와 바지 차림에 운동화를 신고 있었다.

"술 많이 드셨어요?"

박미정에게서 엷은 비누향이 섞인 살 냄새가 맡아졌다.

"조금. 빈속에 마셔서."

허리를 편 김상철이 박미정을 바라보았다.

"퇴근 무렵에 전화했더니 일찍 나갔다고 하던데."

"안인석 씨가 갑자기 만나자고 해서요."

"……"

"안인석 씨가 찾던데요. 아마 그 일 때문인 것 같았어요."

"그 일이라니?"

"오늘 강 대리가 채 상무하고 아는 사이냐고 묻더래요. 채 상무가 잘 부탁한다고 했다고."

"무슨 영문인지 궁금해 하더군요. 상철 씨한테 물어보고 싶어 해요."

"내가 뭘 아나?"

"저도 그렇게 말했어요. 아마 안인석 씨도 모르는 인과관계가 있는 모양이라고."

서늘한 밤바람이 놀이터를 휩쓸고 지나가자 늘어져 있던 그네가 흔들거렸다.

박미정이 어깨를 움츠리고 그를 바라보았다.

"늦었어요."

그러자 김상철이 팔을 들어 박미정의 어깨를 감싸 안았다.

상반신이 기울어진 그녀의 얼굴을 받쳐 든 김상철이 입술을 댔다. 박미정의 입술에서 상큼한 과일 맛이 났고 부드러운 숨결에서는 깊은 살 냄새가 맡아졌다. 두 팔로 김상철의 목을 감아 안은 그녀는 이제 눈을 감고 있었다.

김상철은 확인하듯 천천히 그녀의 입술을 열었다. 물기가 가득 찬 입 안은 뜨거웠다. 한없이 연하면서도 탄력이 있는 그녀의 혀가 매끄럽게 입 안으로 흡인되자 김상철의 온몸에 전류가 흘러갔다. 밤바람에 앞쪽의 그네가 다시 흔들거렸다.

본관 빌딩의 아래층 로비에 서 있던 안인석이 서둘러 현관으로 들어서는 김상철을 향해 손을 들었다.

"여기다, 여기."

토요일의 점심시간이어서 로비에는 사람들이 많았으므로 그들은 구석에 놓인 플라스틱 의자에 앉았다.

"너 어제 나 찾았다면서?"

"그래, 박미정이한테서 들었구나?"

안인석이 그를 찬찬히 바라보았다.

"너, 혹시."

"미정이한테 들었는데 년 신경쇠약인 것 같아. 그러다간 병원 가겠어."

"야, 나는 도무지……."

"이 새끼야, 내가 무슨 끗발로 너희 상무를 움직인단 말이냐? 비서실 중역들이 얼마나 철저한지 넌 모른다."

"……."

"아마 너희 과장이나 아니면 다른 간부들한테서 네 이야기를 듣고 강 대리한테 주의를 준 것 일거야. 내가 미정이한테 그 말 듣고 곰곰이 생각해 봤는데 그랬을 확률이 제일 커."

"하긴 나도 그런 생각은 했는데."

"그건 그렇고, 유미는 떠났어?"

"응, 어제 오후에 떠났더라."

김상철이 잠자코 바라보자 그가 말을 이었다.

"한 달 예정인 모양이야."

"떠나기 전에 통화도 못했단 말이냐?"

"야, 그만해, 이젠."

안인석이 이맛살을 찌푸렸다.

"그까짓 계집애한테 신경 쓸 시간 없다."

"하긴 그래."

머리를 끄덕인 김상철이 그의 어깨를 세게 쳤다.

"우선 회사일이 잘 풀렸으니까 됐고, 여자는 2차다. 천천히 다시 시작해 봐."

"넌 휴가라면서?"

안인석이 말머리를 바꾸었다.

"나 만나려고 일부러 온 거냐?"

"그래, 네 오해도 풀어줄 겸 해서."

시계를 내려다본 김상철이 자리에서 일어섰다.

"난 내일까지 조용한 곳에서 쉬었다가 올 테다."

"어딜 가는데?"

따라 일어선 안인석이 묻자 김상철이 빙긋 웃었다.

"바닷가."

짙은 어둠에 덮여 있어서 바다는 보이지 않았다. 눈앞은 그저 검은 공간이 펼쳐져 있을 뿐이다. 그러나 비린내와 소금기가 섞인 바다 냄새가 맡아졌고 방파제를 거칠게 때리며 부서지는 파도 소리가 귀를 울렸다. 바다에서 곧바로 부딪쳐오는 바람에는 습기가 배어져 있다. 베란다에 나온 그들은 플라스틱 의자를 나란히 놓고는 바다를 향해 앉았다. 속초의 바닷가에 세워진 콘도에 도착한 것은 저녁 8시, 저녁을 먹고 난 지금은 밤 10시가 되어 있었다.

김상철이 들고 있던 캔 맥주를 몇 모금 마시고는 내려놓았다.

"민희가 안정이 되어 보여서 마음이 놓여. 항상 마음에 걸렸는데, 그놈은 지금 남자친구를 사귀는 모양이야."

그가 밝은 얼굴로 박미정을 바라보았다.

"그 자식, 오빠보다 제 남자를 더 생각하는 것 같아서 조금 서운하기도 하고."

"다행이네요, 어쨌든."

박미정이 얼굴에 웃음을 띠었다.

"홀가분하게 떠나게 되어서."

"……"

"제가 가끔 민희 만나볼게요."

"그러지 않아도 돼. 인석이도 자주 민희를 찾아주었던 모양인데."

김상철이 건네준 캔 맥주를 받아들고 박미정이 두어 모금을 마셨다. 바닷바람이 간이 탁자 위에 놓인 과자봉지를 밑으로 떨어뜨렸다.

"다 제각기 살기 마련인 모양이야, 잃고 만나고 그러면서."

김상철이 팔을 뻗어 그녀의 머리칼을 부드럽게 쓸었다.

"내 미련이야, 미정 씨는. 희망이기도 하고."

어깨 위에 놓인 그의 손을 끌어 뺨에 댄 박미정이 검은 바다를 바라보았다. 구태여 말을 만들어 하지 않아도 그는 이해할 것이었고 또한 몇 마디의 말로 그것을 표현하기도 싫었으므로 그녀는 한동안 그렇게 앉아 있었다.

바람이 세졌다. 방 안으로 들어선 그들은 서로의 옷을 벗겼다. 김상철은 서두르지 않았고 불을 환히 켠 방 안이었지만 박미정도 부끄러워하지 않았다. 알몸이 된 박미정을 안아든 김상철이 침대 위에 그녀를 눕혔다.

반듯이 누운 그녀는 눈을 감았고 곧 팔을 뻗어 그의 상반신을 끌어안았다. 파도 소리가 희미하게 들려오고 있었다. 박미정은 뜨거운 숨결을 뱉으며 자신의 온몸에 부딪쳐오는 김상철의 입술과 혀를 받아들였다. 온몸이 꿈틀거렸고 하체의 깊은 곳에서는 어느덧 체액이 솟아 흘렀다. 갑자기 온갖 감정의 뭉쳐진 덩어리가 가슴을 쳤으므로 박미정은 그의 머리칼을 움켜쥐었다. 그러자 자신도 모르게 눈물이 흘렀고 입에서는 신음소리가 배어져 나온다.

소중한 듯이 부드럽게, 그러나 때로는 거칠게 자신의 몸을 입술과 혀로 부딪쳐 오던 김상철이 이윽고 상반신을 들어올렸다. 초점이 잡히지 않는 시선이라 그의 영상은 흐리다. 조바심이 난 그녀가 그의 허리를 감싸 안았을 때였다. 박미정은 하반신을 꿰뚫는 듯한 뜨거운 통증에 입을 벌렸다. 그러자 그것은 곧 반복되며 증폭되는 쾌감으로 바뀌어졌다. 그의 동작을 하나도 놓치지 않으려는 듯 박미정은 허리를 들어 올리며 신음소리를 뱉어내었다.

끝없이 이어지는 것 같았던 열락의 끝이 다가왔다. 온몸이 오그라질 것 같은 충격으로 그녀는 한껏 턱을 뒤로 젖혔다. 돌처럼 굳어진 자신의 몸은 한 치의 틈도 없이 그에게 밀착되어 있었고 세포 하나하나가 곤두서서 무엇인가를 갈망하고 있다. 이윽고 그녀는 뜨거운 용암이 자신의 하체 깊숙한 곳에서 폭발하는 것을 느꼈다.

"6개월에 한 번씩 휴가가 있으니까요. 올해 말쯤 찾아뵐게요, 아버지."

김상철의 말에 아버지가 머리를 끄덕였다. 출발일이 내일로 다가왔으므로 교도소에 면회를 온 것이다.

"민희한테 전세 보증금하고 제가 회사에서 받은 돈을 모두 주었어요. 저는 그곳에서 돈 쓸 데가 없으니까 월급도 민희 앞으로 보내도록 했어요, 아버지."

"잘했구나."

가라앉은 목소리로 아버지가 말했다.

"몸조심 하거라."

"아버지, 지낼 만하세요?"

"그럼, 지낼 만해. 요즘은 책을 많이 읽는다."

"……"

"요령이 생겼어 시간 보내는 요령 말이다."

"……"

"참, 네 어머니 산소는 다녀왔니?"

"예, 아버지. 산지기 아저씨한테 부탁도 드려 놓았어요."

옆자리에서는 면회 온 여자가 떠들썩하게 소리를 지르며 우는 바람에 잠시 말이 끊겼다. 여자는 수인이 된 남편에게 신세 한탄을 했고 남편도 울상이다.

교도관이 다가가 여자를 진정시키자 다시 면회실은 가라앉은 분위기가 되었다.

"아버지, 나가시면 뭘 하실 생각이세요?"

김상철이 묻자 김영환이 눈을 껌벅이며 그를 바라보았다.

"갑자기 그건 왜 물어?"

"그저 알고 싶어서요."

"시골에 가서 가축이나 기르려고 한다."

"……."

"돼지도 좋고, 닭도 괜찮지. 목장은 돈이 너무 많이 들어서."

"도시 생활은 안하실 건가요?"

"글쎄, 5년 후에는 내가 어떻게 변할지 알 수가 없다. 선배들 말을 들으면 시간이 지나면 자꾸 바뀐다고 하니까."

"……."

"지금 생각은 그렇단 말이다. 그러니 그건 그때 가서 봐야겠지."

김영환이 얼굴을 펴며 소리 없이 웃었다.

"집안을 거덜 내고 들어온 놈이다, 나는. 남아 있는 너희들 두 남매가 잘 되기나 바랄 작정이야. 그 이상은 솔직히 염치가 없다, 너희들한테."

"기운을 내셔야 해요, 아버지."

"오냐, 너희들이 나 때문에 더 이상 상처 받지 않도록 하마. 걱정시키지 않을 게다."

"가축 기르실 연구도 해보세요."

"그러마."

"목장도 가능할 텐데요."

"그런 걱정 그만하고 몸이나 조심하거라."

김영환이 말을 바꾸었다.

"애비를 생각해서라도. 너에게 무슨 일 있으면 나도 더 이상 안 산다. 아마 민희도."

출발하는 날 아침 9시.

전세 비행기는 낮 12시에 출발할 예정이었으므로 연수원 마당에는 이미 버스가 대기하고 있었다. 그러나 휴가를 마치고도 귀소하지 않은 세 명의 대원을 제외하자 출발인원은 이제 47명이다.

고태성이 장비를 싣고 반수 가량의 인원을 인솔하고 떠난 경비대 사무실은 어수선했다. 남은 인원을 정비하여 30분 후에는 공항으로 출발해야만 한다. 유 전무와 이번에 기를 써서 동행하게 된 이대각 이사는 본사에서 직접 공항으로 올 것이었다. 가방을 챙겨 든 김상철은 휴지와 박스가 흩어진 사무실을 둘러보았다. 이제 준비는 끝났다.

"이봐, 박 형. 대원들 승차 시켜."

연수원의 직원과 이야기를 하고 있던 직원이 몸을 돌려 밖으로 나갔다. 그러자 옆에서 여직원이 다가왔다.

"대리님, 전화왔는데요."

그는 서둘러 수화기를 귀에 댔다.

"김상철입니다."

"저, 기획 홍보실의 미스 박입니다."

"아, 안녕하십니까?"

"지금 출발 준비를 하고 계시겠네요."

"마악 공항으로 출발하려는 참입니다."

그러자 저쪽은 잠시 말을 멈췄다가 생각난 듯 묻는다.

"휴가 잘 보내셨어요?"

"네, 잘 쉬었습니다."

"댁으로 전화했더니 아무도 받지 않으시더군요, 어제도."

"이모 댁에 있었기 때문에. 그런데 무슨 일이 있습니까?"

"아녜요."

김상철이 손목시계를 내려다보았다. 아직 시간은 넉넉했다.

"이거 바빠서 인사도 못 드리고 갈 뻔 했습니다. 안녕히 계세요, 미스 박."

"다시 쉽게 되기를 바라겠어요."

"저도 그렇습니다."

수화기를 내려놓은 김상철이 옆모습을 보이고 서 있는 여직원에게 말했다.

"인사를 하려면 한이 없어. 이것으로 사무실 전화는 끝이야."

"안녕히 가세요, 대리님."

"다시 보게 되기를 바라겠어."

강미현이 했던 말을 그가 흉내 내고 있다는 것을 모르는 여직원이 얼굴에 웃음을 띠었다.

"저도요, 대리님."

공항에는 이남호 실장이 배웅차 나와 있었고 그의 뒤쪽에 서 있는 것은 박미정이다. 출국장 안으로 들어서기 직전에 이남호가 김 대리에게로 다가와 섰다.

"이봐, 김 대리. 무리는 하지 말아."

시선이 마주치자 그는 얼굴에 웃음을 띠었다.

"서둘지 말란 말이야. 무슨 말인지 알겠나?"

"잘 압니다, 실장님."

"자넨 중요한 사람이야, 우리에겐."

그가 내민 손을 잡고 김상철이 몸을 돌리자 박미정이 다가와 손에 들고 있던 책을 내밀었다.

"가시면서 읽으세요."

"고맙습니다."

유장석과 이대각의 뒤를 따라 출국장 안으로 들어서던 김상철이 머리를 돌렸다. 배웅 나온 직원들 사이에 선 박미정이 그를 바라보고 있었다. 출국장 안으로 들어서고 길게 늘어선 세관 앞의 대열에 끼어 섰을 때에야 김상철은 손에 들고 있던 책을 내려다보았다. 공항에서 산 듯한 신간 소설이었다.

책장을 펼친 그는 곧 명함판의 사진을 찾아내고는 그것을 손에 꼭 쥐었다. 활짝 웃는 모습의 박미정이 그를 바라보고 있었다. 한동안 그녀를 바라보던 그는 지갑을 꺼냈다. 지갑에 사진을 끼워 넣던 그는 뒷면에 적힌 글씨를 보았다.

"당신을 사랑해요."

격동하는 대지

하바롭스크에 도착한 날 저녁.

서울은 화창한 하늘 아래 개나리와 진달래가 피어나는 계절이었지만 이곳은 아직 굵은 눈이 무겁게 떨어지는 겨울이다. 저녁이 되자 급격히 기온이 떨어져 영하 20도가 되었으므로 거리에는 행인이 드물었고 차량의 통행도 뜸했다.

레닌 대로의 남쪽, 오케안 어시장 부근의 낡은 빌딩 앞에 검정색 볼가 승용차 한 대가 멈춰 섰을 때에는 함박눈이 눈바람으로 바뀌어져 있었다. 거리와 건물에 덮여 있던 눈들이 바람결에 흩날렸으므로 차에서 내린 김상철이 슈바의 깃을 올리며 장국진을 바라보았다.

"어느 집이야?"

"왼쪽."

그가 눈으로 가리키는 길가의 2층 건물에는 불빛 한 점 보이지 않았다. 그들은 돌계단을 올라 육중한 나무문 앞에 섰다. 장국진이 주먹으로 나무문을 두드리자 곧 철거덕거리는 소리와 함께 문이 열렸다. 사내 두 명이 잠자코 옆으로 비켜섰으므로 그들은 안으로 들어섰다.

안은 밖에서 보던 것과는 완전히 딴 세상이었다. 대리석 바닥은 천장의 샹들리에 불빛을 받아 반들거리며 빛났고 넓은 홀의 주변은 값진 가구들로 장식되어 있었다. 그들은 사내 한 명의 안내를 받아 홀 끝 쪽의 문을 열고 들어섰다.

"여어, 미스터 김, 잘 오셨어."

이렇게 말하면서 안쪽의 소파에서 일어서는 것은 하바롭스크의 마피아 보스인 그라노프이다. 그의 앞자리에 앉아 있던 40대쯤의 사내도 따라 일어섰다.

"김, 이쪽은 블라디보스토크에서 오신 파벨 씨. 당신네 한 이사와 김 부장은 본 적이 있지."

파벨이 손을 내밀었다.

"만나서 반갑소, 미스터 김."

장국진과도 인사를 나눈 그들은 자리에 앉았다. 그라노프는 김상철과 전에 박대용의 처리 문제로 만난 적이 있지만 장국진은 처음이다. 보드카를 한 잔씩 권하고 난 그라노프가 입을 열었다.

"앞으로는 미스터 김이 우리의 창구역할을 하게 되었다니 협조가 잘 되기를 바라겠소."

힐끗 파벨에게 시선을 주고 난 그가 말을 이었다.

"당신들이 오늘 도착했다는 소식을 듣고 파벨 씨가 온 겁니다. 우리는 당신들을 기다리고 있었소."

그러자 파벨이 김상철에게 머리를 돌렸다.

"우리 보스는 당신들과 계약을 다시 맺고 싶어 합니다. 지난번에 만든 계약서는 성의 있게 만들어지지 않았소."

"성의가 없다니요? 파벨 씨, 그것은 당신과 우리 측 대표가 여러 번 검토해서 만든 것 아닙니까?"

"임차지에서 유전을 발견했다는 것은 비밀로 하고 말해주지 않았소."

"……."

"그 사실이 언제까지 감춰질 것 같았소? 보스는 대단히 화를 내고 계십니다."

"그렇다면 당신들에게 사업 내용이나 진행과정까지 알려줘야 한단 말이요?"

"그렇소, 그래야만 보호를 받을 수가 있어요."

"……."

"유전을 발견했다는 것은 축하할 일이지요. 당신들이 뽑아낸 기름은 곧 돈이니까. 엄청난 돈이지요."

"아직 얼마나 묻혀 있는지도 모릅니다."

"현장에 있었던 러시아 병사들 이야기를 들으면 검은 기름이 수백 미터나 치솟았다고 했어요. 당신들은 입막음으로 그들에게 거금을 주었고."

"……."

"유전이 나왔건 금광을 발견했건 우리를 통하지 않으면 사업은커녕 다시는 캐낼 수가 없을 거요."

파벨의 번들거리는 눈이 똑바로 김상철을 바라보았다

"그래서 우리는 당신들이 오기를 기다렸던 거요. 가서 당신의 보스 미스터 강한테 전해요. 다시 계약을 하자고."

"계약조건이 뭡니까?"

"생산량의 10%, 즉 매출액의 10%요. 그것은 러시아에서 사업을 하고 있는 외국의 모든 기업들에게 적용되는 기준이오."

"……."

"이미 발견된 곳뿐만이 아니라 만일 다른 곳에서도 발견이 되면 그것도 마찬가지요. 우리는 임차지 내에서 생산되는 모든 것의 10%를 원합니다. 그 이상도 이하도 필요 없소."

"임차지는 하나의 독립된 지역이오. 우리는 러시아 정부와 조약을 맺었습니다. 당신들이 거래하는 기업체들이 아니오."

그러자 파벨이 이를 드러내며 웃었다.

"미스터 김, 그래서 걱정이 되는 거요. 그 거대한 땅을 어떻게 지킬 작정이요? 북한이 당신들을 내버려둘 것 같습니까? 러시아 군이 제대로 당신들을 보호해줄 것 같소? 아마 그들에게 쏟아 붓는 돈이 우리한테 주는 몫보다 많을 거요."

"……."

"그 반대로, 우리가 방해를 하면 당신들은 일주일도 못 가 러시아에서 사라지게 될 거요, 냉정히 생각해 봐요, 김."

김상철이 장국진을 바라보았다.

"더 이상 할 말이 없군, 나로서는."

장국진이 잠자코 머리를 끄덕이자 김상철이 자리에서 일어섰다.

"보고하겠소, 파벨 씨."

"일주일 내에 계약이 되기를 바란다고 하시오."

술잔을 든 채로 파벨이 따라 일어섰다.

"그러고 나서 한잔 합시다, 김."

돌아오는 차 안이다. 한동안 창밖을 바라보던 장국진이 입을 열었다.

"유전이 나왔다는 걸 나만 모르고 있었군."

조금 섭섭한 듯한 말투였다

"이제야 고려 쪽이 서둘러 계약을 체결하려고 했던 이유를 알겠어."

"유전이 나오지 않았어도 했어."

김상철이 그의 말을 자르고는 입맛을 다셨다.

"무슨 방법이 없을까?"

"방법이 없어. 상대는 거대한 조직이야. 러시아를 움직이는 3대 세력은 군대와 관리, 그리고 마피아야. 그들은 서로 연결되어 있는데다가 특히 마피아는 은행이나 국영기업들까지 장악하고 있어."

지난번 극동지역의 마피아인 파리야킨 조직과 맺은 계약은 보호세 명목으로 1년에 100만 달러를 지급한다는 것이었다. 물론 그때는 시베리아 임차조약을 맺기 전이었지만 고려 쪽은 그것으로 마피아와의 거래가 끝난 것으로 생각했었던 것이다.

김상철이 장국진을 바라보았다. 그만큼 러시아 마피아 조직에 대해서 알고 있는 자도 드물 것이다. 중·러 국경지역을 돌아다니면서 탈북자 체포가 주임무였던 대외정보국의 해외공작반 소속이다.

"파리야킨의 세력은 어느 정도야?"

"직할로 거느린 상비부하만 1000명 정도."

"……."

"본부는 블라디보스토크에 있고 극동지역의 모든 운송수단을 장악하고 있지. 파리야킨이 마음만 먹으면 철도파업을 일으켜 시베리아 철도로 운송되는 모든 물품 공급을 승난시킬 수 있어."

"그렇게 사흘만 지나면 시베리아 전역, 이르쿠츠크, 노보시비르스크, 옴스크 등 러시아 대부분의 지역이 극심한 타격을 입어. 몇 년 전에는 이틀간 철도파업을 시켜서 이르쿠츠크의 휴지 값이 열 배 나 폭등한 적도 있었어."

"정부는 무얼 하나?"

"정부가 무슨 힘이 있어? 철도기관사가 정부명령을 따를 것 같아? 파업지시가 나오면 숨어버리는 거야. 만일 정부 측에 끌려서 열차를 운행했다고 하더라도 곧 살해될 테니까."

"……."

"마피아와 손을 잡지 않으면 배겨날 기업이 없어. 요즘은 국영기업체도 마피아의 보호를 받는 형편이야."

"……."

"군대도 마찬가지지. 마피아에게 정보를 팔거나 제휴해서 무역을 하고, 또는 무기를 팔아먹는 거야."

장국진이 얼굴에 쓴웃음을 띠었다.

"더구나 일반 서민들 대부분이 마피아에게는 호의적이야. 그들에게는 해를 끼치는 일이 없으니까. 오히려 젊은이들에게는 선망의 대상이지."

볼가 승용차는 이제 환하게 불을 밝힌 숙소로 들어서고 있었다.

식탁에 둘러앉은 식구는 대강 10여 명이 넘었다. 식사준비에 가정부 두 명이 동원되는 강 회장의 아침 식사 시간이다. 3대가 한집에 살고 있지만 특별한 일이 없는 한 아침 식사 때는 모두 모여서 어른께 인사하고 같이 밥을 먹어야 한다는 것이 강 회장의 가정교육 제1 조항이었다. 그러나 오늘 아침의 식탁 분위기는 가라앉아 있었다. 제일 막내여서 강 회장의 귀여움을 받는 강미현의 남동생 강성우도 오늘은 조심스럽게 행동했는데 그것은 강 회장의 심기가 불편해 보였기 때문이다.

그는 식탁에 앉아 있으면서도 손자들의 인사에 눈길도 주지 않았고 입도 열지 않았다. 잠자코 밥과 국에 수저를 놀리면서 무언가 생각에 잠겨 있는 것이다. 그런 상황이라 식탁의 분위기는 말이 아니다. 이윽고 참다못한 강용식이 입을 열었다.

"아버님, 어디 편찮으세요?"

강 회장이 머리를 들었다.

"아니다."

"그럼, 무슨 문제라도……."

그러자 강 회장이 수저를 내려놓았다.

"그 빌어먹을 마피아 놈들이 매출액의 10%를 내라는 거다."

"……."

"그놈들이 우리 땅에서 기름이 나오는 것을 알아냈어."

식탁에 둘러앉은 식구들이 모두 그를 바라보고 있었다. 강 회장이 말을 이었다.

"어젯밤에 이 실장하고 상의를 했는데 뾰족한 방법이 없어."

"언제 마피아가 그런 제의를 했습니까?"

"그제 밤이야. 유 전무가 도착한 날, 만나자고 해서 김상철이가 찾아갔더니 그러더라는 거야."

"……."

"앞으로 닷새 내에 계약을 맺자고 했다는데 말이야."

"마피아가 외국 기업체들에게 보호비를 받는 것은 알고 있었습니다만 매출액의 10%라니요? 전체 매출액에서 말입니까?"

강용식의 얼굴도 굳어져 있었다. 머리를 끄덕인 강 회장이 입맛을 다셨다.

"연간 계약으로 1백만 달러를 주기로 했었는데 이놈들이 우리가 러시아 정부와 조약을 맺고 나니까 마음 놓고 협박을 하는 거다."

"러시아 정부나 군대를 통해 해결할 수는 없을까요?"

"여러 경로로 알아도 봤고 상의도 했지만 불가능해. 오히려 상황이 더 나빠진다."

"……."

"10%라니, 이 도적놈들."

강 회장이 찌푸린 얼굴로 식탁에 둘러앉은 자손들을 쏘아보았다.

"죽 쑤어서 개 준다더니, 딱 그 꼴이 되게 생겼다."

그의 시선이 부딪쳐 왔으므로 강미현은 머리를 숙였다. 할아버지가 이렇게 격분해 있는 것을 처음 보는 것이다.

하바롭스크에 도착한 지 나흘째 되는 날 아침. 숙소 2층의 회의실에 모인 간부들의 표정도 어둡다.

유장석을 비롯한 대부분의 간부들이 단단한 방한복 차림을 한 것은 회의를 마치고 곧장 임치지로 떠날 예정이기 때문이다. 복도를 분주히 오가는 직원들의 발자국 소리가 들려왔다. 오늘 헬기편으로 떠나는 인원까지 합하면 이제 임차지에는 300명이 넘는 개척단이 활동하게 된다.

유장석이 간부들을 둘러보았다.

"회장님이 곧 지시를 내려주시겠지만 그때까지 기다릴 수는 없어. 다시 오는 한이 있더라도 난 임차지로 간다."

파리야킨이 정해준 기간은 이제 나흘이 남아 있었다. 그러나 서울의 강 회장으로부터 아직 아무런 연락이 없다. 아마 매일 이남호와 머리를 맞대고 대책을 강구하고 있을 것이다. 유장석의 시선이 김상철에게서 멈추었다.

"그렇다고 그들과의 관계를 악화시킬 수는 없는 노릇이야. 김 대리가 수시로 접촉하도록 해."

"알고 있습니다, 전무님."

"솔직히 나는 회장님이 어떤 방법을 쓰실까 그것이 걱정 된다."

둘러앉은 간부들 중 몇 명이 머리를 끄덕였을 때 한일만이 머리를 들었다.

그는 하바롭스크에 남게 된 직원들의 책임자였다.

"조선족 모집은 예정대로 진행시키겠습니다."

"물론이야."

내일부터 신문광고를 통해 조선족 노동자를 모집하기로 했던 것이다. 건설장비와 갖가지 건축 재료가 블라디보스토크로 수송되는 중이었고 일부는 이미 도착해 있었다. 이제 그것이 열차를 이용하여 하바롭스크로 운반되면 다시 헬기나 트럭을 통해 임차지로 보내지게 된다. 그것만으로도 수백 명의 인력이 필요했고 또 임차지로도 수천 명이 공급되어야 하는 것이다. 회의를 마친 유장석은 직원들과 함께 교외의 헬기장으로 떠났다.

숙소 정문에서 그들을 배웅하고 돌아온 김상철은 아래층의 사무실로 직원들을 불러 모았다. 그와 함께 일하게 된 직원들은 장국진과 고태성 그리고 현지에서 채용한 조선족 신해복이다. 김상철의 업무는 마피아 관계뿐이 아니다. 회사의 물자수송에 대한 책임도 그의 몫이었다. 임차지 내에서의 경비도 중요했지만 물자가 수송되는 블라디보스토크나 하바롭스크 등에서 방해공작을 받는다면 건설에 막대한 지장이 온다. 김상철이 입을 열었다.

"사흘 후에 건설 장비를 실은 배가 블라디보스토크에 입항하게 되어 있어. 그런데 하역하려면 한 달은 기다려야 한다는 거야."

그가 신해복을 바라보았다.

"아무래도 마피아를 통해야 할 것 같아. 그라노프에게 오늘밤에 만나자고 해."

"알았습니다."

20대 후반의 신해복은 블라디보스토크 출신으로 김영규 부장의 러시아어 통역자로 채용이 되었다가 이번에 김상철의 팀이 된 것이다. 김상철이 얼굴을 찌푸렸다.

"마피아가 안 걸리는 데가 없어."

"그자들이 있어서 편리할 때도 많습니다."

"개새끼들, 그렇다고 매출액의 10%를 달라는 것은 강도 심보야."

그렇게 말한 것은 고태성이다.

"이건 러시아 정부가 책임지고 처리해야 돼."

그러나 그것이 현실적으로 불가능한 이야기라는 것은 그 자신도 알고 있는 것이다. 그들을 둘러보던 김상철이 입을 열었다.

"상황이 고약하게 되었어. 그리고 그 일의 최선두에 나와 있는 것은 우리야. 유 전무님도 그렇게 지시하고 가셨어. 우리가 그들과의 관계를 잇는 끈이라고."

그러나 시간이 얼마 남지 않았다. 그들의 제의를 거부한다면 어떤 결과를 초래할지 모두 알고 있었으므로 이제 선뜻 입을 여는 사람도 없다.

김상철이 아무르 호텔의 라운지에 들어선 것은 그로부터 한 시간쯤 후인 12시경이었다. 벽 쪽의 자리에 앉아 있던 동양인 한 명이 그를 향해 웃어보였다.

"김 형, 어서 오시오."

그는 국정원 요원 심재택이다. 국정원은 이번에 하바롭스크 주재원을 대폭 증원했는데 그가 책임자였다. 앞자리에 앉은 김상철을 향해 그가 다시 입을 열었다.

"김 형, 요즘 골치 아프시다며?"

"무엇 때문에 말입니까?"

"이 바닥에 소문이 좍악 깔려 있어요. 파리야킨이 매출액의 10%를 요구했다고 말이오. 임차지에서 유전이 나왔다는 소문도 있던데."

김상철이 주위를 둘러보았다. 점심시간이어서 주위는 손님들로 떠들썩했지만 이쪽에 신경을 쓰는 사람은 없다.

"날 만나자고 한 용건이나 들읍시다."

"허어, 김 형도, 서두르기는."

심재택이 웃는 얼굴로 의자를 당겨 다가앉았다.

"김 형, 앞으로 자주 만날 텐데 서로 잘해봅시다. 나한테 거부감을 가지신 것 같아서 하는 말이오."

"당신이 부를 때마다 내가 나와 주리라고는 생각하지 마시오."

"그건 김 형이 잘 생각하시고 결정을 해야지."

심재택이 목소리를 낮추었다.

"우선 유전이 나온 것이 사실인가부터 말해주시오. 이건 중대한 정보거든."

"사실이오."

그러자 심재택의 두 눈이 크게 떠졌다.

"역시 소문이 맞았군. 매장량은 얼마나 됩니까?"

"아직 조사가 끝나지 않았지만 상당한 양입니다."

"강 회장은 파리야킨의 제의를 수락할 것 같습니까?"

"그건 내가 알 수 없는 일이죠."

"김 형이 그늘과의 내와 청구 이니요?"

"난 시킨 일만 합니다."

심재택이 혀를 찼다.

"그럼, 그 지시 받은 일이라도 말해주시오."

"없어요, 아무것도. 기다리라는 것밖에."

"김 형 기분을 이해 못하는 건 아니지만 이왕 마음을 먹었으면 협조해주시오. 그런 식으로 말하지 말고."

"내가 알고 있는 건 다 말했어요."

한동안 김상철을 바라보던 심재택이 머리를 끄덕였다.

"좋습니다. 오늘은 이만 합시다. 처음이어서 조금 어색했지만 시간이 지나면 괜찮아질 겁니다. 이건 내 경험으로 말씀드리는 거요."

고려의 임차지에서 유전이 발견되었다는 소문은 이제 하바롭스크 전역에 퍼져 있었다. 그 소문의 진원지는 물론 시추기지에 있던 러시아 병사들이다.

돈 먹은 값을 하느라고 그랬는지 입을 다물고 있던 그들은 조약이 채결되자 경쟁하듯 상대를 가리지 않고 정보를 팔았던 것이다. 인투리스트에 묵고 있던 대영그룹의 최선호가 그것을 놓칠 인물이 아니다. 객실의 의자에 앉은 그가 꺼칠하게 자란 턱수염을 손바닥으로 쓸었다.

"엄청난 양의 유전이라는 거야. 아마 마피아뿐만 아니라 러시아 정부 쪽에서도 곧 움직일 것 같아."

그는 하바롭스크에 도착한지 사흘째였다. 앞자리에 앉은 고정문이 머리를 끄덕였다.

"러시아 정부는 이미 조약이 체결된 이상 확인하는 이외의 다른 방법을 취할 것 같지는 않습니다. 지하자원의 생산량은 고려와 반분하기로 이미 계약이 되어 있으니까요."

"고려가 그토록 조약을 서두른 이유가 바로 이것이었어."

"……"

최선호가 담배를 꺼내 입에 물었다.

"기름이 생산되면 고려는 원유 생산에서 정유, 판매까지 독점하게 된다. 한국경제는 그것으로 5%쯤의 성장효과를 일시에 갖게 될 거야."

"……"

"본사에서도 신경을 곤두세우고 있어. 고려의 석유생산이 현실화된다면 고려와의 석유화학 관련 제품의 경쟁력이 크게 떨어지게 될 테니까."

방안에 한동안 정적이 흘렀다. 고려가 조약을 체결할 때만 해도 그 성공 가능성에 반신반의 하면서도 견제심리를 보이던 대영의 사령탑에서는 이제 대응태세가 구체적으로 갖춰지고 있는 것이다.

최선호가 입을 열었다.

"그렇다고 박대용이 같은 정보원을 써서 북한 쪽과 연결되는 지난번과 같은 실수를 저질러서는 안 돼."

"그렇습니다, 전무님. 박대용을 노출시켜 버린 것은 잘하신 일입니다."

"글쎄, 자네는 그렇게 생각할지 모르지만……."

최선호가 말끝을 흐렸다.

이제는 국정원 쪽과도 협조가 이뤄지지 않는 것이다. 국정원 책임자인 심재택이 이곳에 와 있는 것을 알고 있지만 지금까지 만난 적이 없다. 정부는 이제 공식적으로 고려의 시베리아 경영을 받아들였기 때문이다.

"심재택이는 지금도 아무르 호텔에 있나?"

최선호가 묻자 고정문이 머리를 끄덕였다.

"예, 고려의 김상철이와 헤어지고는 바로 방으로 올라갔답니다."

"고려가 국정원에 꽤 협조적이구먼."

"김상철이가 그들 담당인 모양입니다."

"그놈 애비가 재작년에 세상을 떠들썩하게 한 세금도둑이었지?"

"예, 지금 대전 교도소에 있습니다."

한동안 고정문을 바라보던 최선호가 들고 있던 담배를 재떨이에 비벼 껐다.

김상철이 술잔을 내려놓자 그라노프가 빈 잔에 보드카를 채워주었다.

이곳은 그라노프가 운영하는 카페의 2층 응접실 안이다.

"김, 조선족 모집도, 하역작업도 우리와의 계약만 끝나면 문제될 것이 없어. 그러니 계약부터 끝내란 말이야."

그라노프가 붉게 달아오른 얼굴로 말했다. 그는 털투성이의 손으로 술잔을 들어올렸다.

"자, 건배나 하지, 우리 사업을 위해서."

"그라노프, 그렇다면 계약될 때까지 조선족 모집도 방해하고, 하역 작업도 늦춘다는 말이요?"

그러자 그라노프가 이를 드러내며 웃었다.

"김, 그런 식으로 말하면 싸움이 나겠어."

"난 돌려서 하는 말은 질색이오."

김상철이 옆에 앉은 장국진을 바라보았다.

"이놈은 실권이 없어. 모두 블라디보스토크에서 시키는 일이야."

한국말이어서 그라노프가 잠자코 그들을 바라보았다. 장국진이 눈치를 살피며 말했다.

"그쪽에 가도 마찬가지야. 계약이 되기까지는."

오늘 오후에 면접 약속이 되어 있던 150명의 조선족 중 숙소로 찾아온 것은 10여 명뿐이었다. 숙소의 입구 앞쪽 거리에서 마피아들이 조선족들을 위협하여 되돌려 보낸 것이다.

"김, 내가 정보를 주겠는데."

그라노프가 육중한 상체를 그에게로 숙였다.

"시간이 지나면 %가 올라갈지도 몰라. 예를 들면 15%나 20%로, 그땐 후회해도 소용없어."

"……"

"지금이라도 돌아가서 강 회장의 승낙을 받아오도록 해. 그 길 밖에 없어."

"어쨌든 곧 결정이 내려질 거요."

"그럼, 그때까지 이 상태로 기다리는 수밖에."

그라노프가 보드카 병을 쥐고는 다시 웃었다. 밖은 이제 영하 20도의 추위였지만 응접실 안은 페치카의 장작불과 알코올의 열기로 달아올라 있었다.

숙소로 돌아가는 차 안에서 장국진이 김상철에게로 머리를 돌렸다.

"김 대리, 지난번 강 회장을 습격한 이금철 대좌가 이곳에 와 있다는 이야기를 들었어."

"……"

"조선족 거주지에 숨어 있다는 거야. 부하들을 데리고."

"임차지로 올라가려는 건가?"

"그건 알 수 없어. 와 있다는 소문만 들었으니까."

"엎친 데 덮치는군. 그놈들까지 방해공작을 한다면."

"나쁜 일은 겹치는 법이야."

김상철이 운전석에 앉은 신해복의 어깨를 쳤다.

"신형, 이금철의 소문을 들었나?"

"요즘은 별소문이 다 떠돕니다, 내리님. 북한 사람들뿐만 아니고 미국 CIA도 깔려 있다고 합니다."

신해복이 핸들을 잡은 채 말했다.

"한국 대통령이 온다는 소문도 있습니다."

"이금철이 여기서 방해공작을 한다면 임차지는 며칠 못가서 건설이고 뭐고 모두 중지해야 될 거야."

"찾아보겠습니다. 달러가 필요할 텐데요. 사람들을 시키려면."

"달라는 대로 주겠어."

"도대체 강 회장은 무얼 하고 있는 거야?"

장국진이 눈썹을 모으고는 김상철을 바라보았다.

"계약을 하든지 말든지 하루라도 빨리 결정을 내려야 할 것 아냐?"

강 회장의 시선이 테이블 주위에 앉은 중역들의 얼굴에 한순간씩 멈추었다가 지나갔다. 그동안 회의실에는 무거운 정적이 감돌았다. 아침 10시. 8시에 시작한 회의가 이제 두 시간이 지나고 있었다. 이윽고 강 회장이 입을 열었다.

"러시아 정부나 군을 의지하기에는 위험 부담이 너무 크다는 결론이 났다. 그러면 마피아와 절충하는 수밖에 없구먼 그래."

벌써 나흘째 온갖 방법을 동원하여 러시아 정부와 군의 동향, 마피아와의 관계, 그리고 그들을 이용했을 때의 이익과 손해를 검토해온 것이다.

처음 시베리아 임차를 계획했을 때 마피아의 영향력과 그 해결방법을 검토하지 않았던 것은 아니었다. 그래서 임차조약을 맺기도 전에 연간 100만 달러의 협조비를 지불하기로 계약했던 것이다.

강 회장이 길게 숨을 내쉬었다.

"좋아, 놈들이 10%를 불렀으니 최악의 경우 그것을 받아들이도록 하고 가서 절충한다."

그의 시선이 이남호에게서 멈추었다.

"이 실장, 자네가 가줘야겠어."

"예, 회장님."

당연한 지시라는 듯 이남호가 대답했다. 그러나 긴 얼굴이 긴장으로 굳어져 있다.

"내일 일찍 출발하겠습니다."

"그, 파리야킨인가 파리약인가 하는 놈을 직접 만나서 담판을 내. 두 번 다시 다른 소리를 안 한다는 약속을 받고."

"예, 회장님."

그 계약의 상대는 다름 아닌 마피아 조직이다. 그들은 이제까지 계약한 것은 그것이 설령 구두 계약이라고 하더라도 철저히 지킨다는 평판을 얻고 있었지만 이번처럼 제 마음대로 조건을 바꾼다 해도 어디에다 하소연 할 수 없을 만큼 강력한 존재이다.

강 회장도 답답한 김에 그렇게 말했으나 사정을 모르는 것이 아니다. 눈썹을 추켜 올린 그가 중역들을 노려보았다.

"그동안에 우리가 힘을 길러서 놈들을 밀어내 버리는 수밖에 없다. 난 나한테 해코지 한 놈한테는 꼭 빚을 갚는 성격이니까."

"회장님, 하한선을 정해주십시오······."

이남호가 그의 말을 잘랐다. 회장이 열 받기 시작하면 쌍소리도 나오는 것이다. 정신을 차린 회장이 이남호에게 말했다.

"하한선이라니? 그걸 말이라고 하는 거냐? 고려 밥을 먹는 자가?"

"······."

"적을수록 좋아. 하한선은 제로에서 시작하란 말이다."

"알겠습니다, 회장님."

"유 전무는 우리 땅에 들어가 있다니까 구태여 부를 필요 없고, 담판에 필요한 중역들을 여기서 데려가."

"예, 회장님."

그러자 고려전자의 사장인 이형근이 입을 열었다.

"회장님, 어젯밤에 연락을 받았습니다만."

모두의 시선이 그에게로 모아졌다.

"워싱턴의 제 대학동기한테서 전화가 왔습니다. 연방정부 하원의원으로 있는 친구인데요. 하원 에너지관리 소위원회 소속입니다. 그 친구가 우리 임차지에서 유전이 발견되었느냐고 묻더군요."

강 회장이 잠자코 바라보자 그가 말을 이었다.

"그래서 제가 난 모르는 일이라고 했더니 이미 그쪽으로 정보가 들어왔다고 하더군요, 석유 메이저들의 정보원들이 하바롭스크로 몰려가고 있다고 했습니다."

"곧 이쪽에서도 난리가 나겠구먼."

강 회장이 혼잣말처럼 말했다.

"대통령이 기름병을 들고 우는 모습이 TV에 나오겠어."

유정을 중심으로 건설되는 공사는 우선 저장탱크와 송유관 시설, 그리고 유정의 암반 위에 굵은 파이프를 고정시키는 굴착공사로 나뉘어졌다.

1차 공사는 유정을 중심으로 이루어지고 있어서 수백 명의 직원들이 눈보라 속에서도 분주하게 움직이는 중이었다.

수십 대의 트럭과 지반을 고르는 불도저, 흙을 파는 포클레인 등이 일으키는 소음과 진동으로 분지는 활기에 차 있었다.

그러나 아직도 자재와 장비가 절대적으로 부족한 실정 이다. 하루에 한 차례씩 다섯 대의 헬기가 급한 부품을 날랐지만 무겁고 큰 자재는 육로를 통해서 온다. 하바롭스크에서 직선거리로 1200여 킬로미터 떨어진 이곳까지 트럭은 꼬박 열흘이 걸렸는데 개척단이 처음 올 때보다는 일주일 정도 빨라진 셈이다. 우선 도로공사가 아래쪽에서부터 시작되었고 기지 북방 10킬로미터 지점의 벌판에서는 활주로 공사를 하고 있었다.

유장석이 자리 잡고 있는 본부는 유정의 남쪽 3킬로미터쯤 떨어진 낮은 구릉지였다. 구릉 위에 세워진 시멘트 브로크로 만든 임시본부에서는 사방이 환히 보인다. 랜드로버 한 대가 눈보라를 뒤로 뿜으며 달려 올라오고 있는 것이 보였다. 눈 위에 미끄러지며 멈춰 선 차에서 내린 것은 이대각 이사다. 본부 안으로 들어선 그가 유장석에게로 다가왔다.

"조금 전에 코데코 직원의 측정 결과가 나왔습니다, 전무님."

방한모를 벗어던진 그가 앞자리에 앉았다.

"예상 매장량은 8억 배럴 입니다. 대단한 양입니다."

대한민국의 5대 정유사의 원유정제 능력은 하루 170만 배럴쯤 되었고 고려그룹 계열인 고려정유의 하루 능력은 최대 30만 배럴이다. 모두 외국산 원유를 들여다가 정제하고 있는 것이다.

한국의 석유소비량은 세계 10대 소비국 안에 들어서 1993년 기준으로 보면 하루 160만 배럴로 영국, 캐나다와 비슷한 수준이었다. 매장량이 8억 배럴이면 하루 생산량을 10만 배럴로 계산해도 20년이 넘게 생산할 수 있는 양이고 하루 20만 배럴이면 10년이 넘는다. 한국 석유소비량의 10%를 10년 동안 감당할 수 있는 것이다.

"좋아. 실장께 보고를 하지."

그러는 유장석의 기색을 살핀 이대각이 물었다

"아직 연락이 없습니까?"

"없어. 대신 러시아 정부에서 연락이 왔어. 부총리가 내일 방문하겠다는 거야."

"아니, 무슨 일로."

"유전 문제겠지. 소문도 소문이지만 위성사진이 이미 수백 장 찍혔을 테니까."

유장석이 엄지손가락으로 위쪽을 가리켰다. 이제는 하루에 세 번씩 위성이 임차지 위를 지나고 있는 것이다.

"그자들이 오는 건 예상하고 있었던 일 아닙니까?"

유전은 본격적인 생산이 되려면 최소한 6개월의 시간이 걸린다. 퍼 올리기만 한다고 될 일이 아니다.

저장탱크와 원유의 수송로가 만들어져야 하는데, 이미 가까운 오호츠크 해협과 시베리아 철도까지의 파이프라인 공사 가능성을 조사하려고 두 팀의 조사단이 떠나 있었다.

"미리 유전을 발견해 놓고 조약을 서둘렀다는 의심은 받겠지만 어쩔 수 없는 노릇이지, 결국은 그자들이 생산량의 반을 가져가게 될 테니까."

"생산설비 비용은 모두 우리 부담으로 되어 있으니 놈들은 앉아서 돈을 벌게 되는 겁니다."

유장석이 시계를 올려다보더니 자리에서 일어섰다.

"어쨌든 실장께 보고할 시간이다. 그쪽도 마피아와의 계약건 때문에 골치가 아플 텐데 이것으로 기분전환이 될지 모르겠군."

이남호에게 전화를 연결시켜 준 박미정이 자료를 정리하는데 전화벨이 울렸다. 그녀의 책상 위에 놓인 세 대의 전화 중 일반선의 빨간등이 깜박이고 있었다. 수화기를 귀에 대자 곧 귀에 익은 목소리가 들렸다. 안인석이다.

"점심이나 같이하자고, 내가 살 테니까."

그의 목소리가 밝았으므로 박미정의 기분도 따라서 가벼워졌다. 김상철이 떠난 후로는 만나보지 못했던 것이다.

점심시간에 그들이 들어선 곳은 회사에서 조금 떨어진 스테이크 집이었다. 꽤 이름난 집이어서 겨우 자리를 잡고 앉은 박미정이 주위를 둘러보았다. 이름값이 더해졌는지 가격이 다른 음식점에 비해 두 배가량 비싼데도 빈자리가 없다. 주문을 마치자 안인석이 그녀를 향해 웃어 보였다.

"나도 처음엔 이 집에 와서 사람들을 보고 그런 생각을 했어. 도대체 음식 맛이나 알고 온 것일까 하고."

"내가 그런 생각을 한 것 같아?"

"넌 아니지만 이름난 집이라면 무조건 찾는 사람들이 많거든. 제 입맛에 맞아야 맛있는 건데 말이야."

"인석 씬 요즘 어때? 강 대리하고는 좀 나아졌어?"

분위기가 밝은 김에 박미정이 부담 없이 물었다.

"이젠 내가 우리 조의 서류작성을 맡았어. 계약서류뿐만이 아니라 사장한테 올리는 시장 동향과 대책 작성도 이 몸이 하신단 말이야."

"하긴 안인석 씨는 빈틈이 없는데다가 문장력도 괜찮았지."

수프가 놓였으므로 그들은 잠시 말을 멈추었다. 수프 맛을 보려는 듯 입안에 넣고 몇 번 입맛을 다시던 그가 입을 열었다.

"한번 손발을 맞추니까 호흡도 맞춰가게 되더구먼, 솔직히 강 대리가 변한 동기를 생각하면 비위가 상하지만 말이야."

"인석 씨도 적응을 못한 잘못이 있었어. 나도 지금 이야기하지만."

박미정이 그를 바라보며 웃었다.

"강 대리도 나름대로 답답했을 거야."

"이제는 이해가 돼, 강 대리 입장이."

"잘 돼서 기뻐."

배가 고팠기 때문이기도 했지만 스테이크는 맛이 있었다.

"어때? 상철이한테서는 연락이 자주 와?"

안인석이 묻자 박미정이 머리를 저었다.

"바쁜가 봐."

"지금 시베리아로 들어 가 있는 거야?"

"아니, 하바롭스크에."

"그 자식은 성공할 거야, 나는 믿어."

그러자 박미정이 얼굴에 웃음을 띠었다.

"뭘 믿어?"

"그자식의 집념, 패기, 그런 것."

"……."

"대학생활을 할 때까지만 해도 나는 내가 그 자식한테 도움을 주고 있다고 생각했지. 물질적인 것이었지만 말이야. 그래서 그땐 이런 감정을 느끼지를 못했는데."

말을 끊은 안인석을 박미정이 빤히 바라보았다.

"어떤 감정 말이야?"

"열등감. 네 말대로 적응 못하고 쉽게 좌절하는 내 의지, 그런 것."

"지금 잘하고 있지 않아?"

"잘하기는, 계집애도 떨어져 나간 판인데."

나이프를 내려놓은 안인석이 물 잔을 쥐었다.

"여자란 친구하고 다르겠지, 계산부터 하고 볼 테니까."

"나 같은 여자 친구도 있지 않아?"

"그런가?"

"떨어져 나갔다니, 어떻게 된 일인데?"

"LA로 갔어, 한 달 동안 파견근무라나?"

"그게 왜……."

"창피한 일이지만 사람을 시켜서 그쪽을 알아봤더니 회사에 퍼져 있어서 모르는 사람이 없다더구먼. 사장하고 그렇고 그런 사이라는 거야."

"……."

"사장은 부동산 재벌 2세야. 지난번에 LA에 갔을 때부터 그렇게 되었다는데 상황이 딱 들어맞아."

안인석이 얼굴에 웃음을 띠었다.

"하나도 놀랍지도 않아. 주변에서 이런 일을 많이 보아왔기 때문인지 말이야."

"주변에 그런 일이 많았어?"

박미정이 묻자 그는 머리를 끄덕였다

"흔한 일 아니야? 이런 배신은."

신해복이 드라마 극장 뒤쪽의 디나모 공원에 들어섰을 때는 오후 2시 10분 전이었다. 하늘은 흐렸지만 오랜만에 푸근한 날씨여서 공원에는 사람들이 많았다. 나무 벤치는 젊은 남녀와 터줏대감들인 노인그룹에 의해서 거의 점령당해 있었으므로 그는 느린 걸음으로 어린이 공원 쪽을 향해 걸었다. 페레스트로이카(개혁) 이후로 눈에 띄게 달라진 것 중의 하나가 젊은이들의 생활양식이다.

그의 앞쪽으로 다가오는 일단의 젊은이들도 진바지에 영문 이니셜이 붙여진 재킷에다 야구 모자를 돌려 쓴 녀석도 있었다. 이들은 말보로 담배를 피우고 랩음악에 맞춰 춤을 추는 러시아판 아메리칸이다. 그들을 스치고 지나자 동양인 여자가 다가왔다. 고급 털코트에 털모자를 쓴 젊은 여자였다. 여자는 그와 시선이 마주치자 얼굴에 웃음을 띠었다.

"신해복 씨 맞니요?"

다가선 그녀가 말하자 신해복이 주춤 걸음을 멈추었다. 한국어를 하는 것이다.

"예, 그럼, 당신이……."

"우리, 저쪽으로 가요."

그들은 공원 끝에 놓인 빈 벤치에 다가가 앉았다. 길 건너편의 어린이 공원이 바라보이는 위치였다. 여자는 가죽 부츠를 신은 한쪽 다리를 꼬아 앉았다.

"북조선 사람을 찾으신다면서요?"

머리를 끄덕이며 신해복이 그녀를 바라보았다. 먼 친척뻘 되는 아저씨를 통해 이금철의 소재를 알려주면 500달러를 주겠다는 소문을 내달라고 한 것이 어젯밤이다. 하루가 안 되어서 만나자는 사람이 있다는 연락을 받고 나온 것이다.

"우선 어떻게 연락을 받고 나오신 건지 그걸 말해주시오."

그가 말하자 여자가 흰 이를 드러내며 웃었다.

"당신 친척 신동기 씨가 말해주지 않던가요? 난 블라디보스토크에서 사업을 하고 있어요."

"그럼, 당신이 장인규 씨?"

"그래요. 남자이름 같아서 가끔 그렇게들 착각하는 모양입니다."

장인규가 코트 주머니에서 일제 담배를 꺼내 물고는 금장 라이터로 불을 붙였다.

"그런데 이금철 대좌를 찾아서 어떻게 하실 건가요?"

앞쪽으로 담배 연기를 내뿜은 그녀가 신해복을 바라보았다. 거무스름한 얼굴의 피부에 윤기가 났고 검은 두 눈동자가 똑바로 그를 향해 있었다.

"그건 나도 모릅니다. 내 상관이 그자를 찾아보라고 해서 돈을 걸어 놓은 것이니까."

"마피아의 정보망을 통하면 훨씬 빠르고 쉬울지도 모르는데 그들에게 비밀로 하는 이유도 궁금해요."

"계약 문제로 그들에게 뭘 부탁할 형편이 아닙니다."

"어차피 계약을 할 것으로 알고 있는데, 그리고 당신들한테는 북조선이 적이고."

"난 러시아 시민이오. 조선족일 뿐이지."

"그건 나도 마찬가지예요."

장인규가 얼굴에 웃음을 띠었다.

"그럼, 우리는 조선족으로 양쪽 입장을 대변하고 있나요?"

"당신은 어떤 상황인지 모르지만 난 이 일에 목숨을 걸고 싶지 않아요. 우리 아저씨에게 이야기한 것도 그런 이유요. 우리가 이 대좌를 찾고 있다는 정보가 아마 아저씨를 통해 그에게 전달되었을 거요."

장인규가 그를 찬찬히 바라보았다.

"당신은 당신과 아저씨의 목숨을 걸고 장난을 칠 만할 바보는 아닌 것 같네요."

"우리 상관은 이 대좌를 만나고 싶어하는 것 같소, 잘은 모르지만."

"그건 고려그룹의 뜻이겠지요."

"그것도 잘 모릅니다. 윗사람들 일이어서."

"이유도 모릅니까?"

"그것도, 그리고 우린 마피아나 러시아 정부쪽에 아직 아무런 연락을 하지 않고 있어요. 그건 내가 보장합니다."

장인규가 손끝으로 담배를 튕겨내더니 자리에서 일어섰다.

"다시 연락을 드리지요, 선생님."

다음날 오전, 이남호가 10여 명의 수행원을 거느리고 하바롭스크에 도착했다. 가라앉아 있던 숙소의 분위기는 그들의 도착으로 갑자기 활기를 띠었다.

오후 3시 정각이 되자 대여섯 대의 검정색 벤츠가 숙소의 현관 앞에 멈춰 서더니 수십 명의 러시아인들이 내렸다.

그들 모두는 한 사람을 중심으로 무리를 지어 현관으로 들어섰는데 큰 키에 호리호리한 몸매의 인물이 바로 파리야킨이다. 로비에 서 있던 김상철의 눈에 비친 파리야킨은 학자풍의 평범한 사내였다. 선입견 때문인지 늘어진 눈시울 속의 눈빛이 조금 날카롭게 보였지만 조금 벌려진 입술과 창백한 피부는 책에 찌든 50대의 교수를 연상시켰다.

이남호의 안내를 받아 그들 일행이 2층의 회의실로 들어가자 곧 양쪽 수뇌들의 협상이 시작되었다.

아래층 로비에 서 있는 김상철에게 신해복이 다가왔다.

"대리님, 연락이 왔습니다. 오후 일곱 시에 아무르 강 하류에 있는 선착장에서 만나잡니다."

소곤거리듯 말한 그가 주위를 둘러보았다. 로비에는 이쪽의 직원들보다 파리야킨의 경호원 숫자가 더 많았다. 그러나 이쪽에 관심을 두는 사람은 없다. 그가 말을 이었다.

"그쪽도 혼자 나올 테니 대리님도 혼자 나와 달라고 하는데요."

"어떤 선착장이야?"

"시내에서 5킬로미터쯤 떨어진 교외에 있습니다. 강변도로를 따라 5킬로미터쯤 가시면 왼쪽에 선착장이 보입니다."

김상철이 머리를 끄덕이자 그가 바짝 다가섰다.

"혼자 가시겠습니까?"

"그쪽도 혼자 온다면서?"

"대리님, 이 일은 한 이사님도 알고 계시는 겁니까?"

불안한 표정이었다. 김상철이 머리를 저었다.

"아무도 몰라, 우리들 외에는."

저녁 7시면 이미 어둠에 덮여진 시간이다. 지프를 운전하여 그가 아무르 강 하류의 선착장에 도착했을 때는 눈발이 휘날리고 있었다. 헤드라이트에 비친 선착장은 어두웠고 인기척이 보이지 않았으므로 그는 잠시 차 안에 앉아 주위를 둘러보았다. 화물선 서너 척이 강가에 매어져 있었지만 폐선인 것 같았다.

전등도 켜 있지 않고 문이 반쯤 열려진 사무실을 보면 폐쇄된 선착장인지도 모른다. 그는 손목시계를 내려다보았다. 7시 5분이었다. 그 순간 그는 뒤쪽에서 비치는 불빛에 머리를 들었다.

백미러를 올려다보자 승용차 한 대가 그의 차가 세워진 선착장의 앞마당으로 꺾어져 들어오고 있었다. 검정색의 러시아제 볼가 승용차였다. 그의 뒤쪽으로 10미터쯤의 거리를 두고 멈춰 선 차에서 곧 코트로 몸을 감싼 사내가 밖으로 나왔다. 이쪽은 전조등의 불빛을 정면으로 받고 있어서 사내의 윤곽만 보일 뿐이다.

김상철이 차의 문을 열고 밖으로 나가자 곧 사내가 그의 앞에 다가와 섰다.

"김상철 씨요?"

사내는 살찐 얼굴이었고 체격도 컸다. 40대 중반쯤의 나이로 보였는데 김상철에게서 시선을 떼지 않았다

"당신이 이금철 대좌입니까?"

"그렇소, 날 보자고 했다면서요?"

김상철이 주위를 둘러보았다. 앞쪽 도로에 간간이 차량들이 지나갈 뿐 선착장에는 두 대의 차량뿐이다.

"용건을 들읍시다."

어깨에 쌓인 눈가루를 털면서 그가 말했다. 볼가 승용차의 엔진 소리가 희미하게 들려왔다. 김상철이 입을 열었다.

"지금 우리 숙소에서 파리야킨과 협상을 하고 있어요. 당신도 잘 아시다시피 조약 조건을 결정하려는 것이지요."

"……."

"아마 곧 결정이 날 겁니다. 몇 %건 간에."

코트 주머니에 두 손을 찔러 넣은 이금철은 잠자코 그의 말을 기다렸다. 그는 이제까지 한 번도 시선을 떼지 않았다.

"이건 내 혼자 생각이지만 당신들이 우리들이 도와줬으면 해서."

"……."

"우리를 도와준다면 우리도 당신들에게 협력할 용의가 있습니다."

"당신, 지금 무슨 이야기를 하는 거야?"

이금철의 목소리는 낮았으나 날카로웠다.

"어처구니가 없군, 우리가 왜?"

"지금 이 상태로는 당신들은 아무 일도 할 수 없습니다. 차라리 우리와 손을 잡는 것이 낫지 않습니까?"

"한편으로는 마피아와 협상을 하면서 말인가?"

"그런 셈이지요."

"그것도 당신 개인 생각으로 말이야?"

"회사는 아직 당신을 만나는 걸 모릅니다. 이건 나 혼자만의 생각이오. 하지만 당신이 동의한다면 윗사람의 허락을 받을 자신이 있습니다."

"만일 문제가 생기면 회사는 몰랐던 일이라고 할 작정이겠군. 책임을 당신이 뒤집어쓰고 말이야."

"당신들한테는 해 될 것이 없어요. 이 대좌, 어차피 당신들은 이 상태에서 나아질 방법이 없지 않습니까?"

그러자 그가 웃었다.

"솔직히 말해서 물벼락을 맞은 기분인데, 이런 식으로 이야기를 해올 줄은 몰랐어. 요즘 당신들이 마피아한테 몰리고 있다는 이야기는 들었지만."

"……."

"그럼, 우리가 얻는 것은 뭐야? 만약 당신들과 협력을 한다면 말이야."

"놀랄 만한 성과가 될지 모르지요. 조금만 생각해 보시오. 시베리아 임차지에 대해서 말이오."

"현실적으로 구체적으로 말해 봐요, 김 선생."

이제 이금철은 어깨 위에 쌓인 눈 같은 건 관심도 두지 않았다. 그는 얼굴을 바짝 댔다.

"우리에게 어떤 성과가 있다는 거요? 임차지에 대해서."

"우린 임차지에 조선족 노동자들을 받아들일 작정이오. 물론 한국에서도 오겠지만, 그렇게 되면 당신들과 협상할 여지가 많단 말입니다."

"……."

"이미 러시아 정부와 임차지 계약이 끝난 이상 당신들이 방해를 한다고 해도 계획대로 진행될 겁니다. 그리고 당신들은 러시아 군경과 마피아에 의해 쫓겨 다녀야겠지요. 지금처럼 말입니다."

"……."

"당신 말대로 현실적으로 방해공작은 쓸데없는 소모요. 당신들은 현실을 직시하고 우리와 타협을 해야 합니다. 그것을 내가 돕겠습니다."

"당신, 혁명가 기질이 있어."

이금철이 처음으로 이를 드러내며 웃었다.

"당신에 대해서 잘 알고 있수다, 김 선생. 가족관계에 대해서도, 그리고 회사에서 신임을 받고 있다는 것도."

"……."

"그리고 지난번에 박대용이를 처치한 것도 당신이고 우리 아지트를 밀고해서 내 부하들을 몰살시키게 한 장본인이 당신이라는 것도 알고 있지요."

"……."

"곧 연락을 드리리다."

이금철이 코트 주머니에서 빼낸 손을 내밀었다.

"이 정도의 대답을 받았으니 김 선생도 윗사람한테 우리 이야기를 해 두는 게 나을 거요. 이것이 정말 당신 혼자의 생각이라는 게 난 지금도 믿어지지 않지만 말이오."

회의실을 나온 이남호가 복도 끝 쪽에 있는 방으로 들어서자 책상 앞에 서 있던 김상철이 머리를 숙였다.

"그래, 무슨 일이야?"

회의에 지친 그의 얼굴은 10년도 더 넘게 늙어보였다. 벌써 다섯 시간째 갑론을박을 하고 있었지만 저쪽은 자료와 이론이 통하는 상대가 아니었다.

이쪽에서 가져간 통계와 브리핑 자료, 심지어는 비디오테이프를 보려는 성의도 없었다. 이남호를 불러낸 한일만이 따라 들어왔으므로 그들은 소파에 앉았다. 아직 한일만도 내막을 모른다. 김상철이 실장께 급히 전해드릴 말이 있다고 해서 회의 도중 나오게 한 것이다.

"저, 조금 전에 제가 북한의 이금철을 만났습니다."

김상철의 첫마디에 지쳐 있던 두 중역도 물벼락을 맞은 듯 정신을 차렸다. 그들에게 김상철은 이금철을 만난 이야기를 차근차근 설명해 나갔다. 중간에 이남호가 되풀이해 묻는 것을 제외하고 김상철의 이야기는 곧 끝이 났다.

이야기를 듣고 난 이남호는 어깨를 늘어뜨리며 소파에 등을 기댔다. 그러나 시선은 김상철에게서 떨어지지 않는다.

"이놈아, 너는 시키지도 않은 일을."

그렇게 입을 열었다가 말을 멈추고는 한일만을 바라보았다.
"회의는 내일로 미루는 게 좋겠는데, 그렇지 않아?"
"그렇습니다, 실장님."
생각에서 깨어난 듯 한일만이 높은 목소리로 말했다.
"그럼, 내가 직접 파리야킨에게 말해야겠군."
자리에서 일어선 이남호가 김상철을 내려다보았다.
"김 대리, 넌 꼼짝 말고 여기에 있어."
그들이 방을 나가자 한동안 앞쪽을 바라보던 김상철이 가슴 호주머니를 뒤져 지갑을 꺼냈다. 지갑을 펼치자 박미정의 웃는 얼굴이 보였다. 그리고 곧 그녀의 목소리와 뜨거운 숨결, 감촉이 머릿속에서 되살아났다.

강 회장이 사건을 알게 된 것은 이남호와 통화를 끝낸 30분 후인 9시 30분경이었다. 이남호의 대화내용을 녹음한 테이프를 활자화하는 작업은 집 안에 설치된 컴퓨터가 수행했지만 그것을 암호 숫자에 맞춰 말을 만드는 작업은 강미현의 몫이다. 러시아는 도청이나 암호해독의 기술로는 세계 제일인데다가 북한과 일본, 한국 정부의 기관들 모두가 이쪽에 안테나를 맞추고 있는 상황이다. 그래서 이쪽은 도청방지 장치나 암호해독기 등 첨단장비를 쓰지 않기로 했다. 기밀 보고를 할 경우에 이남호는 전화의 첫마디에 '저 이남호입니다' 하는 인사를 했는데 그것은 자신의 말에 암호 번역이 필요하다는 뜻이었고 보통 때에는 자신의 직책을 뒤에 붙였다. 활자화된 대화를 미리 정한 일련번호에 의해서 말을 만들었는데 그 작업을 맡은 것이 이쪽은 강미현이었다.
서재에서 강용식과 마주앉아 있던 강 회장이 내용을 읽는 동안 방 안은 조용했다. 이윽고 내용이 찍힌 종이를 강용식에게 넘겨 준 강 회장이 강미현을 바라보았다.

"너도 읽었지?"

"네, 할아버지."

강 회장이 굳어진 표정을 본 강미현이 몸을 굳혔다. 이제까지 한 번도 어리광을 부려본 적이 없는 엄하기만 한 할아버지인 것이다.

"그놈, 시키지도 않은 일을 했다."

혼잣말처럼 강 회장이 말했다.

"북한군 대좌를 만나 손을 잡자고 제의를 하다니, 잘못하다간 한순간에 모든 일이 수포로 돌아간다."

"……."

"한국에 있는 고려그룹, 내가 내 자식들, 그리고 수십만 명의 직원들과 함께 일으킨 한국 제일의 기업이 한순간에 엎어질 수가 있단 말이다."

내용을 읽은 강용식이 머리를 들었다.

"아버님, 이것은."

"잠자코 내 말을 들어."

강 회장이 눈을 부릅뜨자 강용식은 입을 다물었다.

"그놈은 위험한 놈이야. 아주 위험하다."

그의 시선이 부딪쳐 왔으므로 강미현은 머리를 숙였다.

"미현이, 네가 이 실장한테 보낼 작문을 써라, 곧 통화를 할 테니까."

"네, 할아버지."

강미현이 옆구리에 끼고 있던 노트를 들고는 아버지 옆에 앉았다

"협상은 될 수 있는 한 늦출 것."

강 회장이 앞쪽의 벽을 바라보며 천천히 말을 이었다.

"김상철에게 직원들의 입막음을 철저히 시키도록 할 것, 일이 새어나가면 파멸이다. 그것도 써라."

"……."

"그렇지, 그놈에게 일이 끝나면 과장 진급을 시키겠다고도 써."

힐끗 강 회장을 바라본 강미현이 잠자코 메모를 했다. 강용식이 헛기침을 했다.

"아버님, 그러면 그대로 진행시키실 생각이십니까?"

"그렇다."

강 회장의 말투는 이제 단호해져 있었다.

"몸을 내던지고 일을 하면 그런 방법도 만들어지는 법이야. 그놈은 내 가슴속을 드려다 본 것처럼 일을 한다. 조선족 대부분이 북한계이고 북한 이주민을 받아들일 땅이란 말이다. 그런데도 북한 놈들에게 협조하라고 나선 놈이 없었어. 이제까지 그 미국박사들 수백 명이 며칠 동안 머리를 짜고 나서 나온 것이 무엇이냐? 그 빌어먹을 통계자료, 브리핑 자료들뿐이었다."

"그래도 그자들은 얼마 전만 해도 아버님을 습격한 무리들입니다."

"그래서 그 생각을 못한 거야. 이제 러시아와 조약은 맺어졌으니 그런 식으로 해도 소용없다는 것을 놈들도 알고 있을 것이다."

"위험하지 않습니까?"

"김상철 책임으로 한다. 우리는 모르는 일이고."

강 회장의 시선이 강미현에게로 돌려졌다.

"그것도 써라. 김상철이가 혼자 생각해낸 일이다. 회사는 아무것도 모르는 것처럼 행동하라고 말이다."

그리고는 덧붙였다.

"물론 북한 쪽은 믿지 않겠지. 그들에게는 이 실장이 나설 것이다. 내가 말해주지 않아도 그놈이 책임을 질 것이다."

<2권 계속>

영웅의 도시 1

1판 1쇄 인쇄 | 2011. 5. 3
1판 1쇄 발행 | 2011. 5. 9

지은이 | 이원호
펴낸이 | 박연
펴낸곳 | 스토리뱅크

등록일자 | 2009년 11월 17일
등록번호 | 제313-2009-250호
주 소 | 서울시 마포구 모래내로 83 (성산동, 한올빌딩 6층)
전 화 | 02)704-3331 팩 스 | 02)704-3360

ISBN 978-89-966418-0-3 04810
ISBN 978-89-964778-9-1 (세트)

* 잘못 만들어진 책은 구입처에서 교환해 드립니다.